學生
同義反義
詞典

商務印書館

經商務印書館國際有限公司授權出版發行繁體中文版

學生同義反義詞典

主　　編：龐晨光
責任編輯：楊克惠
封面設計：張　毅　李小丹
出　　版：商務印書館（香港）有限公司
香港筲箕灣耀興道 3 號東滙廣場 8 樓
http://www.commercialpress.com.hk
發　　行：香港聯合書刊物流有限公司
香港新界大埔汀麗路 36 號中華商務印刷大廈 3 字樓
印　　刷：中華商務彩色印刷有限公司
香港新界大埔汀麗路 36 號中華商務印刷大廈 14 字樓
版　　次：2019 年 1 月第 1 版第 4 次印刷

ISBN 978 962 07 0338 6
Printed in Hong Kong

目 錄

凡例 .... *ii*

使用說明 .... *iv*

詞彙筆畫索引 *1–51*

正文 1–390

凡例

同義詞和反義詞是語文學習一項必不可少的內容。本詞典專為學生量身定做，可以幫助學生增加詞彙量，培養準確、恰當、靈活運用詞語的能力。

一、詞頭

詞頭按首字筆畫數由少到多排列；首字相同的，按第二字筆畫順序，依次類推。

二、收詞

本詞典收錄各類詞語及同義詞、反義詞共 10,000 餘條，以複音詞為主，同時兼顧部分常用成語等。

三、功能項

每個詞目下包括七個功能項：注音、釋義、同義詞、反義詞、組詞、搭配和造句。

1. 注音：全部條目用拼音標注普通話讀音。複音詞、三音節詞拼音連寫，成語等不連寫。

2. 釋義：主要收現代中文常用義。釋義力求簡明、準確。

3. 同義詞：用 同 表示。多義詞的同義詞分別列在相應的義項下。

4. 反義詞：用 反 表示。多義詞的反義詞分別列在相應的義項下。

5. 例證：用括弧（ ）標出，包括組詞、搭配和造句。不止一例的，例子之間用“|”隔開。例子中的本詞用“～”代替。例證充分考慮學生的特點，力求通俗、易懂，有助更好地理解該詞目的意義和用法。

四、索引

1. 本詞典提供詞彙筆畫索引，以便檢索查閱。

2. 重複出現的詞彙，詞頭頁碼排首（以粗字體表示），其他按出現先後依序排列。

使用說明

示例一：

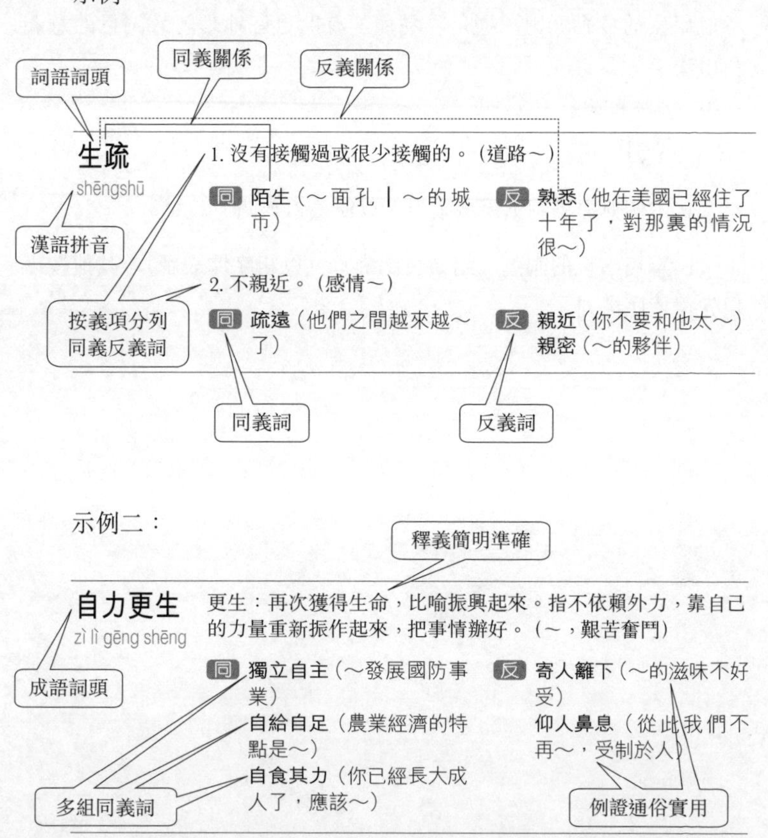
詞語詞頭
同義關係
反義關係
生疏
shēngshū
1. 沒有接觸過或很少接觸的。（道路～）
同 陌生（～面孔｜～的城市）
反 熟悉（他在美國已經住了十年了，對那裏的情況很～）
漢語拼音
2. 不親近。（感情～）
按義項分列同義反義詞
同 疏遠（他們之間越來越～了）
反 親近（你不要和他太～）
親密（～的夥伴）
同義詞
反義詞
示例二：
釋義簡明準確
自力更生
zì lì gēng shēng
更生：再次獲得生命，比喻振興起來。指不依賴外力，靠自己的力量重新振作起來，把事情辦好。（～，艱苦奮鬥）
成語詞頭
同 獨立自主（～發展國防事業）
自給自足（農業經濟的特點是～）
自食其力（你已經長大成人了，應該～）
反 寄人籬下（～的滋味不好受）
仰人鼻息（從此我們不再～，受制於人）
多組同義詞
例證通俗實用

詞彙筆畫索引

按首字筆畫數由少到多排列，筆畫數相同的，按起筆筆形橫（一）、豎（丨）、撇（丿）、點（丶）、折（乛）順序排列；首字相同的，按第二字筆畫數，依次類推。

一畫

〔一〕

一了百了 **1**
一刀兩斷 372
一日千里 ...**1**, 26, 147
一毛不拔 **1**, 292
一文不名 **1**, 101
一文不值 30
一心 75
一心一意 **1**, 12, 62
一本正經 **2**
一石二鳥 5
一成不變 **2**, 19, 21, 26, 54
一吐為快 306
一帆風順 **2**, 3, 270
一向 166, 352
一步之遙 18
一步登天 5, 42
一言九鼎 85
一言不發 239
一言為定 **2**, 85
一表人才 121
一直 166
一事無成 **2**
一知半解 **2**
一往無前 **3**, 165
一波三折 **3**, 2, 270
一定 **3**, 15, 37, 50
一致 **3**, 30, 52, 119, 155
一氣呵成 4
一般 **3**, 122, 147, 182, 242, 348
一針見血 **3**, 9, 85
一敗塗地 **3**
一貧如洗 **4**, 1, 4, 101
一望無垠 4
一望無際 **4**
一視同仁 155
一揮而就 **4**
一朝一夕 20, 25, 117
一無所有 **4**, 1
一無所獲 315
一無是處 64, 305
一筆勾銷 1
一筆帶過 312
一絲不苟 **4**, 190, 241, 327
一落千丈 **4**, 42, 94, 147
一意孤行 **5**, 349
一鳴驚人 **5**
一語中的 3
一語道破 3
一塵不染 **5**
一模一樣 64
一樣 155
一箭雙雕 5
一頭霧水 139
一舉成功 6
一舉成名 5
一舉兩得 **5**
一舉奪魁 307
一諾千金 **5**, 2, 85, 134
一聲不吭 273
一應俱全 **6**
一擲千金 **6**, 1, 13, 251
一蹶不振 122, 143
一蹴而就 **6**
一籌莫展 **6**, 18, 97
一覽無餘 151

二畫

〔一〕

十分 **7**, 182, 226
十全十美 **7**, 88, 144, 305
十拿九穩 **7**
十萬火急 129, 158
七上八下 82
七手八腳 **7**
七拼八湊 **7**
七零八落 22
七嘴八舌 **7**
七竅生煙 **8**

〔丿〕

人工 21
人才 **8**
人才輩出 8
人才濟濟 **8**
人山人海 **8**
人云亦云 **8**, 343

人心所向......218
人品......**8**,9
人格......**9**,8
人造......21
人跡罕至......**9**,191
人煙稠密......9
人盡其才......**9**,14
人潮湧動......8
人頭攢動......8
人聲鼎沸......**9**,175,295
入木三分......**9**,130
入耳......**9**
入神......**9**
入時......**10**,195,284
入迷......**10**,9
入情入理......**10**
入選......**10**
八斗之才......**10**
八面玲瓏......**10**,41
八面威風......**10**
八面圓通......10

〔乛〕

刁蠻......216,389
了卻......**11**,11
了無牽掛......221
了結......**11**,11
了解......**11**,230,321
了斷......11
力不從心......206
力求......11
力爭......**11**,11,110
力氣......11
力量......**11**
力圖......**11**,11

三畫

〔一〕

三心二意......**12**,1,62
三言兩語......**12**,85,292,312
三思而行......**12**,313
三緘其口......**12**,68,255
干涉......**12**,284
干預......12,284
干擾......**13**
工工整整......347
工作......60
才俊......8
才高八斗......10
才能......13,178
才華......13
才華橫溢......10
才疏學淺......10
才幹......**13**
下不為例......**13**
下面......115
下降......**13**,15,145,325
下陷......45
下跌......13,15
下策......15
下壓......257
寸步不離......81
寸步難行......73
大手大腳......**13**,82,243,316,338
大公無私......32,214
大方......**13**,86,97,120,176,227,384
大功告成......38,161
大失所望......**13**,15,294,305,314
大同小異......**14**,21
大吃一驚......**14**
大名......201
大批......15
大材小用......**14**
大步流星......219
大雨如注......291
大型......**14**
大相徑庭......**14**
大風......279
大度......**14**
大約......15
大致......15
大海撈針......223
大略......241
大張旗鼓......**14**
大喜過望......**15**,13,109,261
大惑不解......152,192
大量......**15**
大發雷霆......34,41,141,331
大肆揮霍......134
大肆渲染......312
大概......**15**,237
大意......16,190,237
大聲喧嘩......67,384
大膽......360
大驚小怪......**15**,16,25
大驚失色......14,156
大顯身手......6,16
大顯神通......6

〔丨〕

上升......**15**,13,15
上任......**15**,107,248
上面......115
上場......273
上策......**15**
上漲......**15**,13,15
小人......307
小心......**16**,369
小心翼翼......**16**,236,240
小心謹慎......16,240
小巧......**16**
小巧玲瓏......**16**
小型......14
小氣......14,86
小視......**16**,312
小試鋒芒......**16**
小輩......118
小題大做......**16**
口吻......**17**
口若懸河......**17**,292
口是心非......**17**,85
口氣......17

口說無憑 **17**
口蜜腹劍 196
口頭 177
山明水秀 **17**
山珍海味 **17**
山窮水盡 **17**

〔丿〕

千千萬萬 55
千方百計 **18**, 298
千里迢迢 **18**
千言萬語 12
千辛萬苦 **18**, 84
千軍萬馬 **18**
千真萬確 **18**
千鈞一髮 **18**
千載難逢 **18**
千篇一律 64, 99, 348
千變萬化 **19**, 2
乞求 144, 160, 336
乞討 160
久久 80, 239
久別 **19**, 364
久遠 **19**, 39, 117

〔丶〕

亡羊補牢 **19**
亡命 **19**
亡故 **19**

〔乛〕

已經 37

四畫

〔一〕

井井有條 **20**, 347, 353, 365
井然 **20**, 346
井然有序 7, 20, 376
天分 21
天生 **20**, 21
天衣無縫 **20**, 194, 245, 304, 316
天長日久 25, 59, 117
天長地久 **20**
天南地北 **20**, 21
天南海北 45
天真 39
天差地別 21
天堂 54
天從人願 74
天涯海角 **21**, 20
天然 **21**, 20
天資 21
天經地義 229
天賦 **21**
天翻地覆 **21**
天壤之別 **21**, 14, 50, 88
元老 288
扎實 225, 336
五內如焚 **21**
五光十色 21
五彩繽紛 **21**
五湖四海 45
五顏六色 21
支支吾吾 **22**, 81, 195
支出 361
支持 **22**, 343, 359
支配 **22**, 346
支流 49
支撐 22
支離破碎 **22**
不凡 107
不公 31
不巧 139, 297, 309
不甘人後 110
不甘示弱 39
不可企及 208
不可或缺 168
不可勝數 23
不由自主 **22**, 100, 228
不必 **22**, 50, 245
不出所料 **23**, 51, 147
不以為然 314
不共戴天 283, 345
不同 **23**, 155
不同凡響 **23**, 43
不合情理 10
不攻自破 376
不均 42
不求甚解 2
不足 67, 169
不足為奇 15, 18, 347
不足掛齒 279
不妥 32, 101, 206, 373
不即不離 150
不幸 **23**, 120, 150
不知所措 **23**, 192
不知羞恥 156
不和 126
不卑不亢 **23**
不宜 47, 323
不苟言笑 2, 185
不相上下 50, 88
不思悔改 223
不便 33
不俗 136
不負眾望 218
不急之務 344
不計其數 **23**, 113, 304
不為人知 217
不恥下問 253
不屑一顧 279
不動聲色 14, 156, 253
不符 25
不停 24
不假思索 12
不許 176
不堪一擊 125
不勝枚舉 303, 304
不曾 37
不勞而獲 78

不寒而慄……28
不當……47, 63, 101, 140, 207, 323, 373
不解……230
不慌不忙……**24**, 27, 28, 35, 282
不遠萬里……18
不滿……314, 315
不遺餘力……**24**, 62, 308
不學無術……167
不斷……**24**
不辭辛苦……61
不辭勞苦……**24**
太平……41, 126
犬牙交錯……211
友人……322
友好……**24**, 126, 323
友善……24, 126, 248, 323
友愛……**24**
歹毒……252, 281
匹夫之勇……**24**
匹夫有責……**25**
巨大……**25**, 89, 143, 243, 278, 372
巨型……14
厄運……80
比比皆是……131, 274, 304
比較……302
互相……**25**
切合……**25**
切記……**25**
切實……189

〔丨〕

止步……114
少不更事……53
少見……238, 264
少見多怪……**25**, 15
少許……239
少量……15
少數……180
日久天長……**25**
日新月異……**26**, 1, 147
日暮途窮……**26**, 17, 72
中止……**26**, 26, 205, 242, 269
中心……26, 111, 371
中央……**26**, 371
中堅……195
中間……**26**, 111
中意……63
中選……10
中斷……**26**, 24, 26, 146, 149, 224, 269, 365
中聽……9, 203, 374
內心……49
內外交困……**26**
內地……**26**, 27
內向……**27**
內行……**27**, 48, 62
內疚……**27**, 158, 293, 303, 308
內部……116
內陸……**27**, 26
內憂外患……26
水火不容……228, 283
水平……**27**
水深火熱……46
水落石出……**27**, 167
水準……27

〔丿〕

手忙腳亂……**27**, 7, 24, 382
手足無措……**28**, 23, 192
手到擒來……311
手段……**28**, 33
牛刀小試……16
毛手毛腳……241
毛骨悚然……**28**
毛病……**28**, 169
毛遂自薦……78
升值……**28**, 263, 325
升高……15, 145
升級……**28**
升遷……**28**
升職……28
仁愛……28, 281
仁慈……**28**, 64, 248, 252, 281
片瓦無存……**29**
片言隻字……**29**
片刻……**29**, 90
片面……62
仇人……322
仇怨……182
仇恨……181, 277, 323
仇深似海……181
仇視……323
仇敵……322
仍然……**29**, 127
仍舊……29, 127
化妝……37
化為泡影……29
化為烏有……**29**
化裝……**29**
化險為夷……**29**, 367
斤斤計較……324, 364
反目……97, 126, 339
反抗……**30**, 92, 113, 270, 282, 359
反面……**30**, 133
反客為主……253
反常……**30**, 47
反感……80
反駁……**30**, 95, 381, 382, 385
反對……22, 76, 257, 343, 375, 382
介意……54
今非昔比……21, 54
今後……60
分工……63
分文不值……**30**
分外……182
分別……**30**, 31, 64, 313, 371
分佈……31, 258
分析……**30**

分歧......30,3
分明......124
分享......30
分秒必爭......31,110
分派......31
分配......31
分流......277
分散......31,209,258,259,277
分裂......313
分發......250,258
分道揚鑣......31
分頭......64
分辨......31,87,349
分離......31,99,143,273,313,371,383
分辯......31
公心......100
公正......31,205
公平......31,205
公而忘私......32
公告......242
公佈......32,121,249
公開...32,100,183,356
公然......100
公道......31
欠妥......32
欠缺......32,89,169

〔丶〕

文明......262,309
文弱......210,211
文雅...32,241,244,262
文質彬彬......32,260
文靜......33
亢奮......345
方式......33
方法......33,232
方便......33,146,241
方興未艾......72
火冒三丈......33
火速......33
火熱......33
火暴......260
火燒眉毛......344
冗長......33,317,342
冗贅......33
心力交瘁......34
心口不一......17,85
心口如一......17
心不在焉......34,62,315
心甘情願......34,158,294
心平氣和......34,8,33,41,328,331
心存芥蒂......314
心灰意冷......34,55,294,295
心安理得......34
心如刀割......109
心直口快......34
心急火燎......35
心急如焚......35
心神不定......35
心神不寧......35
心情......229
心想事成......74
心照不宣......35
心亂如麻......35
心猿意馬...1,34,307
心領神會......35
心滿意足......35,314
心緒......229
心曠神怡......35,335
心懷叵測......35
心驚肉跳......360
心驚膽戰......35,257

〔乛〕

弔唁......280
引人深思......249
引入......36
引火焚身......36,289
引狼入室......36
引進......36
引經據典......173
引誘......36
引薦......214
巴望......260
以公謀私......81
以身作則......36,85
以身試法......36
以往......110
以後......60
以怨報德......181
以德報怨......181
允許...95,176,239,364
幻想...36,132,236,305
幻滅......36

五畫

〔一〕

刊登......37,250
刊載......37
未必......37,3,50,283
未雨綢繆......37,19
未來......161,236,278
未曾......37
末尾......269
末期......90,161
打扮......37
打破......37,147
打掃......237
打動......38,276
打開......38,254,374
打算......38,64,111,300,334
打擊...70,159,285,350
打擾......13,375
打聽......223
巧舌如簧......38
巧妙......38,122
巧奪天工......38,196
正中......26
正巧......139
正面......30,133
正常......30,47,122,376
正視......172
正確......352
功成名就...38,2,100

功敗垂成……38, 161
功勞……284
功虧一簣……**38**, 161
去世……**38**, 19, 284, 337, 362
去除……**39**, 233
瓦解……202
甘心……**39**, 39, 282
甘心情願……**39**
甘拜下風……**39**, 112
甘甜……**39**, 150
甘願……**39**, 39, 229, 326
世故……**39**, 220
古老……**39**, 229
古板……**40**, 129, 388
古怪……**40**, 122
本分……200
本地……**40**, 48, 226
本事……40, 100, 178
本領……**40**, 100, 178
本質……236
可心……**40**
可信……**40**
可恨……40
可笑……**40**
可惜……**40**
可惡……**40**
可貴……**40**
可愛……40
可疑……40
可靠……40, 90
可憐……**41**, 76, 328
可憎……40
左支右絀……41, 382
左右逢源……**41**, 10, 135
左顧右盼……**41**, 44, 122
平凡……**41**, 42, 43, 107, 206, 270
平分秋色……88
平心靜氣……**41**, 8, 33, 34, 331
平白無故……**41**
平安……**41**, 68, 79, 360
平安無事……45
平均……**42**
平步青雲……**42**, 94, 148
平坦……**42**, 43, 96, 168, 343
平直……43
平易近人……**42**, 86, 126, 148, 201
平和……260, 350
平定……69, 331, 365
平時……42
平息……331
平常……**42**, 3, 41, 43, 66, 99, 110, 122, 130, 149, 226, 242, 264
平庸……**42**, 51
平淡……**43**, 122, 203, 317, 371
平淡無奇……**43**, 23, 74, 155, 226, 273
平等……**43**
平滑……**43**, 57
平鋪直敘……**43**, 190
平緩……**43**, 168, 181, 343
平靜……**43**, 70, 190, 286, 296, 308, 345, 350
平衡……**43**
平穩……**43**, 70, 376

〔丨〕

凸起……45
目不斜視……41
目不暇接……**44**, 144
目不轉睛……**44**, 41, 122
目中無人……**44**, 173, 201
目空一切……44, 253
目前……**44**, 236, 278
目瞪口呆……**44**
叮嚀……44
叮囑……**44**, 93
申述……**44**
申請……**45**
申辯……**45**
由衷之言……85, 202
央求……144, 358
叫好……255
叫喊……93
另眼相看……**45**
凹陷……**45**, 147
四分五裂……22
四周……26, 111
四面八方……**45**
四面楚歌……41
四處……107

〔丿〕

生手……27, 48
生死之交……216
生死存亡……**45**
生死攸關……45
生死與共……**45**, 217
生氣……46, 163, 176, 180, 250
生氣勃勃……**46**, 55
生動……**46**, 154, 163, 287
生硬……**46**, 116
生疏……**46**, 141, 199, 321, 346
生疑……191
生機……**46**, 163, 259
生機勃勃……46, 259, 338
生機盎然……108
生龍活虎……**46**
生靈塗炭……**46**
失去……**47**, 122, 255, 359
失守……83
失利……**47**, 47, 206, 231, 259, 359
失宜……63
失信……68
失真……287
失掉……47, 83, 255
失常……**47**

失敗……**47**, 47, 56, 206, 231, 259, 359
失望……73, 237, 263
失散……**47**, 383
失落……47, 263
失業……248
失當…**47**, 206, 207, 323
失傳……175
失意……**47**, 73, 207
失魂落魄……**48**
失誤……284, 352
失調……106
失衡……43
付之東流……29
代替……244
白天……**48**
白日……48
白淨……**48**
白晝……48
白費……**48**
白皙……48
白嫩……48
白駒過隙……367
白璧微瑕……144
仔細……**48**, 190, 241, 243, 319
他鄉……153, 226
斥責……271, 382
乏味……**48**, 135, 154, 160, 203, 300
匆忙……138, 184
犯疑……191
外地……**48**, 40
外向……27
外行……**48**, 27, 62
外表……**49**, 116
外鄉……226
外貌……49
外觀……116
包抄……49
包含……**49**
包庇……198, 254
包括……49
包圍……**49**
包羅……49
包羅萬象……**49**
包攬……384

〔丶〕

主人……140
主力……195
主要……**49**, 143, 162
主流……**49**
主動……**49**, 198, 344
主觀……140
立即……**50**, 189, 278
立刻……50, 189
半斤八兩……**50**
半信半疑……**50**, 211
半途而廢……**50**, 149, 161, 225, 248
必不可少……168
必定……**50**, 3, 37
必將……283
必須……**50**, 22
必然……218, 283
永久……**51**, 51, 128, 149, 164, 238, 248, 335, 351, 361
永垂不朽……**51**, 175
永恆……51
永遠……**51**, 51

〔乛〕

司空見慣……25, 131, 226, 307
民不聊生……46
民主……**51**, 348
民俗……159
弘揚……251
出人意料……23, 51
出世……38, 362
出生……38, 337, 362
出乎意料……**51**, 23, 147, 295
出名……108, 266
出色……**51**, 42, 43, 147, 317, 355, 361
出其不意……**51**
出奇制勝……51
出師不利……307
出席……107
出現……**52**, 174, 249
出眾……41, 51, 118
出售……360
出發……**52**, 107, 110, 119, 191, 203, 273
出爾反爾……2, 85
出謀劃策……**52**
出類拔萃……**52**
加入……**52**, 211
加快……52
加重……52, 249, 350
加強……**52**, 325
加緊……**52**, 129
加劇…**52**, 249, 334, 350
召回……139
召喚……291
矛盾……**52**, 30, 119, 302
幼稚……53

六畫

〔一〕

式樣……114
扣人心弦……**74**
考究……**74**, 362
考查……**74**, 74
考核……**74**, 74
考察……**74**, 74
考慮……**74**, 157
老生常談……348
老成……53
老成持重……**53**
老氣橫秋……46, 259, 338
老將……288
老實……**53**, 72, 138, 200, 301
老態龍鍾……59
老輩……118
老練……**53**, 276

老邁 59
地久天長 **53**,20
地老天荒 53
地形 **53**
地位 **53**
地動山搖 **53**
地勢 53
地貌 53
地獄 **54**
地覆天翻 **54**
耳目一新 **75**
耳聞目睹 281
耳聽目明 264
耳濡目染 **75**
共同 64,255
共享 30
共性 180
共計 63
西裝革履 330
亙古未有 131
在世 19
在乎 54
在行 27
在所不辭 235
在理 63
在意 **54**,222
有口皆碑 66
有目共睹 217
有名 108,266
有名無實 171
有的放矢 245
有始有終 248
有始無終 50
有勇有謀 24,98
有勇無謀 24,98
有限 245
有時 218,238
有氣無力 198
有效 48
有益 92,171
有理 63
有問必答 302
有條不紊 7,20,27,365
有條有理 319
有望 274
有備而來 51
有意 154
有趣 48,154
有憑有據 154
百尺竿頭 **54**
百年不遇 18
百花齊放 54
百依百順 **54**,86,215
百家爭鳴 **54**
百感交集 54
百感叢生 **54**
百戰不殆 **54**
百戰百勝 54
存在 174
存留 237
匠心獨運 348
灰心 **55**,255
灰心喪氣 **55**,34,136
灰白 309
灰暗 **55**,112,364
列出 55
列舉 **55**
死板 **55**,40,129,163,293
死氣沉沉 **55**,259,338
死裏逃生 274
成千上萬 **55**
成功 **56**,47,259
成立 **56**,140,240,269
成年累月 117
成竹在胸 7
成見 205
成果 **56**,56
成效 56,173
成就 56
成熟 **56**
成績 **56**,56
划算 63
至理 167
至關緊要 105

〔丨〕

尖利 56,338
尖刻 **56**,130,324
尖酸 56
尖銳 **56**
劣勢 178
光芒 **56**,57
光明正大 57,196,204,231
光明磊落 **57**
光亮 **57**
光彩 **57**,56,57
光彩奪目 **57**
光陰 **57**,194,277
光滑 **57**,43,241
光榮 57,319
光輝 **57**,56
光潔 57
光耀 **57**
早上 58
早春 **58**
早晨 **58**
早期 **58**,90,161
吐露 **75**,117,175
曲折 **58**,96,385
曲解 133
曲意逢迎 **58**,168
同心 **75**
同心同德 75,76,294
同心協力 **75**,294,320
同甘共苦 60,217
同舟共濟 **75**,45,60,159,217
同牀異夢 **76**
同流合污 **76**,5
同情 **76**,41,328
同惡相濟 76
同等 43
同意 **76**,82,95,375,382

同樣……155
吃力……256,313
吃苦……115
吃苦耐勞……80
因小失大……219
因循守舊……**58**,153,213,321
屹立……166,355,388
回收……96,250
回來……110
回味……**76**
回首……77,184
回報……258
回答……**76**,250,257,269,299,302
回絕……**76**,93
回想……77
回憶……**77**,184
回應……115
回覆……269
回顧……**77**,186
回籠……96

〔丿〕

年少……59
年代……194,195
年幼……58,59
年老……**58**,59
年老體衰……59
年青……59
年長……59
年紀……**59**,59
年高……58
年深日久……**59**
年華……277
年富力強……**59**,59
年歲……59
年輕……**59**,39,58,59,309
年輕力壯……**59**,59
年邁……**59**,58,59
年齡……**59**,59
先人後己……289
先天……20
先後……232
先前……**60**
先進……**60**,296
丟失……**60**
丟掉……60,118
丟棄……**60**,118,129,146,149,230,322
休息……**60**,265
休戚相關……183
休戚與共……**60**,45
休養生息……**60**
休憩……60
伎倆……28
任人唯賢……61
任人唯親……**61**
任由……61
任用……61,190,326,352
任命……**61**,325,326
任性……**61**
任勞任怨……**61**,24,187,288
任意……**61**
任憑……**61**,384,385
任職……371
仰人鼻息……**77**,77
仰仗……**77**
仰望……171
仰慕……**77**,280
仿效……**61**,332
仿造……**62**,254
仿照……61,162
仿製……62
似乎……**78**
自力更生……**77**,77,78
自大……84
自不量力……**78**
自甘落後……110
自立……348
自在……120
自告奮勇……**78**
自私自利……230
自作自受……36
自知之明……78
自命不凡……253
自食其力……**78**,77
自高自大……67,173
自動……49
自欺欺人……208
自然……21,46,384
自給自足……77
自愧弗如……39
自豪……**78**,308
自滿……252,362
自慚形穢……67
自薦……214
自願……210
自覺……49
自覺自願……39
向來……166,352
行為……341
行家……**62**,27,48
全力以赴……**62**,24,308
全心全意……**62**,1,12
全局……347
全面……**62**,111,242
全神貫注……34,44,307
全部……**62**,62
全新……307
全盤……242
全體……**62**,62
合乎情理……10
合同……106
合作……**63**,106,193,357
合宜……323
合計……**63**
合理……**63**,191
合情合理……10
合意……**63**
合夥……255
合算……**63**
合適……**63**,140,206,323
合攏……209
企求……**63**
企盼……142
企圖……**64**,68,300
兇狠……64,281

兇悍 210
兇惡 ...**64**,126,248,281
兇殘 **64**,28,64,252,281
兇險 41,360
危在旦夕 ...18,45,78
危如累卵 **78**,285
危重 79
危急 **79**,79
危害 **79**,289
危險 **79**,41,68,79,360
刎頸之交 216
各式各樣 **64**
各有千秋 **64**
各有所長 64
各自 **64**
各自為政 75
各行其是 320
各抒己見 **65**,306
各奔東西 31
各奔前程 31
各持己見 **65**
各執一詞 65
各種各樣 64
各盡所能 9
各顯其能 9
名不副實 65,131,171
名不虛傳 **65**,65,131,171
名列前茅 **65**,348
名列榜首 65,348
名垂千古 **65**
名垂青史 175
名氣 **65**
名副其實 **65**,65,131
名望 65,363
名揚天下 66
名貴 ...**66**,148,255,378
名落孫山 **66**,65,310,348
名滿天下 **66**
名實相符 65
名聲 65,66
名譽 **66**,319,363
名譽掃地 66,100
多如牛毛 303
多見 238
多姿多彩 370
多情 274
多嘴 379

〔丶〕

冰冷 **66**,33,247,329
冰清玉潔 5
冰涼 33
亦步亦趨 8
交口稱讚 **66**,390
交往 90,109,233
交流 **66**
交納 **67**
交替 335
交換 66
交際 90
交談 373
交頭接耳 **67**,384
次要 49,143,162
衣衫襤褸 330
衣食無憂 370
衣冠不整 330
衣冠楚楚 330
充分 67
充耳不聞 293
充足 **67**,32,67,154,248,370
充沛 154,370
充裕 **67**,67,154
充溢 67
充滿 **67**
充實 **67**,131
妄自菲薄 **67**,67
妄自尊大 **67**,67
妄想 64,68
妄圖 **68**,64
汗牛充棟 **79**
汗如雨下 79,251
汗流浹背 **79**
污辱 **79**,113
污濁 **79**,199,234,235,246,319
污穢 319,330
污衊 79
江河日下 108
忙碌 **68**,131,234,265,354
守口如瓶 **68**,12,239
守信 **68**
守衛 68
守舊 **68**,91,254,268,286
守護 **68**
安分守己 121,289
安心 **68**,128,340
安全 **68**,41,79
安如磐石 78,372
安放 **69**,69
安定 **69**,70,203,373,380
安居 315
安居樂業 **69**,46,376
安排 **69**
安逸 **69**,360
安然 181
安然無恙 45
安頓 **69**,69
安置 **69**,69
安詳 **70**
安裝 **70**,104,240
安寧 **70**,69
安撫 70,327
安慰 **70**,324,327
安靜 **70**,43,99,139,209,234,253,282,308,310
安穩 **70**,69,70,373

〔一〕

收取 67

收拾……346
收留……**71**,71
收效……**71**
收益……**71**,289
收容……**71**,71
收集……**71**,258
收養……71
收縮……**71**,100,333,366
收藏……**71**,149
收攏……209,258
收穫……289
奸計……301
奸詐……**72**,138,343
奸猾……72
如日中天……**72**,26
如火如荼……328
如出一轍……14,348
如同……**72**,245
如坐針氈……**72**,84
如虎添翼……73
如果……170
如法炮製……**72**
如常……**72**
如魚得水……**73**
如期……**73**,153,334
如意……**73**,63,73
如夢初醒……**73**,139
如影隨形……**73**,81
如願……**73**
如願以償……**74**,13,105
好久……**80**,90,239
好心……**80**
好吃懶做……80,288,322
好多……239
好事多磨……3
好看……**80**,145,373
好笑……40
好高騖遠……**80**,336
好處……**80**,99
好動……33
好逸惡勞……**80**,24,288
好感……**80**
好意……80,145,248,323
好運……**80**
好像……72,78,245
好轉……186,190
好聽……203,374

七畫

〔一〕

弄巧成拙……105
弄虛作假……**94**
形成……310
形形色色……64
形單影隻……81
形勢……105,228
形影不離……**81**,73
形影相弔……**81**
形影相隨……73,150
戒備……379
吞吞吐吐……**81**,22,104,195,302,306,332
吞併……**81**
扶助……94
扶持……**94**,94
扶植……**94**,94
扶搖直上……**94**,4
扼要……301,368
找回……60
拒絕……**93**,76,213,214,231,233,362,364
批判……**95**,95,316
批准……**95**,45
批評……**95**,95,116,142,300,382
批駁……**95**,30,95,381
走投無路……26,161,274
走神……9
走馬觀花……183,188
走運……**95**,120
走漏……163
赤手……171
折本……357
折服……**95**,115
折磨……**95**,134
折騰……95
抓住……97
抓緊……52,129
抓獲……189
坎坷……**96**,42
均勻……42
均衡……43
坍塌……**96**,169,355,388
抑止……96
抑制……**96**,82,295,359
抑鬱……**96**,330
投入……96
投合……112,207,321
投放……**96**
投降……**96**,119
投鼠忌器……**96**
投誠……96
投緣……**97**
投機……97
投機取巧……**97**
坑害……**97**
坑騙……267
抗拒……111,270,282
抗爭……92
抗衡……302
志同道合……31,228
志向……230
扭曲……133
扭扭捏捏……296
扭捏……**97**
把握……**97**
抒發……**97**,96
劫掠……232
劫難……198
克己奉公……**81**
克制……**82**,96,359
克勤克儉……**82**,13,134,338
杞人憂天……227

李代桃僵 209
求助 82, 358
求教 142, 197, 336
求救 **82**
求援 82
車馬盈門 123
更正 91, 113, 170
更改 91, 170, 386
更換 91, 236
束手無策 **97**, 6, 28, 138, 298
束之高閣 293
束縛 **98**
否決 **82**, 95, 162, 333
否定 82, 162
否認 **82**, 119, 333

〔丨〕

忐忑不安 **82**, 84, 118
步履維艱 219
呈交 302
呈現 186, 189, 387
呈獻 104
見多識廣 **98**, 84, 132
見利忘義 81
見怪不怪 15
見效 71
見異思遷 12
見解 **98**, 135, 389
見義勇為 **98**
見聞 98
見機行事 97, 135
見識 **98**
呆板 40, 46, 55, 129, 163, 170, 293, 388
足夠 32, 248
足智多謀 **98**
刪改 285
刪削 82
刪除 **82**, 179
困乏 **98**
困苦 **98**, 364
困倦 98, 197
困惑 **99**, 188, 303
困境 **99**, 186
困難 176, 374
吵鬧 **99**, 70, 135, 253, 308, 310
吵嚷 99
吶喊 **93**
吶喊助威 286
吩咐 **93**
別出心裁 **99**, 72, 349
別具一格 99, 348
別具匠心 72, 99
別致 **99**, 244
別開生面 348
別離 **99**, 371
吻合 25, 119
吹捧 104
吸引 **93**
吸收 **93**, 93
吸取 **93**, 93
岌岌可危 78, 285

〔丿〕

告示 242
告別 **83**, 83, 280, 371
告發 254
告誡 **83**, 379
告辭 **83**, 135, 371
利令智昏 214
利用 **99**, 322
利索 240
利益 **99**
利落 240
利誘 36
利慾熏心 214
私下 **100**, 32
私心 **100**
私自 100, 350
私念 100
私慾 100
每況愈下 26, 54
估計 **83**
估量 83
佈告 242
佈滿 67
佔有 **83**
佔領 **83**, 83
佔據 **83**, 83, 334
伸展 **100**, 256
伸開 209
作威作福 377
伶牙俐齒 178
伶俐 **83**
低三下四 94
低劣 **93**, 128, 241
低谷 94, 185, 384
低沉 **94**, 162
低俗 184, 185, 227
低級 185
低落 94, 125, 174
低矮 147
低廉 **94**, 125, 146, 148, 255
低賤 185, 220
低潮 **94**, 185
低頭 124
低聲下氣 **94**, 23
位置 53
身不由己 **100**, 22, 342
身手 **100**
身先士卒 36
身敗名裂 **100**, 38
身強力壯 **100**, 177
身無分文 **101**, 4, 384
身無長物 101
身體力行 36
伺候 111
佛口蛇心 196
彷彿 72, 78, 245
希望 63, 260, 266
坐井觀天 **84**, 132
坐立不安 **84**, 72
坐臥不安 72, 82
坐臥不寧 84

坐享其成……78
妥協……**101**,177,388
妥帖……**101**,32,140,262
妥當……**101**,32,140,323,373
含辛茹苦……**84**,18
含冤……310
含混……84,385
含蓄……**84**,104,116
含糊……**84**,124,332,333,363
含糊其辭……**84**,22,81,195,332
肝腸寸斷……109
肝膽相照……212
免去……101,326
免除……**101**,299
免職……**101**,325
狂妄……**84**
狂妄自大……44,363
狂風……279
狂風暴雨……**85**,331
刨根問底……183,188

〔丶〕

言人人殊……218
言不由衷……**85**,117
言之鑿鑿……137
言而有信……**85**,2,5,134
言而無信……2,5,85,134
言行不一……117
言過其實……**85**,300
言傳身教……**85**,36
言簡意賅……**85**,118,368
言歸於好……194
言聽計從……**86**,54
庇護……198
吝嗇……**86**,13
冷冷清清……328
冷若冰霜……**86**
冷眼旁觀……52,282
冷清……**86**,86,329
冷淡……**86**,87,165,222,318,329,345,346
冷落……**86**,86,346,357
冷漠……**87**,86,318,328,329,345,346
冷靜……**87**,102,178,321,350,386
辛苦……265
辛勞……69,265,346
辛勤……275
辛酸……150
忘乎所以……**87**,207
忘卻……87,157
忘恩負義……**87**,108,181,276
忘記……25,87,89,221,320,372
忘懷……**87**,157,222
判別……**87**
判定……**87**,88,271,365
判若雲泥……**88**
判斷……**88**,87
沙啞……**88**,162,233,327
汲取……93
沒落……**101**,180,231
沒精打采……**102**,136,164
沉入……102
沉沒……**102**
沉重……**102**,238,311,354
沉浸……222
沉痛……**102**
沉着……**102**,87,281,386
沉悶……**102**,94,163,324
沉醉……222
沉默……**102**,338,373,379
沉穩……**102**,189,373
決裂……126,193
快言快語……34
快速……**88**,335,342
快樂……**88**,120,144,150,185,215,246,263,267,272,286,330,373,383
忸怩……97
完工……203,265,296
完好……89,252,341
完好無損……29
完美……**88**,89
完美無缺……**88**,7
完畢……**89**
完備……**89**,88,89
完善……**89**,88
完結……89,273
完整……**89**,252,341
完璧歸趙……**89**
宏大……**89**,25,198,372
宏偉……89
牢不可破……376
牢固……**89**,225,373
牢記……**89**,25,221,320
牢靠……**90**,373
良久……**90**,80,239
良好……**90**,252
良策……15
初春……58
初級……185
初期……**90**,58
初露鋒芒……**90**
初露頭角……90
社交……**90**
罕有……**90**
罕見……**90**,149,238,264

〔乛〕

即刻……278
迅速……33,88,148,335,342
尾聲……**90**
局部……347
局勢……105
改正……**91**,113,170
改邪歸正……**91**,188
改良……91
改革……**91**,68,91
改造……**91**

改換 **91**, 367
改進 **91**, 91
改善 **91**, 91
改過自新 91, 176
改頭換面 156
改變 **91**, 146, 318, 333, 367, 368, 386
壯大 **102**
壯志凌雲 **103**
壯美 103
壯實 **103**, 210, 211
壯麗 **103**, 103
壯觀 **103**, 103
妙策 15
妙趣橫生 155
妨害 **92**
妨礙 **92**, 13
忍受 **92**, 92, 176
忍耐 **92**, 92, 176, 250
忍氣吞聲 **92**, 186, 258
忍無可忍 92
忍讓 **92**, 388
努力 **92**, 275, 342
防不勝防 **103**
防守 **103**
防患未然 19, 37
防備 257, 379
防範 257
防衛 103
防禦 103
災害 92
災禍 23, 92
災難 **92**, 23, 150, 198
巡視 209

八畫

〔一〕

奉公守法 **104**, 81
奉迎 112
奉承 **104**, 197
奉養 379
奉獻 **104**, 192, 232
玩火自焚 36
青出於藍 137
青雲直上 42, 94
青睞 **113**
表白 **116**
表明 116
表述 254
表面 **116**, 49
表現 **116**, 386
表率 311, 332
表情 164
表揚 **116**, 95, 231
表象 236
表達 97, 116
表裏不一 **117**
表裏如一 17, 117
表彰 95, 116
表露 **117**, 75, 121, 387
長久 **117**, 19, 128, 149, 164, 248, 297, 315, 335, 351, 361
長年 **117**
長年累月 **117**, 59
長處 28, 169, 178, 182, 355
長途 **117**
長進 **117**, 265
長遠 **117**, 117, 335
長輩 **118**
長篇大論 **118**, 29, 85
拓展 250, 267, 366
拔刀相助 98
拔尖 **118**
拔除 **118**
拔掉 118
拋棄 **118**, 149, 230, 322
拈輕怕重 152
花色 114
花言巧語 **114**, 38, 202
花費 **114**
花樣 **114**
坦白 356
坦率 **118**, 104
坦然 181
坦然自若 **118**
坦蕩 **118**
抽泣 187
抽空 204
拐彎抹角 **119**, 34, 105, 173, 267
拖拉 201
拖延 **119**, 309
拖累 **119**, 221
拖遝 201
拆台 193
拆卸 **104**, 70, 104, 240
拆除 140, 170, 240, 310
拆散 **104**, 104, 152
拆開 104, 152
拆毀 170, 310
抵抗 30, 96, 119, 282, 302, 359
抵制 270
抵達 **119**, 52, 107, 203, 273
抵擋 **119**, 119
抵賴 **119**, 82
抵償 336
抵禦 **119**, 119
抵觸 **119**, 52, 97, 302
拘束 **120**, 120, 129, 342, 384
拘謹 **120**, 120, 129, 170, 306, 384
抱負 230
抱怨 **120**
抱歉 **120**
拉攏 **116**, 216, 385
垃圾 149
幸運 **120**, 23, 80, 95, 150, 319
幸福 **120**, 98, 150, 215, 263, 272

拂袖而去……258
拂曉……330
拙劣……38, 93
拙見……184, 247
拙作……270
招引……93
招待……**120**, 232, 247
招架……119
招徠……93
招惹是非……**121**
招聘……**121**
招攬……93
披荊斬棘……**121**
披露……**121**, 203
拚死……121
拚命……**121**
抬高……257
抬頭……124
其時……278
其貌不揚……**121**
取代……244
取用……361
取出……361
取消……**121**, 122, 146, 271, 322, 325
取得……**122**, 206, 255, 359
取勝……47, 206, 359
取締……**122**, 121
昔日……109
直言不諱……**104**, 84, 105, 108, 195
直爽……104, 201, 306
直率……**104**, 84, 116, 118, 220
直截了當……**105**, 119, 267, 368
枉然……171
枉費……48
杯水車薪……245
杳無音信……**122**
枕戈待旦……378
東山再起……**122**, 143
東拼西湊……7
東挪西借……7
東倒西歪……**122**, 133, 347
東張西望……**122**, 41, 44
事不關己……293
事半功倍……105
事出有因……41
事先……**105**
事後……105, 278
事前……105
事倍功半……**105**
事理……229
事與願違……**105**, 74, 314
事實……**105**, 304
事態……**105**
事關重大……**105**
刺耳……9, 186, 203, 374
協同……106
協助……**106**, 13, 311
協作……**106**, 63, 193
協定……**106**
協商……106, 208, 337
協調……**106**
協議……**106**
奔向……114
奔忙……114
奔走……114
奔放……306
奔波……**114**
奔赴……**114**
奔跑……**114**, 114
奔馳……**114**, 114, 148, 275
奇妙……**122**, 164
奇怪……**122**, 40
奇特……**123**, 130, 348
奇異……122, 123, 130, 164, 371
來日……109
來之不易……**106**
來往……109
來勢洶洶……179
來路……106
來賓……140
來頭……106
來歷……**106**
來龍去脈……**107**
到任……15, 107, 248
到處……**107**
到場……**107**
到達……**107**, 52, 119, 191, 203, 273
到職……248

〔丨〕

肯定……3, 15, 50, 162, 333
卓有成效……171
卓見……227
卓越……107, 270
卓爾不群……52
虎頭蛇尾……149, 248
旺盛……151
具有……123, 343
具備……**123**
具體……**123**, 131, 385
果敢……123
果斷……**123**, 225, 246, 342, 365
昌盛……**123**, 101, 210, 286, 345
門可羅雀……**123**, 123
門庭冷落……123, 185
門庭若市……**123**, 81, 123
明示……290
明白……**124**, 124, 234
明亮……**124**, 55, 57, 112, 124, 244, 290, 364
明朗……**124**, 363
明晰……**124**, 124
明察……163
明察秋毫……163
明確……**124**, 113, 124, 333, 363, 385
明澈……234

明瞭 124, 234
明顯 **124**, 351, 356, 387
明艷 166
易如反掌 106, 112, 137, 223, 311
昂首 **124**
昂揚 **125**
昂貴 **125**, 94, 146, 255
典雅 **125**, 185, 355
典範 **125**
典禮 **125**
固定 **125**, 175, 386
固若金湯 **125**
固執 **125**, 180, 297, 342
固執己見 **126**
忠厚 53, 72, 138, 156, 212, 324, 343
咒罵 369
呼之欲出 181
呼喊 93
呼應 **115**

〔丿〕

非凡 **107**, 41, 270
非同一般 107
非同小可 **107**, 105
非常 7, 182, 226
非難 107
非議 **107**
卸任 **107**, 15
制止 **108**
制約 98
知己 108
知心 262
知名 **108**, 266
知足 219
知足常樂 206, 219
知音 **108**
知恩必報 108
知恩圖報 **108**, 87
知書達理 154, 242
知無不言 **108**
知道 11
知錯就改 188
物歸原主 89
乖巧 337
刮目相看 45
和平 **126**, 203
和平共處 283
和好 **126**, 193, 339, 362
和風 279
和風細雨 85, 331
和美 126
和氣 **126**, 126, 211, 342
和衷共濟 75, 159, 217
和順 165, 260
和善 **126**, 64, 126, 248, 281
和睦 **126**, 24, 351
和睦相處 283
和解 110, 126, 193, 339, 362
和諧 106, 351
和顏悅色 **126**, 197
和藹 **126**, 126, 281
和藹可親 42, 86, 126
季節 195
委曲求全 186
委任 61
委派 139
委託 **116**
委婉 **116**, 46, 84, 104
委靡 353
委靡不振 **116**, 102, 164, 245
佳作 270
侍奉 111
侍候 111
供給 257
供養 379
使用 99
例外 **108**
延伸 361
延長 186, 361
延後 257
延時 334
延期 73, 153, 334
延誤 193
延遲 119, 214
延續 149
佩服 **115**, 95, 271, 276
依次 270
依依不捨 **127**
依依惜別 127
依附 **127**, 127, 348
依從 **127**, 270
依稀 139, 356
依然 29, 127
依然如故 156
依照 153
依靠 77, 127, 341
依據 341
依賴 **127**, 77, 127, 348
依舊 **127**, 29, 283, 284
依戀 **127**, 173, 221
卑下 128
卑劣 **128**, 128, 252
卑躬屈膝 23
卑微 **128**, 387
卑鄙 **128**, 128, 184, 218
卑賤 220
的的確確 18
的確 333
欣欣向榮 **108**, 46
欣喜 **109**, 262
欣喜若狂 **109**, 261, 271
欣賞 **109**, 336, 389
欣慰 **109**
近在咫尺 18, 20, 21
往日 **109**
往昔 109
往來 **109**, 233
往往 **109**

往常……**110**
彼此……25
返回……**110**
金碧輝煌……**128**
金榜題名……66,310
命令……336,358
剎那……**128**,29,351
受阻……270,297
受挫……270
受罪……326
受難……326
爭分奪秒……**110**,31
爭先恐後……**110**
爭取……**110**,11,129
爭持……110
爭執……**110**,110,113
爭搶……110
爭奪……**110**,214,363
爭論……**110**,110
爭辯……110
念念不忘……**111**
念頭……**111**
肺腑之言……202
朋友……322
服侍……**111**
服從……**111**,270,282,385
肥大……314
肥沃……**128**,220
肥壯……**128**
肥胖……314
肥美……128
周而復始……**111**
周全……**111**,62
周到……111
周密……**111**,378
周圍……**111**,26
周詳……111
周邊……111
昏迷……379
昏庸……151
昏暗……**112**,55,57,124,244,290
昏聵……151
狐朋狗友……216
忽略……**112**,130,173
忽視……**112**,112,130,143,312
忽然……**112**,147,207
迎刃而解……**112**
迎合……**112**,207,321
迎接……**112**,83,188,383
迎頭趕上……**112**

〔丶〕

享用……115
享受……**115**
享福……115,326
享樂……**115**,326
夜以繼日……322
底下……**115**
放大……361
放心……**128**,68,222,340,346
放任……**128**,108,129,316
放棄……**129**,11,110,146,183,230
放肆……**129**
放置……69
放慢……52
放縱……**129**,82,96,128,129,295,316
放鬆……**129**,120,369,370,378
盲目……**113**
刻不容緩……**129**,158
刻板……**129**,388
刻苦……92,275
刻骨銘心……**129**
刻畫……**129**,254
刻畫入微……**130**,9
刻意……**130**
刻薄……**130**,56,150,156,324
並重……205
炎熱……33,66,234,247,318,378
沮喪……174,255,383
油嘴滑舌……2
沿海……26,27
注重……**130**,112
注視……237,341
注意……**130**,112,172,173
沸沸揚揚……9
沸騰……286
波動……190,203,373
波濤洶湧……159
波瀾壯闊……363
波瀾起伏……190
治理……316
怯懦……151,165,360
怏怏不樂……272
怪異……**130**,40,122
怪罪……**130**
怪誕……191
定居……283,315,321
空口無憑……17
空中樓閣……**131**
空手……171
空手而歸……315
空有其名……**131**
空泛……131
空空如也……4
空前絕後……**131**
空洞……**131**
空虛……67
空閒……**131**
空想……**132**,36,236,305
空曠……**132**
宛若……72,245
祈求……63,358

〔乛〕

居心不良……35
居心叵測……35,57
居安思危……184
居無定所……175
屈服……**113**,30,119,302

屈指可數 **113**, 23, 55, 303
屈辱 **113**
承受 92
承認 82, 119, 333, 381
承擔 158, 213, 340
承諾 146, 352
狀況 228
孤立無援 132
孤注一擲 **132**
孤苦伶仃 81
孤陋寡聞 **132**, 98
孤掌難鳴 **132**, 347
孤單 208
孤傲 185, 342
孤僻 268
孤獨 208
姑且 **115**
姑息 **115**
姑息養奸 **115**
阿諛奉承 168
阿諛逢迎 58
阻力 203
阻止 108
阻塞 237, 249, 306
阻撓 213
阻礙 92, 213
阻攔 377
附近 323
糾正 **113**, 91, 133, 356
糾紛 **113**

九畫

〔一〕

契合 25
契約協定 106
奏效 71
春風得意 314
玷污 57
毒辣 **149**, 252
珍品 149
珍重 **148**, 146
珍惜 **148**, 279, 361, 382
珍視 148
珍貴 **148**, 40, 66, 125, 255, 378
珍稀 **149**, 66
珍愛 148
珍藏 **149**, 71
珍寶 **149**
玲瓏剔透 16
封閉 374
持久 **149**, 164, 297
持之以恆 **149**, 50, 225
持械 171
持續 **149**, 26, 146, 224, 269
拮据 67, 324, 364
垮台 202
苦口婆心 319
苦思冥想 **149**
苦惱 **150**, 150, 296
苦寒 378
苦悶 **150**, 256
苦澀 **150**, 39, 202
苦難 **150**
苛求 387
苛刻 **150**, 130, 152
若即若離 **150**, 73, 81
若無其事 **151**, 314
若隱若現 **151**
茂盛 **151**, 154, 200, 354
茂密 151, 350, 354
苗條 370
英才 8
英明 **151**
英俊 **151**, 142
英姿颯爽 10
英勇 **151**, 165
英雄 307
英雄輩出 8
苟且偷生 **151**, 308
苟且偷安 151
茅塞頓開 **152**, 73, 139, 192, 364
拾人牙慧 8
拾回 118
拾取 60
挑三揀四 152
挑肥揀瘦 **152**
挑剔 **152**
挑撥 337
挑選 **152**
指日可待 **142**, 303
指使 222
指派 139
指責 **142**, 95, 116, 235, 381, 382
指教 **142**, 197, 336
指鹿為馬 **142**
指望 **142**
指導 **143**, 311
指點 143
拼合 152
拼湊 **152**
拼搏 **152**
挖空心思 **152**
挖掘 **153**, 187, 250
按時 **153**, 73, 153
按期 **153**, 73, 153, 334
按照 **153**
拯救 192
革故鼎新 213
革新 62, 91, 254, 286
革職 101, 325
故人 153
故土 153
故交 **153**
故弄玄虛 215
故步自封 **153**
故鄉 **153**
故園 153
故意 **154**
胡言亂語 **154**
胡思亂想 226, 298
胡説八道 137, 154

胡編亂造......**154**
胡攪蠻纏......**154**
南轅北轍......**133**,134
枯乾......200
枯萎......**154**,151,200,354
枯竭......**154**,370
枯燥......**154**,48,160,255
枯燥無味......**155**,370
查找......262
查問......**155**,334
查詢......155
相互......25
相反......155
相去甚遠......14
相同......**155**,23
相仿......155
相形失色......155
相形見絀......**155**
相投......97
相似......155
相信......**155**,137,293,372
相差無幾......14,21
相悖......25
相逢......99,143,364
相等......43
相當......**155**
相聚......19,47,280,313,371
相貌......8
相貌平平......121
相貌堂堂......121
相繼......232
柳暗花明......17
勃然大怒......33,141
要求......336
要言不煩......85
要是......170
要害......375
要脅......133
威名......201
威武......133
威風......**133**
威風掃地......10
威風凜凜......10
威脅......**133**,70
威望......363
威逼......133
威嚇......179
威嚴......**133**
歪曲......**133**
歪歪扭扭......133
歪歪斜斜......**133**,122
歪風邪氣......198
厚此薄彼......**155**
厚待......**156**,165,355,357
厚道......**156**,130,212,324
厚顏無恥......**156**,139
面不改色......**156**
面目一新......**156**
面目全非......**156**
面有菜色......157
面面俱到......382
面黃肌瘦......**157**
面對......172,182
耐人尋味......**145**,249,295
耐心......**145**,138

〔丨〕

背井離鄉......175
背水一戰......132,193
背地......134,278
背面......**133**,30
背信......68
背信棄義......**134**
背後......**134**,278
背棄......137
背道而馳......**134**,133
虐待......**134**,95,156,355
省力......256
省心......**134**,256,346
省吃儉用......**134**,6,82,251
省事......**134**
省便......134
削弱......52,102,325
削減......102,247,249,325,359,362
是非分明......244
盼望......142,260
冒失......**143**,222,339,373
冒犯......**143**,207
映襯......212
昭雪......310
畏首畏尾......**157**,78,96,121,165
畏縮......177
畏縮不前......3
畏懼......**157**,176,381
思考......**157**,74,157
思忖......**157**,157
思念......**157**,221,298,372
思索......74,157
思量......74,157
品味......76
品格......9
品質......8
迥然不同......156
幽靜......**135**,70,209,234,308,321
幽默......**135**,160,293,300

〔丿〕

拜見......135
拜託......116
拜訪......**135**,240,371
拜謝......168,269
看守......68
看法......**135**,98,389
看重......**135**,16,130,143,317,333,366
看風使舵......**135**,97
看穿......**136**,136,375
看破......136,375
看透......**136**,136

看望……**136**,223
看清……319,375
看輕……135,312
看管……283
看護……68,381
垂青……113
垂直……27
垂涎三尺……**136**
垂涎欲滴……136
垂頭喪氣……**136**,163,164,207,295
香甜……202
重大……**143**,102
重要……**143**,49
重振旗鼓……122
重逢……**143**,19,30,31,313,364,371
重視……**143**,16,112,130,135,312,313,317,333,366
重整旗鼓……**143**
重歸於好……194
便利……**146**,33
便宜……**146**,94,125,255
便捷……33,146
俏麗……**136**,142
保存……**146**,71,146,149,174,230,233
保全……146
保守……68,163,268,287,297
保持……**146**,91,230,318
保重……**146**,148
保留……**146**,39,60,118,121,122,146,174,179,216,233,237,299,322
保密……32,121,203
保衛……**146**,146,192
保養……337
保薦……214
保證……**146**
保護……**146**,79,97,146,157,194,232,267,280,288,289,318
促進……92,213
侮辱……79,199
俗不可耐……**136**,266
俗氣……**136**,244,355
信口開河……12,68,137,154,281
信口雌黃……**137**,154
信手拈來……**137**
信心百倍……294
信任……**137**,155,191,226,372
信守……**137**
信服……95,115
信賴……137,155,226
侵犯……146,192
侵吞……157
侵佔……**157**
侵害……**157**
侵略……146,192
迫不及待……**158**
迫不得已……**158**,34,39,294
迫切……**158**,328
迫在眉睫……**158**,129,344
迫近……**158**
侷促……120,132
俊秀……142,151,233
俊俏……**142**,136,142
俊美……**142**,151
俊傑……307
很久……80,239
很多……239
後天……20
後來……277
後來居上……**137**,208
後果……**137**,161
後悔……**138**,176
後退……**138**,162,169
後期……90,161
後繼無人……8
食言……68
負疚……**158**,27
負面……30
負責……**158**
負擔……**158**
勉強……**159**,326
勉勵……**159**,285,350
風平浪靜……**159**
風光……160
風光綺麗……17
風行……**159**,174,201
風行一時……160
風雨同舟……**159**,45,60,75,217
風雨交加……159
風和日麗……**159**
風采……**159**
風俗……**159**
風度……159
風姿……159
風景……**160**
風趣……**160**,135,293,300
風靡一時……**160**
風韻……159
狡詐……**138**,72,138,343
狡猾……**138**,53,138
狡辯……301
狠毒……28,64,149,248,252
怨恨……277
急不可待……158
急切……158,328
急中生智……**138**,97,228
急忙……**138**,224,281,309
急於求成……**138**
急促……247
急迫……158,305,306
急風暴雨……331
急救……290
急速……88,335
急躁……**138**,87,145,189,296,331

盈餘……357

〔丶〕

訂正……113
訂立……**160**, 335
計日程功……142
計劃……38, 367
計謀……351
哀求……**144**
哀悼……**144**, 183, 208
哀痛……263
哀愁……**144**, 262, 329
哀傷……**144**, 263, 263, 330
亮堂……124
度量……179, 179
施工……203
施予……160
施行……**160**, 223, 304, 304
施展……**160**
施捨……**160**
音訊全無……122
美不勝收……**144**
美中不足……**144**, 88
美名……**144**
美好……**145**, 145, 145, 355
美妙……**145**, 145
美味佳餚……17
美意……**145**
美稱……144
美滿……**145**
美麗……**145**, 80, 136, 315, 355, 373
美譽……144
叛亂……203
前功盡棄……**161**
前因……**161**
前因後果……107
前行……162, 204
前呼後擁……81
前往……114
前奏……90
前思後想……12
前途……**161**
前期……**161**, 58, 90
前景……**161**
前程……161, 161
前程似錦……161
前程萬里……**161**
前程遠大……161
前進……**162**, 138, 169, 204
首先……220
首肯……**162**
首屈一指……**162**
首要……**162**, 49
首創……**162**
首鼠兩端……**162**
首腦……**162**
首領……162
炫耀……300, 328
為所欲為……342
為期不遠……303
洪亮……**162**, 88, 327, 382
洩氣……**163**, 255
洩漏……331
洩露……**163**, 203, 232
洞若觀火……**163**
洞察……**163**
洗心革面……239
洗練……317, 342
活力……**163**, 46, 259
活潑……**163**, 55, 163, 378
活躍……**163**, 163
活靈活現……181
派遣……**139**
洽談……106
洋洋自得……**163**
洋洋得意……163
津津有味……344
津津樂道……**164**
恆久……**164**
恢弘……89
恢復……365
恍惚……**139**
恍然大悟……**139**, 73, 152
恫嚇……179
恬不知恥……**139**, 156
恬靜……**139**, 33, 308
恰巧……**139**, 297
恰如其分……**140**, 85, 285
恰到好處……140, 285, 300
恰當……**140**, 32, 47, 63, 101, 206, 262, 323
恪守……137
宣佈……32, 249
宣洩……250
宣導……257
客人……**140**
客觀……**140**
突兀……**147**
突出……**147**, 42
突如其來……**147**
突飛猛進……**147**, 1, 26
突破……**147**, 37, 49
突圍……49
突然……**147**, 112, 207
祛除……381
神色……164, 165
神奇……**164**, 122, 371
神往……**164**
神采奕奕……**164**, 34
神采飛揚……295
神氣活現……**164**
神秘……164
神情……**164**, 165
神通廣大……6
神聖……**165**, 295
神態……**165**, 164

〔乛〕

建立……**140**, 56, 214, 240, 253, 325, 335, 347
建造……**140**, 170
建設……194
建築……310
眉目……**140**, 353

眉飛色舞……261
眉開眼笑……**141**, 196, 287
姹紫嫣紅……294
怒不可遏……**141**, 141
怒火中燒……141, 292
怒目而視……**141**
怒放……202
怒氣沖天……**141**, 141
怒髮衝冠……**141**, 141
飛行……**147**
飛快……**148**, 148
飛奔……114
飛速……**148**, 33, 148
飛揚跋扈……**148**, 377
飛黃騰達……**148**, 42
飛馳……**148**, 114
飛舞……380
勇往直前……**165**, 3, 208
勇氣……360
勇猛……165
勇敢……**165**, 151, 360
怠惰……92
怠慢……**165**, 86, 247
柔和……**165**, 46, 165, 260
柔弱……**165**, 210, 238, 298
柔軟……**165**
柔順……**165**, 260
陌生……**141**, 46, 321, 322
降生……38, 337
降低……**145**, 13, 257, 325
降級……28
降落……**145**, 147
降職……28
限制……128, 359
紅光滿面……157
紅潤……280, 309
約束……98, 115, 128, 129, 316

十畫

〔一〕

泰然……**181**
泰然自若……**181**, 14, 72, 118, 156, 329
泰然處之……23, 192
素來……**166**
素淨……**166**, 166
素淡……**166**
素雅……**166**, 166, 364, 388
素質……166
素養……**166**, 170
捕風捉影……18, 281
捕捉……**189**
捕獲……**189**
馬上……**189**, 50
馬到成功……**190**, 307
馬虎……**190**, 48, 241, 243, 319
馬馬虎虎……**190**
振作……255, 353
振奮……255, 353
起用……**190**
起死回生……274
起因……**190**, 137, 273
起伏……**190**
起伏跌宕……**190**, 43
起色……**190**
起身……191
起初……277
起始……269
起飛……145
起程……**191**, 52, 107, 203, 273
起疑……**191**
起鬨……255
草芥……149
草草……191
草率……**191**, 292, 312
荒唐……**191**, 191
荒涼……**191**, 215
荒無人煙……**191**, 9
荒誕……**191**, 191
荒誕不經……10
荒蕪……191
荒謬……**191**, 63, 191
荒謬絕倫……10
捎帶……270
茫然……**192**
茫然不解……**192**, 236
茫然失措……**192**
捍衛……**192**, 146
捏造……**192**
貢獻……**192**, 104
埋伏……**187**
埋沒……190, 250
埋怨……120, 130, 235, 281
埋頭苦幹……**187**
埋藏……**187**, 153, 250
捉拿……189
捆紮……297
捆綁……297
挺立……**166**, 355
挺身而出……78
挫傷……350
挽留……**192**, 381
挽救……**192**, 290
恐慌……**178**
恐嚇……**179**, 70
挪動……283
挨次……270
挨個……270
耿耿於懷……314
耽誤……**193**
耽擱……193
恥辱……**193**, 57, 113, 319
恥笑……**193**
恭維……104
真才實學……**167**
真切……**167**, 167, 367
真心真意……304
真心誠意……167, 301
真心實意……**167**, 252, 301, 304
真相大白……**167**, 27

真理……**167**
真偽莫辨……167
真情實感……252
真誠……**167**, 167, 168, 301, 301
真實……**167**, 167, 191, 253, 333
真摯……**167**, 167, 301
真諦……167
格外……182, 226
校正……356
根本……49
根底……237
根除……233
根基……237
栩栩如生……**181**
索取……104, 192, 257
索要……104
索然無味……74, 155, 344
配合……**193**, 63, 106
辱罵……369
唇亡齒寒……183
破釜沉舟……**193**, 132
破除……347
破產……**193**, 169, 375
破裂……**193**
破落……**193**
破損……252
破滅……36
破綻……**193**, 304
破綻百出……**194**, 245, 304, 316
破曉……330
破舊……**194**
破舊立新……58, 213, 288, 321
破壞……**194**, 68, 79, 146, 280, 288, 290, 318
破鏡重圓……**194**
原因……137, 161, 190, 273
原先……60
原諒……324, 339, 379
致歉……280
致謝……**168**, 269, 281, 320
晉級……28

〔丨〕

鬥志昂揚……103
鬥爭……101
虔誠……**168**
時代……**194**, 195
時令……195
時光……**194**, 57, 277
時尚……**194**, 10, 195
時常……**194**, 109, 218, 238, 297
時期……**195**, 194
時間……57
時節……**195**
時髦……**195**, 10, 194, 287
時隱時現……151
時斷時續……224
晃動……285, 366
晃悠……285
閃亮……195
閃爍……195
閃爍其詞……**195**, 84, 104
閃耀……**195**
剔除……**179**, 82
骨幹……**195**
骨瘦如柴……100
哭泣……**187**
哭笑不得……**187**
恩重如山……**181**
恩深義重……181
恩情……**181**
恩將仇報……**181**, 87, 108, 276
恩惠……**182**
恩德……181, 182
恩澤……182
恩斷義絕……372
唉聲歎氣……163
唆使……222
豈有此理……229
迴避……**182**, 363
峻峭……**168**
剛巧……139
剛正不阿……**168**
剛直不阿……58, 168
剛強……**168**, 168, 225, 238
剛愎自用……126, 349
剛毅……**168**, 168

〔丿〕

耗費……114, 174, 344, 344
缺一不可……**168**
缺少……**169**, 32, 169, 343
缺乏……**169**, 123, 169, 248
缺席……107
缺陷……169
缺點……**169**, 28, 178, 355
氣力……11
氣急敗壞……**179**, 246
氣度……**179**, 179
氣派……**179**, 364
氣量……**179**, 179
氣勢……179, 180
氣勢洶洶……**179**
氣勢磅礴……363
氣概……**179**, 180
氣魄……**180**, 179
氣餒……55
氣憤……**180**, 327, 327
特地……270
特色……182
特別……**182**, 3, 7, 42, 182, 348
特長……**182**
特例……108
特性……180, 182
特殊……**182**, 3, 42, 226
特意……130, 270
特徵……**182**, 182

特點......**182**, 182
乘人之危......**169**, 296
乘風破浪......121
乘機......**169**
秘密......**183**, 32
笑容......**195**
笑容可掬......**196**
笑容滿面......196, 287
笑逐顏開......**196**
笑裏藏刀......**196**
笑臉......195
笑顏......195
笑顏逐開......141, 261, 287
借機......169
倚仗......341
倒下......166
倒退......**169**, 138, 162, 177, 250, 254
倒閉......**169**, 193, 268, 375
倒塌......**169**, 96, 291, 355, 388
倒楣......95, 120
修正......**170**, 91
修改......170, 285
修建......**170**, 140
修理......**170**, 170, 318
修復......**170**, 194, 288, 290
修補......170
修葺......170
修飾......339
修養......**170**, 166
修整......318
修築......170, 310
修繕......170, 290
倘若......**170**
個人......259, 313
個別......**180**
個性......**180**
個體......259, 347
倜儻......**170**
隻身......255
隻言片語......12, 29
俯仰由人......77
俯首......124
俯首貼耳......54
俯視......171
俯瞰......**171**
臭名......144
息事寧人......**183**, 212
息怒......250
息息相關......**183**
烏黑......48
鬼斧神工......**196**
鬼鬼祟祟......**196**, 204, 231
倔強......**180**, 125, 165
追本溯源......**183**
追求......183
追逐......**183**, 184
追悼......**183**, 144
追趕......**184**
追憶......**184**, 77
追隨......200, 298
徒手......**171**
徒有虛名......**171**, 65
徒然......**171**
徒勞......48
徒勞而返......171
徒勞無功......**171**, 265
徒勞無益......171
殷切......328, 358
航行......147
拿手......**171**
逃亡......19
逃之夭夭......**171**, 208
逃走......172
逃命......19
逃跑......**172**, 184
逃逸......172
逃避......**172**
逃竄......172
奚落......104
倉促......**184**
飢寒交迫......370
脈絡......**197**
脆弱......238, 298
狹小......**172**, 132, 172, 269, 324, 332, 340
狹窄......**172**, 132, 172, 269, 324, 332, 340
狹路相逢......177
狹隘......**172**, 118, 172
狼吞虎嚥......**184**
狼狽......**184**, 374
狼狽為奸......76
桀驁不馴......54, 215
留下......381
留心......**172**, 112, 130, 172, 173
留神......**172**, 16, 130, 172, 173
留意......**173**, 130, 172
留戀......**173**, 127, 219, 221

〔丶〕

討好......**197**, 207
討教......**197**, 142, 336
討厭......**197**, 262, 279, 318
討論......338
託付......116
託詞......359
記住......87
記號......332
凌辱......**199**
凌亂......**199**, 235, 346, 365
凍結......341
衰亡......**180**
衰老......309
衰弱......**180**, 210, 252
衰敗......**180**, 101, 123, 180, 210, 253, 286, 330, 344, 345
衰落......**180**, 101, 123, 180, 193, 231, 253, 286, 330, 345

高大……**184**, 291, 314, 320
高手……178
高見……**184**, 227, 247
高枕無憂……**184**
高尚……**184**, 128, 185, 218
高明……38, 151
高昂……94, 125
高呼……93
高朋滿座……**185**
高峰……185, 384
高高在上……42
高級……**185**
高速……88
高深……216
高雅……**185**, 32, 125, 136, 227, 355
高貴……**185**, 128, 184, 220
高等……185
高傲……**185**, 278
高漲……94
高論……184, 227
高談闊論……**185**, 12, 300
高潔……295
高潮……**185**, 94
高興……**185**, 88, 102, 109, 150, 180, 246, 263, 267, 272, 278, 330, 373, 374
高檔……185
高聳……147
高瞻遠矚……**186**
准許……45, 95, 176, 239
疾言厲色……**197**
疾馳……148
疼愛……**197**
疲乏……197
疲倦……**197**, 98, 197
疲勞……197, 265
疲憊……**197**, 98
疲憊不堪……**198**, 34
效仿……**173**, 61
效果……**173**
凋落……202
凋零……151, 202, 354, 380
凋謝……202, 268
旅行……189
旅遊……**189**
剖析……30
旁若無人……**173**, 201
旁敲側擊……**173**, 105, 119
旁徵博引……**173**
旁觀……**174**
差別……**187**
差異……187
差遣……139
差錯……**187**, 205, 285, 352
送行……**188**
送別……112, 188
料理……**188**, 231, 316
料想……**188**
迷途知返……**188**, 19, 223
迷惑……**188**, 99, 136, 303, 351
迷惑不解……192, 303
迷糊……**188**, 334
迷戀……127, 219
益處……80
兼併……81
逆耳……**186**
逆來順受……**186**, 92
逆境……**186**, 99
逆轉……**186**
烘托……**188**, 381
酒肉朋友……216
涇渭分明……244
涉及……221
消亡……174, 180
消失……**174**, 52, 189
消沉……**174**, 55, 125, 353
消耗……**174**, 341, 344
消氣……250
消除……**174**, 39, 216, 299, 381
消逝……174, 189
消費……114
消極……**174**, 344
消滅……**174**, 287
浩大……**198**
浩如煙海……79
浩劫……**198**
浩然之氣……**198**
浩渺……198
浩蕩……**198**
浩瀚……198
海市蜃樓……131
海枯石爛……20
浮光掠影……**188**
浮現……**189**
浮動……125
浮淺……**189**
浮華……201
浮想聯翩……226
浮誇……**189**, 300
浮躁……**189**, 138, 336
流亡……19
流行……**174**, 159, 201, 284
流言……**174**
流芳百世……**175**, 51, 65
流浪……315
流動……**175**, 125
流淌……175
流傳……**175**
流暢……242, 270
流離失所……**175**, 69, 376
流露……**175**, 117, 387
浪費……**175**, 148, 252, 275, 279, 297, 338, 361
悄無聲息……**175**, 331
悔恨……**176**, 138
悔過自新……**176**
悅耳……233

家破人亡 69
家財萬貫 1
家徒四壁 4, 101
家喻戶曉 305
家鄉 153, 226
害怕 **176**, 157, 381
害處 80
害羞 **176**, 97, 227
害臊 176, 227
容光煥發 157, 164
容忍 **176**, 92
容易 **176**, 311
容許 **176**
朗誦 177
朗讀 **177**
袒護 **198**
袖手旁觀 98, 282, 293
被迫 39
被動 **198**, 49, 344
被逼無奈 294
冤家路窄 **177**

〔乛〕

書面 **177**
退出 52, 211
退步 **177**, 117, 138, 169, 265
退卻 **177**, 177
退場 273
退縮 **177**, 177
退讓 **177**, 92, 302, 388
展示 186
展現 **186**, 160, 387
展望 **186**, 77, 184
展開 209
展緩 **186**
展露 186
弱小 **177**, 210
弱不勝衣 177
弱不禁風 **177**, 100
弱點 **178**
脅迫 133
能人 178
能力 **178**, 40
能手 **178**
能言善辯 **178**, 178
能耐 100, 178
能幹 **178**, 206
能説會道 **178**, 178
陡峭 **181**, 43, 168
陡峻 181
除去 174
除掉 39
除舊佈新 213
純正 198, 199
純真 **198**
純淨 **199**, 199
純粹 **199**
純熟 **199**, 321
純潔 **199**, 198, 233, 295
紕漏 193
紛至沓來 233
紛爭 113
紛亂 235, 365
紛繁 316

十一畫

〔一〕

匿名 292
責令 336
責任 **235**
責怪 **235**, 120, 130, 235
責問 **235**
責無旁貸 **235**, 25, 292, 293
責備 **235**, 107, 130, 142, 235, 281
責罰 **236**, 379
責罵 369
現在 **236**, 278
現狀 161
現象 **236**
現實 **236**, 36, 132, 161, 230, 304, 305
理由 359
理所當然 **229**
理想 **230**, 305
理睬 **230**
理會 230
理解 **230**, 11, 320, 320, 387
規定 **200**
規則 200
規矩 **200**, 297
規劃 240, 367
規範 **200**, 200, 333
規勸 377
掛一漏萬 49
掛念 68, 157, 221, 222, 298
堵塞 237, 249, 306
掩人耳目 217
掩飾 175
掩蓋 232, 331, 356
掉以輕心 **236**, 240
掉換 **236**
莽撞 **222**, 143, 339
莫名其妙 **236**
莊重 **212**, 312, 313, 341, 378
莊嚴 133, 165, 212, 378
排山倒海 **216**, 338
排斥 **216**, 93, 116, 216, 385
排列 **216**
排泄 93
排除 **216**, 237
排解 **216**
排遣 216
排憂解難 52
排擠 **216**, 116, 216, 385
推三阻四 235
推心置腹 **212**
推行 214, 304
推卸 213, 340
推延 119, 214

推波助瀾 **212**, 183
推重 213
推卻 **213**, 214
推倒 214, 347
推崇 **213**, 218
推動 **213**, 213
推脫 **213**
推陳出新 **213**, 58, 288, 321
推進 **213**, 213
推測 **213**, 213, 226
推想 **213**, 213
推誠相見 268
推敲 **214**
推廣 **214**
推遲 **214**, 186, 257
推選 271
推薦 **214**
推翻 **214**, 82, 140, 253, 333
推斷 83, 213
推辭 **214**, 213, 340, 362, 364
推讓 **214**, 363
頂撞 143, 321
掀開 254
逝世 19, 38, 284, 337
捨己為人 **230**, 289
捨生忘死 **230**, 219
捨棄 **230**, 129
採用 **230**, 99, 231
採取 **231**, 230, 231
採納 **231**, 231
採集 71
採購 360
掙脫 366
教育 **222**, 223, 236
教唆 **222**
教授 362
教誨 222, 223
教養 170
教導 **223**, 222
掠奪 **232**, 290
掂量 384
培育 **236**, 237
培植 94, 236, 237
培養 **237**, 236
接收 233, 362
接近 158, 361
接受 93, 213, 214, 231, 233, 287, 302, 362
接待 **232**, 120, 247
接納 **233**
接連 224
接踵而至 **233**
接濟 224
接觸 **233**, 239
執行 **223**, 160
執迷不悟 **223**, 73, 91, 176, 188, 239
捲土重來 143
控制 22, 82, 96, 333, 346
探求 223
探究 223
探索 **223**, 299
探問 **223**, 223
探訪 135, 223, 240
探望 **223**, 136
探視 136
探詢 223
探聽 **223**, 223
探囊取物 **223**
掃除 **237**, 216, 233
掃視 **237**
掃興 **237**, 272
基礎 **237**
聆聽 291
帶動 **200**
帶領 **200**, 200, 220, 298
帶頭 220
乾枯 **200**, 154, 339
乾涸 154
乾淨 **200**, 199, 319, 330
乾燥 **201**, 358
乾癟 298
彬彬有禮 32
梗阻 **237**
梗概 **237**, 301
救助 82, 224
救治 224
救援 **224**
救濟 **224**
救護 **224**
斬釘截鐵 332
軟和 165
軟弱 **238**, 168, 225
連忙 **224**, 138, 309
連接 **224**, 358
連連稱是 352
連累 **224**, 119, 221
連綿 318
連綿不斷 **224**
連篇累牘 85, 118
連續 **224**, 24, 26, 269
專心致志 1, 34, 62, 307, 315
專長 182
專制 51, 348
專程 270
專橫跋扈 148
區分 234
區別 187, 234
堅如磐石 285
堅決 **225**, 225, 342
堅固 **225**, 89, 225, 369, 373
堅定 **225**, 203, 225
堅持 129, 388
堅持不懈 **225**, 149
堅信 **225**, 215, 226, 333
堅信不疑 50, 211
堅強 **225**, 168, 238, 298
堅硬 165
堅實 **225**, 215
堅毅 168, 225
逗留 204

奢侈……**201**, 297, 307, 330, 343, 364, 368
奢華……201, 307, 330, 368
爽快……**201**, 201
爽朗……**201**, 268, 330
逐漸……112, 147, 207
盛大……198, 251
盛行……**201**, 159, 174
盛名……**201**
盛典……125
盛夏……247, 251
盛氣凌人……**201**, 42, 148
盛開……**202**, 268
盛極一時……160
頃刻……90

〔丨〕

彪悍……210
處之泰然……84
處理……**231**, 188
處境……**231**, 307
處罰……**231**, 236, 322, 324
處變不驚……181
堂堂正正……**231**, 204
常年……**238**, 117
常見……**238**, 66, 90, 149, 264
常規……108
常常……**238**, 109, 194, 218, 297
晨光……359
晨曦……359
眺望……**238**, 303, 360
敗北……**231**, 47, 259
敗落……**231**, 193
敗興……237
敗壞……**232**
敗露……**232**
眼下……44
眼界……98
眼前……44, 117
野蠻……**216**, 211, 309
畢恭畢敬……215
啞口無言……209
閉幕……**238**
問心有愧……34
問心無愧……34
問罪……280
晦氣……95
晦澀……242, 270
晚上……48, 58
晚期……58, 90, 161
晚輩……118
異口同聲……**225**, 217, 218
異心……75
異乎尋常……**226**
異常……**226**, 30
異鄉……**226**, 40, 153
異想天開……**226**
趾高氣揚……94, 164
略微……264, 279
患難之交……**216**
患難與共……**217**, 75
國泰民安……46, 69
唯一……**214**
唯才是舉……61
唯利是圖……**214**
唯唯諾諾……**215**
崎嶇……42, 96
眾口一詞……**217**, 65, 218, 225
眾目昭彰……217
眾目睽睽……**217**
眾多……**217**, 214, 239, 264, 354
眾志成城……132, 294, 347
眾所周知……**217**, 275, 305
眾叛親離……**217**
眾望所歸……**218**
眾説紛紜……**218**, 217, 225
崩塌……96, 169
崩潰……**202**
崇拜……**218**
崇高……**218**, 128, 184
崇敬……77
崛起……365

〔丿〕

造成……310
甜言蜜語……**202**, 114
甜美……**202**, 39, 150, 202
甜蜜……**202**, 202
透明……**202**
透亮……202
透徹……**202**, 215, 317, 335
透露……**203**, 75
移動……283
動人……**203**
動人心弦……74, 276
動力……**203**
動工……**203**, 265
動用……361
動身……**203**, 191
動員……291
動搖……**203**, 225, 373
動亂……**203**, 203
動盪……**203**, 69, 70, 331, 373
動聽……**203**, 374
笨口拙舌……17, 178, 178
笨拙……**238**, 204, 240, 312, 388
笨重……**238**, 311, 312
笨嘴拙腮……178
符合……25
敏捷……**204**, 356
敏感……**204**
敏鋭……**204**, 204, 342, 388
偃旗息鼓……14
條理……140, 197, 353
條理分明……376
悠久……117

悠閒……68, 69, 114, 234, 265, 354
悠然自得……329
側重……205
偶然……**218**, 218
偶爾……**218**, 194, 218, 238, 297, 353
偷空……**204**
偷偷摸摸……**204**, 196, 231
偷閒……204, 204
偷盜……204
偷懶……**204**
偷竊……**204**
貨真價實……357
停工……326
停止……**204**, 205, 242, 273, 354
停泊……315
停息……204
停留……**204**
停頓……**205**, 149, 204
停滯……**205**, 26, 114, 204, 250
停滯不前……1, 288
停靠……315
偽造……192
偽善……301
偏心……**205**
偏見……**205**
偏私……31
偏重……**205**
偏差……**205**, 187
偏袒……**205**
偏愛……**205**
偏遠……**205**, 205, 371
偏僻……**205**, 205
偏護……205
鳥瞰……171
健在……19
健全……111
健步如飛……**219**
健壯……**219**, 103, 165, 210, 211, 252, 256, 314
假公濟私……32, 81
假心假意……252
假扮……29
假若……170
假造……192
假想……240
偉大……**206**, 41, 266
偉岸……320
得力……**206**
得寸進尺……**206**, 219
得不償失……**206**, 219
得心應手……**206**
得志……47
得到……**206**, 47, 122, 255
得益……71
得勝……**206**, 47, 359
得當……**206**, 47, 207
得過且過……151, 187
得罪……**207**, 197
得意……**207**, 47
得意忘形……**207**, 87, 163
得意洋洋……207
得隴望蜀……206
得體……**207**, 97, 120
徘徊觀望……162
從長計議……129
從來……166, 352
從前……60
從容……70, 184, 281, 369
從容不迫……24, 35, 369
從善如流……5, 126
從業……248
敍述……44
敍談……373
途徑……**232**
悉心……316
欲言又止……22, 306
貪小失大……**219**
貪心……219
貪生怕死……**219**, 230, 308
貪婪……**219**
貪得無厭……**219**
貪戀……**219**
貧乏……**219**, 67, 370
貧困……**220**, 220, 233, 247, 332, 370
貧苦……**220**, 98, 220
貧弱……247
貧寒……**220**
貧賤……**220**, 247
貧瘠……**220**, 128, 247, 370
貧窮……220, 233, 324, 332, 370
脱口而出……**239**
脱俗……136
脱胎換骨……**239**
脱穎而出……**239**
脱險……310
脱離……**239**, 127, 358
魚目混珠……357
猜忌……226
猜測……**226**, 213
猜想……213, 226, 240
猜疑……**226**, 225, 293, 372
猝不及防……103
猛烈……**207**, 210, 327, 350
猛然……**207**, 112, 147
逢凶化吉……367
逢迎……104, 197

〔丶〕

許久……**239**, 80, 90
許可……**239**, 176
許多……**239**
設立……**240**, 325
設計……**240**
設想……**240**
設置……**240**, 240
訪問……**240**, 135
毫不在乎……151
毫不在意……314
毫不相關……183

毫無把握 7
毫無道理 229
麻木 **240**
麻木不仁 292
麻利 **240**
麻痹 240, 379
麻痹大意 **240**, 378
麻煩 **241**, 33, 134, 146, 176
產生 249
庸人 8
庸人自擾 **227**
庸才 8
庸俗 **227**, 136
庸俗不堪 136, 266
部分 62, 347
商討 **207**, 208
商量 208
商談 207, 208, 337
商議 **208**, 207
望而生畏 208
望而卻步 **208**
望風而逃 **208**
望風披靡 3, 208
望梅止渴 **208**
望塵莫及 **208**, 137
率先 **220**, 290, 320
率性 61
率真 **220**
率領 **220**, 200
牽扯 221
牽涉 **221**
牽掛 **221**, 222
牽連 221, 224
牽累 **221**, 119
牽強 262
牽腸掛肚 **221**
羞怯 227
羞恥 57, 319
羞辱 113, 193, 319
羞愧 **227**, 308
羞愧萬分 139
羞澀 **227**, 97, 176
眷念 **221**
眷戀 **221**, 127, 173, 221
粗心 **241**, 16, 48, 190, 243, 249, 319
粗心大意 **241**, 16, 240
粗劣 **241**, 74, 241
粗壯 128, 243
粗枝大葉 241
粗俗 32, 125, 136, 185, 227, 244, 244, 355
粗茶淡飯 17
粗野 216, 244, 262
粗略 **241**, 243
粗笨 16, 238
粗淺 **241**, 216
粗製濫造 38, 317
粗暴 **241**, 126, 260
粗魯 **241**, 32, 241, 262, 339
粗聲粗氣 32, 260
粗糙 **241**, 43, 57, 243, 316
清白 **233**, 199
清早 58
清秀 **233**
清冷 86
清苦 233
清脆 **233**, 88, 246
清除 **233**, 39, 118, 174, 179, 237
清理 346
清掃 237
清爽 234
清晨 58
清貧 **233**
清涼 **234**
清淡 349
清晰 **234**, 84, 124, 234, 332, 367
清閒 **234**, 68, 131, 265, 354
清楚 **234**, 84, 124, 139, 234, 234, 332, 334, 356
清廉 **234**, 280
清潔 79, 200, 330, 346
清澈 **234**, 235, 246
清靜 **234**, 70, 135, 253, 308, 321, 329
清醒 **234**, 99, 113, 188, 334, 379
清麗 233
添枝加葉 227
添油加醋 **227**
添置 **227**
淒涼 **215**, 215, 309
淒慘 **215**, 215, 263
淺見 **227**, 184, 247
淺陋 **228**, 228
淺嘗輒止 183, 188
淺薄 **228**, 228, 332, 335
淺顯 216, 241, 242, 256
淺顯易懂 215
混同 234
混合 235
混淆 **234**, 31, 87
混淆是非 142, 244
混亂 **235**, 20, 365
混濁 **235**, 234
混雜 **235**, 199
淘汰 152
淘氣 **232**, 297, 337
涼快 272
涼爽 234, 272
淳樸 **232**, 343
淡忘 **221**, 89
淡泊 222
淡雅 166, 349, 364, 388
淡然 **222**
淡然處之 16
淡漠 **222**, 86, 87, 222, 318
淡薄 **222**, 215, 222, 349

深入……**215**,202,215
深入淺出……**215**
深刻……**215**,189,202,215,228,335
深厚……**215**,222,349
深重……305
深信……**215**,225,333
深信不疑……50,211
深深……279
深情……274
深奧……**216**,241,242
深遠……117,248
深摯……215
深邃……216
涵養……170
情不自禁……**228**,22
情同手足……**228**,345
情形……**228**,228,229
情投意合……**228**,76
情況……**228**,105,228
情急智生……**228**,138
情理……**229**
情景……**229**
情境……229
情緒……**229**
情趣……**229**,326
情調……229
情願……**229**,39,282,308,326
悵然……192
悼念……**208**,144,183
惘然……192
惟妙惟肖……181
惆悵……330
惦念……221
惦記……**222**,221
惋惜……40
寄人籬下……77
寂寞……**208**
寂靜……**209**,70,99,135,253,308,310
密切……**209**,306,346
密密麻麻……264
密集……**209**,264
啟迪……242
啟動……**242**,354
啟發……**242**,269
視而不見……**209**
視死如歸……219
視若無睹……209
視察……**209**,74

〔乛〕

張口結舌……**209**,38
張牙舞爪……377
張狂……84
張冠李戴……**209**
張開……**209**
張惶……**210**
張惶失措……**210**
強大……**210**,102,177,210
強佔……157
強壯……**210**,103,180,211,219,314
強迫……**210**,159
強烈……**210**,165,327,350
強悍……**210**
強盛……**210**,177,180,210,247
強健……**211**,180,210,219,256,356
強詞奪理……**211**
強橫……**211**
強辯……301
將來……44,236,278
將信將疑……**211**,50
婉拒……362
婉轉……116
習以為常……25
習見……238
習俗……159
通告……**242**
通俗……**242**
通常……**242**,42,194
通情達理……**242**,154,389
通順……242
通過……82
通暢……**242**,237,306
通盤……**242**
通曉……**243**
務必……22,50,245
參加……**211**,52,212
參差……**211**
參差錯落……**211**
參與……**212**,174,211,363
參觀……389
陸續……**232**,224
陳列……**229**,216,366
陳述……44
陳設……229,366
陳腐……229
陳舊……**229**,194,288,307
陰暗……55,112,124
陰謀……301
陰險……**212**,343
陶醉……**222**
陷入……366
陷害……97,291
陪同……**212**,212
陪伴……**212**,212
陪襯……**212**,188,381
組合……273
組建……56
組裝……70,104
細小……25,243,278
細水長流……**243**
細心……**243**,48,190,241,319
細枝末節……**243**
細雨霏霏……291
細弱……**243**
細節……237
細微……**243**,124,278,312,387
細膩……**243**
細緻……**243**,241
細嚼慢嚥……184

終了……89
終止……204, 268, 273, 365
終年……117, 238
終結……268

十二畫

〔一〕

琳琅滿目……144
琢磨……214
替代……**244**
替換……244
款待……**247**, 120, 232
描述……**254**, 254
描畫……129
描寫……**254**, 129, 254
描繪……**254**, 129
揠苗助長……138
華美……232
華貴……260
華麗……**260**, 232, 343, 368
著名……**266**, 108
趁火打劫……169
趁其不備……51
趁機……169
超凡脱俗……**266**, 136
超前……60, 296
超越……**266**
超然物外……266
超群絕倫……52
提心吊膽……**257**, 35
提示……257
提早……186, 214, 257
提防……**257**
提供……**257**
提前……**257**, 105, 186, 193, 214
提倡……**257**
提高……**257**, 325
提問……**257**, 76, 250, 299, 302
提醒……**257**
揚長而去……**258**
揚眉吐氣……**258**
博古通今……2, 98
揭穿……254, 356
揭開……**254**
揭發……**254**, 198, 310
揭露……**254**, 310
喜人……246
喜上眉梢……261
喜不自勝……**261**, 141, 261, 272, 326
喜出望外……**261**, 15, 109, 261, 272
喜好……262, 279, 290
喜形於色……**261**, 141, 196, 314
喜氣洋洋……**261**, 314
喜笑顏開……**261**, 109, 196, 261, 272
喜悦……**262**, 144, 263, 329
喜愛……**262**, 113, 197, 205, 262, 272, 279, 318, 328, 329
喜聞樂見……**262**
喜歡……**262**, 197, 262, 279
揣測……213
搜索……**262**
搜集……71
搜尋……262
援助……358
援救……82, 224, 299
裁減……**247**, 362, 366
報仇……**258**, 253
報告……336
報恩……253, 258
報效……258
報答……**258**
報復……168, 269
報酬……**258**
揮汗如雨……**251**, 79
揮金如土……**251**, 1, 6, 279
揮動……251
揮舞……**251**
揮霍……**252**, 175, 297
揮霍無度……6, 13, 82, 251, 338
摒棄……118
惡化……91, 186
惡劣……**252**, 90
惡名……144
惡毒……**252**, 149, 212
惡意……248, 323
聒噪……374
斯文……**262**, 241, 244
斯斯文文……260
期待……**266**, 266
期望……**266**, 260, 266
欺侮……267, 267
欺負……**267**, 267
欺辱……267
欺凌……**267**, 199, 267
欺詐……**267**, 267
欺壓……**267**, 359
欺騙……**267**, 267, 310
黃昏……330
散失……71
散佈……**258**, 258, 287
散開……**258**, 31
散發……**258**, 71
散亂……199
散漫……342
散播……287
朝三暮四……12, 259
朝思暮想……111
朝秦暮楚……**259**
朝氣……**259**, 163
朝氣蓬勃……**259**, 46, 55
喪失……**255**, 47, 83, 122, 359
喪氣……**255**
殘忍……**252**, 28, 64, 252
殘缺……**252**, 88, 89
殘暴……**252**

雄心勃勃 294
雄厚 210
雄偉 103
雄渾 246
雅致 **244**, 185, 355
雅觀 **244**

〔丨〕

虛心 ...**252**, 84, 278, 362
虛度光陰 110
虛弱 **252**, 103, 180, 210, 211, 219
虛偽 53, 167, 198, 220, 301, 333
虛假 167, 198, 301, 333, 334
虛情假意 **252**, 167, 212, 301
虛張聲勢 **253**
虛無縹緲 131
虛誇 189
虛擬 **253**
虛懷若谷 **253**, 201
敞開 374
掌握 97
量入為出 6
量力而行 78
貼切 **262**, 101
貼心 **262**
貶低 **263**, 213
貶值 **263**, 28, 325
貶損 263
貶義 **263**, 322
喋喋不休 **255**, 292
開工 203
開化 309
開心 **267**, 88, 185, 246, 256, 272, 278
開拓 **267**, 269
開門見山 **267**, 105, 119, 173, 368
開明 **268**, 297
開放 **268**
開始 ...**268**, 89, 269, 273
開朗 **268**, 102, 201, 326, 330
開採 153, 187
開掘 153, 250
開動 242
開張 **268**, 169, 375
開通 268, 297
開創 **268**, 162, 269
開業 268
開誠佈公 **268**, 212
開誠相見 268
開幕 238
開端 **268**
開頭 **269**, 268
開辦 **269**
開導 **269**, 242, 377
開闊 **269**, 172, 324, 332
開闢 **269**, 267
間斷 **269**, 26, 224
閒暇 131
閒談 373
悶悶不樂 **272**, 261
悶熱 **272**
悶聲不響 **273**
景仰 77
景色 160
景況 307
景致 160
跌宕起伏 3
貴重 ...**255**, 66, 125, 148
喝彩 **255**
單一 214, 255, 368
單刀直入 173
單純 **255**, 368
單槍匹馬 18, 320
單調 **255**, 154, 370
單獨 **255**
單薄 **256**
唾手可得 106, 137, 223
唾棄 280
啼哭 187
啼笑皆非 187
喧賓奪主 **253**
喧鬧 **253**, 70, 86, 99, 135, 139, 234, 282, 308, 310, 321, 329
嵌入 118
黑白分明 **244**, 142
黑夜 48
黑暗 **244**
黑燈瞎火 **244**
圍困 49
圍繞 334
圍觀 174

〔丿〕

悲苦 263, 286
悲哀 **263**, 263, 383
悲悼 183
悲痛 **263**, 102
悲痛欲絕 271, 383
悲傷 **263**, 144, 262, 263, 278, 330, 374, 383
悲慘 ...**263**, 23, 120, 215
悲觀 **263**, 174, 326
無人不曉 217
無中生有 154
無地自容 139
無名 108, 201, 266
無名小卒 353
無名之輩 353
無足輕重 **244**, 107, 243, 279
無私 100
無言以對 302
無事生非 289
無的放矢 **245**
無往不利 2
無所不包 49
無所作為 2
無所事事 288
無所畏懼 96, 157
無畏 176, 381
無計可施 18, 298
無限 **245**
無效 71

無悔 138
無能 178, 206
無理 63, 211
無理取鬧 154
無動於衷 54, 276
無望 274
無牽無掛 221
無情 274
無視 317
無須 **245**, 22, 50
無微不至 375, 387
無意 154
無愧 158, 308
無精打采 **245**, 46, 116, 345
無盡 245
無憂無慮 21
無窮 245
無緣無故 41
無懈可擊 **245**, 20, 304
無聲無息 331
無濟於事 **245**
無關大局 105
無關痛癢 9
無關緊要 105, 243
無邊無際 4
智勇雙全 24
智謀過人 98
稍許 264
稍微 **264**, 279
稍縱即逝 **264**, 20, 59, 347
程度 27
稀少 **264**, 217, 265, 295, 350, 354
稀有 **264**, 90, 149, 264
稀罕 264
稀奇 **264**, 90, 371
稀稀拉拉 **264**
稀稀落落 264
稀疏 **264**, 209, 295, 350
稀裏糊塗 **264**
稀薄 **265**, 349
喬裝 29
喬遷 283
等待 266, 385
等候 385
等閒視之 16
策略 351
策劃 351
答理 230
答謝 **269**, 168
答應 76
答覆 **269**, 76
筆直 58, 385
順手 270
順心 40, 73
順耳 9, 186
順次 **270**
順利 58, 270, 297
順便 **270**
順從 **270**, 30, 127
順順當當 **270**
順當 **270**
順意 73
順境 99, 186
順暢 **270**, 242
短見 **247**, 227
短促 **247**, 117
短缺 **248**, 32, 67, 169
短處 169, 178, 355
短途 117
短淺 **248**
短期 335, 361
短程 117
短暫 **248**, 19, 51, 117, 149, 164, 238, 247, 297, 315
傑出 **270**, 51, 107
傑作 **270**
集中 **259**, 31, 209, 258, 258
集合 **259**, 258, 259, 277, 277
集思廣益 349
集體 **259**, 313
焦躁 43, 70, 138, 181, 296, 308
進口 36
進攻 103
進步 **265**, 177
進取 177
進展 250
進程 284, 352
傍晚 58, 330
復工 326
復仇 **253**, 258
復興 **253**
復職 101
復蘇 253
循規蹈矩 97, 121
循環往復 111
舒心 **256**, 256, 287
舒坦 256
舒服 **256**
舒展 **256**, 100
舒暢 **256**, 96, 102, 256, 272, 296, 306, 324, 383
舒適 69, 98, 256, 360
欽佩 **271**, 115, 276
鈎心鬥角 268
創立 **253**, 56, 140, 268
創始 162
創建 253
創造 **254**, 173, 254, 281, 332, 335, 348
創新 **254**, 62, 68, 254, 286, 332
創辦 268, 269
勝利 **259**, 47, 56, 231
勝券在握 7
腔調 17
猶如 **245**, 72
猶豫 **246**, 123, 225, 342, 365
猶豫不決 **246**, 162, 193, 355
貿然 **256**

〔丶〕

評估……271
評判……**271**
評定……271
評價……**271**, 271
評論……**271**, 271
評選……**271**
詛咒……369
詐騙……267
訴説……291
詆譭……263, 318
註冊……271, 273
註銷……**271**, 273
就任……**248**, 15, 107
就業……**248**
就職……**248**, 101, 371
痛不欲生……**271**, 109, 261, 272, 326
痛斥……**271**
痛快……**272**, 201, 237, 306
痛苦……**272**, 88, 120, 202, 278, 373
痛恨……**272**, 197, 318, 328
痛哭流涕……**272**, 271
痛楚……272
竣工……**265**, 203, 296
棄置……322
翔實……301, 301
着迷……10
着陸……145
着意……130
善心……80
善良……**248**, 64, 149, 252
善於……350
善始善終……**248**, 50
善待……134, 156, 355, 357
善解人意……242
善意……**248**, 145, 323
普及……214
普通……3, 41, 42, 123, 182, 270, 348
普遍……180
尊重……79, 276, 313
尊崇……213, 218
尊貴……185
尊敬……276
曾經……37
勞民傷財……60
勞而無功……**265**, 171, 206
勞作……265
勞苦……**265**, 265
勞累……**265**
勞動……**265**, 60
勞碌……**265**, 68, 69, 115
湊巧……297, 309
減少……**249**, 227, 325, 325
減弱……249, 325
減輕……**249**
減慢……52
渺小……**266**, 206, 372
温文爾雅……**260**, 32
温和……**260**, 133, 241, 260, 286, 331, 350
温柔……**260**, 260
温順……**260**, 165, 180, 260, 331
温暖……**260**, 247, 286
渴求……63
渴望……**260**, 266
淵博……228, 332
盜竊……204
滋蔓……333
滋潤……339
渾厚……**246**
渾濁……**246**, 79, 199, 202
湧現……52
惶恐……178
惶惶不安……82
愉快……**246**, 120, 150, 185, 262, 267, 272, 296, 373, 374, 383
愉悦……256
慨歎……277
惱人……**246**
惱火……246, 250
惱恨……246
惱怒……**246**, 327
惱羞成怒……**246**, 179
寒冬……**247**, 251
寒冷……**247**, 66, 260, 286, 318, 378
富有……67, 220, 324
富足……220
富庶……247
富強……**247**
富貴……**247**, 220
富裕……67, 220, 233, 324, 332, 370
富麗……260
富麗堂皇……128
富饒……**247**, 220, 370
割斷……358
窘迫……184
補充……**266**, 325
補償……**266**, 336

〔乛〕

尋找……262
尋求……351
尋常……40, 41, 42, 99, 123, 182, 226
畫餅充飢……208
逮捕……189
孱弱……210, 252
費力……**256**
費心……**256**, 134, 346
費事……134, 176, 241
費勁……256
費神……256
費解……**256**
費盡心思……310
費盡心機……152, 280
疏忽……**249**, 112, 172, 241
疏通……249
疏落……264

疏遠……**249**, 46, 209, 345, 346
疏漏……304
疏導……**249**
疏鬆……370
疏懶……372
賀喜……144, 280
登台……273
登峰造極……**273**, 54
登記……**273**, 271
登場……**273**
登程……**273**
登載……37, 250
發人深省……**249**, 145
發生……**249**
發佈……**249**, 250
發言……102
發表……**250**
發明……250, 254
發放……**250**, 71
發洩……**250**, 92, 97
發怒……**250**
發展……**250**, 205
發現……**250**, 251, 380
發掘……**250**, 153, 187
發問……**250**, 76, 257, 299, 302
發動……242
發麻……240
發揚……**251**
發揮……160, 251
發達……**251**
發奮……92
發覺……**251**, 250, 380
隆冬……**251**, 247
隆重……**251**
隆起……45
結合……**273**, 357, 358
結束……**273**, 268
結尾……90, 269
結局……137, 268, 273
結果……**273**, 137, 161, 173, 190
結實……89, 225, 252
給予……63
絢麗……364, 388
絢爛……357
絕交……109
絕處逢生……**274**
絕望……**274**
絕情……**274**
絕密……183
絕無僅有……**274**, 131, 347
絞盡腦汁……149, 152
統一……3, 30, 302

十三畫

〔一〕

頑皮……**297**, 232, 337
頑固……**297**, 125
頑固不化……223, 239
頑強……**298**
肆無忌憚……342
馳名中外……**275**, 90
馳騁……**275**, 114
惹火燒身……**289**
惹是生非……**289**, 121, 289
惹眼……**289**
萬人空巷……**294**
萬不得已……**294**, 158
萬古流芳……51, 65
萬事大吉……294
萬事如意……294
萬事亨通……**294**
萬念俱灰……**294**, 34
萬眾一心……**294**
萬紫千紅……**294**
萬無一失……7, 103
萬象更新……**295**
萬頭攢動……294
萬籟俱寂……**295**
落井下石……**296**, 169
落成……**296**, 265
落伍……**296**, 195, 201, 296
落後……**296**, 60, 118, 177, 251, 296, 320
落落大方……**296**, 23
落幕……238
落選……10
損人利己……**289**
損失……**289**, 71, 99, 357
損耗……289, 341
損害……**289**, 79, 92, 157, 194, 232, 278, 289
損傷……**289**, 289
損壞……**290**, 92, 146, 170, 194, 232, 280, 288, 289, 318
鼓勁……163
鼓氣……163
鼓勵……**285**, 22, 159, 350, 359
搗亂……358
搬弄……337
搬弄是非……183
搬家……283
搬動……**283**
搬遷……**283**
搶手……**290**, 306
搶先……**290**
搶劫……290
搶佔……83, 83
搶救……**290**, 224
搶奪……**290**, 110, 232, 363
勢不兩立……**283**, 228
勢必……**283**, 50
勢均力敵……50, 307
搖晃……**285**, 366
搖動……285, 366
搖搖欲墜……**285**
搖旗吶喊……**286**
搖撼……331
搖擺……203, 285
搪塞……327
達觀……326
聘用……121, 352
聘請……121, 299

聖潔……**295**, 165
勤快……204, 275, 372
勤勉……**275**, 275
勤勞……**275**, 275
勤勤懇懇……**275**, 61
勤儉……**275**
勤儉持家……82
勤儉節約……134, 338
勤奮……**275**, 275, 372
敬仰……77
敬佩……**276**, 115, 271, 276
敬重……**276**
幹流……49
幹練……**276**, 53, 178, 206, 316
禁止……176, 239, 257
極力……308
楷模……125, 311, 332
想入非非……**298**, 226
想方設法……**298**, 18, 52
想念……**298**, 157, 221, 372
想法……111, 135
想像……240, 358
概況……**292**, 301
概括……123
概貌……292
逼近……158
逼迫……210
逼真……287
酬金……258
酬勞……258
感人……203
感人至深……276
感人肺腑……**276**
感受……276, 277
感染……276
感恩……253
感恩圖報……276
感恩戴德……**276**, 87
感動……**276**, 38
感慨……277
感想……**276**, 277
感歎……**277**, 386
感激……**277**, 277
感謝……**277**, 168, 269, 277, 281, 320
感觸……**277**, 276
碰巧……**297**, 309
碰壁……**297**
匯合……**277**
匯集……**277**
匯聚……277
雷厲風行……162
零落……202
零零散散……264

〔丨〕

督察……209
歲月……**277**, 57, 194
歲數……59, 59
當中……26
當今……236
當心……16, 172, 173
當地……40, 48
當先……320
當初……**277**
當即……**278**, 50
當面……**278**, 134
當前……**278**, 44, 117
當時……**278**, 277
當眾……32, 100, 278
當務之急……344
當機立斷……246, 355
當選……10
賊頭賊腦……204
睜開……209
鼎沸……**286**
鼎盛……**286**
鼎鼎大名……**286**
鼎新……**286**
嗜好……**290**, 367
愚昧……309
愚笨……83, 238
愚鈍……83
愚蠢……83
遇到……326
遇阻……297
遇難……310
暖和……**286**, 260
歇息……60, 265
遏制……**295**
暗示……**290**, 257
暗地……100
暗害……291
暗淡……**290**, 55, 124, 357, 364
暗淡無光……57
暗算……**291**
暗藏禍心……196
號召……**291**
照看……**283**, 284
照料……**283**, 283, 284, 381
照常……**283**, 72, 284
照管……283
照貓畫虎……72
照應……115
照舊……**284**, 283
照顧……**284**, 283
路人皆知……217
路徑……232
跟從……298
跟隨……**298**, 200, 220
過分……**284**, 284
過去……44, 110
過世……**284**, 19, 38, 362
過失……**284**, 285
過河拆橋……159
過度……**284**, 284, 323
過時……**284**, 10, 174, 194, 195, 201, 229
過眼雲煙……129
過問……**284**
過期……153, 284
過程……**284**, 352
過猶不及……**285**, 140
過錯……**285**, 284, 352
署名……**292**
置之不理……**293**, 293

置之腦後 111
置身事外 **293**
置若罔聞 **293**, 293
置信 **293**
置備 360
置辦 360
圓滑 39, 53
圓滿 145

〔丿〕

矮小 **291**, 184, 320
稚嫩 56
稠密 **295**, 264, 265, 350
愁苦 **286**
愁眉不展 141, 287, 314
愁眉苦臉 **287**, 141, 196, 261, 314, 383
愁眉緊鎖 **287**, 314
愁容 195
愁容滿面 196, 287
愁悶 **287**, 330
節令 195
節衣縮食 6, 134, 251, 338
節省 175, 297
節約 **297**, 175, 201, 252, 338
節儉 **297**, 175, 275, 297, 338
節餘 357
與眾不同 23, 226
傲慢 **278**, 185, 385
傲慢無禮 201
傳佈 287
傳言 105
傳神 **287**, 46
傳授 **287**
傳揚 **287**
傳開 175
傳統 **287**, 194
傳達 367
傳播 **287**, 175, 258, 287
毀滅 **287**
毀壞 **288**, 68, 170, 194, 290, 318
鼠目寸光 84, 186
傾吐 291, 291
傾其所有 292
傾城傾國 121
傾盆大雨 **291**
傾倒 **291**
傾訴 **291**, 291
傾慕 **291**, 280
傾聽 **291**
傾囊相助 **292**
傷心 **278**, 88, 109, 185, 246, 267, 373, 374
傷害 **278**, 289
躲開 363
躲避 172, 182
微小 **278**, 25, 243, 266, 372
微不足道 **279**, 244
微乎其微 279
微型 14
微風 **279**
微笑 187
微弱 210, 382
微微 **279**
逾越 266
逾期 153
會合 259
會見 371
會面 371
會談 337
愛不忍釋 279
愛不釋手 **279**
愛好 **279**, 262, 290, 367
愛財如命 **279**, 1
愛惜 **279**, 148, 280, 289, 361, 382
愛慕 **280**, 291
愛錢如命 279
愛戴 **280**
愛護 **280**, 267, 279, 289
亂七八糟 20, 347, 365
亂哄 339
飽食終日 322
飽經風霜 **298**
飽滿 **298**
頒佈 249
頌揚 **298**, 316, 369
腰纏萬貫 1, 4, 101, 384
腼腆 27
腳踏實地 80, 336
斟酌 214
解放 98
解除 **299**, 101, 160
解救 **299**, 82
解脱 **299**, 366
解散 56, 240, 259
解開 297
解答 **299**, 76, 257
解聘 352
解僱 **299**
解説 **299**, 299, 362
解釋 **299**, 299, 362
煞白 **280**, 309
煞費苦心 **280**, 310

〔丶〕

試探 **299**
試圖 **300**
詰問 235
誇大 **300**, 300
誇大其詞 **300**, 85
誇張 **300**, 300
誇飾 300
誇誇其談 **300**, 185, 273
誇獎 **300**, 116
誇耀 **300**
誇讚 300
詼諧 ... **300**, 135, 160, 293

誠心誠意 **301**, 304
誠惶誠恐 350
誠實 **301**, 53, 343
誠摯 167, 301
誠懇 **301**, 167, 220, 343, 358
詭計 **301**
詭辯 **301**
詢問 155, 223, 269
詳情 **301**, 237, 292
詳細 **301**, 95, 123, 301, 368
詳盡 **301**, 95, 301, 368
剷除 174, 233
廉明 280
廉價 94
廉潔 **280**, 234
廉潔無私 81
遊刃有餘 **288**, 206
遊手好閒 **288**, 61, 80, 187
遊覽 189, 389
新人 288
新秀 **288**
新奇 43, 99, 288, 371
新知 153
新星 288
新陳代謝 **288**
新潮 287
新興 39
新穎 **288**, 99, 229
新鮮 **289**
意見 135
意味深長 **295**, 145
意味無窮 295
意氣相投 228
意氣風發 **295**, 55, 136, 245
意料之中 23, 295
意料之外 **295**
意圖 64
義不容辭 **292**, 25, 235
義務 235, 384
義憤填膺 **292**
道出 75
道別 **280**
道理 229
道喜 280
道賀 **280**
道歉 **280**
道謝 **281**, 320
道聽途説 **281**
遂心如意 74
遂願 73
塑造 **281**
慈眉善目 347
慈祥 **281**, 28, 64
慈善 **281**, 28
慈愛 **281**
煩人 246
煩惱 **296**, 150
煩悶 **296**, 150, 287, 296, 324
煩瑣 **296**, 368
煩躁 **296**, 70, 181, 308, 331
煥然一新 75, 156, 295
溝通 66
滅亡 180, 365
滑稽 **293**, 135, 300
準則 200
準時 153, 193
塗改 **285**
滔滔不絕 **292**, 12, 12, 17, 273, 300
溜之大吉 171
溶化 341
溶解 341
溺愛 **281**
慌忙 **281**
慌張 **281**, 70, 102, 178, 210, 282, 369, 386
慌亂 ... **282**, 87, 281, 369
慌裏慌張 282
慌慌張張 **282**, 369
慎重 **292**, 191, 222, 249, 256, 312, 369
愧疚 **293**, 27, 120, 158, 303
運用 99

〔ㄱ〕

肅靜 **282**
群體 259, 313
遐想 358
違反 **282**, 282
違心 **282**
違犯 282
違抗 **282**, 111, 223
違法亂紀 104
違背 **282**, 127, 137, 270, 282, 385
裝扮 29, 37
裝神弄鬼 94
裝配 70, 104, 104
裝腔作勢 253
裝飾 363
裝點 363
預先 105
預料 188
彙報 336
隔岸觀火 **282**
隔絕 **283**
隔靴搔癢 9
隔斷 283
綁紮 **297**
經久 **297**
經常 **297**, 194, 218, 238

十四畫

〔一〕

瑣碎 296
瑰麗 388
瑰寶 149
魂不守舍 48
魂飛魄散 48
摸索 223, 299

駁斥……30, 271, 381
駁回……95
駁雜……199
趕巧……**309**
趕忙……**309**, 138, 224, 309
趕走……192, 381
趕快……**309**, 309
趕緊……**309**, 309
夢想……**305**, 36, 132
蒼白……**309**, 280
蒼老……**309**
蒼涼……**309**
蒞臨……107
蒙昧……**309**
蒙冤……**310**
蒙蔽……**310**, 136, 267, 269
蒙騙……310
蒙難……**310**
遠古……39
遠見……247
遠眺……238, 360
遠望……303
遠景……161
遠程……117
遠離……158
嘉賓……140
嘉獎……322
摧殘……94, 95, 134, 236, 280
摧毀……287, 335
蒸蒸日上……108
赫赫有名……286, 352
截然不同……14, 21
誓言……352
境況……**307**, 231
境遇……231, 307
摻雜……235
聚集……209, 258, 259, 277
聚精會神……**307**, 34, 44, 62
聚攏……31, 258
兢兢業業……4, 187, 275, 322, 327
構成……**310**
構築……**310**
榜上有名……**310**
榜上無名……310, 348
榜樣……**311**, 125, 332
輔助……**311**, 49, 106
輔導……**311**, 143
輕巧……**311**, 238, 311, 312
輕而易舉……**311**, 6, 106
輕車熟路……206
輕狂……312
輕快……**311**, 102
輕易……**311**
輕佻……102, 212, 312, 313
輕便……**311**, 238
輕風……279
輕盈……**312**
輕度……377
輕柔……165
輕浮……**312**, 102, 212, 313, 336, 373
輕捷……311
輕率……**312**, 191, 256, 292, 369
輕視……**312**, 16, 112, 130, 135, 143, 312, 313, 317, 333, 366
輕描淡寫……**312**
輕微……**312**, 143, 305, 377
輕慢……165
輕蔑……**312**
輕舉妄動……**313**, 12
輕薄……**313**, 312
輕鬆……**313**, 102, 354
匱乏……219, 370
歌頌…**316**, 95, 298, 369
緊要……143
緊迫……**305**, 306
緊急……**306**, 79, 305
緊密……**306**, 209, 249
緊張…67, 313, 369, 370
緊湊……370
緊縮……71, 359
酷暑……247, 251
酷愛……**318**, 262
酷熱……**318**, 66, 247, 378
酸楚……150
厭倦……221, 329
厭惡……197, 262, 279, 318
碩大無朋……16
爾虞我詐……268

〔丨〕

睿智……151
對比……**302**
對立…**302**, 52, 119, 313
對抗……**302**, 30
對答……**302**
對答如流……**302**
對照……302
嘗試……299
賑濟……224
暢快……**306**, 256, 296, 324, 383
暢所欲言……**306**, 65, 81
暢通……**306**, 237, 242, 270
暢達……306
暢銷……**306**, 290
聞名……108, 266
聞名遐邇……66, 286, 340
嘈雜……**310**, 70, 135, 209, 253, 308
嘔心瀝血……**310**
遣送……71, 71
遣散……71, 71
鄙俗……227
鄙視……**313**, 77, 312

蜷縮……100,256
蜿蜒……318
骯髒……**319**,199,200,233,330
團結……**313**,24,302
團結一致……217
團圓…**313**,47,313,371
團聚……**313**,30,31,47,83,99,143,313,371,383
團體……**313**,259
鳴謝……**320**
嶄新……**307**,194,229
嶄露頭角……239

〔丿〕

舞動……251
犒賞……236
種類……114,376
稱心……40,73,315
稱心如意……**314**,35,74,105,305
稱頌……369,382
稱讚……142,235,300,382,390
管束……**316**
管理……**316**
管教……129,316
管轄……316
傴傭……299
魁梧……**320**,184,291
魁偉……320
遞交……**302**
銜接……224
銅牆鐵壁……125
銘記……**320**,25,89,221
貌合神離……76
蝕本……336,357
領先……**320**,220,290,296
領悟……**320**,230,320
領袖……162
領會……**320**,230,320,387
領導……220
疑心……**302**
疑惑…**303**,99,188,293
疑惑不解……**303**
疑雲……**303**
疑團……303
遙不可及……142
遙望……**303**
遙遙無期……**303**,142

〔丶〕

誣陷……318
誣衊……**318**
語重心長……**319**
語氣……17
語無倫次……**319**,353
誤差……205
誤導……143
誘惑……36
説明……299,299
認可……162
認定……**319**
認真…**319**,48,190,191
認清……**319**
認準……319
認認真真……190
誦讀……177
豪放……**306**,306
豪爽……**306**
豪華……**307**,201,368
豪傑……**307**
豪富……247
豪邁……306
膏腴……128
腐化……234,280
腐敗……234,280
腐爛……289
瘦小……**314**
瘦弱……**314**,103,128,256
瘦瘠……220
旗開得勝……**307**,3,190
旗鼓相當……**307**,50
竭力……**308**,121,305
竭盡全力……**308**,24,62
端端正正……133
齊心……75
齊心協力……**320**,75
齊全……89
齊備……89
齊整……346
精心……**316**,243
精打細算……**316**,13,243
精巧……**316**,16,317
精良……241
精妙……316
精明……**316**
精美……**317**,317
精神……98
精神抖擻……102,116,164,198,245
精疲力竭……34,198
精彩……**317**
精通……171,243
精細……241,243
精華……**317**,317,361
精幹……178,276
精粹……**317**,317
精確……241
精練……**317**,33,342
精雕細刻……**317**
精雕細鏤……317
精緻……**317**,74,241,244,316,317
精簡……366
精闢……**317**,202
精髓……317,317
歉疚……**303**,120,158,293
榮幸……**319**
榮耀……57
榮譽……**319**,66,193
熔化……341
煽風點火……183,212
漠不關心……293,375,387

漠視……**317**
漠然……**318**
滿不在乎……**314**, 151
滿足……**314**, 219, 315
滿面春風……**314**
滿腔義憤……292
滿載而歸……**315**
滿意……**315**, 63, 207, 314
滯銷……290, 306
漆黑……244
漸漸……112, 147, 207
漂泊……**315**, 380
漂亮……**315**, 80, 145, 373
漂浮……102
漂流……**315**, 315
漂移……315
漂盪……315
漫山遍野……338
漫不經心……**315**, 34, 236
漫長……**315**, 247
漫漫……315
滴水不漏……**316**, 20, 194, 304
漏洞……**304**, 193
漏洞百出……**304**, 7, 20, 194, 245, 316
慚愧……**308**, 27, 78, 158, 227, 303
慳吝……86
慢待……165, 247, 357
慢條斯理……24, 158
慷慨……**318**, 13, 86
慷慨解囊……292
慘白……280, 309
慘重……**305**
慣例……108
賓客……140
賓客如雲……123
賓客盈門……185
寡言……379
寡廉鮮恥……156
察看……209
察覺……250, 380
寧可……308
寧死不屈……**308**
寧折不彎……308
寧肯……308
寧為玉碎……308
寧靜……**308**, 43, 70, 99, 135, 139, 209, 253, 310
寧願……**308**
寢食不安……184
寢食難安……72
寥若晨星……**303**, 113, 304
寥寥可數……303, 304
寥寥無幾……**304**, 8, 23, 55, 113, 294, 303
寥寥數語……12
實心實意……**304**, 167
實在……333
實至名歸……65
實行……**304**, 160, 223, 304
實事求是……94, 227
實施……**304**, 160, 304
實現……36
實際……**304**, 105, 132, 236
實質……116
複雜……**316**, 255, 354, 368

〔乛〕

盡人皆知……**305**, 217
盡力……**305**, 308
盡心……328
盡心竭力……62
盡如人意……**305**
盡責……158
盡情……**305**
盡善盡美……**305**, 7, 144
盡興……237, 272, 305
屢次……353
屢見不鮮……**307**, 18, 131, 347
屢戰屢敗……54
遜色……51
維持……**318**, 91, 146
維修……**318**
維護……**318**, 79, 146, 232
綿延……**318**
綿綿不斷……224
綻放……202, 268

十五畫

〔一〕

撕毀……335
趣味……229, 326
暮春……58
暮氣……259
暮氣沉沉……**338**, 46, 55, 103, 259
蔓延……**333**
蔑視……**333**, 16, 77, 218, 312, 313, 366
蓬勃……**330**
蓬頭垢面……**330**
賣弄……**328**, 300
撫育……327
撫養……**327**
撫慰……**327**, 70
熱切……**328**
熱火……329
熱火朝天……**328**
熱心……**328**, 87, 222, 329
熱忱……**329**, 328, 329
熱烈……**329**
熱衷……**329**
熱情……**329**, 86, 87, 222, 328, 329, 346
熱愛……**329**, 272, 318, 328
熱誠……329
熱鬧……**329**, 86, 135, 215, 234, 309
熱銷……290, 306
撤退……114
撤銷……**325**, 121, 122, 240, 271
撤職……**325**, 101

撤離........114
增加........**325**, 247, 249, 325, 362
增長........**325**, 249, 325
增值........**325**, 28, 263
增添........227, 249, 266, 325
增強........**325**, 52
增進........325
增補........**325**, 82, 266
歎為觀止........273
模仿........**332**, 61, 173, 254, 348
模稜兩可........**332**
模範........**332**, 311
模糊........**332**, 84, 124, 167, 234, 351, 363, 367
模擬........173, 253, 332
標記........**332**
標新立異........8
標準........**333**, 27, 200
標誌........332
暫且........115
暫時........**335**, 51, 51, 238, 361
暫停........205
輪流........**335**
輪換........335
輪番........335
敷衍........**327**, 158, 328
敷衍了事........**327**, 4, 24, 310
敷衍塞責........310, 327
遭到........326
遭受........326
遭遇........**326**
遭罪........**326**
遷移........**321**
遷徙........321
厲兵秣馬........378
磊落........118
憂心........340
憂心如焚........21, 329
憂心忡忡........**329**, 21, 261
憂愁........**329**, 109, 144, 262, 330
憂傷........**330**, 88, 144, 262, 263, 383
憂慮........329, 340
憂鬱........**330**, 96, 268, 306, 383
確切........333
確立........**333**, 347
確定........**333**, 124, 319, 333, 365
確信........**333**, 225, 226
確認........**333**, 226, 319
確實........**333**, 334
確鑿........**334**, 333
確鑿不移........18
震天動地........**331**
震動........**331**, 331
震撼........**331**
震盪........**331**, 331, 376
鴉雀無聲........7, 9, 175, 295

〔丨〕

鬧哄哄........**339**
鬧翻........**339**
劇烈........**327**, 207, 210, 350
膚淺........**335**, 189, 202, 215, 228, 248, 317
輝煌........357
弊病........28
賞心悦目........**335**, 35
賞賜........**335**
賞識........**336**
暴風驟雨........**331**, 85
暴跳如雷........**331**, 34, 41
暴躁........**331**, 241, 260
暴露........**331**, 187, 232, 356
賜予........335
賜教........142, 197, 336
賠本........**336**, 357
賠償........**336**, 266
嘶啞........88, 233, 327, 382
嘲笑........193
嘲諷........159, 351
數一數二........162
數不勝數........113
數落........235
嘹亮........**327**, 162, 382
踏實........**336**, 102, 189
踏踏實實........**336**
嘮叨........379
嘮嘮叨叨........255
罷工........**326**
罷免........**326**, 61
罷黜........326
罷黜百家........54
罷職........101
墨守成規........**321**, 2, 58, 153, 213, 349

〔丿〕

靠近........323, 361
黎明........**330**
價值連城........30
儉樸........**330**, 201
儀式........125
魄力........180
樂不可支........**326**
樂此不疲........164
樂意........**326**, 229
樂趣........**326**
樂觀........**326**, 174, 263, 268
僻靜........**321**
質問........235
質疑........372
質樸........232, 343, 368
衝突........52
衝破........37, 147
衝動........**321**, 87, 350
衝撞........**321**, 143
慫恿........377

盤查……**334**, 334
盤問……**334**, 155, 334
盤算……**334**
盤踞……**334**
盤繞……**334**
鋪天蓋地……**338**
鋪張……**338**, 275, 297
鋪張浪費……**338**, 13, 134
銷售……360
銹鈍……338
鋒利……**338**, 56, 338
鋭利……**338**, 56, 338
餘暉……359
魯莽……**339**, 143, 222, 241, 373

〔丶〕

請示……**336**, 45
請求……**336**, 45, 336, 358
請教……**336**, 142, 197
誹謗……318
誕生……**337**
調皮……**337**, 232, 297
調和……**337**, 337
調治……337
調節……**337**
調解……**337**, 216, 337
調養……**337**
調整……337
調劑……337
諂媚……197
諒解……**339**, 120, 387
諄諄告誡……319
談判……**337**
談笑自若……337
談笑風生……**337**
談論……**338**
熟知……321, 322
熟悉……**321**, 46, 141
熟視無睹……293
熟練……**321**, 199
熟識……**322**
遮掩……356
廣袤……340
廣博……**332**, 228
廣闊……**332**, 132, 172, 269, 324, 340
褒揚……263
褒義……**322**, 263
褒獎……**322**
瘠薄……220
廢止……**322**, 160, 304, 322
廢除……**322**, 121, 160, 322, 335
廢棄……**322**
廢置……**322**
廢寢忘食……**322**
凜然正氣……198
毅然……365
毅然決然……162
敵人……**322**
敵視……**323**, 323
敵意……**323**
敵對……**323**, 24, 313, 323
適中……284
適可而止……13
適合……323
適宜……**323**, 63, 323
適度……**323**, 284
適得其反……105
適當……**323**, 47, 101, 140, 284, 323
養虎為患……115
養育……327
養尊處優……18, 84, 298
養精蓄鋭……60
鄰近……**323**
糊裏糊塗……264
糊塗……**334**, 188, 234, 316
鄭重……292
鄭重其事……315
潔身自好……5, 76
潔淨……**330**, 79, 199, 200, 319
澎湃……286
潮流……49
潮濕……201, 358
潛伏……187
潛移默化……75
潰不成軍……3
潤色……**339**
潤飾……339
潤澤……**339**
澄澈……234
潑辣……33
憤怒……**327**, 180, 327
憤慨……**327**, 180, 327
憤憤不平……**328**
憧憬……186
憐惜……76, 328
憐愛……197
憐憫……**328**, 41, 76
憎恨……**328**, 272, 328, 329
憎惡……**328**, 197, 279, 328
寬大……378
寬心……128
寬宏大量……**324**, 364
寬厚……**324**, 130, 156
寬容……150
寬恕……**324**, 379
寬敞……**324**, 172, 324
寬裕……**324**
寬暢……**324**
寬廣……118, 172, 324, 340
寬慰……**324**, 109
寬闊……**324**, 172, 269, 324
寬鬆……150
寫實……300
審核……74
審慎……292
窮山惡水……17
窮困……**332**, 364
窮困潦倒……148
窮苦……220

窮奢極慾 134
窮途末路 17,26,161

〔乛〕

慰問 70,324
獎賞 231,236,325,335
獎勵 **325**,236,322
嬉皮笑臉 2
嫻雅 32
嫻熟 199,321
嫻靜 33
駕輕就熟 206
緘口不語 12
緘默 102,379
緬懷 208
緩步 114
緩和 **334**,52,350
緩期 **334**
緩解 334
緩慢 **335**,33,88,148,342
締造 **335**
締結 **335**,160
編造 192
緣由 161

十六畫

〔一〕

靜止 331,366
靜悄 339
靜謐 135
撼天動地 53
擂鼓助威 286
據理力爭 92,211
憨厚 **343**,138
蕩然無存 29
操心 **346**,134,256,346
操勞 **346**
操縱 **346**,22
擒獲 189
擔心 **340**,68,128,346,382
擔任 **340**,340
擔保 146
擔負 **340**,340
擔當 **340**,340
擔憂 **340**,329,340
擔驚受怕 257
擅自 **350**
擅長 **350**,171
擁有 **343**,83
擁戴 280
擁護 **343**
樹立 **347**,333
橫七豎八 **347**,122
橫眉怒目 **347**
樸素 **343**,232,260,368
樸實 **343**
機械 55
機敏 388
機密 183
機靈 83,238,388
輸出 36
整理 **346**
整齊 **346**,20,199,211,365
整齊劃一 211
整潔 **346**
整整齊齊 **347**,122,347
整體 **347**
融化 341
融洽 **351**
頭昏眼花 353
頭昏腦漲 **353**
頭面人物 **353**
頭暈目眩 353
頭緒 **353**,140,197
頭頭是道 **353**,319
瓢潑大雨 291
醒目 **351**,289
醒悟 **351**
歷來 **352**
歷程 **352**,284
歷盡滄桑 298
奮不顧身 230
奮勇向前 165
奮起直追 110,112
奮鬥 152
遼闊 **340**,332
殫精竭慮 18,310
霎時 **351**,29,128

〔丨〕

頻頻 353
頻繁 **353**
憋悶 102
瞠目結舌 44
曇花一現 **347**,59,367
遺失 60
遺忘 89,221,320,372
遺臭萬年 51,65,175
遺棄 118,327
器重 135
戰爭 126
戰勝 259
戰戰兢兢 **350**
默不作聲 255,273
默默無聞 **352**,275,286
默默無語 337
默讀 177

〔丿〕

積累 **344**,174,344
積極 **344**,174
積蓄 **344**,114,344
積聚 71,174,344
積攢 114,344
頹唐 353
頹廢 **353**
篡改 133
舉止 341
舉世聞名 **340**,275
舉行 **341**
舉步維艱 311
舉足輕重 244,279

舉動……**341**
舉棋不定……246, 355
舉賢任能……61
舉辦……341
舉薦……214
興旺……**344**, 101, 123, 180, 193, 231, 251, 330, 345, 354
興味索然……**344**, 164, 345
興起……180
興致勃勃……**345**, 344, 345
興高采烈……**345**, 102, 196, 345
興盛……**345**, 123, 180, 231, 251, 286, 344, 354
興隆……344, 345, 357
興奮……**345**, 96, 321, 350
學富五車……2
衡量……384
錯落……211
錯落有致……211
錯亂……376
錯誤……**352**, 187, 284, 285
錄用……**352**
錙銖必較……1
膨脹……71
獨一無二……**347**, 274
獨木難支……**347**
獨立……**348**, 127
獨立自主……77, 78
獨自……255
獨佔鰲頭……**348**, 65, 162
獨具匠心……**348**, 349
獨享……30
獨特……**348**, 123, 182, 288
獨裁……**348**, 51
獨創……**348**, 61, 173
獨善其身……76
獨樹一幟……**348**, 8, 348
獨斷專行……**349**, 5
獨闢蹊徑……**349**

〔丶〕

諾言……**352**
諾諾連聲……**352**
謀求……**351**
謀取……351
謀害……291
謀略……**351**
謀劃……**351**
諷刺……**351**, 159
諦聽……291
憑據……341
憑藉……**341**
憑證……**341**
磨損……**341**
磨煉……**341**
磨難……150
磨礪……341
凝固……341
凝重……**341**
凝望……341
凝視……**341**, 237
凝結……**341**
凝練……**342**, 317
親切……**345**
親如手足……**345**, 228
親近……**345**, 46, 346
親昵……**346**
親密……**346**, 46, 209, 249, 345, 346
親密無間……150
親熱……**346**, 345, 346
辨別……**349**, 31, 87, 375
辨清……319
辨認……375
辦法……28, 33
辦理……188, 231
遵守……137, 282
遵紀守法……104
遵從……111
遵循……282
遵照……153
燃眉之急……**344**, 158
熾熱……33, 318
燈火通明……244
燈火輝煌……244
濃厚……**349**, 222, 349
濃郁……**349**
濃重……**349**, 349
濃烈……**349**, 349
濃密……**350**, 295
濃豔……166
激化……**350**, 52, 334
激昂……174, 318
激烈……**350**, 207, 210, 327
激動……**350**, 43, 276, 318, 321, 345
激勵……**350**, 159, 285
懂得……124, 230
懊悔……138, 176
懈怠……**342**, 92, 152, 275, 370

〔乛〕

遲鈍……**342**, 204, 388
遲疑……**342**, 123, 225, 246
遲疑不決……246
遲緩……**342**, 88, 335
壁壘森嚴……125
選用……230
選拔……271
選取……152
選擇……152
隨心所欲……**342**
隨同……212
隨和……**342**, 126, 152
隨便……**342**, 61, 311, 378
隨處……107
隨意……61, 130, 311, 342
隨聲附和……**343**
險要……343

險峻……**343**, 168, 181
險惡……79, 212
險象環生……29
險詐……**343**
縝密……111, 378

十七畫

〔一〕

環視……237
環繞……334
幫忙……**358**, 358
幫助……**358**, 106, 311, 358
趨附……197
藉口……**359**
薄弱……215, 225
蕭索……357
蕭條……**357**, 330, 354
擯棄……93
擱置……**354**, 231
聲名大振……100
聲名狼藉……100
聲名顯赫……90
聲色俱厲……197
聲望……**363**, 53, 363
聲淚俱下……272
聲勢浩大……**363**, 18
聲譽……**363**, 66, 319, 363
聰明……83
聰敏……342
聯合……**357**, 313
聯結……**358**
聯絡……358
聯想……**358**
聯繫……**358**, 233, 239, 283, 374
艱辛……360
艱苦……**360**, 98
艱苦樸素……82
艱險……**360**
艱難……311, 360, 374
檢查……334
檢修……318
檢舉……198, 254
臨危不懼……208
臨近……**361**, 158
臨時……**361**, 335
臨陣磨槍……37
臨渴掘井……37
醜陋……136, 142, 145, 151, 233, 315, 355, 373
醜惡……145
壓抑……**359**
壓制……**359**, 94, 251, 295, 359
壓迫……**359**, 267
壓縮……**359**, 366
尷尬……374

〔丨〕

虧本……**357**, 336
虧待……**357**, 156, 355
虧損……**357**
瞭望……**360**, 238
購買……**360**
購置……**360**, 227, 360
賺錢……336, 357
瞬息萬變……2, 53
瞬間……29, 128, 351
嚇唬……179
闊別……**364**, 19
闊綽……**364**
曙光……**359**
點綴……**363**
點頭哈腰……94, 352
黝黑……48

〔丿〕

矯正……**356**
矯捷……**356**, 356
矯健……**356**, 356
簇新……307
繁冗……33
繁多……**354**, 217, 264
繁忙……**354**, 68, 131, 234
繁茂……**354**, 151, 154
繁重……**354**, 102
繁密……295
繁華……**354**, 191, 205, 215, 309, 329, 354, 357
繁榮……**354**, 330, 354, 357
繁複……**354**
繁雜……316
優秀……**355**, 118, 270, 361
優良……90, 93, 355
優待……**355**, 134, 156, 165
優美……**355**, 145
優柔寡斷……**355**, 246
優異……42, 355
優雅……**355**, 32, 125, 185
優裕……233
優勢……178
優質……93
優點……**355**, 28, 169, 178
儲存……**361**, 361
儲備……**361**, 361
儲蓄……361
儲藏……71, 361
聳立……**355**, 166, 291, 388
鍥而不捨……149, 225
錘煉……341
鍾愛……205, 329
鍛煉……341
懇切……**358**, 328
懇求……**358**, 336
膾炙人口……262
膽大……360
膽小……**360**
膽子……360
膽怯……**360**, 151, 165, 360
膽量……**360**
膽戰心驚……**360**, 28
鮮明……**363**, 364
鮮亮……**364**
鮮為人知……352

鮮艷 **364**
獲取 255, 359
獲益 71
獲救 310
獲得 **359**, 47, 122, 206, 255
獲勝 ... **359**, 47, 206, 231

〔丶〕

講究 **362**, 74
講和 **362**, 126
講授 **362**, 287
講解 **362**, 287, 299, 362
謝世 **362**
謝絕 **362**, 76, 93
謝謝 277
謠言 105, 174
謠傳 174
謙虛 **362**, 84, 185, 252, 278, 385
謙虛謹慎 **363**, 87, 253
謙遜 185, 252, 278, 362, 385
謙讓 **363**, 110, 214
應允 **364**
應付 327, 328
應付自如 23, 41, 97, 288
應用 99
應有盡有 4, 6, 49
應接不暇 44
應許 364
應答 302
應答如流 302
應聘 121
糟粕 **361**, 317, 317
糟糕 **361**
糟蹋 **361**, 148, 175, 279, 382
燦爛 **357**
燥熱 234, 272
營救 192, 299
濫竽充數 **357**, 52, 167
濕潤 **358**, 201, 339
懦弱 168, 168, 225, 238
豁然開朗 **364**, 73, 139, 152, 192
豁達 14, 172
豁達大度 **364**, 324
禮貌 216
禮讓 110, 214, 363

〔乛〕

避開 **363**, 182
彌補 266
隱沒 52, 387
隱約 **356**, 139
隱秘 183
隱匿 356, 356
隱蔽 ... **356**, 117, 356, 387
隱瞞 **356**, 75, 116, 117, 163, 254
隱隱約約 151
隱藏 **356**, 116, 187, 232, 331, 356, 387
總是 166
總計 63
總結 30
總體 347
縱容 108, 115, 129
縱情 305
縮小 **361**, 366
縮短 **361**
縮減 **362**, 266, 325, 359, 366

十八畫

〔一〕

鬆弛 **369**, 370
鬆動 **369**
鬆散 **370**, 306
鬆開 297, 369
鬆懈 **370**, 129, 342, 369, 378
擾亂 **365**, 13, 69, 375
藍圖 **367**, 161
舊友 153
藐視 **366**, 77, 218, 313, 333
擺佈 22
擺放 216
擺動 **366**
擺脫 **366**, 127, 239, 299
擺設 **366**, 229
擴大 **366**, 359, 361, 362, 366
擴充 **366**, 247, 366
擴展 **366**, 366
擴張 **366**, 71, 366
擴散 333
職責 235
鞭辟入裏 9
轉化 **367**, 368
轉危為安 **367**, 29
轉告 367
轉換 **367**, 367, 368
轉達 **367**
轉機 190
轉瞬即逝 **367**, 25, 264
轉彎抹角 **368**, 34, 119, 173
轉變 **368**, 367
覆沒 365
覆滅 **365**
覆蓋 254

〔丨〕

豐衣足食 **370**
豐沛 **370**
豐茂 151
豐盛 370
豐腴 370
豐富 **370**, 219, 255, 370
豐富多彩 **370**

豐裕......**370**
豐滿......**370**,298
豐饒......**370**,247
瞻前顧後......96,157
蹣跚......356

〔丿〕

馥郁......349
簡明......95,368
簡明扼要......**368**
簡易......368
簡要......**368**,95
簡陋......**368**,307
簡略......301,301
簡單......**368**,176,255,316,354
簡短......368
簡潔......**368**,33,296,342
簡練......33,317,342
簡樸......**368**,307,343
歸來......110
歸降......96
歸納......30
歸還......290
鎮定......**369**,87,178,210,282,369
鎮定自若......**369**,28,48,156,350,360
鎮靜......**369**,87,102,178,210,281,282,369
翻江倒海......216
翻開......38
翻然悔悟......223
翻臉......339
朦朧......**367**,167,234

〔丶〕

謹小慎微......16,363
謹言慎行......12,313
謹慎......**369**,222,249,292,312
謳歌......**369**,316
謾罵......**369**
謬論......167
癖好......**367**,290
雜亂......**365**,20,199,235,346
雜亂無章......**365**,20

〔乛〕

戳穿......254
嚮往......164
斷交......109
斷定......**365**,83,87,88,213
斷開......224
斷然......**365**
斷絕......**365**,283
斷斷續續......224

十九畫

〔一〕

藕斷絲連......**372**
蘊藏......187
壞處......80
難忘......87
難受......**373**,256,374
難看......**373**,80,136,145,151,233
難捨難分......372
難處......**374**
難堪......**374**,184
難過......**374**,185,246,267,278,373
難解......256
難聽......**374**,9,203
顛三倒四......**376**,319
顛沛流離......**376**,175
顛倒......**376**
顛倒黑白......142,244
顛撲不破......**376**
顛覆......214
顛簸......**376**,43,70
攀談......**373**
願意......229,326
騷亂......203
騷擾......**375**

〔丨〕

贈送......232
關切......**374**
關心......**374**,375
關注......374
關係......**374**
關閉......**374**,38,268,269
關張......169,193
關愛......280,374,375
關聯......358,374
關鍵......**375**
關懷......**375**,374
關懷備至......**375**,387
曠日持久......303
蟾宮折桂......66
羅列......55

〔丿〕

贊成......**375**,76,343
贊同......76,375,382
穩如泰山......**372**,48,285
穩妥......**373**,32,90,101,373
穩固......**373**,125,225,331,373
穩定......**373**,69,70,125,190,203,331,365,386
穩重......**373**,102,143,312,313,336,339
穩健......373
穩當......**373**,43,373,376
簽名......292
簽訂......160,335
邊沿......371
邊遠......**371**
邊緣......**371**,26
邊疆......26
懲處......231,236,379
懲罰......231,236,322,324,325,379
鏤骨銘心......129
鏡花水月......131

辭世......38
辭行......**371**, 83, 371
辭別......**371**, 83, 280, 371
辭退......299, 352
辭職......**371**, 248
鵬程萬里......161

〔丶〕

識別......**375**, 31, 349
識破......**375**, 136
證據......341
譏笑......193
譏諷......351
癡心妄想......298
龐大......**372**, 25, 278
離心......75
離心離德......294
離任......15, 107, 248
離別......**371**, 30, 31, 99, 143, 313
離奇......**371**
離散......47, 313, 313
離開......119
離職......248, 371
羸弱......103, 180, 211, 314
類別......**376**, 376
類型......**376**, 376
懶散......**372**, 372
懶惰......**372**, 275, 372
懶懶散散......275
懷念......**372**
懷疑......**372**, 137, 155, 215, 225, 226, 302, 333
寵愛......281

〔乛〕

繳納......67
邋遢......346

二十畫

〔一〕

蘇醒......**379**
警戒......**379**
警告......**379**, 83
警惕......**379**
警覺......379
勸止......377
勸告......**377**
勸阻......**377**
勸誡......83, 379
勸説......377
勸慰......324
勸導......**377**, 269
飄拂......380
飄動......380, 380
飄揚......**380**, 380
飄落......380
飄零......**380**, 315
飄舞......**380**, 380
飄盪......**380**, 380

〔丨〕

耀武揚威......**377**
贍養......**379**
懸殊......43, 155
嚴冬......247, 251
嚴重......**377**, 305, 312, 378
嚴格......**377**, 378
嚴峻......**378**
嚴陣以待......**378**
嚴密......**378**, 111
嚴寒......**378**, 318
嚴禁......176
嚴肅......**378**, 163, 293, 378
嚴酷......378
嚴厲......**378**, 126, 150, 260, 281, 377
嚴謹......378
嚴懲......379

〔丿〕

籌劃......240, 334, 351
覺察......**380**, 251
覺醒......351
釋放......189, 359
饒舌......**379**
饒恕......**379**, 324

〔丶〕

議論......271, 338
議論紛紛......7
贏利......357
贏得......47
瀟灑......170, 384
寶貴......**378**, 40, 148

〔乛〕

繼續......26, 204, 354

二十一畫

〔一〕

蠢材......8
驅除......**381**
驅逐......**381**, 192
驅趕......381
轟轟烈烈......14
殲滅......174
霸佔......157, 334
霸道......389

〔丨〕

躊躇......123, 225, 246, 342, 365
躊躇滿志......55
躍然紙上......181
黯然失色......155

〔丿〕

鐵證如山......17

〔丶〕

護理......**381**
譴責......**382**
辯白......31, 381
辯解......31, 45, 381
辯駁......**381**, 95
辯護......**381**
懼怕......**381**, 157, 176
顧此失彼......**382**
顧全......382
顧忌......382
顧惜......**382**

顧慮……**382**
襯托……**381**, 188, 212

〔乛〕

響亮……**382**, 88, 162, 327
響應……**382**
纏繞……334

二十二畫

〔一〕

驕傲……**385**, 78, 207, 252, 278, 362
聽任……**384**, 61, 128, 385
聽候……**385**
聽從……111, 282
聽話……61, 297, 337
聽憑……**385**, 61, 384
歡天喜地……**383**, 109, 261
歡欣鼓舞……383
歡迎……**383**, 112
歡笑……187
歡送……112, 383
歡喜……**383**, 109, 262, 278, 383
歡聚……**383**, 83
歡暢……**383**
歡樂……**383**, 88, 144, 263, 272, 286, 329
權且……115
權利……**384**
權益……384
權衡……**384**
囊中羞澀……**384**
囊空如洗……4, 384
囊括……**384**
鑒別……349, 375
鑒賞……109

〔丨〕

囉唆……379
巔峰……**384**

〔丿〕

籠絡……**385**, 116, 216
籠統……**385**

〔丶〕

彎曲……**385**, 58
顫動……331
灑脱……**384**, 170
竊竊私語……**384**, 67

二十三畫

〔一〕

驚天動地……53, 331
驚奇……**386**, 386
驚訝……**386**, 386
驚惶……386
驚詫……386
驚慌……**386**, 102, 178, 210, 281, 282, 369
驚慌失措……24, 28, 118, 156, 181, 210, 369
驚歎……**386**
驚濤駭浪……159
攪亂……69, 365, 375

〔丨〕

顯現……**387**, 52, 116, 189, 356, 387
顯眼……289, 351
顯著……**387**, 124, 243
顯達……387
顯赫……**387**, 128
顯露……**387**, 331
體恤……386
體現……**386**, 116
體貼……**386**
體貼入微……**387**, 375
體會……**387**, 76, 320
體魄健壯……177
體諒……**387**, 339
體驗……387

〔丶〕

變化……**386**, 91
變化多端……19
變化莫測……2
變幻莫測……19
變更……**386**
變革……68, 91
變動……386
變換……91, 236, 367
變賣……360
戀戀不捨……127

〔乛〕

纖弱……165, 243

二十四畫以上

驟然……207
矗立……**388**, 166, 291, 355
靈巧……**388**, 38, 238, 311, 388
靈便……311
靈活……**388**, 40, 129, 204, 388
靈敏……**388**, 55, 204, 388
艷麗……**388**, 166, 364
囑咐……44, 93
讓步……**388**, 92, 101, 177
觀光……**389**, 189
觀賞……**389**, 109
觀點……**389**, 98
蠻不講理……**389**, 154
蠻橫……**389**, 211, 216
蠻橫無理……211, 242, 389
讚不絕口……**390**
讚美……**390**, 351
讚許……142
讚揚……95, 116, 300, 390
讚頌……298, 369, 382
讚歎……386
讚賞……107, 193, 336, 390
鸚鵡學舌……8, 343
鬱悶……102, 256, 296, 306
鬱結……216
鬱鬱寡歡……272

一畫

一了百了
yī liǎo bǎi liǎo

了：了結，解決。把一件主要的事情了結以後，其餘有關的事情也跟着了結。（我走了就～了）

同 **一筆勾銷**（這筆賬就這樣～了）

一日千里
yī rì qiān lǐ

進步或發展很快。（科技發展真是～）

同 **日新月異**（改革開放以後，中國的面貌～）
突飛猛進（中國的工業發展～）

反 **停滯不前**（他的事業～，沒有進步）

一毛不拔
yī máo bù bá

一根汗毛也不肯拔。形容為人非常吝嗇自私。（他是一個～的吝嗇鬼）

同 **愛財如命**（葛朗台～）
錙銖必較（～，吝嗇無比）

反 **揮金如土**（他花錢大手大腳，～）
一擲千金（那些富家子弟～）

一文不名
yī wén bù míng

一個錢都沒有。（～的寒士）

同 **一貧如洗**（他現在～，而且欠了別人很多錢）
一無所有（家徒四壁，～）

反 **家財萬貫**（他雖然～，可是十分吝嗇）
腰纏萬貫（這個俱樂部的會員，個個～，揮金如土）

一心一意
yī xīn yī yì

只有一個心眼兒，沒有別的考慮。（一心不能二用，～地把作業寫完再去玩）

同 **全心全意**（他～投身於教書育人的工作）
專心致志（～地讀書）

反 **三心二意**（～是幹不好工作的）
心猿意馬（上課時他～，總想着去上網）

一本正經
yī běn zhèng jīng

原指一部合乎道德規範的經典。後用以形容態度莊重嚴肅，鄭重其事。有時含諷刺意味。（見他～的樣子，爸爸忍不住笑了）

同 不苟言笑（老王平時～）

反 嬉皮笑臉（人家在說正經事，你不要～的）
油嘴滑舌（別看他平時～，一遇到事情還是很認真的）

一成不變
yī chéng bù biàn

成：制定，形成。一經形成，不再改變。（世界上沒有～的東西）

同 墨守成規（改革開放不能～）

反 變化莫測（政局～）
千變萬化（股市行情～，還是小心為好）
瞬息萬變（形勢發展很快，～）

一帆風順
yī fān fēng shùn

船掛着滿帆順風行駛。比喻非常順利，沒有任何阻礙。（事業發展～）

同 無往不利（他縱橫商場幾十年，～）

反 一波三折（事態的發展～）

一言為定
yī yán wéi dìng

事情說好後，雙方就得按照約定行事。（我們～）

同 言而有信（家長對孩子要～）
一諾千金（說到做到，～）

反 出爾反爾（你不能相信他，他總是～）
言而無信（這傢伙～）

一事無成
yī shì wú chéng

甚麼事情都沒有做成，虛度光陰。（你不努力，將～）

同 無所作為（他一生庸庸碌碌，～）

反 功成名就（經過多年奮鬥，終於～）

一知半解
yī zhī bàn jiě

知道、理解得不夠全面透徹。（我對於南極也只是～）

同 不求甚解（讀書不能～）

反 博古通今（他～，知識淵博）
學富五車（才高八斗，～）

一往無前
yī wǎng wú qián

指不怕困難，奮勇前進。（無論前進中的道路多麼坎坷，我們都會～的）

同 **勇往直前**（不怕困難，～）

反 **畏縮不前**（作為一名警員，遇到歹徒不能～）

一波三折
yī bō sān zhé

1. 原指寫字的筆法曲折多變。現比喻結構起伏曲折。（故事情節～）

同 **跌宕起伏**（劇情發展～）

2. 比喻事情進行中意外的變化很多。（這件事真可謂～）

同 **好事多磨**（別擔心，天下的事總是～嘛）

反 **一帆風順**（仕途～）

一定
yīdìng

表示堅決或確定，必定。（～按時趕到）

同 **必定**（賽前不準備，比賽～失敗）
肯定（他～不知道這件事）

反 **未必**（這件事～是她幹的）

一致
yīzhì

相同，一樣。（意見～）

同 **統一**（體例～）

反 **分歧**（意見～）

一般
yībān

普通，通常。（～群眾）

同 **平常**（～時候）
普通（～人）

反 **特別**（～的日子｜想法～）
特殊（～方式｜待遇～）

一針見血
yī zhēn jiàn xiě

比喻説話直截了當，切中要害。（他～地指出了問題的癥結所在）

同 **一語道破**（秘密被～）
一語中的（老師的話～）

一敗塗地
yī bài tú dì

形容失敗到了不可收拾的地步。（由於準備不充分，最後～）

同 **潰不成軍**（敵人被打得～）
望風披靡（敵人～，全線崩潰）

反 **旗開得勝**（我們班在籃球賽中～）

一貧如洗
yī pín rú xǐ

窮得像用水洗過似的，甚麼都沒有。形容十分貧窮。（他的家裏是～）

同 **家徒四壁**（他窮得～）
囊空如洗（我～，無力購買心愛的書籍）
身無分文（老人～，連家也回不去了）

反 **腰纏萬貫**（～的富翁）

一望無際
yī wàng wú jì

一眼看不到邊。形容遼闊。（～的沙漠）

同 **無邊無際**（～的森林）
一望無垠（～的大海）

一揮而就
yī huī ér jiù

揮：揮筆；就：完成。一動筆就寫成了。形容寫字、寫文章、畫畫很快就好了。（他胸有成竹，作畫常常～）

同 **一氣呵成**（提起筆來，～）

一無所有
yī wú suǒ yǒu

甚麼也沒有。多形容非常貧窮。（我現在～）

同 **空空如也**（房間裏～，徒有四壁）
身無分文（我舉目無親，～，陷入了困境）
一貧如洗（家裏是～）

反 **應有盡有**（那座大型超市裏各種生活日用品～）

一絲不苟
yī sī bù gǒu

苟：苟且，馬虎。形容工作認真仔細，一點也不馬虎。（工作～）

同 **兢兢業業**（工作上他一直～）

反 **敷衍了事**（工作應該兢兢業業，～的態度是行不通的）

一落千丈
yī luò qiān zhàng

原指琴聲陡然降落。後用來形容聲譽、地位或經濟狀況急劇下降。（公司的效益～）

反 **扶搖直上**（這幾年，他不斷獲得提升，真是～）

一意孤行
yī yì gū xíng

不接受別人的勸告，頑固地按照自己的主觀想法去做。（雖然我苦苦相勸，可他仍然～）

同 **獨斷專行**（～，根本聽不進別人的意見）

反 **從善如流**（他虛心接受了同事們的意見，可謂～）

一鳴驚人
yī míng jīng rén

鳴：鳥叫。一叫就使人震驚。比喻平時沒有突出的表現，一下子做出驚人的成績。（不鳴則已，～）

同 **一步登天**（一介寒士成了宰相，真是～了）
一舉成名（那篇文章使他～）

一塵不染
yī chén bù rǎn

原指佛教徒修行時，排除物慾，保持心地潔淨。現泛指絲毫不受壞習慣、壞風氣的影響。

同 **冰清玉潔**（他為她那～的氣質所傾倒）
潔身自好（陶淵明～，不願為五斗米折腰）

反 **同流合污**（別跟腐敗分子～）

一舉兩得
yī jǔ liǎng dé

做一件事，能同時得到兩種好處。（每天騎自行車上班，既減少了汽車的尾氣排放，又鍛煉了身體，真是～）

同 **一箭雙雕**（他的話起到了～的作用）
一石二鳥（賺了錢，又交了朋友，這可是～的好事情）

一諾千金
yī nuò qiān jīn

諾：許諾。許下的一個諾言有千金的價值。比喻說話算數，極有信用。（我向來是～）

同 **言而有信**（為人要～）

反 **言而無信**（你這樣～，以後還有誰會相信你）

一應俱全
yī yīng jù quán

一應：一切；俱：都。一切齊全，應有盡有。（這裏的日常生活用品～）

同 **應有盡有**（圖書館藏書豐富，～）

一擲千金
yī zhì qiān jīn

用錢滿不在乎，一花就是一大筆。（他～，出手很是大方）

同 **揮霍無度**（因為～，父母留下的遺產很快就用完了）
揮金如土（那些富家子弟～）

反 **節衣縮食**（母親～供養女兒讀大學）
量入為出（家中用度要～）
省吃儉用（他在學校裏～）

一蹴而就
yī cù ér jiù

蹴：踏；就：成功。踏一步就成功。比喻事情輕而易舉，一下子就成功。（學習成績的提高不可能～）

同 **輕而易舉**（他～就取得了勝利）
一舉成功（我們經過奮力拼搏，終於～）

一籌莫展
yī chóu mò zhǎn

籌：籌劃、計謀；展：施展。一點計策也施展不出，一點辦法也想不出來。（這件事情非常棘手，令他～）

同 **束手無策**（我也感到有些～了）

反 **大顯身手**（這正是我們～的時候）
大顯神通（八仙過海，～）
神通廣大（孫悟空～）

二畫

十分
shífēn

很。（夏天～炎熱）

同 **非常**（風景～迷人）
特別（冬天～冷）

十全十美
shí quán shí měi

十分完美，毫無欠缺。（世界上沒有～的人）

同 **盡善盡美**（我希望能做到～）
完美無缺（任何藝術品都不可能～）

反 **漏洞百出**（他的解釋～，根本不能讓人信服）

十拿九穩
shí ná jiǔ wěn

非常有把握。（你放心，這一次戰勝對手，是～的事）

同 **成竹在胸**（這次會考，他～）
勝券在握（現在比分遙遙領先，我們已經～了）
萬無一失（一定要做到～）

反 **毫無把握**（能否成功，現在～）

七手八腳
qī shǒu bā jiǎo

許多人一齊動手。形容人多手雜，忙亂的樣子。（人們～地把他送進醫院）

同 **手忙腳亂**（上學要遲到了，我～地穿上衣服）

反 **井然有序**（籌備工作在～地進行）
有條不紊（他做事情～）

七拼八湊
qī pīn bā còu

把零碎的東西勉強湊合起來。(寫文章不能～，否則沒人願意看)

同 **東挪西借**（他～才湊足了買房的錢）
東拼西湊（寫作文不能～）

七嘴八舌
qī zuǐ bā shé

形容很多人講話，聲音雜亂。（大家～，還是沒有討論出結果）

同 **議論紛紛**（圍觀者～）

反 **鴉雀無聲**（老師一走進教室，學生們立刻～）

七竅生煙 qī qiào shēng yān

形容極其氣憤，好像耳目口鼻都在冒火。（看到自己的努力付諸東流，氣得他～）

反 **平心靜氣**（雖然這次比賽失利了，但教練沒有批評隊員，而是～地幫他們分析失利的原因）
心平氣和（想想事情的前因後果，他也就～了）

人才 réncái

德才兼備的人。（～難得）

同 **英才**（～輩出｜～早逝）
才俊（青年～）

反 **蠢材**（真是～）
庸才（是設計奇才還是～）
庸人（～自擾）

人才濟濟 rén cái jǐ jǐ

有學問有才能的人很多。（我們公司～）

同 **人才輩出**（這是一個～的時代）
英雄輩出（三國時代～）

反 **後繼無人**（任何一個學科都不可～）

人山人海 rén shān rén hǎi

形容聚集的人很多。（展覽館裏～，熱鬧非凡）

同 **人潮湧動**（世博園裏～）
人頭攢動（會場上～）

反 **寥寥無幾**（參觀的人～）

人云亦云 rén yún yì yún

人家說甚麼，自己也跟着說甚麼。形容沒有主見。（你要有點主見，不要總是～）

同 **拾人牙慧**（寫文章要有自己的見解，不能～）
亦步亦趨（～地追隨上司）
鸚鵡學舌（他只會～，從沒有自己的想法）

反 **標新立異**（他總喜歡～，嘩眾取寵）
獨樹一幟（他的設計～）

人品 rénpǐn

人的品質。（～不好）

同 **品質**（誠實的～｜優秀～）
人格（～偉大｜～魅力）

反 **相貌**（～出眾｜～英俊）

人格
réngé

人的氣質、能力等特徵的總和。（用我的～保證）

同 **品格**（～出眾 | 高尚的～）
人品（～高潔）

人跡罕至
rén jì hǎn zhì

很少有人去的地方。指荒涼偏僻的地方。（這個地方很偏僻，～）

同 **荒無人煙**（沙漠地帶～）
反 **人煙稠密**（長江中下游～）

人盡其才
rén jìn qí cái

人人都充分發揮自己的才能。（針對每位員工的特長安排職位，真正做到～）

同 **各盡所能**（～，按勞分配）
各顯其能（八仙過海，～）

人聲鼎沸
rén shēng dǐng fèi

形容人聲十分嘈雜。（他離體育館還有幾百米，就聽到裏面～，熱鬧極了）

同 **沸沸揚揚**（一時間，鬧得～）
反 **鴉雀無聲**（考試的時候，教室裏～）

入木三分
rù mù sān fēn

比喻描寫或議論深刻有力。（這部作品～地揭露了偽君子的醜惡嘴臉）

同 **鞭辟入裏**（他對中國傳統文化的糟粕進行了～的批判）
刻畫入微（人物形象～）
一針見血（他的批評～，正中要害）
反 **隔靴搔癢**（這個方法根本解決不了問題，結果只能是～）
無關痛癢（他只說了些～的話）

入耳
rù'ěr

話的內容聽起來使人舒服。（這話～）

同 **順耳**（句句～ | 聽起來～）
中聽（他的話很～）
反 **刺耳**（～的噪音 | 說話～）
難聽（聲音非常～）

入神
rùshén

對眼前的事物產生濃厚的興趣而注意力高度集中。（看戲看～了）

同 **入迷**（聽歌聽～了）
反 **走神**（她上課經常～兒）

入時
rùshí

合乎時尚（常指服裝打扮）。（打扮～）

同 時髦（～女郎｜穿着～）
時尚（～帥氣｜現代～）

反 過時（～的觀念｜式樣～）

入迷
rùmí

喜歡某種事物到沉迷的程度。（聽歌聽得太～）

同 着迷（越看越～）

入情入理
rù qíng rù lǐ

形容合乎情況和道理。（這番話説得～，不由你不服）

同 合乎情理（推論～）
合情合理（他的要求～）

反 不合情理（這種説法～）
荒誕不經（他的言論～，沒有事實根據）
荒謬絕倫（他的論調～，不值一駁）

入選
rùxuǎn

中選。（正式～）

同 當選（～代表）
中選（～作品）

反 落選（選舉時他～了）

八斗之才
bā dǒu zhī cái

比喻人富有才華。（看這個人的文章，確有～）

同 才高八斗（他學富五車，～）
才華橫溢（～的音樂家）

反 才疏學淺（本人～，難以勝任這份工作）

八面玲瓏
bā miàn líng lóng

對各方面都很圓滑周到。（《紅樓夢》裏的王熙鳳是個～的人物）

同 八面圓通（他在生意場見甚麼人説甚麼話，真正是～）
左右逢源（她辦起事來～，遊刃有餘）

八面威風
bā miàn wēi fēng

形容神氣十足。（他戰功赫赫，～）

同 威風凜凜（一位～的將軍）
英姿颯爽（閱兵式上的女兵～）

反 威風掃地（在眾人面前出醜，使他～）

了卻
liǎoquè

了結。（～了一樁心願）

同 **了斷**（～幾十年的恩仇）
了結（案子已經～）

了結
liǎojié

解決（事情）。（～了一場爭端）

同 **了斷**（事情已經～）
了卻（女兒結婚，媽媽～了一樁心願）

了解
liǎojiě

知道得很清楚。（他最～情況）

同 **理解**（無法～ | 互相～）
知道（早已～這件事）

力爭
lìzhēng

極力爭取。（～上游）

同 **力求**（～完美 | ～準確）
力圖（～萬無一失）

反 **放棄**（～競爭 | ～觀點）

力量
lìliàng

力氣或能力。（人多～大）

同 **力氣**（～大）
氣力（要花大～做好這項工作）

力圖
lìtú

極力謀求，竭力打算。（～超過別人）

同 **力求**（～成功）
力爭（～第一）
爭取（～獎學金）

三畫

三心二意
sān xīn èr yì

心裏想這樣又想那樣，猶豫不決。不安心，不專一。(學習不能～)

同 見異思遷（他～，喜歡上了別的女孩）
朝三暮四（他是一個～的傢伙）

反 全心全意（社區義工～照顧患病老人）
一心一意（～為公司謀發展）

三言兩語
sān yán liǎng yǔ

言語不多。形容話很少。(這件事不是～能說得清的)

同 寥寥數語（～就說服了他）
隻言片語（妻子離家出走，沒留下～）

反 千言萬語（兩個人一見面，縱然有～，一時也不知從何說起）
滔滔不絕（一說到他的專業，他就會～地說個沒完沒了）

三思而行
sān sī ér xíng

再三考慮後才去做。(這不是小事，你可要～)

同 謹言慎行（你要～，不要出甚麼差錯）
前思後想（他～，覺得不妥）

反 不假思索（～，脱口而出）
輕舉妄動（你要審時度勢，千萬不要～）

三緘其口
sān jiān qí kǒu

形容說話十分謹慎，不肯輕易說。(他對此～，我實在問不出來甚麼)

同 緘口不語（他～，保持沉默）
守口如瓶（他～，你別想探出一點消息）

反 高談闊論（整晚都只聽他一個人在～）
滔滔不絕（他發起言來～）
信口開河（他喝了二兩酒，就開始～，誇誇其談了）

干涉
gānshè

過問或制止。(～內政)

同 干預（～市場 | 出面～）

干擾
gānrǎo

擾亂。（你不要～我學習）

同 打擾（請勿～）
妨礙（～公務）
擾亂（～市場）

反 協助（～清理校園衛生）

才幹
cáigàn

辦事的能力。（這個學生很有～）

同 才華（～出眾｜展露～）
才能（～突出｜表演～）

下不為例
xià bù wéi lì

下次不可以再這樣做。表示只通融這一次。（這次我先饒了你，僅此一次，～）

同 適可而止（幹任何事情要有分寸，～）

下降
xiàjiàng

從高到低；從多到少。（氣温～）

同 降低（水位～｜成本～）
下跌（～的速度｜股市～）

反 上升（～趨勢｜正在～）
上漲（物價～｜潮水～）

大手大腳
dà shǒu dà jiǎo

形容花錢、用東西沒有節制。（不能這麼～地花錢）

同 揮霍無度（～的生活使他債台高築）
鋪張浪費（即使富裕了，也不能～）
一擲千金（他～，生活奢侈）

反 精打細算（過日子要處處～）
克勤克儉（～，艱苦奮鬥）

大方
dàfang

對財物不計較，不吝嗇。（出手～）

同 慷慨（～大方｜～解囊）

反 吝嗇（～鬼｜他一點也不～）

大失所望
dà shī suǒ wàng

非常失望。（他的話令我～）

反 大喜過望（聽到這個好消息，他～）
如願以償（我終於～考上了理想的大學）

大同小異
dà tóng xiǎo yì

大部分相同，只有小部分不同。（我們的看法～）

同 相差無幾（正反雙方的人數～）

反 截然不同（兩種觀點～）

大吃一驚
dà chī yī jīng

形容對發生的意外事情感到非常吃驚。（聽說事態如此嚴重，她～）

同 大驚失色（她發現孩子不見了，～）

反 不動聲色（談判專家～地與匪徒交談）
泰然自若（在最困難的情形下，也要保持～）

大材小用
dà cái xiǎo yòng

把大的材料當成小的材料用。比喻使用不當，浪費人才。（讓一個大學生去管倉庫，真是～）

反 人盡其才（我們要做到～，物盡其用）

大型
dàxíng

形狀或規模大的。（～演出）

同 巨型（～天文望遠鏡）

反 微型（～電腦）
小型（～字典｜～會議）

大相徑庭
dà xiāng jìng tíng

彼此相差很遠或矛盾很大。（兩人的觀點～）

同 天壤之別（兩個國家的氣候可謂有～）
相去甚遠（結果與原先希望的～）

反 如出一轍（兩篇文章的觀點～）
相差無幾（兩座山的高度～）

大度
dàdù

氣量寬宏能容人。（你要～些，讓着她點）

同 豁達（他為人～，從不斤斤計較）

反 小氣（別太～，我和你開玩笑呢）

大張旗鼓
dà zhāng qí gǔ

比喻聲勢和規模很大。（～地宣傳科學）

同 轟轟烈烈（他想～地幹一番事業）

反 偃旗息鼓（活動不到三個月，就～了）

大喜過望
dà xǐ guò wàng

結果比原來希望的更好，因而感到特別高興。（通過了面試，我～）

同 **喜出望外**（看到失而復得的公事包，爸爸～）
反 **大失所望**（他沒考上大學，父母～）

大量
dàliàng

數量多。（～時間）

同 **大批**（～傷患得救）
反 **少量**（加～的水）氣量大，能容忍。（寬宏～）

大概
dàgài

表示有很大的可能性。（我下個月～還要來這兒）

同 **大約**（從家到學校～需三分鐘）
大致（你的回答～正確）
反 **肯定**（我們～能完成任務）
一定（我七點～到）

大驚小怪
dà jīng xiǎo guài

形容對不足為奇的事情過分驚訝。（這有甚麼好～的）

同 **少見多怪**（你真是～）
反 **不足為奇**（這種事情經常會發生，～）
見怪不怪（見得多了，自然就～了）

上升
shàngshēng

由低處往高處移動。（氣溫～）

同 **上漲**（物價～）
升高（水位～）
反 **下跌**（股市～）
下降（產量～）

上任
shàngrèn

指官員就職。（走馬～）

同 **到任**（領導～）
就任（～中國駐美國的大使）
反 **離任**（即將～回國）
卸任（他～後回到了家鄉）

上策
shàngcè

高明的計策或辦法。（三十六計，走為～）

同 **良策**（有何～）
妙策（自有～）
反 **下策**（出此～）

上漲
shàngzhǎng

（商品價格等）上升。（物價～）

同 **上升**（～趨勢）
反 **下跌**（銷售額～）
下降（溫度～）

小心
xiǎoxīn

1. 注意，留神，謹慎。（～路滑）

同 當心（～受騙）
留神（～門戶）

2. 謹慎。（他做事一直很～）

反 粗心（一向～）
大意（疏忽～）

小心翼翼
xiǎo xīn yì yì

形容舉動十分謹慎，不敢有絲毫疏忽。（～地過獨木橋）

同 謹小慎微（她是一個～的人）
小心謹慎（你要～，不要出任何差錯）

反 粗心大意（～是他最大的缺點）

小巧
xiǎoqiǎo

小而靈活。（身材～）

同 精巧（構造～ | ～細緻）

反 粗笨（手腳～ | ～的傢具）

小巧玲瓏
xiǎo qiǎo líng lóng

小巧：小而靈巧；玲瓏：精巧細緻。形容東西小而精緻。（這是一件～的工藝品）

同 玲瓏剔透（冰雕～）

反 碩大無朋（霸王花因花朵～而得名）

小視
xiǎoshì

看不起。（不可～）

同 蔑視（～競爭對手）
輕視（～體力勞動）

反 看重（～能力）
重視（～提高藝術修養）

小試鋒芒
xiǎo shì fēng máng

稍微顯示一下本領。（他今天在賽場上只不過是～而已）

同 牛刀小試（今天的行動只是～）

反 大顯身手（你～的時機到啦）

小題大做
xiǎo tí dà zuò

拿小題目做大文章。比喻把小事情當做大事情來處理。（這樣處理有些～）

同 大驚小怪（這種事經常發生，不要～）

反 淡然處之（對待名利，他～）
等閒視之（對手來勢兇猛，不可～）

口吻
kǒuwěn

說話時流露出來的感情色彩。（親切的～）

同 口氣（調侃的～）
腔調（説話的～）
語氣（温和的～）

口若懸河
kǒu ruò xuán hé

形容能言善辯，説話滔滔不絕。（他引經據典，～，滔滔不絕）

同 滔滔不絕（他一説起來就～）

反 笨口拙舌（他～，怎麼也説不清楚）

口是心非
kǒu shì xīn fēi

嘴裏説的與心裏想的不是一套，心口不一致。（這個人表裏不一，～）

同 心口不一（做人要言行一致，不能～）

反 表裏如一（他～，言行一致，可以信任）
心口如一（做人一定要～，切勿口是心非）

口説無憑
kǒu shuō wú píng

光是嘴上説而沒有可靠的憑證。（～，你有甚麼證據）

同 空口無憑（俗話説："～，立字為證"）

反 鐵證如山（在～的事實面前，他只能認罪）

山明水秀
shān míng shuǐ xiù

山光明媚，水色秀麗。形容風景優美。（那裏～、風景如畫）

同 風光綺麗（～的大理古城）

反 窮山惡水（他在那個～的地方生活了下來）

山珍海味
shān zhēn hǎi wèi

山珍：山裏產的珍異食品；海味：海裏的美味食品。指山裏和海裏出產的各種珍貴食品。現泛指各種美味佳餚。（我現在沒有心情，即使～，也難以下嚥）

同 美味佳餚（女兒回來，媽媽準備了一桌子的～）

反 粗茶淡飯（～的日子）

山窮水盡
shān qióng shuǐ jìn

山和水都到了盡頭，已沒有路可走。比喻陷入絕境。（因為揮霍無度，他最終走到了～的地步）

同 窮途末路（競爭對手已經～，掙扎不了多久了）
日暮途窮（傳統手工生產已經～，被機器製造替代）

反 柳暗花明（實驗中，大家經歷了許多次失敗，但最終還是～，取得了意想不到的成果）

千方百計 qiān fāng bǎi jì
形容想盡或用盡種種辦法。（為了提升銷售業績，他～尋找客戶）
同 **殫精竭慮**（他為公司的發展嘔心瀝血，～）
想方設法（～解決問題）
反 **無計可施**（他～，只好順其自然）
一籌莫展（這件事情非常棘手，使我～）

千里迢迢 qiān lǐ tiáo tiáo
形容路途遙遠。（為了求醫，他～來到香港）
同 **不遠萬里**（他～遠渡重洋，繼續學習深造）
反 **近在咫尺**（每次他都和冠軍～，卻又失之交臂）
一步之遙（與成功只是～）

千辛萬苦 qiān xīn wàn kǔ
形容各種各樣的艱難困苦。（唐僧師徒走遍千山萬水，歷盡～，最終取回真經）
同 **含辛茹苦**（媽媽～，把他撫養成人）
反 **養尊處優**（他過慣了～的生活）

千軍萬馬 qiān jūn wàn mǎ
形容兵馬很多，也形容聲勢浩大。（老將軍曾經指揮～，轉戰南北）
同 **聲勢浩大**（遊行隊伍～）
反 **單槍匹馬**（他～闖世界，想幹一番驚天動地的事業）

千真萬確 qiān zhēn wàn què
形容非常真實可靠。（這消息～）
同 **的的確確**（～是他幹的）
確鑿不移（～的事實）
反 **捕風捉影**（你不要～，無事生非）

千鈞一髮 qiān jūn yī fà
千鈞的重量繫在一根頭髮上。比喻極其危險。（一輛汽車飛馳過來，在這～之際，他衝上前去，救下了站在路中央的女孩）
同 **危在旦夕**（情勢～）

千載難逢 qiān zǎi nán féng
一千年也難遇到。比喻機會極為難得。（這是～的機會，一定不能放過）
同 **百年不遇**（～的水災）
反 **不足為奇**（這種話出自他口中，～）
屢見不鮮（青少年因為深陷網絡遊戲而荒廢學業的例子～）

千變萬化
qiān biàn wàn huà
形容變化極多。（股市行情～）
同 **變化多端**（孫悟空神通廣大，～）
變幻莫測（天氣～）
反 **一成不變**（世界上沒有～的事物）

久別
jiǔbié
長時間地分別。（～重逢）
同 **闊別**（～多年）
反 **重逢**（老友～）
相聚（再次～｜～時刻）

久遠
jiǔyuǎn
長久。（年代～）
同 **長久**（這不是～之計）
反 **短暫**（～停留｜時間～）

亡羊補牢
wáng yáng bǔ láo
亡：失去，丟失；牢：關牲口的圈。羊逃跑了再去修補羊圈，還不算晚。比喻出了問題以後想辦法補救，可以防止繼續受損失。（～，猶未為晚）
同 **迷途知返**（他能～，真是一件大好事）
反 **防患未然**（～，才能不出或少出事故）
未雨綢繆（他們～，已做好了預防颱風的準備工作）

亡命
wángmìng
逃亡；流亡。（～天涯）
同 **流亡**（～政府｜～海外）
逃命（劫匪倉皇～）
逃亡（～國外｜四散～）

亡故
wánggù
死去。（祖母～）
同 **過世**（百歲老人昨日～）
去世（～的消息｜不幸～）
逝世（～不久｜～十周年）
反 **健在**（祖母～）
在世（～的時候）

四畫

井井有條
jǐng jǐng yǒu tiáo

形容條理分明，整齊不亂。（他辦事～）

同 井然有序（雖然人很多，但一切都～）
有條不紊（工作～地展開）

反 亂七八糟（房間裏～）
雜亂無章（他的發言～，毫無條理）

井然
jǐngrán

形容整齊的樣子。（秩序～）

同 整齊（～的隊伍｜擺放～）

反 混亂（～的局面｜思維～）
雜亂（～無章｜聲音～）

天生
tiānshēng

天然生成的。（～麗質）

同 天然（～形成）
先天（～不足）

反 後天（～努力）

天衣無縫
tiān yī wú fèng

神話傳說，神仙的衣服沒有衣縫。比喻事物周密完善，找不出甚麼破綻。（這件事他自以為做得～，但還是被別人找到了破綻）

同 滴水不漏（他們的防守～）
無懈可擊（論文論點鮮明，論據充分，條理清晰，簡直～）

反 漏洞百出（他的解釋～）

天長地久
tiān cháng dì jiǔ

與天和地存在的時間一樣長。形容時間悠久。也形容永遠不變（多指愛情）。（很多年輕人想談一場轟轟烈烈的戀愛，哪怕不能～）

同 地久天長（友誼～）
海枯石爛（～，永不變心）

反 稍縱即逝（機遇總是～）
一朝一夕（提高語文成績，不是～的事）

天南地北
tiān nán dì běi

一在天之南，一在地之北。形容地區各不相同。也形容距離極遠。（大家～的，很難見面）

同 天涯海角（不論～，我一定要找到你）

反 近在咫尺（～，卻不能相認）

天涯海角 tiān yá hǎi jiǎo

形容極遠的地方，或相隔極遠。（雖然遠在～，我們還是思念着對方）

同 **天南地北**（在網上可以和～的朋友們聊天）

反 **近在咫尺**（每次他都和冠軍～，卻又擦肩而過）

天然 tiānrán

自然存在的，自然產生的。（～湖泊）

同 **天生**（～的領袖｜～愛美）
自然（～科學｜～現象）

反 **人工**（～餵養｜～湖泊）
人造（～蛋白｜～纖維）

天賦 tiānfù

生來就具備的資質。（～很高）

同 **天分**（數學～｜極有～）
天資（～過人｜音樂～）

天翻地覆 tiān fān dì fù

形容變化極大或變化徹底。（中國的經濟發生了～的變化）

同 **今非昔比**（～，家鄉發生了巨大的變化）

反 **一成不變**（社會在發展，任何事物都不是～的）

天壤之別 tiān rǎng zhī bié

壤：地。天和地，一極在上，一極在下。比喻差別極大。（雖然是雙胞胎，但兩個人的性格卻有着～）

同 **截然不同**（這是兩個～的概念）
天差地別（想像和現實之間～）

反 **大同小異**（這兩款手機的功能～）
相差無幾（他們的年齡～）

五內如焚 wǔ nèi rú fén

心中像火燒灼般的難受。（母親病危，他怎能不～）

同 **憂心忡忡**（產品銷售慘淡令銷售經理～）
憂心如焚（會考臨近，他又住進了醫院，父母～）

反 **無憂無慮**（這是一段～的時光）

五彩繽紛 wǔ cǎi bīn fēn

顏色繁多，光彩悅目。（～的焰火）

同 **五光十色**（～的寶石）
五顏六色（孩子們被～的氣球吸引住了）

支支吾吾 zhī zhī wú wú

說話不爽快，不把意思說清楚。（你～，想說甚麼）

同 **含糊其辭**（這張留言條～，沒有說清怎麼處理）
吞吞吐吐（～，不敢說出來）
欲言又止（看到她～的表情，老師忙追問發生了甚麼事）

支持 zhīchí

1. 勉強維持。（累得快～不住了）

同 **支撐**（難以～ | 獨力～）

2. 給以鼓勵或贊助。（全力～）

同 **鼓勵**（熱情～ | 給予～）　反 **反對**（～受賄 | 堅決～）

支配 zhīpèi

對人或事物起引導或控制作用。（合理～）

同 **擺佈**（受人～ | 隨意～）
操縱（～股市 | ～選舉）
控制（～局面 | 嚴加～）

支離破碎 zhī lí pò suì

支離：零散，殘缺。形容事物零散破碎，不完整。（關於父親，她只有一些～的記憶）

同 **七零八落**（書本～，整個房間到處都是）
四分五裂（軍閥混戰，整個國家～）

不由自主 bù yóu zì zhǔ

由不得自己。（聽到這優美的旋律，我～地跟着唱了起來）

同 **情不自禁**（大家～地笑起來）
身不由己（他那樣做，也是～）

不必 bùbì

表示事理上或情理上不需要。（你～向我道歉）

同 **無須**（～加班 | ～重做）　反 **必須**（～服從 | ～離開）
務必（～努力 | ～小心）

不出所料 bù chū suǒ liào

在意料之中。(果然～，他來了)

同 **意料之中**(這是～的事)

反 **出乎意料**(～的事發生了)
出人意料(～地失敗了)

不同 bùtóng

不一樣。(～的情況)

反 **相同**(完全～)

不同凡響 bù tóng fán xiǎng

形容事物不平凡，很出色。(她一出場，就顯得～)

同 **與眾不同**(他設計的服裝～)

反 **平淡無奇**(這個構思～)

不幸 bùxìng

1. 不幸運，使人失望、傷心、痛苦。(他的遭遇很～)

同 **悲慘**(～的命運｜身世～)

反 **幸運**(～時刻｜非常～)

2. 災禍。(天大的～)

同 **災禍**(～降臨｜遭受～)
災難(避免了一場大的～)

不知所措 bù zhī suǒ cuò

不知道怎麼辦才好，形容受窘或發急。(面對突如其來的變故，他～)

同 **手足無措**(一時間，他～)

反 **泰然處之**(再大的困難，他也能～)
應付自如(他沉着老練，～)

不卑不亢 bù bēi bù kàng

既不自卑，也不高傲。(面對外賓，他～，有理有節)

同 **落落大方**(為人處世，～)

反 **卑躬屈膝**(～討好人)
低聲下氣(～地請求)

不計其數 bù jì qí shù

形容數目很多，無法計算。(他花費的錢財～)

同 **不可勝數**(前來參觀的遊客～)

反 **寥寥無幾**(展廳內只有～的幾個人)
屈指可數(合格者～)

不慌不忙 bù huāng bù máng

不慌張，不着急。形容從容鎮定。（他～地走過來）

同 從容不迫（他回答提問時總是～）
慢條斯理（她說話總是～的）

反 驚慌失措（遇到危險，千萬不要～）
手忙腳亂（今天早上起晚了，弄得我～）

不遺餘力 bù yí yú lì

用盡全部力量，一點也不保留。（他～地幫助別人）

同 竭盡全力（醫生～搶救病患）
全力以赴（～支援災區）

反 敷衍了事（工作～）

不斷 bùduàn

連續不間斷。（好人好事～湧現）

同 不停（掌聲響～）
連續（～六年未出事故）

反 中斷（～電力供應）

不辭勞苦 bù cí láo kǔ

形容做事不怕苦。（～，服務大眾）

同 任勞任怨（老清潔工～，每天勤懇工作

反 好逸惡勞（不能養成～的壞習氣）

友好 yǒuhǎo

親近和睦（多指民族與民族或國家與國家之間）。（～往來）

同 和睦（鄰里之間～相處）
友善（那裏的人都很～）

反 敵對（～勢力｜～情緒）

友愛 yǒu'ài

相親相愛。（團結～）

同 和睦（～相處｜家庭～）
團結（～友愛｜安定～）
友善（對人～｜～的目光）

匹夫之勇 pǐ fū zhī yǒng

不憑智謀只憑個人的勇氣。（只憑～，不能成大事）

同 有勇無謀（他做事敢做敢當，可惜只是～）

反 有勇有謀（趙雲～，號稱"常勝將軍"）
智勇雙全（他是一位～的將軍）

匹夫有責 pǐ fū yǒu zé

每個人都有責任。(國家興亡,~)

同 **義不容辭**(遵守法律是每個公民~的責任)
責無旁貸(保護我們賴以生存的環境,每個人都~)

巨大 jùdà

(規模或數量等)很大。(~的成功)

同 **宏大**(氣勢~)
龐大(~的機構)

反 **微小**(~的灰塵)
細小(~變化)

互相 hùxiāng

表示彼此對待的關係。(~理解)

同 **彼此**(~之間 | 不分~)
相互(~了解 | ~溝通)

切合 qièhé

十分符合。(~實際)

同 **符合**(~民眾的願望)
契合(與進化論相~)
吻合(證詞與實際情況~)

反 **不符**(與實際~)
相悖(論點與材料~)

切記 qièjì

牢牢地記住。(~不要盲從)

同 **牢記**(~親人的囑託)
銘記(~在心)

反 **忘記**(~過去 | 不會~)

少見多怪 shǎo jiàn duō guài

由於見聞少,遇見平常的事情也感到奇怪。(這也值得驚訝,真是~)

同 **大驚小怪**(這有甚麼~的)

反 **司空見慣**(對於他的無理取鬧,我們早已~)
習以為常(這種天氣,我們已經~)

日久天長 rì jiǔ tiān cháng

時間長,日子久。(~,這間茅屋都漏雨了)

同 **天長日久**(如此勞累,~,怎麼吃得消)

反 **一朝一夕**(好成績不是~取得的)
轉瞬即逝(流星在天空中~)

日新月異
rì xīn yuè yì

每天每月都有新的變化。形容進步、發展很快。（社會發生了～的變化）

同 突飛猛進（信息技術～，不學習真的跟不上時代發展了）
一日千里（城市建設～）

反 每況愈下（企業的經濟狀況～，瀕臨倒閉）
一成不變（社會在發展，任何事情都不是～的）

日暮途窮
rì mù tú qióng

天黑下去了，路走到頭了。比喻到了末日。（匪徒們已經到了～的地步，仍在負隅頑抗）

同 窮途末路（雖然他已是～，但仍不改英雄本色）
走投無路（他～，最後自殺了）

反 如日中天（事業興旺，～）

中止
zhōngzhǐ

（做事）中途停止。（談話～）

同 停滯（～不前｜事業～）
中斷（～外交｜～通訊）

反 持續（～發展｜～高温）
繼續（～努力｜～工作）
連續（～發生｜～加班）

中央
zhōngyāng

跟四周距離相等的位置。（廣場～）

同 中心（湖～有個小島）

反 邊緣（～地帶｜懸崖的～）
四周（環顧～｜樓房～）

中間
zhōngjiān

中心。（教室～）

同 當中（屋頂～）
正中（大廳～）

反 周圍（學校～）

中斷
zhōngduàn

中途停止或斷絕。（通訊～）

同 間斷（訓練～了一週）
中止（～比賽）

反 持續（～降雨）
連續（～加班）

內外交困
nèi wài jiāo kùn

內部和外部都受到逼迫，因而處於困境。（越是～的時刻，越要忍耐）

同 內憂外患（～，民不聊生）

內地
nèidì

大陸距離海岸較遠的部分。（～發展經濟緩慢）

同 內陸（～地區｜～城市）

反 邊疆（守衛～）
沿海（～地區）

內向 nèixiàng

（性格、思想、感情等）深沉，不外露。（性格～）

同 **腼腆**（這人很～）

反 **外向**（～的孩子）

內行 nèiháng

對某種事情或行當有豐富的知識或經驗。（關於電器修理，他是～）

同 **在行**（修汽車我不～）
行家（～點評）

反 **外行**（説～話）
生手（寫文章他是～）

內疚 nèijiù

心裏慚愧。（深感～）

同 **慚愧**（心裏～）
負疚（～在心）
愧疚（這件事她很～）

內陸 nèilù

大陸距離海岸較遠的部分。（～國家）

同 **內地**（～城市）

反 **沿海**（東南～）

水平 shuǐpíng

1. 與水平面平行的。（～方向）

反 **垂直**（～下降 | 與地面～）

2. 在生產、生活、文化等方面達到的高度。

同 **標準**（達到～ | ～很高）
程度（文化～ | 難易～）
水準（藝術～ | 有失～）

水落石出 shuǐ luò shí chū

水落下去，石頭就露出來。比喻真相大白。（我一定要把情況弄個～）

同 **真相大白**（事情總有～的一天）

手忙腳亂 shǒu máng jiǎo luàn

形容做事慌張而沒有條理。（着火了，他～地穿上衣服，往外面跑）

反 **不慌不忙**（他～地走上台）
有條不紊（運動會的各項籌備工作都在～的進行中）

手足無措
shǒu zú wú cuò

手腳無處放。形容舉動慌亂或沒有辦法應付。（面對這一大堆問題，她真有點～）

同 驚慌失措（面對這突然的變故，他有些～）
束手無策（各種辦法他都試過了，現在已經～了）

反 不慌不忙（老師讓他回答問題，他～地站了起來）
鎮定自若（面對主考官，她～）

手段
shǒuduàn

為達到一定目的而採取的具體方法。（高明的～）

同 辦法（想～ | ～很多）
伎倆（～卑劣 | 無恥～）

毛骨悚然
máo gǔ sǒng rán

形容很恐懼的樣子。（這部電影營造的氣氛讓人～）

同 不寒而慄（遠處的狼嚎聲讓人～）
膽戰心驚（這種恐怖的場面讓他～）

毛病
máobìng

缺點，壞習慣。（要改掉浪費糧食的壞～）

同 弊病（這種做法確實存在很多～）
缺點（粗心大意是我最大的～）

反 長處（學習別人的～）
優點（每個人都有～）

升值
shēngzhí

增加本國單位貨幣的含金量或提高本國貨幣對外幣的比值。（貨幣～）

同 增值（～的空間）

反 貶值（貨幣嚴重～）

升級
shēngjí

等級或班級由低級到高級。（產品～）

同 晉級（～成功 | 直接～）

反 降級（～處分 | 產品～）

升遷
shēngqiān

調到職位比原來高的另一部門。（～之路）

同 升職（即將～ | 破格～）

反 降職（～處理 | 自願～）

仁慈
réncí

仁愛慈善。（心地～）

同 慈善（～機構 | 面容～）
慈祥（～的母親 | 和藹～）
仁愛（～之心）

反 殘忍（～兇惡 | 手段～）
狠毒（陰險～ | 心腸～）
兇殘（～的匪徒）

片瓦無存
piàn wǎ wú cún

一塊整瓦也沒有了。形容房屋被全部毀壞。(大火過後，房子～)

同 **蕩然無存**(風波過後，我對他的好印象～)

反 **完好無損**(雖然歷經風雨，但這裏的一切仍～地保存了下來)

片言隻字
piàn yán zhī zì

很少的話或文字材料。(由於年代久遠，出土的竹簡大多損壞嚴重，雖然僅存～，但也極其珍貴)

同 **隻言片語**(妻子離開了他，沒留下～)

反 **長篇大論**(他開會時講話簡單明了，沒有～)

片刻
piànkè

極短的時間。(休息～)

同 **剎那**(地震發生得很突然，～間山搖地動)
霎時(～鴉雀無聲)
瞬間(捕捉精彩～)

仍然
réngrán

表示情況繼續不變或恢復原狀。(歹徒～逍遙法外)

同 **仍舊**(他～住在那座老房子裏)
依舊(他～是老樣子)
依然(事情～沒有解決)

化為烏有
huà wéi wū yǒu

烏有：哪有，何有。變得甚麼都沒有。指全部消失或完全落空。(轉瞬間一切都～)

同 **付之東流**(所有的努力都～)
化為泡影(一場大雨使郊遊的計劃～)

化裝
huàzhuāng

改變裝束、容貌。(～舞會)

同 **假扮**(他～成醫生)
喬裝(～改扮)
裝扮(～一新)

化險為夷
huà xiǎn wéi yí

險：險阻；夷：平坦。化危險為平安。比喻轉危為安。(機長臨危不亂，應變得當，終於～)

同 **轉危為安**(傷患已～)

反 **險象環生**(這次旅行真是～，驚心動魄)

反抗 fǎnkàng
用行動反對；抵抗。（～壓迫）
同 **抵抗**（～侵略 | 拚命～）
對抗（～賽 | 兩軍～）
反 **屈服**（絕不～於外來壓力）
順從（～別人）

反面 fǎnmiàn
事物跟正面相反的一面；也指消極的一面（乒乓球球拍的～ | ～人物）
同 **背面**（紙的～還有字）
負面（～報導 | ～影響）
反 **正面**（大樓的～有一些彩燈 | ～人物）

反常 fǎncháng
跟正常的情況不同。（氣候～）
同 **異常**（情況～ | 行為～）
反 **正常**（～施工 | 溫度～）

反駁 fǎnbó
説出自己的理由，來否定別人跟自己不同的理論或意見。（不容～）
同 **駁斥**（～論點）
批駁（～錯誤觀點 | 逐條～）

分文不值 fēn wén bù zhí
形容毫無價值。（這是假古董，～）
同 **一文不值**（這些東西～）
反 **價值連城**（～的寶貝）

分別 fēnbié
離別。（暫時～）
同 **離別**（～家鄉）
反 **重逢**（久別～ | 何日～）
團聚（闔家～ | ～在一起）

分析 fēnxī
找出本質屬性和關係。（～原因）
同 **剖析**（～當前的形勢）
反 **歸納**（～整理）
總結（～經驗）

分歧 fēnqí
（思想、意見等）不一致，有差別。（意見～）
同 **矛盾**（自相～ | 內心～）
反 **統一**（體例～）
一致（方向～ | 看法～）

分享 fēnxiǎng
和別人一起享受。（～勝利的果實）
同 **共享**（～歡樂時光）
反 **獨享**（～勞動成果）

分秒必爭 fēn miǎo bì zhēng
一分一秒也一定要爭取。形容抓緊時間。（考場上應該～）
同 爭分奪秒（～趕進度）

分配 fēnpèi
安排；分派。（～工作）
同 分派（～任務｜～專人負責）

分散 fēnsàn
散在各處；不集中。（注意力～）
同 分佈（～廣泛｜人口～）
散開（人群迅速～）
反 集中（注意力～）
聚攏（大家～在一起）

分道揚鑣 fēn dào yáng biāo
分路而行。比喻目標不同，各走各的路或各幹各的事。（由於一點小矛盾，他們～）
同 各奔東西（想到即將分開，～，隊員們不禁感慨萬千）
各奔前程（同學們畢業以後～）
反 志同道合（他們是～的親密戰友）

分辨 fēnbiàn
辨別。（仔細～）
同 辨別（～方向｜～真偽）
識別（～真假｜～優劣）
反 混淆（～是非｜～黑白）

分離 fēnlí
分開別離。（被迫～）
同 分別（短暫～｜～多年）
離別（～時刻就要到了）
反 團聚（～時刻）
重逢（偶然～）

分辯 fēnbiàn
辯白。（不容～）
同 辯白（你還有甚麼可～的）
辯解（極力為自己～）

公平 gōngpíng
處理事情合情合理，不偏袒哪一方面。（～交易）
同 公道（價格～）
公正（～廉潔）
反 不公（處理～）
偏私（執法不能～）

公而忘私
gōng ér wàng sī

為了公事而不考慮私事，為了集體利益而不考慮個人得失。(作為一名議員，就應該～，忠於職守)

同 **大公無私**(他為人～，深受街坊的尊敬)

反 **假公濟私**(她打着為社區服務的幌子，做～的事)

公佈
gōngbù

公開發佈，使大家知道。(～結果)

同 **宣佈**(～成績 | ～獨立)

反 **保密**(這是內部消息，請嚴格～)

公開
gōngkāi

不加隱蔽；面對大家。(～選拔)

同 **當眾**(～道歉)

反 **秘密**(～行動)
私下(～議論)

欠妥
qiàntuǒ

不夠妥當。(言論～)

同 **不妥**(這樣處理，恐怕～)

反 **恰當**(用詞～)
妥當(安排～)
妥帖(這是一個非常～的比喻)
穩妥(你還是提前預訂座位較為～)

欠缺
qiànquē

不夠。(工作經驗～)

同 **短缺**(資金～ | 人手～)
缺少(～水分)

反 **充足**(～的資金)
足夠(～的時間)

文雅
wényǎ

温和有禮貌。(言談～ | 舉止～)

同 **高雅**(氣質～ | 格調～)
嫻雅(～文靜 | ～大方)
優雅(談吐～ | 儀表～)

反 **粗魯**(説話～ | 舉止～)
粗俗(～不堪 | 言語～)

文質彬彬
wén zhì bīn bīn

文：文采。質：實質。彬彬：文質配合適當。文采實質互相配合得很好，看上去舉止斯文。(他看上去～)

同 **彬彬有禮**(她講話～)
温文爾雅(舉手投足～)

反 **粗聲粗氣**(説話不要～)

文靜
wénjìng

（性情、舉止）文雅安靜。（小女孩很～）

同 恬靜（性格～）
嫻靜（她是一個～的姑娘）

反 好動（他從小活潑～）
潑辣（性格～）

方法
fāngfǎ

關於解決思想、説話、行動等問題的門路、程式等。（～簡便）

同 辦法（～簡單 | 好～）
方式（生活～）
手段（各種～）

方便
fāngbiàn

便利；適宜。（交通～）

同 便捷（手續～ | 操作～）
便利（交通～ | ～條件）

反 不便（下雨為出行帶來諸多～）
麻煩（～事）

火冒三丈
huǒ mào sān zhàng

形容怒氣極盛。（不由得～）

同 勃然大怒（他聽完這話～，拂袖而去）

反 平心靜氣（～地商量解決方法）
心平氣和（他一直～地和來訪者交談）

火速
huǒsù

用最快的速度。（～趕往現場）

同 飛速（列車～駛過）
迅速（～作出決定）

反 緩慢（蝸牛爬行～）

火熱
huǒrè

像火一樣的熱。（～的場面）

同 熾熱（感情～）
炎熱（～的夏天）

反 冰冷（～徹骨 | ～的池水）
冰涼（清爽～的啤酒）

冗長
rǒngcháng

（文章、講話等）廢話多，拉得很長。（文章～）

同 繁冗（～拖遝 | ～複雜）
冗贅（敍事～ | 行文～）

反 簡潔（～明快 | 線條～）
簡練（文字～ | ～的語句）
精練（語言～ | 表達～）

心力交瘁
xīn lì jiāo cuì

交：一齊，同時；瘁：疲勞。精神和體力都極度勞累。（長期超負荷工作使他～）

同 **精疲力竭**（我感到～）
疲憊不堪（身體～）

反 **神采奕奕**（他～地走上了講台）

心不在焉
xīn bù zài yān

心思不在這裏。指思想不集中。（不知道為甚麼，我和他說話的時候，他有些～）

同 **漫不經心**（他今天看起來有點～）
心猿意馬（他上課時～，總是想去上網）

反 **聚精會神**（～地聽講）
全神貫注（～地看書）
專心致志（～地學習）

心甘情願
xīn gān qíng yuàn

心裏完全願意，沒有一點勉強。多指自願作出某種犧牲。（我～去內地工作）

反 **迫不得已**（他～，才作出了讓步）

心平氣和
xīn píng qì hé

心境平靜，態度溫和，毫不急躁。（我們～地談談）

同 **平心靜氣**（矛盾雙方～地做交換意見）

反 **暴跳如雷**（～，怒不可遏）
大發雷霆（看到家裏一片混亂，他不禁～）

心灰意冷
xīn huī yì lěng

心裏沒有任何積極的念頭，意志消沉。（會考失利後，他～）

同 **灰心喪氣**（失敗了也不要～）
萬念俱灰（巨大的打擊讓她～）

心安理得
xīn ān lǐ dé

得：適合。自以為做的事情合乎道理，心裏很坦然。（只要沒虧待這個孩子，我也就～了）

同 **問心無愧**（你儘管去查吧，我～）

反 **問心有愧**（他不敢抬頭，可能是～）

心直口快
xīn zhí kǒu kuài

心裏怎麼想，口裏馬上就說出來。（他是一個～的人）

同 **快言快語**（她為人直爽，～）

反 **拐彎抹角**（母親～地數落着女兒）
轉彎抹角（說話不要～）

心急火燎 xīn jí huǒ liǎo

心裏急得像火在燒一般。形容心情十分急迫。（她～地趕來）

同 **心急如焚**（她一早趕到學校，～地等待成績公佈）

反 **不慌不忙**（我都急死了，他卻還是～的）
從容不迫（他做任何事都～）

心神不定 xīn shén bù dìng

定：安定。心裏煩躁，精神不安。（整個下午，我老是～）

同 **心亂如麻**（現在的事情千頭萬緒，令他～）
心神不寧（感到～）

心照不宣 xīn zhào bù xuān

照：知道；宣：公開說出。彼此心裏明白，而不公開說出來。（彼此～）

同 **心領神會**（一看你那眼神，我自然是～）

心滿意足 xīn mǎn yì zú

形容心中非常滿意。（只要能找一份穩定的工作，我就～了）

同 **稱心如意**（～的工作）

心曠神怡 xīn kuàng shén yí

曠：開闊；怡：愉快。心境開闊，精神愉快。（遙望雨後的遠山，～）

同 **賞心悅目**（那裏的美景～，令人流連忘返）

心懷叵測 xīn huái pǒ cè

心懷：居心，存心；叵：不可。指存心險惡，不可推測。（你要留意他，他是一個～的人）

同 **居心不良**（他一直暗中跟着咱們，一定是～）
居心叵測（他～，你要時刻提防着）

心驚膽戰 xīn jīng dǎn zhàn

形容非常害怕。（狼的嗥叫令人～）

同 **提心吊膽**（自從那次交通意外以後，他每天出門都～）

引火焚身
yǐn huǒ fén shēn

比喻自討苦吃或自取滅亡。（他不敢出庭作證，因為擔心會～）

同 玩火自焚（他喜歡投機取巧，結果～）
引狼入室（袁世凱賣國求榮，～，遭到人民的唾棄）
自作自受（你不按時完成作業，被父親責罵，完全是～）

引進
yǐnjìn

從外地或外國引入（人員、技術等）。（～先進技術）

同 進口（～產品｜從外國～）
引入（～競爭機制）

反 輸出（～設備｜產品～）

引誘
yǐnyòu

引導。多指讓人做壞事。（～魚上鈎）

同 利誘（威逼～）
誘惑（受到壞人的～）

以身作則
yǐ shēn zuò zé

則：準則，榜樣。以自己的行動做出榜樣。（父母教育孩子勤儉節約，自己也要～）

同 身體力行（～，發揮模範帶頭作用）
身先士卒（～，衝鋒在前）
言傳身教（父親的～對我影響很大）

反 以身試法（千萬不要～）

幻想
huànxiǎng

尚未實現或無法實現的。（美麗的～）

同 空想（理想不付諸實踐，只能是～）
夢想（～成真｜實現～）

反 現實（～世界｜面對～）

幻滅
huànmiè

希望像幻境一樣消失。（夢想～）

同 破滅（理想～）

反 實現（～目標）

五畫

刊登 kāndēng

刊載。（～廣告）

同 **登載**（～小説）
刊載（～消息）

未必 wèibì

不一定。（他～會來）

反 **必定**（～會成功）
一定（我們的目標～能實現）

未雨綢繆 wèi yǔ chóu móu

天還沒下雨的時候就把門窗修繕好。比喻事先早做準備。（做事要～，才能從容面對）

同 **防患未然**（各部門必須～，採取措施迎接銷售淡季的到來）

反 **臨渴掘井**（宜未雨綢繆，勿～）
臨陣磨槍（快考試了他才～，開始學習）

未曾 wèicéng

沒有。（～答應）

同 **不曾**（～發現 | ～來過）

反 **曾經**（他～來過中國）
已經（你來晚了，他～走了）

打扮 dǎban

使容貌和衣着好看。（精心～）

同 **化妝**（她～以後，年輕多了）
裝扮（彩燈把廣場～得格外美麗）

打破 dǎpò

突破原有的限制、拘束等。（～紀錄）

同 **衝破**（～經濟封鎖）
突破（這本書的全球銷量已經～100萬冊）

打動 dǎdòng

使人感動。（這個故事深深～了我）

同 **感動**（在場的人無不為之～）

打開 dǎkāi

揭開；拉開。（～大門）

同 **翻開**（～卷宗｜～課本）　反 **關閉**（～門戶｜立即～）

打算 dǎsuan

考慮；計劃。（通盤～）

同 **計劃**（～出國）

巧舌如簧 qiǎo shé rú huáng

形容能說會道，花言巧語。（任你～，也休想騙我）

同 **花言巧語**（～，蒙騙顧客）　反 **張口結舌**（嘉賓一個個被主持人問得～）

巧妙 qiǎomiào

靈巧高明，超過一般的。（～的方法）

同 **高明**（見解～｜醫術～）
靈巧（～的手藝｜心思～）
反 **拙劣**（～的伎倆｜手法～）

巧奪天工 qiǎo duó tiān gōng

人工的精巧勝過天然。形容技藝高超。（古代工匠製造的工藝品真是～）

反 **粗製濫造**（產品～，坑害消費者）

功成名就 gōng chéng míng jiù

就：成就。功績建立了，名聲也有了。（～之後，他仍未忘記自己落魄時鄰居給他的無私資助）

反 **身敗名裂**（他出賣股東利益，最終落得～的下場）

功虧一簣 gōng kuī yī kuì

虧：欠缺；簣：盛土的筐。堆九仞高的土山，只缺一筐土而不能完成。比喻做事情只差最後一點沒能完成。（那次比賽中我們校隊在最後時刻～，實在令人惋惜）

同 **功敗垂成**（～，我們以前的努力全部付諸東流了）　反 **大功告成**（～之後，我們一定要好好慶祝一下）

去世 qùshì

死亡，逝世（多指成年人）。（剛剛～）

同 **辭世**（她的雙親均已～）
過世（老人～不久）
逝世（因病不幸～）
反 **出生**（他～在北京）
出世（那時孩子尚未～）
降生（小寶貝的～給全家帶來了歡笑）

去除 qùchú

除掉。（～異味）

同 除掉（～水垢｜～雜草）
清除（～垃圾｜～油污）
消除（～隱患｜難以～）

反 保留（～意見｜長久～）

甘心 gānxīn

願意。（他實在不～就這樣被打敗）

同 甘願（～受苦）
情願（心甘～）

反 被迫（～接受｜～降落）

甘心情願 gān xīn qíng yuàn

心裏完全願意，沒有一點勉強。多指自願作出某種犧牲。（只要能治好母親的病，再苦再累，我也～）

同 自覺自願（加班是他～的）

反 迫不得已（他～作出了讓步）

甘拜下風 gān bài xià fēng

甘：情願，樂意；下風：風向的下方。對人自認不如，真心佩服。（比試以後，年輕人～，願意拜老者為師）

同 自愧弗如（您的水平如此高超，我～）

反 不甘示弱（小明唱了一首歌，我也～，接着唱了一首）

甘甜 gāntián

甜美。（～的泉水）

同 甜美（味道～）

反 苦澀（～的滋味｜～難言）

甘願 gānyuàn

心甘情願。（～受罰）

同 甘心（不拿到金牌我絕不～）
情願（我～自己一個人留下來）

反 被迫（～答應｜～服從）

世故 shìgù

（處事待人）圓滑，不得罪人。（這個人很～）

同 圓滑（處事～｜為人～）

反 天真（～爛漫｜～的笑容）

古老 gǔlǎo

經歷了久遠年代的。（～的民族）

同 久遠（年代～｜～的記憶）
遠古（～時代｜～時期）

反 年輕（～力壯）
新興（～行業｜～學科）

古板 gǔbǎn
固執守舊，呆板少變化。（他為人～）
同 呆板（表情～） 死板（辦事～）
反 靈活（～機動｜處事～）

古怪 gǔguài
跟一般情況很不相同，使人覺得詫異。（打扮～）
同 怪異（表情～｜荒誕～） 奇怪（～的問題）
反 尋常（～人家｜異乎～）

本地 běndì
說話者或事物所在的地方。（他是～名醫）
同 當地（～百姓｜～特產）
反 外地（～人｜到～出差） 異鄉（漂泊～｜～謀生）

本領 běnlǐng
技能，能力。（～高強）
同 本事（學～） 能力（他的溝通～極強）

可心 kěxīn
稱心。（事事～）
同 稱心（～如意） 順心（生活～）

可信 kěxìn
值得相信。（～的證據）
同 可靠（～的消息）
反 可疑（行跡～）

可笑 kěxiào
令人發笑。（滑稽～）
同 好笑（他的表情真～）

可惜 kěxī
值得惋惜。（棄之～）
同 惋惜（讓人感到～）

可惡 kěwù
令人厭惡。（真是～的傢伙）
同 可恨（以大欺小真～） 可憎（～的造假者）
反 可愛（～的大熊貓）

可貴 kěguì
值得珍視的。（難能～）
同 寶貴（～的生命｜時間～） 珍貴（～的禮物｜彌足～）

可憐 kělián

憐憫。（人們～這個孩子）

同 **憐憫**（～的目光）
同情（～社會下層的疾苦）

左右逢源 zuǒ yòu féng yuán

比喻事情無論怎樣進行都很順利。（～，如魚得水）

同 **八面玲瓏**（他這個人是～）
應付自如（再大的場面他也能～）

反 **四面楚歌**（這盤棋，你已經是～了）
左支右絀（～，難以應付）

左顧右盼 zuǒ gù yòu pàn

顧、盼：看。向左右兩邊看。形容人驕傲得意、猶豫、仔細觀察等神情。（上課時不要～）

同 **東張西望**（你不要老是～）

反 **目不斜視**（他～，認真聽講）
目不轉睛（～地看着熒幕）

平凡 píngfán

平常，不稀奇。（～小事）

同 **平常**（～情況）
普通（長相～）
尋常（非比～）

反 **出眾**（才能～）
非凡（～的成就）
偉大（～的事業）

平心靜氣 píng xīn jìng qì

心平氣和，態度冷靜。（他～地給兒子講道理）

同 **心平氣和**（我們應該坐下來，～地談一談）

反 **暴跳如雷**（為這樣的小事～，實在有失身份）
大發雷霆（隊員在比賽中毫無鬥志，教練～）

平白無故 píng bái wú gù

一點原因也沒有。（他～地辭去了工作）

同 **無緣無故**（處事要公正，不要～找人麻煩）

反 **事出有因**（她不辭而別，一定～）

平安 píng'ān

沒有事故，沒有危險；安全。（～歸來）

同 **安全**（行車～）
太平（～盛世｜天下～）

反 **危險**（處境～）
兇險（病勢～）

平均
píngjūn

把總數按份兒均勻計算。（～溫度）

同 均勻（呼吸～）

反 不均（貧富分配～）

平步青雲
píng bù qīng yún

比喻不費力氣，一下子就達到很高的地位或境界。（他仕途順利，短短幾年做到校長的位置，真可謂～）

同 飛黃騰達（他相信只要不懈努力，總有～的那一天）
青雲直上（他靠逢迎拍馬，竟然～）
一步登天（不要做～的白日夢）

反 一落千丈（由於他沉迷網絡遊戲，學習成績～）

平坦
píngtǎn

沒有高低凹凸。（～的草地）

反 坎坷（路途～不平）
崎嶇（山路～）

平易近人
píng yì jìn rén

態度謙遜和藹，使人容易接近。（他雖然身居高位，但～）

同 和藹可親（老教授不僅知識淵博，而且～）

反 高高在上（公職人員不應～，無視民眾疾苦）
盛氣凌人（他自以為是，給人一種～的感覺）

平常
píngcháng

1. 普通；不特別。（～日子）

同 平凡（～的工作）
普通（～員工）
尋常（～小事）

反 特別（～的日子）
特殊（～使命）

2. 通常。（他～很少逛街）

同 平時（～要注意保護眼睛）
通常（～情況）

平庸
píngyōng

尋常而不突出；平凡。（～之作）

反 出色（表現～）
突出（才能～）
優異（成績～）

平淡
píngdàn

(事物或文章) 平常；沒有曲折。(～無味)

同 平常 (～生活)
平凡 (～小事)

反 出色 (工作～)
新奇 (～的想法)

平淡無奇
píng dàn wú qí

(事物或文章平常，沒有曲折。(這首詩的前兩句雖然用詞～，但耐人尋味)

反 不同凡響 (那本書出版後～，頗受大家好評)

平等
píngděng

泛指地位相等。(男女～)

同 同等 (～資格)
相等 (價值～)

反 懸殊 (力量～)

平滑
pínghuá

平而光滑。(光潔～)

同 光滑 (皮膚細緻～)

反 粗糙 (表面～不平)

平鋪直敍
píng pū zhí xù

說話或寫文章只把意思簡單而直接地敍述出來。(這篇作文～，枯燥乏味)

反 起伏跌宕 (這本小說情節～，十分吸引人)

平緩
pínghuǎn

平坦，坡度不大。(山勢～)

同 平坦 (寬闊～的大道)
平直 (河道～)

反 陡峭 (～的懸崖)

平靜
píngjìng

沒有不安或動盪。(他的聲音很～)

同 安靜 (孩子～下來了)
寧靜 (美麗～的港灣)

反 激動 (～得無法入睡)
焦躁 (～的情緒)

平衡
pínghéng

對立的各方面在數量或品質上相等或相抵。(保持生態～)

同 均衡 (力量～)

反 失衡 (～的天平)

平穩
píngwěn

穩當；不搖晃。(汽車行駛～)

同 穩當 (走路～)

反 顛簸 (船劇烈地～起來)

目不暇接
mù bù xiá jiē

眼睛來不及看。形容東西很多很好，一時看不過來。（當我再次來到這座城市，這裏的變化令我～）

同 應接不暇（顧客真多，銷售人員～）

目不轉睛
mù bù zhuǎn jīng

不轉眼珠地（看）。形容注意力很集中，看得出神。（他～地盯着電視熒幕）

同 聚精會神（～地聽課）
全神貫注（～地投入音樂創作）

反 東張西望（他站在大街上～）
左顧右盼（上課時要注意聽講，不能～）

目中無人
mù zhōng wú rén

眼裏沒有別人。形容看不起人，驕傲自大。（自高自大，～）

同 狂妄自大（～，自不量力）
目空一切（取得了一點成績，他就～）

目前
mùqián

指說話的時候。（～的情況）

同 當前（～的任務）
眼前（～利益）
眼下（～形勢很好）

反 過去（回憶～的事情）
將來（～有甚麼打算）

目瞪口呆
mù dèng kǒu dāi

形容因害怕或吃驚而不知所措的樣子。（他嚇得～，不知道說甚麼好）

同 瞠目結舌（他的話令人～）

叮囑
dīngzhǔ

再三囑咐。（再三～）

同 叮嚀（千～，萬囑咐）
囑咐（～他保守秘密）

申述
shēnshù

詳細說明。（～理由）

同 陳述（～原因｜詳細～）
敍述（～清楚｜～詳情）

申請 shēnqǐng
向上級或有關部門説明理由，提出請求。（～專利）
同 **請求**（～調動）**請示**（～批准）
反 **批准**（～休假）**准許**（～參賽）

申辯 shēnbiàn
申述和辯解。（被告有權～）
同 **辯解**（別再～了）

另眼相看 lìng yǎn xiāng kàn
用另一種眼光看待，多指看待某個人（或某種人）不同於一般。（他不但聰明而且勤奮，老闆自然對他～）
同 **刮目相看**（他在這麼短時間內就取得了如此大的進步，不得不讓人～）

凹陷 āoxiàn
向下或向內陷進去。（路面～，車子難以行進）
同 **下陷**（地基～ | 路面～）
反 **隆起**（表面～）**凸起**（地面～）

四面八方 sì miàn bā fāng
各個方面或各個地方。（這所學校的學生來自～）
同 **天南海北**（～的朋友聚在一起）**五湖四海**（同學們來自～）

生死存亡 shēng sǐ cún wáng
生存或者死亡。形容事關重大或形勢危急。（在這～的關頭，他想到的仍然是他人的安危）
同 **生死攸關**（在這～的時刻，他毅然將生的機會讓給了別人）**危在旦夕**（病人生命～）
反 **安然無恙**（老人脱離了危險，現在已經～了）**平安無事**（希望這次他能～）

生死與共 shēng sǐ yǔ gòng
無論活着或死去都在一起。形容感情或情誼很深。（她發誓要與我～，但大難臨頭，卻離我而去）
同 **風雨同舟**（災難面前，大家～，共渡難關）**同舟共濟**（攜起手來，～，一起創造更加美好的明天）**休戚與共**（血肉相連，～）

生氣勃勃 shēng qì bó bó
生命力很旺盛。(～的年輕人)
同 生機勃勃(春天來了，大地一片～的景象)
欣欣向榮(家鄉到處呈現出～的景象)
反 暮氣沉沉(他才二十出頭，怎麼～的)
無精打采(受了打擊之後，他表現得～)

生動 shēngdòng
具有活力，能感動人的。(～活潑)
同 傳神(人物刻畫逼真～)
反 呆板(表情～)

生硬 shēngyìng
勉強做的，不自然，不柔和。(動作～｜態度～)
反 自然(～流暢｜生動～)
柔和(語調～)
委婉(～表達)

生疏 shēngshū
1. 沒有接觸過或很少接觸的。(道路～)
同 陌生(～面孔｜～的城市)
反 熟悉(他在美國已經住了十年了，對那裏的情況很～)
2. 不親近。(感情～)
同 疏遠(他們之間越來越～了)
反 親近(你不要和他太～)
親密(～的夥伴)

生機 shēngjī
活力。(～盎然)
同 活力(～四射｜富有～)
生氣(～勃勃｜虎虎有～)

生龍活虎 shēng lóng huó hǔ
形容富有朝氣，充滿活力。(這孩子～的樣子，哪像有病)
同 朝氣蓬勃(一群～的孩子)
反 老氣橫秋(～的樣子)

生靈塗炭 shēng líng tú tàn
形容人民生活在極端艱難困苦的境地。(連年戰爭，～)
同 民不聊生(軍閥混戰，～)
水深火熱(窮苦大眾生活在～之中)
反 安居樂業(在和平時代，人們都能～)
國泰民安(風調雨順，～)

失去 shīqù

失掉。（～機會）

同 **失掉**（～聯絡｜～作用）
喪失（～鬥志｜～信心）

反 **得到**（～消息｜～表揚）
獲得（～冠軍｜～靈感）
贏得（～勝利｜～掌聲）

失利 shīlì

打敗仗，戰敗；在比賽中失敗。（比賽～）

同 **敗北**（在比賽中～）
失敗（試驗～｜～原因）

反 **得勝**（旗開～｜～歸來）
獲勝（～的可能性很小）
取勝（～之道｜難以～）

失常 shīcháng

處於不正常的狀態。（發揮～）

同 **反常**（天氣～｜情緒～）

反 **正常**（～情況｜一切～）

失敗 shībài

在鬥爭或競賽中被對方打敗。（宣告～）

同 **敗北**（再次～｜徹底～）
失利（比賽～｜～原因）

反 **成功**（巨大的～）
勝利（取得～）

失散 shīsàn

因遭遇變故而離散。（～多年的親人）

同 **離散**（骨肉～）

反 **團聚**（親人～）
團圓（夫妻～）
相聚（～在一起｜短暫的～）

失當 shīdàng

不適宜；不恰當。（處置～）

同 **不當**（～之處｜處理～）
不宜（晚飯～吃得過飽）

反 **得當**（用詞～｜詳略～）
恰當（～的方式｜～的比喻）
適當（～時機｜作～調整）

失意 shīyì

不得志。（情場～）

同 **失落**（～感｜～的心情）

反 **得意**（～非凡｜春風～）
得志（鬱鬱不～｜少年～）

失魂落魄
shī hún luò pò

形容心神不定，非常驚慌的樣子。（你怎麼啦，整天～的樣子）

同 魂不守舍（看你～的樣子，發生甚麼事情了）
魂飛魄散（一個花盆從天而降，落在地上摔得粉碎，嚇得經由此處的行人～）

反 穩如泰山（不管發生甚麼事，他都～）
鎮定自若（面對危險，他總是～）

白天
báitiān

從天亮到天黑的一段時間。（他～工作，晚上還要加班）

同 白日（不要～做夢）
白晝（夏天～長，黑夜短）

反 黑夜（～難明｜漫長的～）
晚上（～，我在燈下做作業）

白淨
báijing

皮膚白而潔淨。（～的皮膚）

同 白嫩（皮膚～光滑）
白皙（～少年）

反 烏黑（～的頭髮）
黝黑（～發亮）

白費
báifèi

徒然耗費。（～力氣）

同 徒勞（～無功｜～往返）
枉費（～心機｜～功夫）

反 有效（～措施｜～的方法）

仔細
zǐxì

細心。（～檢查）

同 認真（～學習｜態度～）
細心（～觀察｜非常～）

反 粗心（～大意）
馬虎（～不得）

乏味
fáwèi

沒有趣味。（節目～）

同 枯燥（內容～）

反 有趣（～的遊戲）

外地
wàidì

除了本地，別的地方。（到～出差）

反 本地（～特產｜～人）
當地（～時間｜～群眾）

外行
wàiháng

對某種事情或某項工作不懂或沒有經驗的人。（工作上不能～領導內行）

同 生手（這個年輕人在業務上還是～）

反 行家（～裏手｜～點評）
內行（他在那裏充～）

外表 wàibiǎo

一般指表面。（看人不能只看～）

同 **表面**（光滑的～ | 地球～）
外貌（出眾的～ | ～特徵）

反 **內心**（～世界 | ～活動）

包含 bāohán

（裏面）含有。（這句話～深刻的意義）

同 **包括**（英語學習～聽、說、讀、寫四個方面）
包羅（～萬象）

包圍 bāowéi

從四面將對象圍住。（洪水把村莊～了）

同 **包抄**（四面～）
圍困（消防員解救被大火～的兒童）

反 **突破**（～包圍圈 | ～封鎖線）
突圍（～脫險 | 企圖～）

包羅萬象 bāo luó wàn xiàng

內容豐富，應有盡有。（這部小說～，堪稱一部百科全書）

同 **無所不包**（這本書內容豐富，涉及語言方面的話題～）
應有盡有（超市裏各種日用品～）

反 **掛一漏萬**（由於時間倉促，書中難免有～之處，還請讀者諒解）

主要 zhǔyào

有關事物中最重要的。（～矛盾）

同 **根本**（～利益 | ～問題）
首要（～任務 | ～原因）
重要（～會議 | ～作用）

反 **次要**（～環節 | 位置～）
輔助（～設備 | ～措施）

主流 zhǔliú

1. 幹流。（黃河～）

同 **幹流**（長江～ | ～源頭）

反 **支流**（黃河～ | 幾條～）

2. 比喻事情發展的主要方面。（～思想）

同 **潮流**（適應～ | 時代～）

反 **支流**（看問題要分清主流和～）

主動 zhǔdòng

不待外力推動而行動。（～交代）

同 **自動**（～運行 | ～開始）
自覺（～遵守 | 全靠～）

反 **被動**（～挨打）

立即
lìjí

立刻。（～行動）

同 當即（代表們～憤怒離場）
立刻（～執行｜～開始）
馬上（～就要放假了）

半斤八兩
bàn jīn bā liǎng

比喻兩者完全一樣，難分高下。（咱倆～，誰也別笑話誰）

同 不相上下（兩班成績～）
旗鼓相當（甲乙雙方～）
勢均力敵（這兩位棋手的實力真可說是～，難分高下）

反 天壤之別（今昔相比，有～）

半信半疑
bàn xìn bàn yí

有點相信，又有點懷疑。（我對他的話～）

同 將信將疑（聽了他的話，我～）

反 堅信不疑（正義終將戰勝邪惡，我對這一點～）
深信不疑（對事業的成功～）

半途而廢
bàn tú ér fèi

做事情沒有完成而終止。（他學東西沒有耐性，總是～）

同 有始無終（這個人做事～）

反 持之以恆（學習外語，一定要～，每天堅持練習）
善始善終（無論做甚麼事情都要～）

必定
bìdìng

肯定，一定。（～失敗）

同 肯定（～按時完成工作）
勢必（大雨～影響跑步成績）
一定（我七點～到）

反 未必（這樣做～科學）

必須
bìxū

一定要。（對犯罪～嚴懲不貸）

同 務必（今天開會，～不要遲到）
一定（我明天～來上課）

反 不必（～拘泥於形式）
無須（～生氣｜～參加）

永久
yǒngjiǔ

永遠，長久。（～的和平）

同 **永遠**（英雄～活在我們的心中）

反 **短暫**（時光～｜生命～）
暫時（～分別｜～扣押）

永垂不朽
yǒng chuí bù xiǔ

光輝事蹟或偉大精神永遠流傳。（人民英雄～）

同 **流芳百世**（歷代的先賢，澤被後人，～）
萬古流芳（英雄的名字～）

反 **遺臭萬年**（賣國賊～）

永遠
yǒngyuǎn

表示時間長，沒有終了。（直到～）

同 **永恆**（精神～｜～的話題）
永久（～的住所｜～保存）

反 **短暫**（人生～｜～停留）
暫時（～領先｜～停止）

民主
mínzhǔ

人民在政治上自由發表意見，參與國家政權管理等的權利。（發揚～）

反 **獨裁**（～統治）
專制（～政權）

出乎意料
chū hū yì liào

（事物的好壞、情況的變化、數量的大小等）超出了預先的估計。（看完這部劇集，觀眾直呼結局～）

同 **出人意料**（事情發展～）

反 **不出所料**（～，中國隊衛冕成功）

出色
chūsè

格外好，超出一般的。（～的表演）

同 **出眾**（相貌～｜才華～）
傑出（～的才能｜～貢獻）

反 **遜色**（毫不～）
平庸（資質～）

出其不意
chū qí bù yì

趁對方沒預料到就採取行動。（～地打擊對手）

同 **趁其不備**（～，果斷出擊）
出奇制勝（～，打他個人仰馬翻）

反 **有備而來**（他這次是～）

出現 chūxiàn

顯露出來。（～轉機）

同 顯現（優勢漸漸～）
湧現（好人好事不斷～）

反 消失（～得無影無蹤）
隱沒（汽車～在暮色之中）

出發 chūfā

離開原處到別處去。（～的時間）

同 起程（～的日期｜準備～）

反 到達（順利～｜準時～）
抵達（平安～）

出謀劃策 chū móu huà cè

想辦法出主意。（為朋友～）

同 排憂解難（為百姓～）
想方設法（～渡過難關）

反 冷眼旁觀（採取～的態度）

出類拔萃 chū lèi bá cuì

超出同類。（那所大學的學生個個都～）

同 超群絕倫（他的武功～）
卓爾不群（她在眾人中～）

反 濫竽充數（學習要精益求精，不能～）

加入 jiārù

參加某一團體或組織而成為其中一員。（～義工組織）

同 參加（～閱讀小組）

反 退出（～比賽）

加強 jiāqiáng

使更堅強或更有效。（～資金投入）

同 增強（～信心）

反 削弱（～公司實力）

加緊 jiājǐn

加快速度或加大強度。（～準備）

同 加快（～進度）
抓緊（～生產）

反 放慢（～腳步）
減慢（速度～）

加劇 jiājù

加深嚴重程度。（災情～）

同 激化（矛盾～）
加重（～負擔）

反 緩和（語氣～｜關係～）

矛盾 máodùn

泛指對立的事物互相排斥。（自相～）

同 衝突（時間～，我不能參加明天的會議了）
抵觸（兩個人意見～）
對立（兩家形成～）

反 一致（我們的目標～）

六畫

老成持重 lǎo chéng chí zhòng

比喻有經驗，閱歷深，做事穩重。（為人～）

反 **少不更事**（她～，不能理解老師的苦心）

老實 lǎoshi

誠實，規矩，不惹事。（～人）

同 **誠實**（～可信）
忠厚（～老實）

反 **狡猾**（陰險～）
虛偽（為人～）
圓滑（八面玲瓏，處事～）

老練 lǎoliàn

閱歷深，經驗多，穩重而有辦法。（沉穩～）

同 **幹練**（機智～｜精明～）
老成（少年～｜～持重）

反 **幼稚**（～可笑｜～無知）

地久天長 dì jiǔ tiān cháng

形容時間像天地般長久，永無止境。（但願～，永不分離）

同 **地老天荒**（祝願二人永遠相愛，直到～）

反 **瞬息萬變**（形勢發展很快，～）

地形 dìxíng

地面起伏的形狀。（～複雜）

同 **地貌**（～特點）
地勢（～險要）

地位 dìwèi

人或團體在社會關係中所處的位置。（國際～）

同 **聲望**（他高超的醫術為他贏得了很高的～）
位置（《西遊記》在中國文學史上佔有重要的～）

地動山搖 dì dòng shān yáo

形容震動劇烈或聲勢浩大。（一聲驚雷，震得～）

同 **撼天動地**（那聲勢真是～）
驚天動地（他想幹一番～的事業）

地獄
dìyù

某些宗教指人死後靈魂受苦的地方。(打入～)

反 天堂(人間～)

地覆天翻
dì fù tiān fān

形容變化非常大或變化得徹底。(改革開放以來，中國農村發生了～的變化)

同 今非昔比(～，家鄉發生了巨大的變化)

反 一成不變(制度不是～的，要不斷進行完善)

在意
zàiyì

放在心上。(這些小事，他是不會～的)

同 介意(請不要～)
在乎(他很～他的女朋友)

百尺竿頭
bǎi chǐ gān tóu

比喻最高境界，學問、成績等達到了極高的程度。(希望你～，更進一步)

同 登峰造極(他的藝術造詣已經到了～的地步)

反 每況愈下(學習成績～)

百依百順
bǎi yī bǎi shùn

在許多事情上都很順從。(他對妻子～)

同 俯首貼耳(在上級面前～)
言聽計從(爺爺對小孫子～)

反 桀驁不馴(他的兒子～，很難管教)

百家爭鳴
bǎi jiā zhēng míng

多指學術上不同學派的自由爭論。(文學界應提倡～)

同 百花齊放(提倡～、百家爭鳴)

反 罷黜百家(～阻礙文化繁榮)

百感叢生
bǎi gǎn cóng shēng

各種感情一起產生於心頭。(此情此景，不由他～)

同 百感交集(看到這一幕，他～)

反 無動於衷(不管我怎麼百般央求，他還是～)

百戰不殆
bǎi zhàn bù dài

多次打仗而不失敗。(知己知彼，～)

同 百戰百勝(只有在戰略上知己知彼才能～)

反 屢戰屢敗(敵人～，士氣低落，早已不堪一擊)

灰心
huīxīn

意志消沉。（～喪氣）

同 **氣餒**（困難面前不要～）
消沉（情緒～｜意志～）

灰心喪氣
huī xīn sàng qì

形容因失敗或不順利而失去信心，意志消沉。（不要因為一次失利就～）

同 **心灰意冷**（她感到～）

反 **躊躇滿志**（～，蓄勢待發）
意氣風發（從沒見過他像現在這樣～）

灰暗
huī'àn

暗淡；不鮮明。（～的天空）

同 **暗淡**（星光～｜光線～）
昏暗（～的燈光）
陰暗（～的房間｜～潮濕）

反 **明亮**（皎潔～的月光）

列舉
lièjǔ

一個一個地舉出來。（～大量數字加以說明）

同 **列出**（～事實）
羅列（～證據）

死板
sǐbǎn

（辦事）不靈活，不變通。（辦事～）

同 **呆板**（表情～｜樣子～）
機械（～記憶｜過於～）

反 **活潑**（～可愛｜嚴肅～）
靈敏（～的頭腦｜嗅覺～）

死氣沉沉
sǐ qì chén chén

形容氣氛不活潑，沒有一點生氣。（震後的廢墟，一片～的景象）

同 **暮氣沉沉**（他年紀不大，卻～的）

反 **生氣勃勃**（到處一片～的景象）
朝氣蓬勃（青年人～，好像早晨八九點鐘的太陽）

成千上萬
chéng qiān shàng wàn

形容數量非常多。（～的難民）

同 **千千萬萬**（～的家庭）

反 **寥寥無幾**（前來聽講座的人～）
屈指可數（通過測試者～）

成功
chénggōng

獲得預期的結果。（取得～）

同 勝利（～完成｜～在望）

反 失敗（～的苦惱｜宣告～）

成立
chénglì

（組織、機構等）籌備成立。（～公司）

同 創立（～品牌）
建立（～核電站）
組建（～樂隊）

反 解散（～組織｜已經～）

成果
chéngguǒ

工作或事業的收穫。（研究～）

同 成績（～斐然）
成就（取得～）
成效（～顯著｜卓有～）

成熟
chéngshú

生物體發育到完備的階段。（蘋果～了）

反 稚嫩（～的聲音）

成績
chéngjì

工作或學習的收穫。（～優異）

同 成果（研究～）
成就（藝術～）

尖刻
jiānkè

尖酸刻薄，毫不客氣。（語言～）

同 尖酸（～刻薄）
刻薄（待人～狠毒）

尖銳
jiānruì

物體鋒利。（把錐子磨得格外～）

同 鋒利（～的寶劍）
尖利（～的牙齒）
銳利（～的匕首）

光芒
guāngmáng

向四面放射的強烈光線。（～四射）

同 光彩（～奪目｜～照人）
光輝（迷人的～｜月亮的～）

光明磊落
guāng míng lěi luò
磊落：心地光明坦白。胸懷坦白，正大光明。（他為人一向～）
同 光明正大（做人要堂堂正正，～）
反 居心叵測（他～，你要時刻提防着他）

光亮
guāngliàng
明亮。（烏黑～的頭髮）
同 明亮（～的教室）
反 昏暗（～的路燈）

光彩
guāngcǎi
光榮。（增添～）
同 光榮（獲得表彰，感到～）
反 恥辱（蒙受～）
羞恥（感到～｜不知～）

光彩奪目
guāng cǎi duó mù
奪目：耀眼。形容鮮艷耀眼。也用來形容某些藝術作品和藝術形象的極高成就。（展覽館裏展出的藝術品～，令人流連忘返）
反 暗淡無光（那把寶劍看上去～，實則鋒利無比）

光陰
guāngyīn
時間。（～似箭）
同 時光（～如流水｜美好～）
時間（珍惜～｜浪費～）
歲月（光輝～｜難忘的～）

光滑
guānghuá
物體表面平滑。（～的桌面）
同 光潔（皮膚～）
平滑（表面～）
反 粗糙（雙手～）

光輝
guānghuī
閃爍耀目的光。（太陽的～）
同 光彩（～照人｜～奪目）
光芒（～四射｜～萬丈）

光耀
guāngyào
光輝照耀。（立功受獎是～的事）
同 榮耀（感到～｜何等～）
反 玷污（～名譽｜～光榮稱號）

早春
zǎochūn

初春。(～二月)

同 初春(～的天氣很寒冷)

反 暮春(～時節)

早晨
zǎochen

太陽出來以前和以後的一段時間。(每天～)

同 清晨(～的陽光)
清早(～起牀)
早上(～沒吃早飯)

反 傍晚(～回家)
晚上(～加班)

早期
zǎoqī

某個過程中的最初階段。(～教育)

同 初期(建校～)
前期(明朝～)

反 晚期(唐代～)

曲折
qūzhé

1. 彎曲。(山路蜿蜒～)

同 彎曲(～的羊腸小徑)

反 筆直(寬闊～的大道)

2. 複雜,不順暢。(故事情節～)

反 順利(旅行～ | 一切～)

曲意逢迎
qū yì féng yíng

違反自己的心意,千方百計去迎合別人的意思。(他絞盡腦汁,對上司～,希望藉助此道得到提升)

同 阿諛逢迎(他為人正直,從不～)

反 剛直不阿(包拯為官清正廉明,～)

因循守舊
yīn xún shǒu jiù

因循:沿襲;守舊:死守老的一套。死守老一套,缺乏創新的精神。(改革開放不能～)

同 墨守成規(他不是一個～的人)

反 破舊立新(我們要～,制定適應時代發展的新政策)
推陳出新(古為今用 ～)

年老
niánlǎo

年紀大。(～體弱)

同 年高(有志不在～)
年邁(～的雙親 | ～力衰)

反 年輕(～的一代)
年幼(～子女)

年紀
niánjì

歲數。（小小～）

同 **年齡**（心理～）
年歲（他上了～）
歲數（他今年～不小了）

年深日久
nián shēn rì jiǔ

指時間長久。（那些～的往事已漸漸被人們淡忘）

同 **長年累月**（他～出差在外）
天長日久（寫作需要～的積累和練習）

反 **稍縱即逝**（你要抓住這次機遇，否則～）
曇花一現（那些歌手如～，很快被人們淡忘）

年富力強
nián fù lì qiáng

年紀輕，精力旺盛。（他～，當廠長正合適）

同 **年輕力壯**（他正～，便去當了一名建築工人）

反 **老態龍鍾**（他還不到六十，就已經～了）
年老體衰（奶奶～）

年輕
niánqīng

年齡不大。（～有為）

同 **年青**（～人）
年少（青春～）

反 **年老**（～多病）
年邁（～的老人）
年長（您比我～，這個座位您坐吧）

年輕力壯
nián qīng lì zhuàng

年紀輕，體力強壯。（趁～，多做一些事情）

同 **年富力強**（他是一位～、極具號召力的領袖）

反 **老態龍鍾**（一副～的樣子）
年老體衰（～，行動不便）

年邁
niánmài

年紀老。（～的爺爺）

同 **老邁**（～體衰）
年老（～多病，應該照顧）

反 **年輕**（～的女性）
年幼（～無知）

年齡
niánlíng

人或動植物已經生存的年數。（入學～）

同 **年紀**（～不小了）
年歲（他上了～，走得很慢）
歲數（～相同）

先前 xiānqián

過去的時間。(她的病比～好多了)

同 從前(他跟～不一樣了)
原先(他～在工廠工作)

反 今後(認真為～作打算)
以後(～會怎麼樣，我也不知道)

先進 xiānjìn

進步比較快，水平比較高，可以作為學習的榜樣的。(～人物)

同 超前(～消費 | 思想～)

反 落後(中國農村的經濟還很～)

丟失 diūshī

遺失。(～錢包)

同 遺失(～東西)

反 找回(～手機 | 重新～)

丟棄 diūqì

拋去不要。(～垃圾)

同 丟掉(隨手～)

反 保留(～意見)
拾取(在海灘上～貝殼)

休息 xiūxi

暫時停止工作、學習。(～時間)

同 歇息(稍事～ | 不能～)
休憩(～片刻 | 供遊人～)

反 工作(努力～ | 分配～)
勞動(熱愛～ | 參加～)

休戚與共 xiū qī yǔ gòng

喜憂、禍福彼此共同承擔。形容關係密切、利害相同。(風雨同舟，～)

同 風雨同舟(～二十載，我們結下了深厚的情誼)
同甘共苦(我們～，共同奮鬥)
同舟共濟(～，共渡難關)

休養生息 xiū yǎng shēng xī

休養：保養；生息：人口繁殖。指在戰爭或社會大動盪之後，減輕人民負擔，安定生活，恢復元氣。(戰後，要注重人民的～)

同 養精蓄銳(我們必須～，等待時機)

反 勞民傷財(大興土木，～)

任人唯親 rèn rén wéi qīn

任用跟自己關係密切的人，而不管德才如何。（他～，拉幫結派）

反 **舉賢任能**（選拔人才要～）
任人唯賢（我用人的原則是～）
唯才是舉（選拔幹部要～）

任命 rènmìng

下命令任用。（她被破格～為銷售經理）

同 **任用**（選拔～）
委任（～狀）

反 **罷免**（～職務｜決定～）

任性 rènxìng

放任自己的性子，不加約束。（～散漫）

同 **率性**（～可愛｜～而為）

反 **聽話**（乖巧～｜～的孩子）

任勞任怨 rèn láo rèn yuàn

做事不辭辛苦，不計較別人的埋怨。（老人不計個人得失，～地工作着）

同 **不辭辛苦**（警察～，多方查找，終於找到失主）
勤勤懇懇（她工作～，任勞任怨）

反 **遊手好閒**（他每天～，不務正業）

任意 rènyì

沒有拘束，不加限制，愛怎麼樣就怎麼樣。（～選擇）

同 **隨便**（不准～出入）
隨意（説話～）

任憑 rènpíng

聽憑。（～處置）

同 **任由**（～他們安排吧）
聽憑（～吩咐｜～安排）
聽任（～庭前花開花落）

仿效 fǎngxiào

模仿別人的方法、式樣等。（競相～）

同 **仿照**（～正版製作假貨）
模仿（她～盲人很像）
效仿（～古人）

反 **獨創**（～一格）

仿造 fǎngzào
按照現成的方法或式樣去做。（這些青銅器是～的）
同 仿製（～產品｜紛紛～）
反 創新（～思維｜～能力）
革新（技術～｜～運動）

行家 hángjia
內行人。（～裏手）
同 內行（向～請教）
反 外行（～看熱鬧）

全力以赴 quán lì yǐ fù
把全部力量都用上去。形容做事極其努力。（我們要～，才能戰勝對手）
同 不遺餘力（為了攻克難關，他～）
竭盡全力（醫生正～搶救病人）
盡心竭力（他雖然快退休了，仍～地工作着）

全心全意 quán xīn quán yì
用全部的精力。（醫院應～為病患服務）
同 一心一意（他～地搞研究）
反 三心二意（學習上不能～）

全面 quánmiàn
完整周密，包括各個方面的。（～發展）
同 周全（考慮～）
反 片面（～理解｜～誇大）

全神貫注 quán shén guàn zhù
全部精力集中在一起，注意力高度集中。（上課～，才能學到知識）
同 聚精會神（大家～地聽老師講課）
專心致志（～地學習）
反 心不在焉（他～，出了差錯）

全部 quánbù
全體，全都算進來的。（作業～做完了）
同 全體（～同學都參加了植樹活動）
反 部分（～同學考試不及格）

全體 quántǐ
所有的成員；全部。（～出席）
同 全部（～解決｜～完成）
反 部分（～人員）

合作 hézuò

為了共同的目的一起工作或共同完成某項任務。（～愉快）

同 **配合**（～默契｜緊密～）
協作（～精神｜相互～）

反 **分工**（～明確｜社會～）

合計 héjì

合在一起計算。（本月各項收入～ 5000 元）

同 **共計**（參加考試的學生～1000 人）
總計（觀眾～ 800 人）

合理 hélǐ

合乎道理或事理。（有線電視收費～）

同 **有理**（此話～）
在理（分析～）

反 **荒謬**（～的言行）
無理（～取鬧｜傲慢～）

合意 héyì

符合心意。（這衣服挺～）

同 **滿意**（她帶着新買的手袋，～而歸）
如意（稱心～）
中意（挑選自己～的商品）

合算 hésuàn

花費少而得益多。（物美價廉，很～）

同 **划算**（和人工收割相比，還是用收割機～）

合適 héshì

符合實際情況或客觀要求。（這雙鞋子我穿着很～）

同 **恰當**（用詞～）
適宜（氣候～｜～的環境）

反 **不當**（處理～｜用詞～）
失宜（你這樣做有些～）

企求 qǐqiú

希望得到。（～名利）

同 **渴求**（～知識）
祈求（～平安）
希望（～取得成功）

反 **給予**（～援助）

企圖
qǐtú

1. 不懷好意地打算，計劃。（～逃跑）

同 妄圖（～加害無辜）
妄想（癡心～）

2. 作出的打算。（不良～）

同 打算（沒甚麼～）
意圖（沒能領會他的～）

兇惡
xiōng'è

（性情、行為或相貌）十分可怕。（～的獵犬）

同 兇殘（貪婪而～的狼｜～的目光）
兇狠（～的樣子｜～的敵人）

反 慈祥（～的目光｜～的父親）
和善（他是一位～的老人）
善良（勤勞～）

兇殘
xiōngcán

兇猛殘暴。（～的匪徒）

同 殘忍（～殺害｜手段～）
狠毒（為人～｜心腸～）

反 和善（～的樣子｜說話～）
仁慈（～的心｜寬厚～）

各式各樣
gè shì gè yàng

許多不同的樣式或方式。（展廳裏有～的學習用品）

同 各種各樣（這裏有～的航空模型）
形形色色（社會上有～的人）

反 千篇一律（這裏的建築風格～）
一模一樣（這對雙胞胎長得～，很難區分）

各有千秋
gè yǒu qiān qiū

千秋：千年，引申為久遠。各有各的存在價值。比喻各人有各人的長處，各人有各人的特色。（這兩篇文章的寫作手法～）

同 各有所長（這兩家公司～，合併以後正好可以優勢互補，取長補短）

反 一無是處（你不要將別人說得～）

各自
gèzì

各歸各。（～回家）

同 分別（～查找｜～對待）
分頭（～行動｜～追查）

反 共同（～富裕｜～承擔）

各抒己見 gè shū jǐ jiàn

抒：抒發，發表。各人充分發表自己的意見。（請大家～，談談對這個問題的看法）

同 **暢所欲言**（會上大家～）

各持己見 gè chí jǐ jiàn

持：抓住不放。各人都堅持自己的意見。（兩人～，誰也無法說服誰）

同 **各執一詞**（被告和原告～）

反 **眾口一詞**（大家～，都說這個傳聞是個烏龍）

名不虛傳 míng bù xū chuán

實在很好，不是空有虛名。（聽說他唱得很好，今天看到他的表演，果然～）

同 **名副其實**（～的好學生）
實至名歸（他獲獎可謂～）

反 **名不副實**（她醫術不高，"華佗再世"的聲譽～）
徒有虛名（那位專家的水平並不怎麼高，～罷了）

名列前茅 míng liè qián máo

比喻佔首位或第一名。（他每次考試成績都～）

同 **獨佔鰲頭**（今年會考，他～）
名列榜首（這次考試他～）

反 **名落孫山**（即使～，也不要灰心）

名垂千古 míng chuí qiān gǔ

好名聲永遠流傳。（岳飛是～的民族英雄。）

同 **流芳百世**（孔子學說～）
萬古流芳（唐詩宋詞～）

反 **遺臭萬年**（賣國賊～）

名氣 míngqi

名聲。（那位醫生沒甚麼～）

同 **名聲**（～越來越大）
名望（～很高）

名副其實 míng fù qí shí

名聲或名稱與實際相符。

同 **名不虛傳**（人們都說"桂林山水甲天下"，今日得見，果然～）
名實相符（獲獎作品～）

反 **名不副實**（廣告上說這種藥功效神奇，其實～）
徒有虛名（現在他只是～，遠遠不能和以前相比了）

名貴
míngguì

著名而且珍貴。（～藥材）

同 貴重（～的首飾）
珍貴（～的紀念品）
珍稀（華南虎是中國的～動物）

反 常見（這種現象極為～）
平常（～日子）

名落孫山
míng luò sūn shān

考試未被錄取。（今年會考，他～）

反 蟾宮折桂（十年寒窗苦讀，一朝～）
金榜題名（今年參加高考的表哥～，全家人都為他高興）

名滿天下
míng mǎn tiān xià

美好的名聲傳遍天下。（他現在是～的世界冠軍）

同 名揚天下（沈從文先生的《邊城》讓鳳凰古城～）
聞名遐邇（中國的瓷器～）

反 名譽掃地（醜聞讓他～）

名譽
míngyù

個人或集體的名聲。（追求～和地位）

同 名聲（～越來越大）
榮譽（維護公司的～）
聲譽（損害企業的～）

冰冷
bīnglěng

很冷。（～的河水）

同 寒冷（天氣～ | 戰勝～）

反 酷熱（～難耐 | 炎夏～）
炎熱（～的夏天）

交口稱讚
jiāo kǒu chēng zàn

大家一致稱讚。（他助人為樂的行為得到了大家的～）

同 有口皆碑（他的醫術在家鄉～）

交流
jiāoliú

彼此把自己有的供給對方。（～思想）

同 溝通（思想～）
交換（～禮物）

交納 jiāonà
交給規定的錢或物。(～學費)
同 繳納(～稅款|～管理費)
反 收取(～成本費|～會費)

交頭接耳 jiāo tóu jiē ěr
彼此在耳朵邊低聲說話。(聽報告時不要～)
同 竊竊私語(她倆常在一起～)
反 大聲喧嘩(不要在醫院～)

充足 chōngzú
多到能夠滿足需要。(～的食物)
同 充分(證據～)
充裕(～的資金|時間～)
反 不足(經費～|經驗～)
短缺(糧食～|資金～)

充裕 chōngyù
充足有餘,寬裕。(經濟～)
同 富有(～的家庭)
富裕(生活～)
反 拮据(經濟～)
緊張(供應～|經費～)

充滿 chōngmǎn
填滿,佈滿。(～青春活力)
同 佈滿(烏雲～天空)
充溢(房間裏～着香氣)

充實 chōngshí
豐富,充足。(內心～)
同 充足(～的水分|陽光～)
反 空虛(精神～)
貧乏(～的想像力|語言～)

妄自菲薄 wàng zì fěi bó
不切實際地過分看不起自己。形容自輕自賤。(我們應該看到自己的優點和長處,絕不能～)
同 自慚形穢(他年年考第一名,跟他相比,我怎能不～)
反 妄自尊大(他～,誰都不放在眼裏)
自高自大(有了點成績就～起來了)

妄自尊大 wàng zì zūn dà
狂妄地藐視別人,自以為很高明,很了不起。(他出身名門卻從不～)
同 自高自大(要謙虛謹慎,不可～)
反 妄自菲薄(自高自大不對,～也不行)

妄圖
wàngtú

狂妄地謀劃。(～搶劫)

同 企圖(～行竊)
妄想(你不要～得到這筆錢)

忙碌
mánglù

忙着做各種事情。(小蜜蜂每天～地飛來飛去)

同 繁忙(工作～)
勞碌(～的生活)

反 清閒(工作～)
悠閒(～度日)

守口如瓶
shǒu kǒu rú píng

形容說話慎重或嚴守秘密。(有甚麼話你就說吧，我會～的)

同 三緘其口(無論大家如何詢問，他都～)

反 信口開河(說話要有根據，不能～)

守信
shǒuxìn

答應別人的事能照辦。(～之人)

反 背信(～棄義)
失信(不可～於人)
食言(不要輕易～)

守舊
shǒujiù

拘泥於過時的看法或做法而不願改變。(極端～思想)

同 保守(思想～)

反 變革(參與社會～)
創新(～能力 | 大膽～)
改革(～措施 | 勇於～)

守護
shǒuhù

看守護衛。(～者)

同 看護(～病人 | 悉心～)
看守(～犯人)
守衛(～邊疆)

反 毀壞(暴風雨～了樹苗)
破壞(～公共設施)

安心
ānxīn

心裏安定。(～工作)

同 放心(～不下 | 請你～)

反 擔心(～出事 | 不要～)
掛念(～父母 | 時常～)

安全
ānquán

沒有危險，不受威脅，不出事故。(交通～)

同 平安(一路～ | ～無事)

反 危險(～關頭 | 生命～)

安放 ānfàng

把事物放在一定的位置，使不容易移動。（把電腦～在辦公桌上）

同 **安置**（為失業人士～工作）
放置（把東西～好）

安定 āndìng

1. 生活、形勢等平靜正常，沒有波動。（社會～）

同 **安寧**（～的生活）
安穩（～的日子｜睡得～）
穩定（～增長｜經濟～）

反 **動盪**（～不安｜社會～）

2. 使平靜正常。（～民心）

同 **平定**（～騷亂）
穩定（～經濟｜～情緒）

反 **攪亂**（～計劃）
擾亂（～秩序）

安居樂業 ān jū lè yè

安定地生活，愉快地工作。（社會秩序良好，人民～）

同 **國泰民安**（企盼五穀豐登，歡慶～）

反 **家破人亡**（妻離子散，～）
流離失所（數百萬人因戰爭而～）

安排 ānpái

有條理、分先後地安置。（我們把一切都～好了）

同 **安頓**（把孩子～好）
安置（為失業人士～工作）

安逸 ānyì

安閒舒適。（貪圖～）

同 **舒適**（愉快～｜～的環境）
悠閒（～度日｜～自在）

反 **勞碌**（一生～｜～的生活）
辛勞（一分～，一分收穫）

安頓 āndùn

使人或事物有着落，安排妥當。（家裏都已經～好了）

同 **安置**（～工作｜～妥當）

安置 ānzhì

把東西放好，使不容易移動。（～合理）

同 **安頓**（客人已經～下來了）
安放（把牀～在靠窗的位置）

安詳 ānxiáng

從容不迫，穩重。（面容～）

同 從容（舉止～ | ～自在）
反 慌張（心裏～ | 神色～）

安裝 ānzhuāng

按照一定的方法、規格把機械或器材（多指成套的）固定在一定的地方。（～電話）

同 裝配（～設備 | ～機器）
組裝(～車間 | ～零部件)
反 拆卸（～機器 | ～蓋子）

安寧 ānníng

秩序正常。

同 安定（～的生活）
安穩（睡得～）
穩定（物價～）
反 動盪（社會～）

安慰 ānwèi

使人心情安適。

同 安撫（～人心）
撫慰（～心靈）
慰問（親切～）
反 打擊（～積極性）
恐嚇（～證人）
威脅（～利誘）

安靜 ānjìng

1. 沒有聲音。（請大家保持～）

同 寂靜（鳥的叫聲打破了山林的～）
清靜（下午車很少，那段路很～）
幽靜（～的夜色）
反 嘈雜（市場～極了）
吵鬧（請勿大聲～）
喧鬧（～的人群）

2. 心情平靜。（她很快就～下來睡着了）

同 寧靜（他渴望～的生活）
平靜（他激的心情久久不能～）
反 煩躁（～不安）
焦躁（內心～）

安穩 ānwěn

1. 平穩；穩當。（碗筷要放～）

同 平穩（飛機～着陸）
反 顛簸（汽車在山路上～行駛）

2. 平靜；安定。（他睡得很～）

同 安定（工作～）
反 動盪（社會～）

收留 shōuliú

留下生活困難的或有特殊要求的人並給予幫助。（～傷患）

同 收容（～機構｜～難民）
收養（～孤兒｜～流浪貓）

反 遣散（～員工）
遣送（～回家）

收效 shōuxiào

達到效果。（～顯著）

同 見效（這些措施已經開始～）
奏效（教練安排的新戰術～了）

反 無效（醫治～）

收益 shōuyì

生產或商業的收入。（增加～）

同 得益（工資改革使員工～）
獲益（他從該課程中～良多）

反 損失（火災造成了巨大的～）

收容 shōuróng

收留並加以照顧。（～難民）

同 收留（～流浪兒童）

反 遣散（工人被～回家）
遣送（～回國｜～離境）

收集 shōují

使聚集在一起。（～資料）

同 採集（～民歌｜資料～）
積聚（～財富｜～力量）
搜集（～情報｜廣泛～）

反 發放（～獎金｜～慰問品）
散發（～資料｜四處～）

收縮 shōusuō

從大變小或從長變短。（物體遇冷～）

同 緊縮（～開支）

反 擴張（～血管）
膨脹（體積急劇～）

收藏 shōucáng

收集保存。（～文物）

同 保存（～方法｜妥善～）
儲藏（～貨物｜～室）
珍藏（值得～｜永久～）

反 散失（～已久｜文件～）

奸詐 jiānzhà

虛偽狡詐，不講信義。（～的笑容）

同 奸猾（～的性格）
狡詐（兇殘～）

反 老實（～厚道）
忠厚（為人～）

如日中天 rú rì zhōng tiān

如同太陽運行到天空正當中。比喻事情正處在最興盛的時期。（他的事業～）

同 方興未艾（低碳建築～）

反 日暮途窮（傳統手工業已經到了～的地步）

如同 rútóng

彷彿。（他待我們～親人）

同 彷彿（那裏的風景優美，～世外桃源）
好像（彎彎的月亮～小船）
宛若（～仙子）
猶如（這個消息～平地驚雷）

如坐針氈 rú zuò zhēn zhān

好像坐在插着針的坐墊上。形容心神不寧，坐立不安。（已經凌晨兩點了，兒子還沒回家，母親急得心神不寧，～）

同 寢食難安（這件事真棘手，他～）
坐立不安（他如熱鍋上的螞蟻，～）
坐臥不安（成績沒揭曉，他～）

反 泰然自若（面對主考官，他～）

如法炮製 rú fǎ páo zhì

依照成法炮製成藥，泛指照現成的方法辦事。（已有成例在先，我們只需～即可）

同 照貓畫虎（他的做法不過是～）

反 別出心裁（他的設計～，使人耳目一新）
別具匠心（這座宮殿造型優美，～）

如常 rúcháng

像平常一樣。（平靜～）

同 照常（～營業 | 一切～）

如魚得水
rú yú dé shuǐ

好像魚得到水一樣。比喻遇到跟自己十分投合的人或對自己很適合的環境。（孩子們進入兒童樂園以後，一個個～，玩兒得非常高興）

同 **如虎添翼**（他的加入使公司～）

反 **寸步難行**（有理走遍天下，無理～）

如期
rúqī

按照期限。（～完成）

同 **按期**（～交貨｜～支付）
按時（～到達｜～上班）

反 **延期**（～付款｜～畢業）

如意
rúyì

符合心意。（稱心～）

同 **稱心**（～的工作｜很不～）
順心（生活～｜一切～）
順意（萬事～）

反 **失意**（仕途～｜～之人）

如夢初醒
rú mèng chū xǐng

比喻過去糊塗，在別人或某件事情的啟發下才恍然大悟。（直到騙子被抓起來，她才～，原來自己被人騙了）

同 **恍然大悟**（幸虧他在旁邊一提醒，我才～）
豁然開朗（經過他的指點，我的思路～）
茅塞頓開（經老師點撥，他～）

反 **執迷不悟**（既然意識到了錯誤，就不能再～）

如影隨形
rú yǐng suí xíng

好像影子老是跟着身體一樣。比喻兩個人常在一起，十分親密。（無論我到哪裏，表弟總是～地跟着我）

同 **形影不離**（兩個人朝夕相處，～）
形影相隨（這是一對～的好朋友）

反 **若即若離**（在～的交往過程中，他們飽受煎熬）

如願
rúyuàn

符合願望。（～以償）

同 **稱心**（事事～｜非常～）
如意（～算盤｜萬事～）
遂願（一切～）

反 **失望**（令人～｜大為～）

如願以償
rú yuàn yǐ cháng

按照自己的願望實現了。（她終於～，考進了知名學府）

同 **稱心如意**（他終於找到了～的工作）
遂心如意（天底下的事，未必都那麼～）
天從人願（～，他考上了理想的大學）
心想事成（祝大家在新的一年裏～）

反 **事與願違**（他原本希望老中醫能治好妻子的病，但～，她的病更重了）

扣人心弦
kòu rén xīn xián

形容詩文、表演等有感召力，使人心情激動。（～的比賽）

同 **動人心弦**（～的歌聲）

反 **平淡無奇**（～的文章）
索然無味（～的故事）

考究
kǎojiu

非常精緻，非常講究。（做工～）

同 **講究**（～生活品質）
精緻（小巧～）

反 **粗劣**（～的工藝｜包裝～）

考查
kǎochá

用一定的標準來檢查衡量。（～學生的動手能力）

同 **考察**（出國～）
考核（業務～）

考核
kǎohé

考查審核。（業務～）

同 **考查**（～學生掌握漢字的情況）
審核（～預算）

考察
kǎochá

實地觀察，了解情況。（到各地～）

同 **考查**（注重～能力）
視察（領導～各部門工作）

考慮
kǎolǜ

思考問題，以便作出決定。（再三～）

同 **思考**（～問題）
思量（細細～）
思索（不假～）

耳目一新
ěr mù yī xīn

耳目：指見聞。聽到的、看到的跟以前完全不同，使人感到新鮮。(那篇文章令人～)

同 **煥然一新**(學校經過佈置，～)

耳濡目染
ěr rú mù rǎn

濡：沾濕；染：沾染。耳朵經常聽到，眼睛經常看到，不知不覺地受到影響。(父母都是畫家，～，他自然有了較高的藝術品位)

同 **潛移默化**(老師對學生的影響是～的)

吐露
tǔlù

説出來。(～心聲)

同 **表露**(～心跡 | ～無疑)
道出(～實情 | ～真相)
透露(～消息 | ～風聲)

反 **隱瞞**(～錯誤 | ～不報)

同心
tóngxīn

齊心。(～同德)

同 **齊心**(～協力)
一心(～為公)

反 **離心**(～離德)
異心(心懷～)

同心協力
tóng xīn xié lì

心：思想；協：合。團結一致，共同努力。(只要～，就一定能戰勝困難)

同 **和衷共濟**(～，共渡難關)
齊心協力(大家～一定能取勝)
同心同德(我們要～，共同建設自己的家鄉)

反 **各自為政**(我們政府各部門之間要協調一致，絕不能～)

同舟共濟
tóng zhōu gòng jì

舟：船；濟：渡，過河。坐一條船，共同渡河。比喻團結互助，同心協力，戰勝困難。也比喻利害相同。(～，共渡難關)

同 **風雨同舟**(無論遇到甚麼困難，我們都將～)
和衷共濟(災難面前，讓我們～)
患難與共(曾經的～讓他們產生了深厚的友誼)

同牀異夢 tóng chuáng yì mèng
異：不同。原指夫婦生活在一起，但感情不和。比喻同做一件事而心裏各有各的打算。（兩人～，各有各的想法）
同 **貌合神離**（隊員之間～是導致失敗的原因）
反 **情投意合**（這兩人從小青梅竹馬，～）
同心同德（只要大家～，就沒有完成不了的任務）

同流合污 tóng liú hé wū
指沒有獨立的人格，順從世俗。（寧可辭官，也不與當政者～）
同 **狼狽為奸**（他們倆互相勾結，～）
同惡相濟（土豪劣紳與貪官污吏～）
反 **獨善其身**（窮則～，達則兼善天下）
潔身自好（屈原～，不願隨波逐流）

同情 tóngqíng
對於別人的遭遇在感情上發生共鳴。（～心）
同 **可憐**（～的模樣｜楚楚～）
憐憫（～的目光｜出於～）
憐惜（令人～｜～之情）

同意 tóngyì
對某種主張表示相同意見。（～你們的要求）
同 **贊成**（舉雙手～）
贊同（～這個決議）
反 **反對**（～鋪張浪費）

回味 huíwèi
從回憶裏體會。（～無窮）
同 **品味**（細細～文章的妙處）
體會（～深刻｜切身～）

回答 huídá
對問題給予解釋；對要求表示意見。（～問題）
同 **答覆**（請儘快～民眾質疑）
解答（～問題）
反 **發問**（媒體向新聞發言人～）
提問（老師～）

回絕 huíjué
答覆對方，表示拒絕。（一口～）
同 **拒絕**（～邀請）
謝絕（～來訪｜～參觀）
反 **答應**（老師勉強～她的請假要求）

回憶
huíyì

回想。（～童年生活）

同 **回想**（～過去 | ～當年）
追憶（～往事）

回顧
huígù

回過頭來看。（～過去）

同 **回首**（～往事）
回想（～從前）

反 **展望**（～未來）

仰人鼻息
yǎng rén bí xī

依賴別人，看人臉色行事。（～的日子很不好受）

同 **俯仰由人**（她也沒有辦法，～，任人擺佈）

反 **獨立自主**（～的和平外交政策）
自力更生（發揚～、艱苦奮鬥的光榮傳統）

仰仗
yǎngzhàng

依靠別人或別的事物而存在。（此事還得～諸位大力支持）

同 **依靠**（～工資生活）
依賴（～別人 | ～心理）

仰慕
yǎngmù

敬仰思慕。（萬人～）

同 **崇敬**（他永遠是我心中～的英雄）
景仰（人們對那位詩人充滿了～之情）
敬仰（明星深受崇拜者的～）

反 **鄙視**（～體力勞動）
藐視（～法庭）
蔑視（～權貴）

自力更生
zì lì gēng shēng

更生：再次獲得生命，比喻振興起來。指不依賴外力，靠自己的力量重新振作起來，把事情辦好。（～，艱苦奮鬥）

同 **獨立自主**（～發展國防事業）
自給自足（農業經濟的特點是～）
自食其力（你已經長大成人了，應該～）

反 **寄人籬下**（～的滋味不好受）
仰人鼻息（從此我們不再～，受制於人）

自不量力 zì bù liàng lì

量：估量。自己不能正確地估量自己的能力。指過高地估計自己的力量。（他要和劉翔比跨欄，真是～）

反 量力而行（你要～，不要勉強自己）
自知之明（我們應該有～）

自告奮勇 zì gào fèn yǒng

告：稱說，表示。主動要求擔任某項艱巨的任務。（他～，願意前往）

同 毛遂自薦（李鳴～，要求擔任班長）
挺身而出（危急關頭，他～跳入水中營救落水兒童）

反 畏首畏尾（你放手去幹，不要～）

自食其力 zì shí qí lì

依靠自己的勞動養活自己。（你已經長大了，應該～了）

同 獨立自主（～的外交政策）
自力更生（～，艱苦奮鬥）

反 不勞而獲（～是可恥的）
坐享其成（你難道只想～）

自豪 zìháo

自己感到光榮。（無比～）

同 驕傲（～的目光）

反 慚愧（深表～｜～的神情）

似乎 sìhū

彷彿，好像。（那裏的風景優美，令人～置身於世外桃源）

同 彷彿（美麗的草原～是一片綠色的海洋）
好像（大象的腿～四根柱子）

危如累卵 wēi rú lěi luǎn

形容情況極為危險，如同堆積起來的蛋一樣，隨時都有倒下來的危險。（現在國家的形勢～，你們竟還同室操戈）

同 岌岌可危（你們的處境～）
危在旦夕（他已經是肝癌晚期了，～）

反 安如磐石（雖然洪水滔天，但是大壩～）

危急
wēijí

危險而緊急。（～時刻）

同 **緊急**（～情況｜～事件）
危險（～的工作）

反 **安全**（～生產｜保障～）

危害
wēihài

使受破壞。（～健康）

同 **破壞**（許多古蹟人為～嚴重）
損害（～了公司利益）

反 **保護**（～知識產權不受侵害）
維護（～法律的尊嚴）

危險
wēixiǎn

有遭到損失或失敗的可能。（～的環境）

同 **危急**（病人情況～）
危重（～傷患）
險惡（～用心）

反 **安全**（交通～）
平安（～無事）

汗牛充棟
hàn niú chōng dòng

棟：屋子。運書時牛累得出汗，存放時可堆至屋頂。形容藏書非常多。（有關這方面的書已經～）

同 **浩如煙海**（～的歷史典籍）

汗流浹背
hàn liú jiā bèi

浹：濕透。汗流得滿背都是。形容出汗很多，背上的衣服都濕透了。（大家幹得～）

同 **汗如雨下**（在烈日下工作的人們～）
揮汗如雨（盛夏驕陽似火，人們～地勞作着）

污辱
wūrǔ

用橫暴無理的言行使人蒙受恥辱。（受到～）

同 **污衊**（純屬～｜遭到～）
侮辱（～婦女｜～對方）

反 **尊重**（～人才｜～知識）

污濁
wūzhuó

不乾淨，混濁。（空氣～）

同 **渾濁**（河水～不堪）

反 **潔淨**（～的衣服）
清潔（～衛生）

好久 hǎojiǔ

很長時間。（～不見）

同 很久（～以前）
久久（人們～不願離去）
良久（沉思～）
許久（等了～）

好心 hǎoxīn

指對別人的善良心意。（～辦了壞事）

同 好意（一番～｜好心～）
善心（發～｜一片～）

好看 hǎokàn

漂亮。（那件衣服很～）

同 美麗（～的姑娘｜風景～）
漂亮（～的女孩）

反 難看（外表～）

好高騖遠 hào gāo wù yuǎn

不切實際地追求過高過遠的目標。（你的目標有些～）

反 腳踏實地（～的工作態度）

好處 hǎochu

對人或事物有利的因素。（他從中得到不少～）

同 益處（帶來～｜大有～）

反 害處（喝酒的～）
壞處（吸煙的～）

好逸惡勞 hào yì wù láo

逸：安逸；惡：討厭、憎恨。貪圖安逸，厭惡勞動。（由於他從小嬌生慣養，因此養成了～的壞習氣）

同 好吃懶做（～的傢伙）
遊手好閒（他是一個～之徒）

反 吃苦耐勞（公司需要勤奮敬業、～的員工）

好感 hǎogǎn

對人對事滿意或喜歡的情緒。（產生～）

反 反感（他的態度引起了同事的～）

好運 hǎoyùn

好的運氣。（祝你～）

同 幸運（～之神）

反 厄運（～降臨）

七畫

形影不離
xíng yǐng bù lí

像形體和它的影子那樣分不開。形容彼此關係親密，經常在一起。（他倆是一對～的好朋友）

同 寸步不離（父親病了，他～地守候在病牀前）
如影隨形（弟弟小的時候總是～地跟着我）

反 若即若離（他的態度老是這樣～，真搞不懂他在想甚麼）

形影相弔
xíng yǐng xiāng diào

弔：慰問。孤身一人，只有和自己的身影相互慰問。形容無依無靠，非常孤單。（～，身隻影單）

同 孤苦伶仃（她父母雙亡，～，真可憐）
形單影隻（那位老人坐在公園的椅子上，看起來～）

反 門庭若市（～，非常熱鬧）
前呼後擁（皇帝出行，～）

吞吞吐吐
tūn tūn tǔ tǔ

想說，但又不痛痛快快地說。形容說話有顧慮。（她說話～的，不知有甚麼隱情）

同 含糊其辭（每到關鍵時刻，他就～）
支支吾吾（～，不肯實說）

反 暢所欲言（會上大家～，各抒己見）

吞併
tūnbìng

併吞。（～了好幾家小公司）

同 兼併（～其他企業）

克己奉公
kè jǐ fèng gōng

克制自己的私心，一心為公。（他嚴於律己，～，從不利用自己的權力謀取私利）

同 奉公守法（做～的好公民）
廉潔無私（～，一心為民）

反 假公濟私（不幹～的事情）
見利忘義（他是～之徒）
以公謀私（反對～）

克制
kèzhì

在情感、行為等方面抑制。（雙方都要～）

同 控制（～感情｜～速度）
抑制（～憤怒）

反 放縱（驕奢～）

克勤克儉
kè qín kè jiǎn

既能勤勞又能節儉。（～歷來是我們的傳統美德）

同 艱苦樸素（～是中華民族的優良傳統）
勤儉持家（精打細算，～）
省吃儉用（～過日子）

反 大手大腳（花錢～）
揮霍無度（他生活奢侈，～）

求救
qiújiù

請求援救。（緊急～信號）

同 求援（不知向誰～）
求助（～電話｜四處～）

反 解救（～人質）
救助（～失學兒童）
援救（迅速～災民）

否決
fǒujué

否定（議案等）。（一票～）

同 否定（全盤～｜表示～）
推翻（～證供）

反 通過（～考試）
同意（完全～）

否認
fǒurèn

不承認。（斷然～）

同 抵賴（妄圖～｜無從～）

反 承認（～事實）

忐忑不安
tǎn tè bù ān

心神不定。（他～地等待裁判宣佈比賽的結果）

同 惶惶不安（聽到要地震的消息，大家都～）
七上八下（這麼晚了，孩子還沒回來，他非常擔心，心裏～的）
坐臥不安（心神不寧，～）

刪除
shānchú

刪去。（全部～）

同 刪削（這個版本～了很多內容）
剔除（～糟粕，取其精華）

反 增補（人員略有～）

告別 gàobié

離別；分手；辭行。（～親友）

同 **辭別**（～友人 | ～母校）
辭行（我要出趟遠門，特來～）

反 **歡聚**（老友重逢，～一堂）
團聚（一家～）

告誡 gàojiè

警告勸誡。（諄諄～）

同 **警告**（發出～ | ～標誌）
勸誡（～世人多行善）

告辭 gàocí

辭別。（起身～）

同 **辭別**（～親友）
告別（揮手～ | 跟親人～）

反 **迎接**（～遠方的遊子歸來）

估計 gūjì

根據某些情況，對事物的性質、數量、變化等作大概的推斷。（大致～）

同 **估量**（不可～的損失）
推斷（初步～）

反 **斷定**（可以～ | 很難～）

佔有 zhànyǒu

掌握。（非法～）

同 **擁有**（～主權 | ～財富）

反 **喪失**（～功能 | ～信心）

佔領 zhànlǐng

用武力取得。（～高地）

同 **搶佔**（～有利地形 | ～市場）
佔據（～地盤 | ～要道）

反 **失守**（陣地～）

佔據 zhànjù

用強力取得或保持（地域、場所等）。（～有利地形）

同 **搶佔**（～市場 | ～碼頭）
佔領（～高地 | 搶先～）

反 **失掉**（～民意 | ～機會）
失守（陣地～ | 城池～）

伶俐 línglì

聰明，靈活。（口齒～）

同 **聰明**（～好學 | 頭腦～）
機靈（一雙～的大眼睛）

反 **愚笨**（頭腦～）
愚蠢（～的想法）
愚鈍（天資～）

坐井觀天 zuò jǐng guān tiān
比喻目光狹小，所見有限。（他～，不了解外界的變化）
同 鼠目寸光（他～，只看到了眼前利益）
反 見多識廣（您～，幫我出出主意）

坐立不安 zuò lì bù ān
坐也不是，站也不是。形容心情緊張、不安的樣子。（這麼晚了，孩子還沒有回來，他～）
同 如坐針氈（他～，不知道將會受到怎樣的懲處）
忐忑不安（我擔心考得不好，有些～）
坐臥不寧（成績沒有揭曉，他～）
反 處之泰然（面對對方咄咄逼人的攻勢，他仍～）

含辛茹苦 hán xīn rú kǔ
辛：辣；茹：吃。形容忍受辛苦或吃盡辛苦。（她～地把兩個孩子拉扯大）
同 千辛萬苦（老人歷經～才找到家人）
反 養尊處優（他過慣了～的生活）

含蓄 hánxù
言語、詩文意思含而不露，耐人尋味。（～表達）
同 委婉（～的語氣）
反 直率（她說話～，從不吞吞吐吐）

含糊 hánhu
不明確，不清楚。（表達～）
同 含混（～不清）
模糊（淚眼～ | 字跡～）
反 清楚（～明瞭 | 條理～）
清晰（～可見 | 圖像～）

含糊其辭 hán hu qí cí
糊：不明確，不清楚。指話說得不清楚，含含糊糊。（這是事情的關鍵，希望你不要～）
同 閃爍其詞（每次遇到記者採訪，他都～）
反 直言不諱（你既然問我的看法，那我就～了）

狂妄 kuángwàng
極端自高自大。（～自大）
同 張狂（做人不可太～）
自大（驕傲～ | 夜郎～）
反 謙虛（～謹慎）
虛心（～使人進步）

狂風暴雨 kuáng fēng bào yǔ
大風大雨。比喻激烈。（～般的進攻）
同 **暴風驟雨**（天地間變得一片漆黑，感覺～即將來臨）
反 **和風細雨**（批評學生，應該採取～的方式）

言不由衷 yán bù yóu zhōng
話不是從內心發出來的，說的話不是出自真心實意。（我礙於他的情面，才說了那些～的話）
同 **口是心非**（朋友們對他～的做法很不滿意）
心口不一（他～，所以我討厭他）
反 **由衷之言**（這是我的～）

言而有信 yán ér yǒu xìn
說出來的話有信用。（做人要～）
同 **一諾千金**（你要知道～，不要失信）
一言九鼎（他在當地德高望重，說話很有分量，可謂～）
一言為定（～，不見不散）
反 **出爾反爾**（既然你已經同意了，就不能再反悔，不要～）
言而無信（～的人交不到真朋友）

言過其實 yán guò qí shí
言語虛誇，與實際不符。（你這樣說有些～）
同 **誇大其詞**（有的藥品廣告為了吸引消費者購買，往往～）
反 **恰如其分**（領導對他的工作給予了～的評價）

言傳身教 yán chuán shēn jiào
言傳：用言語講解、傳授；身教：以行動示範。既用言語來教導，又用行動來示範。指用言行起模範作用。（師傅的～使我獲益匪淺）
同 **以身作則**（教練～給學員示範標準動作）

言簡意賅 yán jiǎn yì gāi
賅：完備。話不多，但意思都有了。形容說話或寫文章簡明扼要。（他～地說明了來意）
同 **三言兩語**（這個問題～說不清楚）
要言不煩（講話力求直截了當，～）
一針見血（他的批評確實～）
反 **長篇大論**（會議發言不要～）
連篇累牘（媒體～地刊載當紅明星的緋聞）

言聽計從 yán tīng jì cóng

聽：聽從。甚麼話都聽從，甚麼主意都採納。形容對某人十分信任。（他對妻子～）

同 百依百順（父母對孩子不能～）

吝嗇 lìnsè

過分愛惜自己的財物，當用不用。（他是～鬼）

同 慳吝（過日子不能太～）
小氣（那人真～）

反 大方（出手～）
慷慨（～解囊）

冷若冰霜 lěng ruò bīng shuāng

形容待人不熱情或態度嚴肅而使人不敢接近。（別看他外表～，其實內心熱情似火）

反 和藹可親（在整個談話過程中，老人一直面帶～的笑容）
平易近人（他是一位～的老人，在他面前我們絲毫也不拘束）

冷清 lěngqing

冷落而淒涼。（那條小巷很～）

同 冷落（門庭～｜生意～）
清冷（～的早晨｜夜色～）

反 熱鬧（～的聚會）

冷淡 lěngdàn

1. 不熱鬧，不興盛。（生意～）

同 冷清（～的街道）

反 熱鬧（～的集市｜～非凡）

2. 不熱情，不關心。（對人～）

同 淡漠（社會責任感～）
冷漠（～的目光）

反 熱情（～洋溢｜～接待）

冷落 lěngluò

1. 不熱鬧。（生意～）

同 冷清（～的小巷）

反 熱鬧（～的公園）
喧鬧（～的人群）

2. 使受到冷淡的待遇。（～了客人）

同 怠慢（別～貴客）

冷漠
lěngmò

（對人或事物）冷淡，不關心。（態度～）

同 **淡漠**（表情～）
冷淡（態度～ | 待人～）

反 **熱情**（～款待 | ～歡迎）
熱心（～為顧客服務）

冷靜
lěngjìng

沉着而不感情用事。（他處事很～）

同 **沉着**（～應戰 | ～冷靜）
鎮定（保持～ | 神色～）
鎮靜（～自若 | 遇事～）

反 **衝動**（一時～）
慌亂（～不安）
急躁（性情～）

忘乎所以
wàng hū suǒ yǐ

指因過分興奮或得意而忘了應有的舉止。（他考取了港大，高興得有些～）

同 **得意忘形**（取得了一點成績，他便～了）

反 **謙虛謹慎**（他是一個～的人）

忘恩負義
wàng ēn fù yì

恩：恩惠；負：違背；義：情義。忘記別人對自己的好處，反而做出對不起別人的事。（他是一個～的小人）

同 **恩將仇報**（他對你恩重如山，你怎能～）

反 **感恩戴德**（在我最困難的時候，你雪中送炭，我～一輩子）
知恩圖報（～是人之常情）

忘懷
wànghuái

忘記。（難以～）

同 **忘記**（～仇恨 | ～傷痛）
忘卻（～煩惱）

反 **記住**（牢牢～ | 永遠～）
難忘（～今宵 | 終身～）

判別
pànbié

辨別。（～正誤）

同 **辨別**（～是非）
分辨（～真偽）
混淆（～是非）

判定
pàndìng

分辨斷定。（～高下）

同 **斷定**（有理由～）
判斷（～失誤 | 正確～）

判若雲泥
pàn ruò yún ní

好壞差距之大像雲彩和泥土的差距那樣明顯。（眼前的這一切同他所想像的竟是如此～）

同 天壤之別（今昔相比，有～）

反 不相上下（兩隊的水平～）
平分秋色（這次比賽雙方～）

判斷
pànduàn

對事物發展的未來作出理性分析。（正確～）

同 斷定（初步～）
判定（～去向）

沙啞
shāyǎ

（嗓子）發音困難，聲音低沉而不圓潤。（～着嗓子説話）

同 嘶啞（嗓音～）

反 洪亮（聲音～）
清脆（～的嗓音）
響亮（～的回答）

快速
kuàisù

速度快的，迅速。（～閱讀）

同 高速（～公路）
急速（～行走）
迅速（反應～）

反 遲緩（動作～）
緩慢（發展～）

快樂
kuàilè

感到幸福或滿意。（新年～）

同 高興（她拿到禮物，～得手舞足蹈）
歡樂（～時刻）
開心（～的笑容）

反 傷心（暗自～）
痛苦（承受～）
憂傷（～落淚）

完美
wánměi

完備美好；沒有缺點。（～無缺）

同 完備（基礎設施～）
完善（～的規章制度）

反 殘缺（～不全 | 肢體～）

完美無缺
wán měi wú quē

完善美好，沒有缺點。（這幅名畫保存得～）

同 十全十美（任何人都有缺點，不可能～）

反 美中不足（她人很好，～的是有點吝嗇）

完畢 wánbì
事情做到最後而停止。（準備～）
同 完結（工作～）
終了（一曲～，掌聲四起）
反 開始（電影已經～了，趕快入座）

完備 wánbèi
應該有的全都有。（設施～）
同 齊備（貨色～｜傢具～）
齊全（商品～｜門類～）
反 欠缺（工作經驗～）

完善 wánshàn
完備而良好。（～的制度）
同 完備（～的體系｜設施～）
完美（～無缺｜近乎～）

完整 wánzhěng
具有或保持着應有的各個部分，沒有損壞或殘缺。（結構～）
同 完好（～無損｜～如初）
反 殘缺（～不全｜肢體～）

完璧歸趙 wán bì guī zhào
本指藺相如將和氏璧完好地自秦國送回趙國。後比喻把原物完好地歸還本人。（我用後一定～）
同 物歸原主（現在～，我也放心了）

宏大 hóngdà
巨大；宏偉。（～的志向）
同 宏偉（～的藍圖）
恢弘（氣勢～）
巨大（影響～）

牢固 láogù
結實而堅固。（要～掌握這些數學公式）
同 堅固（～的橋墩｜牙齒～）
結實（捆得很～｜～的椅子）

牢記 láojì
牢牢地記住。（～親人的囑託）
同 銘記（要～老師的教導）
反 淡忘（好多事情都～了）
忘記（不要～澆花）
遺忘（被徹底～）

牢靠 láokào

穩妥可靠。（他做事很～）

同 可靠（～的人｜誠實～）
穩妥（積極～地推進銷售方案）

良久 liángjiǔ

很久。（兩人對視～）

同 好久（～不見）
許久（沉默～）

反 片刻（休息～）
頃刻（～間房倒屋塌）

良好 liánghǎo

令人滿意，好。（他在學校表現～）

同 優良（成績～）
惡劣（天氣～）

初期 chūqī

開始的一段時間。（建立～）

同 前期（～準備工作已經基本完成）
早期（～教育）

反 後期（～製作｜工程～）
末期（中世紀～）
晚期（癌症～）

初露鋒芒 chū lù fēng máng

比喻剛顯露出某種才華。（那個青年人在舞蹈界～）

同 初露頭角（參加演出的都是～的青年演員）

反 馳名中外（我們的產品～）
聲名顯赫（他著作等身，～）

社交 shèjiāo

指社會上人與人的交際往來。（～活動）

同 交際（～能力｜善於～）
交往（～不多｜沒有～）

罕有 hǎnyǒu

很少有。（世間～）

同 稀有（～金屬｜～動物）

罕見 hǎnjiàn

難見得到。（～的珍珠）

同 稀奇（～古怪的玩具）

反 常見（～現象）

尾聲 wěishēng

指某項活動即將結尾的階段。（談判到了～）

同 結尾（～工程）

反 前奏（～曲）

改正 gǎizhèng
把錯誤的改為正確的。（～缺點）
同 更正（～說明）
糾正（～交通違章）
修正（～航向）

改邪歸正 gǎi xié guī zhèng
從邪路上回到正路上來，不再做壞事。（他終於～了）
同 改過自新（希望你能夠真正～）
反 執迷不悟（儘管大家苦苦相勸，他仍～）

改革 gǎigé
把事物中舊的、不合理的部分改成新的、能適應客觀情況的。（～選舉體制）
同 變革（社會～｜參與～）
革新（技術～）
反 守舊（因循～）

改造 gǎizào
改變舊的，建立新的，使適應新的形勢和需要。（～舊城區）
同 改革（～制度）
革新（～能手｜技術～）
反 維持（～現狀｜～原判）

改換 gǎihuàn
改掉原來的，換成另外的。（～生活方式）
同 變換（～形式｜～花樣）
更換（～門窗｜～設備）

改進 gǎijìn
改變舊有情況，使有所進步。（～工藝）
同 改良（～品種｜～土壤）
改善（～生活）

改善 gǎishàn
改變原有情況使好一些。（～條件）
同 改進（～流程｜～工作）
改良（～花卉品種）
反 惡化（生態～｜環境～）

改變 gǎibiàn
事物發生顯著的變化。（計劃有所～）
同 變化（～多端｜～顯著）
更改（～名稱｜～地點）
反 保持（～不變｜水土～）

妨害
fánghài

有害於。（～公共安全）

同 損害（～利益｜～形象）
損壞（～公物）

反 有益（～身心健康｜開卷～）

妨礙
fáng'ài

使事情不能順利進行；阻礙。（～公務）

同 阻礙（～交通｜排除～）

反 促進（～科學進步）

忍受
rěnshòu

把痛苦、困難、不幸的遭遇等勉強承受下來。（～痛苦）

同 承受（～壓力）
忍耐（暫時～）
容忍（不可～）

反 反抗（～壓迫）
抗爭（為正義而～）

忍耐
rěnnài

把痛苦的感覺或某種情緒抑制住不使表現出來。（～不住）

同 忍受（～折磨｜無法～）
容忍（事事～｜可以～）

反 發洩（～情緒｜～私憤）

忍氣吞聲
rěn qì tūn shēng

形容受了氣而勉強忍耐，不說甚麼話。（胳膊擰不過大腿，她吃了虧也只好～）

同 逆來順受（她一向是安分守己，～）

反 據理力爭（在是非問題上，應該～）
忍無可忍（他～，一拳打了過去）

忍讓
rěnràng

容忍退讓。（互相～）

同 讓步（作出～）
容忍（要～別人的缺點）
退讓（處處～）

努力
nǔlì

把力量盡量使出來。（～學習）

同 發奮（～讀書）
刻苦（～鑽研）

反 怠惰（學習不可～）
懈怠（工作～）

災難
zāinàn

天災人禍所造成的嚴重損害或巨大痛苦。（避免了一場大的～）

同 災害（嚴重的～｜自然～）
災禍（意外的～｜～臨頭）

拒絕 jùjué

不接受。（嚴詞～）

同 **回絕**（～邀請）
謝絕（～參觀｜婉言～）

反 **接受**（～禮物）

吶喊 nàhǎn

大聲喊，助威。（為運動員～助威）

同 **高呼**（振臂～）
呼喊（大聲～）
叫喊（～聲）

吩咐 fēnfù

口頭指派或命令。（有事儘管～）

同 **叮囑**（牢記父親的～）
囑咐（媽媽再三～）

吸引 xīyǐn

把別的物體、力量或別人的注意力轉移到自己這方面來。（～人才）

同 **招徠**（～顧客）
招攬（～生意｜～業務）
招引（院子裏種的花～來很多蜜蜂）

反 **排斥**（受到～｜～心理）

吸收 xīshōu

把外部世界的某些物質、成分吸到內部。（從土壤中～水分和營養）

同 **汲取**（～力量｜胎兒從母體中～營養）
吸取（～水分｜～先進的經驗）

反 **排泄**（～不暢｜～器官）

吸取 xīqǔ

吸收採取。（～精華）

同 **汲取**（～營養｜從失敗中～教訓）
吸收（～水分｜～外來文化）

反 **擯棄**（～舊的觀念）

低劣 dīliè

（品質）很不好。（～產品）

同 **拙劣**（～的伎倆｜手法～）

反 **優良**（～品種｜成績～）
優質（～產品｜～服務）

低沉 dīchén

(情緒)低落。(情緒~)

同 沉悶(會場氣氛異常~)
低落(~的士氣 | ~的心情)

反 高昂(歌聲~激越)
高漲(熱情~)

低廉 dīlián

(物價)便宜。(價格~)

同 廉價(~商品)
便宜(價錢~)

反 昂貴(~的代價)

低潮 dīcháo

比喻事物發展過程中低落、停滯的階段。(事業處於~)

同 低谷(人生跌入~)

反 高潮(~迭起 | 掀起~)

低聲下氣 dī shēng xià qì

形容恭順小心的樣子。(他~地哀求警員放過自己)

同 低三下四(在上司面前~)
點頭哈腰(他在領導面前~的)

反 趾高氣揚(在下屬面前~)

弄虛作假 nòng xū zuò jiǎ

耍花招,欺騙人。(別再~了)

同 裝神弄鬼(~也騙不了人)

反 實事求是(處理問題要~)

扶持 fúchí

扶助;護持。(政府~)

同 扶植(~中小企業)
扶助(~貧困戶)

扶植 fúzhí

扶助培植。(~新生力量)

同 扶持(加大對中小企業的~力度)
扶助(~災民 | ~殘疾人)
培植(~親信 | 精心~)

反 摧殘(身心受到~)
壓制(~民主)

扶搖直上 fú yáo zhí shàng

自下急劇地盤旋而上。(這幾年他不斷獲得提升,真是~)

同 平步青雲(他仕途順利,~)
青雲直上(他考上了公務員,從此~)

反 一落千丈(受賄醜聞一出,他的聲望~)

扼要 èyào

抓住要點。（簡明～）

同 簡明（～實用｜～的解釋）
簡要（～說明｜～報）

反 詳盡（內容～｜～分析）
詳細（解說～）

批判 pīpàn

對錯誤的思想、言論或行為作系統的分析，加以否定。（～錯誤行為）

同 批駁（～謬論｜）
批評（～別人）

反 表彰（～善舉）
歌頌（～大自然）

批准 pīzhǔn

上級對下級的意見、建議或請求表示同意。（領導～）

同 同意（一致～）
允許（得到～）
准許（～通行）

反 駁回（～上訴）
否決（～權）

批評 pīpíng

指出缺點和錯誤，使能改正。（～教育）

同 批駁（逐一～）
批判（～文章）
指責（當面～）

反 表揚（受到～）
讚揚（高度～）

批駁 pībó

否定（別人的意見或要求）。（～她的請求）

同 辯駁（無可～｜不容～）
反駁（～論點｜不屑～）

走運 zǒuyùn

遇事順利。（特別～）

同 幸運（～觀眾｜十分～）

反 倒楣（真是～透頂）
晦氣（～得很）

折服 zhéfú

信服。（令人～）

同 佩服（我～他的勇氣）
信服（令人不得不～）

折磨 zhémó

使在肉體上、精神上受痛苦。（受盡～）

同 摧殘（身心受到～）
虐待（～兒童｜～動物）
折騰（關節炎把她～苦了）

坎坷
kǎnkě

道路、土地坑坑窪窪；也用於比喻不得志。（～的石子路｜～人生）

同 崎嶇（～不平的山路｜～的人生道路）
曲折（蜿蜒～的小路｜～離奇）

反 平坦（寬闊～｜仕途～）

坍塌
tāntā

（建築物等）倒下來。（院牆～）

同 崩塌（堤岸～｜山體～）
倒塌（大樓在地震中～）

抑制
yìzhì

按捺住，控制。（難以～）

同 克制（雙方都要～）
控制（～情緒｜～速度）
抑止（～不住內心的喜悅）

反 放縱（～孩子｜～感情）
抒發（～心中的憤懣）

抑鬱
yìyù

心有怨恨，不能訴説而煩悶。（神情～）

同 憂鬱（～的氣質｜～的眼神）

反 舒暢（心情～｜感到～）
興奮（～異常｜極度～）

投放
tóufàng

投下去；放進。（～市場）

同 投入（～大批勞動力）

反 回籠（資金～）
回收（對廢品進行～）

投降
tóuxiáng

停止對抗，向對方屈服。（繳械～）

同 歸降（～人員｜集體～）
投誠（起義～｜率部～）

反 抵抗（～到底｜頑強～）

投鼠忌器
tóu shǔ jì qì

投：用東西去擲；忌：怕，有所顧慮。想用東西打老鼠，又怕打壞了近旁的器物。比喻做事有顧忌，不敢放手幹。（打擊黑惡勢力，不能再～了）

同 畏首畏尾（你放手去幹，不要～）
瞻前顧後（我們需要深思熟慮，但絕不是～）

反 無所畏懼（戰場上，他衝鋒在前，～）

投緣
tóuyuán

合得來，意氣相投。（兩個人越談越～）

同 **投機**（話不～半句多）
相投（脾氣～）

反 **抵觸**（～情緒 | 互相～）
反目（～成仇 | 夫妻～）

投機取巧
tóu jī qǔ qiǎo

指用不正當的手段謀取私利。也指靠小聰明佔便宜。（學習不能～）

同 **見機行事**（你隻身一人，只能～）
看風使舵（他最善於～）

反 **循規蹈矩**（他是一個～的人，不會做出格的事）

坑害
kēnghài

用狡詐、狠毒的手段使人受到損害。（～顧客）

同 **陷害**（～他人 | 遭到～）

反 **保護**（～消費者合法權益）

扭捏
niǔnie

舉止言談不大方。（她～了半天）

同 **害羞**（～的神情）
忸怩（動作～）
羞澀（臉上露出～的笑容）

反 **大方**（～的舉止）
得體（言談～）

把握
bǎwò

抓住（抽象的東西）。（～大局）

同 **掌握**（～主動權 | ～方法）
抓住（～重點 | 緊緊～）

抒發
shūfā

表達；發洩感情。（～感情）

同 **表達**（～心願 | 無法～）
發洩（～情緒 | ～不滿）

束手無策
shù shǒu wú cè

像手被捆住一樣。比喻一點辦法也沒有。（面對如此複雜的局面，他～）

同 **一籌莫展**（遇上了棘手的事情，他～）

反 **急中生智**（他～，巧妙地與歹徒周旋）
應付自如（再大的場面他也能～）

束縛 shùfù
使受到約束限制。（掙脱～）
同 約束（～部下）
制約（～發展）
反 解放（～思想）

見多識廣 jiàn duō shí guǎng
見到的多，知道的廣。（他走南闖北，～）
同 博古通今（他～，知識淵博）
反 孤陋寡聞（我為自己的～而感到慚愧）

見解 jiànjiě
對於事物的認識和看法。（精闢的～）
同 觀點（～明確｜新穎的～）
看法（個人～）

見義勇為 jiàn yì yǒng wéi
看到正義的事，就勇敢地去做。（我們要鼓勵～的行為）
同 拔刀相助（路見不平，～）
反 袖手旁觀（同胞遇難，你怎麼能～）

見識 jiànshi
見解；知識。（增長～）
同 見聞（旅途～｜歐洲～）
眼界（～狹窄｜大開～）

足智多謀 zú zhì duō móu
足：充實，足夠；智：聰明、智慧；謀：計謀。富有智慧，善於謀劃。形容人善於料事和用計。（諸葛亮～）
同 有勇有謀（藺相如～）
智謀過人（他～，料事如神）
反 有勇無謀（那個人魯莽衝動，～）

困乏 kùnfá
疲倦無力。（～無力）
同 困倦（～不堪｜感到～）
疲憊（身心～｜精神～）
疲倦（身體～）
反 精神（越幹越～）

困苦 kùnkǔ
生活上艱難痛苦。（生活～）
同 艱苦（條件～）
貧苦（～階層）
反 舒適（生活～）
幸福（家庭～）

困惑
kùnhuò

感覺疑難，不知該怎麼辦。（心裏～）

同 **迷惑**（～不解）
疑惑（～的心情）

反 **清醒**（頭腦～）

困境
kùnjìng

困難的處境。（陷入～）

同 **逆境**（～出人才）

反 **順境**（～中要抓住機遇）

吵鬧
chǎonào

擾亂，使不安靜。（禁止在醫院～）

同 **吵嚷**（是誰在外邊大聲～？）
喧鬧（～的城市）

反 **安靜**（病人需要～）
寂靜（～的夜晚）
寧靜（村莊依舊～）

別出心裁
bié chū xīn cái

獨創一格，與眾不同。（他的小說創作～，風格獨特）

同 **別具匠心**（他的作品～）
別具一格（造型～）

反 **千篇一律**（文章切忌～）

別致
biézhì

新奇，不同於尋常。（造型～）

同 **新奇**（～的小玩意兒｜～的想法）
新穎（設計～）

反 **平常**（相貌～）
尋常（～人家）

別離
biélí

分離，離別。（商人重利輕～）

同 **分離**（～多年｜被迫～）
離別（～家鄉）

反 **團聚**（～時刻｜全家～）
相逢（～在一起｜何日再～）

利用
lìyòng

使事物或人發揮效能。（充分～時間）

同 **採用**（～先進技術）
使用（～說明）
應用（～環保新材料，可以減少污染）
運用（～新方法）

利益
lìyì

好處。（為人民謀～）

同 **好處**（這樣做對我們有～）

反 **損失**（減少～｜造成～）

私下
sīxià

背地裏。（～解決）

同 暗地（～謀劃｜～勾結）
私自（～行動｜～決定）

反 當眾（～道歉｜～認錯）
公開（～發表｜～招聘）
公然（～入侵｜～違抗）

私心
sīxīn

為自己打算的念頭。（～雜念）

同 私念（毫無～）
私慾（～膨脹）

反 公心（出於～）
無私（～奉獻）

伸展
shēnzhǎn

向一定的方向延長或擴展。（一直向前方～）

同 舒展（～一下筋骨）

反 蜷縮（～成一團）
收縮（金屬遇冷後，體積會～）

身不由己
shēn bù yóu jǐ

自身的行為不聽從自己思想的支配。（這麼做，我也是～）

同 不由自主（他～地後退了幾步）

身手
shēnshǒu

本領。（大顯～）

同 本領（～高強）
本事（～很大）
能耐（很有～）

身敗名裂
shēn bài míng liè

指地位喪失，名譽掃地。（一個錯誤的決策，導致公司倒閉，董事長也落得～的下場）

同 名譽掃地（為了一點私利，弄得～）
聲名狼藉（這樁醜聞使他～）

反 功成名就（經過多年奮鬥，他終於～）
聲名大振（中國女排～）

身強力壯
shēn qiáng lì zhuàng

身體強壯有力。（小伙子們～，肯定能按時完成任務）

反 骨瘦如柴（由於缺乏營養，那裏的孩子們個個～）
弱不禁風（她一副～的樣子）

身無分文 shēn wú fēn wén

身上沒有一點錢。形容極其窮困。（老人的錢包被人偷了，現在他～，連家也回不去了）

同 **家徒四壁**（沒有料到他已經窮到～的地步）
身無長物（雖然他為官多年，卻～）
一貧如洗（他家裏～，還欠了別人很多錢）
一文不名（像她這種千金小姐，怎麼會願意嫁給一個～的窮小子呢）

反 **腰纏萬貫**（儘管他～，可是非常吝嗇）

妥協 tuǒxié

用讓步的方法避免衝突或鬥爭。（絕不能向困難～）

同 **讓步**（只好～ | 作出～）

反 **鬥爭**（～經驗 | 積極～）

妥帖 tuǒtiē

十分合適。（用詞～）

同 **恰當**（～處理 | 用詞～）
貼切（這個比喻非常～）

反 **不妥**（～之處 | 着實～）

妥當 tuǒdang

穩妥適當。（安排～）

同 **恰當**（措辭～ | ～的方式）
適當（～休息 | ～的時機）
穩妥（特別～ | 處事～）

反 **不當**（～之處 | 使用～）
不妥（這樣處理，恐怕～）

免除 miǎnchú

免去，免掉。（～他的職務）

同 **解除**（～合同）
免去（～官職）

免職 miǎnzhí

免去職務。（就地～）

同 **罷職**（丟官～）
撤職（～查辦）
革職（～為民 | ～充軍）

反 **復職**（～加薪）
就職（～演説）

沒落 mòluò

衰敗，趨向滅亡。（～的官宦人家）

同 **衰敗**（家道～）
衰落（國力～）

反 **昌盛**（繁榮～）
興旺（事業～）

沒精打采
méi jīng dǎ cǎi

形容精神委靡，不振作。（他看上去～的）

同 委靡不振（公司破產後，他一直～）

反 精神抖擻（～地投入新的工作）
興高采烈（老師説明天要去公園，學生們都～）

沉沒
chénmò

沒入水中。（郵輪觸礁～）

同 沉入（慢慢～海底）

反 漂浮（小船～在湖面上）

沉重
chénzhòng

分量大，程度深。（～的負擔）

同 繁重（～的任務）
重大（～的責任）

反 輕快（～的節奏）
輕鬆（心情～）

沉痛
chéntòng

深深的悲痛。（～悼念）

同 悲痛（～不已 | 無比～）

反 高興（～萬分 | 格外～）

沉着
chénzhuó

鎮靜，不慌不忙。（～應戰）

同 冷靜（頭腦～）
鎮靜（表現～）

反 慌張（神色～）
驚慌（～失措）

沉悶
chénmèn

天氣或氣氛使人感到沉重煩悶。（～的氣氛）

同 憋悶（心裏～）
鬱悶（一番開導，使她～頓消）

反 開朗（性格～）
舒暢（心情～）

沉默
chénmò

不説話。（～的氣氛）

同 緘默（～不語 | 保持～）

反 發言（～踴躍 | 大膽～）

沉穩
chénwěn

（人的個性）沉靜穩重。（辦事～）

同 踏實（他變得～多了）
穩重（敦厚～）

反 輕浮（作風～ | 説話～）
輕佻（言語～）

壯大
zhuàngdà

強大；使強大。（力量日益～ | ～規模）

同 強大（勢力～ | 特別～）

反 削減（～人員 | ～機構）
削弱（～鬥志 | 逐步～）

壯志凌雲 zhuàng zhì líng yún

壯志：宏大的志向；凌雲：直上雲霄。形容志向遠大。（這個年輕人胸懷天下，～）

同 **鬥志昂揚**（隊員們個個精神飽滿，～）

反 **暮氣沉沉**（他才二十出頭，怎麼顯得～的）

壯實 zhuàngshi

身體強壯結實。（長得～）

同 **健壯**（體魄～）
強壯（～威猛）

反 **羸弱**（～不堪）
瘦弱（～的身影）
虛弱（身體～）

壯麗 zhuànglì

雄壯美麗。（～的景色）

同 **壯觀**（雄偉～ | 格外～）
壯美（～景象 | ～的雪山）

壯觀 zhuàngguān

景象宏偉。（雄偉～）

同 **雄偉**（氣勢～ | 莊嚴～）
壯麗（巍峨～ | 山河～）

防不勝防 fáng bù shèng fáng

防：防備；勝：盡。形容防備不過來。（他怪招迭出，令人～）

同 **猝不及防**（老人～，被撞倒在地）

反 **萬無一失**（做好周密的計劃，以確保～）

防守 fángshǒu

警戒守衛。（～嚴密）

同 **防衛**（正當～）
防禦（加導彈～計劃）

反 **進攻**（比賽結束前，隊員們向對方球門發起～）

八畫

奉公守法
fèng gōng shǒu fǎ

奉行公事、遵守法令。（任何時候都要～）

同 遵紀守法（做一個～的公民）

反 違法亂紀（對～案件要一查到底）

奉承
fèngcheng

用好聽的話恭維人，向人討好。（阿諛～）

同 吹捧（相互～）
逢迎（善於～）
恭維（～領導）

反 奚落（他被～了一頓）

奉獻
fèngxiàn

恭敬地交付、呈獻。（～愛心）

同 呈獻（～給親愛的讀者）
貢獻（～力量）

反 索取（～報酬）
索要（～錢財｜～禮品）

拆卸
chāixiè

把機器等拆開並卸下部件。（～機器零件）

同 拆散（把傢具～）

反 安裝（～機器）
裝配（～設備）

拆散
chāisǎn

把整套的物件分散。（這套機器要～才能裝上車）

同 拆開（～信件）
拆卸（～引擎）

反 裝配（～機器）
組裝（～零件）

直言不諱
zhí yán bù huì

諱：避忌，隱諱。説話坦率，毫無顧忌。（既然你問我的意見，那我就～了）

反 閃爍其詞（當記者問到她的私人生活時，她便～）
吞吞吐吐（妹妹～地説出自己的想法）

直率
zhíshuài

心地坦白，言語、行動沒有甚麼顧忌。（性格～）

同 坦率（～熱情｜為人～）
直爽（豪放～｜生性～）

反 含蓄（話説得很～）
委婉（～表達了看法）

直截了當 zhí jié liǎo dàng

形容説話、做事爽快、乾脆。（有甚麼事情你就～地説吧）

同 **開門見山**（文章～提出論點）
直言不諱（請你～地表明你的態度）

反 **拐彎抹角**（他説話總是～的）
旁敲側擊（你不要～了，我不會告訴你的）

事先 shìxiān

事前。（～佈置）

同 **事前**（～準備｜～安排）
提前（～動身｜～説明）
預先（～埋伏｜～準備）

反 **事後**（～發覺｜～後悔）

事倍功半 shì bèi gōng bàn

形容費很大力氣只收到很小效果。（他的學習方法不正確，雖然很刻苦，但～，收效甚微）

反 **事半功倍**（方法正確，才能起到～的作用）

事與願違 shì yǔ yuàn wéi

事情的發展很不如願，與主觀的願望相反。（她希望出國留學深造，但～，一場大病使她的計劃化為泡影）

同 **弄巧成拙**（他自以為聰明，但結果～，把事情搞砸了）
適得其反（～，幫了倒忙）

反 **稱心如意**（他找到了一份～的工作）
如願以償（她～成為一名白衣天使）

事實 shìshí

事情的真實情況。（～真相）

同 **實際**（～問題｜符合～）

反 **傳言**（不要輕信～）
謠言（～四起｜製造～）

事態 shìtài

局勢；情況。（～嚴重）

同 **局勢**（～危急｜控制～）
情況（具體～｜～複雜）
形勢（～樂觀｜觀察～）

事關重大 shì guān zhòng dà

事情非同一般，十分重要。（～，你一定要小心謹慎，調查清楚）

同 **非同小可**（這件事～，我奉勸你還是認真對待為好）
至關緊要（掌握犯罪證據，～）

反 **無關大局**（這是小事一樁，～）
無關緊要（我們談的都是～的事情）

協助
xiézhù

幫助，輔助。（從旁～）

同 **幫助**（～消化｜積極～）
輔助（～教授完成教學工作）
協同（～作戰｜～辦理）

協作
xiézuò

若干人或若干單位互相配合來完成任務。（～精神）

同 **合作**（～完成｜加強～）
配合（積極～｜緊密～）

協定
xiédìng

共同商量以便取得一致意見。（雙方～共同投資開工廠）

同 **洽談**（～業務｜～會）
協商（政治～會議）

協調
xiétiáo

配合一致。（比例～）

同 **和諧**（～發展｜～統一） 反 **失調**（供求～｜雨水～）

協議
xiéyì

協商後訂立的共同遵守的條款。（停戰～）

同 **合同**（撕毀～｜～有效）
契約（解除～｜終止～）
協定（達成～｜口頭～）

來之不易
lái zhī bù yì

得來非常不容易。（幸福生活～）

反 **輕而易舉**（這可不是一件～的事）
唾手可得（冠軍並非～，只有經過艱苦訓練，才能獲得）
易如反掌（完成這項工作～）

來歷
láilì

人或事物的歷史或背景。（查明～）

同 **來路**（這批貨～不明）
來頭（那個人～不小）

來龍去脈 lái lóng qù mài
山形地勢像龍的血脈一樣連貫着。比喻人或物的來歷，或事情的前因後果。（弄清事情的～）
同 **前因後果**（他對整個事件的～諱莫如深）

到處 dàochù
各處，處處。（～春意濃濃）
同 **四處**（～打聽 | ～張貼宣傳海報）
隨處（～可見）

到場 dàochǎng
親自到某種集會或活動的場所。（嘉賓～作報告）
同 **出席**（～會議）
蒞臨（～指導）
反 **缺席**（無人～）

到達 dàodá
到了（某一地點，某一階段）。（順利～）
同 **抵達**（～香港 | 平安～）
反 **出發**（部隊～ | 準時～）
起程（～趕路 | 天亮～）

非凡 fēifán
超過一般。（～的才能）
同 **不凡**（儀表～）
傑出（～領袖 | ～人才）
卓越（～的成就）
反 **平凡**（～的人 | ～的一生）

非同小可 fēi tóng xiǎo kě
小可：尋常的。指情況嚴重或事情重要，不能輕視。（這件事可是～，主管必須引起足夠的重視）
同 **非同一般**（為你帶來～的拍攝效果）
反 **無足輕重**（在劇中，他扮演了一個～的小角色）

非議 fēiyì
責備。（招致～）
同 **非難**（無可～ | 遭到～）
責備（～下級 | 無端～）
反 **讚賞**（～的目光）

卸任 xièrèn
指官員解除職務。（他～後回到了家鄉）
同 **離任**（即將～回國）
反 **到任**（領導～）
就任（～中國駐美國的大使）
上任（～伊始 | 走馬～）

制止 zhìzhǐ

強迫使停止，不允許繼續下去。（～犯罪）

同 阻止（～進攻｜～事態惡化）

反 放任（～自流｜～自己）
縱容（姑息～｜～犯罪）

知名 zhīmíng

有名，著名。（～度）

同 出名（桂林因風景優美而～）
聞名（舉世～｜～天下）
有名（他是那一帶～的醫生）
著名（～作家｜～景點）

反 無名（～小卒｜～英雄）

知音 zhīyīn

知己。（遇上～）

同 知己（海內存～）

知恩圖報 zhī ēn tú bào

受了別人的恩情定要報答。（他是個～的人）

同 知恩必報（他對你有恩，你要～）

反 恩將仇報（沒料到他～，起了歹心）
忘恩負義（這個～的小人）

知無不言 zhī wú bù yán

凡是知道的沒有不説的。指毫無保留地把自己的意見全説出來。（我一定～，言無不盡）

同 直言不諱（我喜歡～的談話方式，不喜歡拐彎抹角）

例外 lìwài

在一般的規律、規定之外的事情。（這是規定，誰也不能～）

同 特例（這是～）

反 常規（按～辦事）
慣例（打破～）

欣欣向榮 xīn xīn xiàng róng

欣欣：形容草木生長旺盛的樣子；榮：茂盛。形容草木長得茂盛。比喻事業蓬勃發展，興旺昌盛。（郊野公園裏草木茂盛，一片～的景象）

同 生機盎然（田野裏一片～的景象）
蒸蒸日上（公司發展～）

反 江河日下（由於金融危機的影響，公司的經濟狀況～）

欣喜
xīnxǐ

歡喜，快樂。（～萬分）

同 **高興**（～得手舞足蹈）
歡喜（滿心～｜皆大～）

反 **傷心**（～欲絕｜～落淚）
憂愁（～萬分｜感到～）

欣喜若狂
xīn xǐ ruò kuáng

欣喜：快樂；若：好像；狂：失去控制。形容高興到了極點。（聽到喜訊，大家～）

同 **大喜過望**（老人看到很久沒回過家的兒子，～）
歡天喜地（～迎接聖誕）
喜出望外（看到失而復得的錢包，他～）
喜笑顏開（眾人聽到得獎的消息，無不～）

反 **肝腸寸斷**（母親去世的消息傳來，她～）
痛不欲生（聽聞父母遇難，他～）
心如刀割（看到自己辛苦培育的樹苗被狂風連根拔起，他～）

欣賞
xīnshǎng

觀看美好的事物，領略其中的情趣。（～音樂）

同 **觀賞**（～湖光山色｜～歌舞）
鑒賞（詩歌～｜～文物）

欣慰
xīnwèi

喜歡而心安。（臉上露出～的笑容）

同 **寬慰**（自我～｜感到～）

往日
wǎngrì

以往的日子；從前。（～情懷）

同 **往昔**（追憶～｜一如～）
昔日（～的荒地今日變成了商業中心）

反 **來日**（～方長）

往來
wǎnglái

交往；互相訪問。（兩國之間有貿易～）

同 **交往**（～密切｜～甚密）
來往（兩國的商業～頻繁）

反 **斷交**（我們大吵了一架，從此就～了）
絕交（兩家人～幾十年）

往往
wǎngwǎng

表示某種情況經常發生。（他說話太直，～容易得罪人）

同 **常常**（他～會犯一些低級錯誤）
時常（他～來看我）

往常 wǎngcháng

過去的一般的日子。(晚飯以後,他像～一樣出去散步了)

同 過去(～的時光|～的事情)
平常(～生活)
以往(～的工作)

返回 fǎnhuí

回到原來的地方。(～家鄉)

同 歸來(～的親人|戰場～)
回來(父親明天～)

反 出發(立即～)

爭分奪秒 zhēng fēn duó miǎo

一分一秒也不放過。形容充分利用時間。(我們要～,盡量提前完成任務)

同 分秒必爭(考試時,必須～)

反 虛度光陰(年輕人不要～)

爭先恐後 zhēng xiān kǒng hòu

搶着向前,唯恐落後。(聽眾們～地舉手提問)

同 不甘人後(學習上應該～)
奮起直追(這次考試成績有些差,我要～)

反 自甘落後(你怎麼能夠～)

爭取 zhēngqǔ

力求獲得,力求實現。(極力～)

同 力爭(～進入半決賽)

反 放棄(不曾～|永不～)

爭執 zhēngzhí

爭論中各執己見,不肯相讓。(～不下)

同 爭持(雙方～了半天)
爭論(展開激烈～)

反 和解(雙方達成～)

爭奪 zhēngduó

爭着奪取。(～主動權)

同 搶奪(～資源|～橄欖球)
爭搶(～食物|～頭球)

反 禮讓(謙恭～|相互～)
謙讓(不必～|一再～)

爭論 zhēnglùn

爭辯,辯論。(～不休)

同 爭辯(激烈～|不容～)
爭執(～不下|發生～)

念念不忘
niàn niàn bù wàng

時刻思念，不能忘記。（出國多年，他一直～他的故鄉）

同 **朝思暮想**（回到～的祖國）

反 **置之腦後**（託他辦的事，他早已～）

念頭
niàntou

心裏的打算。（突然有了想去創業的～）

同 **打算**（為將來做～）
想法（各人有各人的～）

服侍
fúshi

伺候，照料。（～病人）

同 **伺候**（～老人）
侍奉（～父母）
侍候（他不用別人～）

服從
fúcóng

遵照；聽從。（～學校安排）

同 **聽從**（～指揮）
遵從（～教導｜嚴格～）

反 **抗拒**（～誘惑）
違抗（～命令）

周而復始
zhōu ér fù shǐ

周：環繞一圈；復：又，再。轉了一圈又一圈，不斷循環。（地球自西向東～地轉動着）

同 **循環往復**（水車就這樣～，一刻不停）

周全
zhōuquán

周到；完善。（計劃～）

同 **健全**（～的法律｜機制～）
全面（～展開｜考慮～）
周到（服務～｜細緻～）

周密
zhōumì

周到而細密。（～部署）

同 **嚴密**（～控制｜～防範）
縝密（邏輯～｜～的構思）
周詳（論證～｜考慮～）

周圍
zhōuwéi

環繞着中心的部分。（～地區）

同 **四周**（～環繞｜學校～）
周邊（～地帶｜廣場～）

反 **中間**（校園～｜大廳～）
中心（城市～｜湖～）

昏暗
hūn'àn

光線不足。(～的房間)

同 灰暗(天空一片～)
陰暗(～的走廊)

反 明亮(～的燈光)

忽略
hūlüè

沒有注意到。(～了一個重要的細節)

同 忽視(～安全設施檢查)
疏忽(～大意)

反 留心(～觀察)
注意(～聽講|密切～)

忽視
hūshì

不重視。(不可～)

同 輕視(～對手)
疏忽(工作～)

反 重視(～實踐)
注重(～過程)

忽然
hūrán

來得迅速而又出乎意料。(～想到)

同 猛然(～驚醒|～抬頭)
突然(～出現)

反 漸漸(～蘇醒|～變綠)
逐漸(～長大|～消失)

迎刃而解
yíng rèn ér jiě

原意是説,劈竹子時,頭上幾節一破開,下面的順着刀口自己就裂開了。比喻處理事情、解決問題很順利。(抓住主要矛盾,問題將～)

同 易如反掌(他是數學家,解決這麼簡單的數學題,對他來説是～)

迎合
yínghé

為了討好,故意投合別人的心意。(～觀眾)

同 奉迎(阿諛～|～上級)
投合(～消費者的口味)

迎接
yíngjiē

歡迎和接待。(～客人)

同 歡迎(～朋友|熱烈～)

反 歡送(～離職同事)
送別(～親人)

迎頭趕上
yíng tóu gǎn shàng

加緊追上最前面的。(經過努力,他終於～了)

同 奮起直追(我們應當～)

反 甘拜下風(技不如人,～)

盲目
mángmù

眼睛看不見東西。比喻認識不清。（～樂觀）

反 **明確**（觀點～）
清醒（頭腦～）

屈服
qūfú

對外來的壓力妥協讓步，放棄鬥爭。（不向命運～）

反 **反抗**（～精神｜有力～）

屈指可數
qū zhǐ kě shǔ

彎着手指頭便能計算出來。形容數目不多。（像他這樣的人才真是～）

同 **寥寥無幾**（電影院裏觀眾～）
寥若晨星（他這樣的天才～）

反 **不計其數**（火車站來往的旅客～）
數不勝數（旅遊旺季，長城上的遊客～）

屈辱
qūrǔ

受到的壓迫和侮辱。（忍受～）

同 **恥辱**（莫大的～）
污辱（遭受～）
羞辱（受到～）

糾正
jiūzhèng

改正。（及時～錯誤）

同 **訂正**（～學生的作業）
改正（～缺點）
更正（內容～）

糾紛
jiūfēn

爭執的事情。（引起～）

同 **紛爭**（激烈的～｜排解～）
爭執（發生～｜～不下）

青睞
qīnglài

表示喜歡或重視。（新產品受到消費者的～）

同 **垂青**（影片備受觀眾～）
喜愛（這本童話書受到小學生的～）

花言巧語
huā yán qiǎo yǔ

原指鋪張修飾、內容空泛的言語或文辭。後多指用來騙人的虛偽動聽的話。（不要被她的～蒙騙了）

同 甜言蜜語（千萬不要聽信他的～）

花費
huāfèi

用去；耗費。（～時間）

同 耗費（處理家庭糾紛～了社工大量的精力）
消費（生活～）

反 積蓄（～力量）
積攢（～學費）

花樣
huāyàng

花紋的式樣，也泛指一切式樣或種類。（變換～）

同 花色（～齊全 | 增加～）
式樣（～新穎 | ～翻新）
種類（～繁多 | 增設～）

奔波
bēnbō

忙忙碌碌地往來奔走。（～勞碌）

同 奔忙（母親為了生計，每天都在辛勤地～）
奔走（為民～請命）

反 悠閒（～自得 | ～的日子）

奔赴
bēnfù

奔向（一定目的地）。（許多熱血青年～抗日前線）

同 奔向（～未來 | ～明天）
前往（～參觀）

反 撤離（～現場 | 迅速～）
撤退（全線～ | 下令～）

奔跑
bēnpǎo

很快地跑，奔走。（往來～）

同 奔馳（～的駿馬 | 飛速～）
飛奔（～的羚羊 | ）
飛馳（～的列車 | ～而過）

反 緩步（～走來 | ～而行）

奔馳
bēnchí

形容車馬跑得很快。（駿馬～）

同 奔跑（～如飛）
馳騁（縱橫～）
飛馳（列車～而過）

反 停滯（經濟～不前）
止步（軍事重地，閒人～）

呼應
hūyìng

一呼一應，互相聯繫。（遙相～）

同 回應（～號召 | 積極～）
照應（～前文 | 前後～）

佩服
pèifú

敬重折服。（值得～）

同 敬佩（由衷～）
欽佩（～不已）
信服（令人不得不～）
折服（他的精湛球技令人～）

享受
xiǎngshòu

物質上或精神上得到滿足。（～陽光）

同 享用（～佳餚）

享樂
xiǎnglè

享受安樂。（貪圖～）

同 享福（你這下可以安心～了）

反 吃苦（～耐勞）
勞碌（他整天奔波～，掙錢養家）

底下
dǐxia

下面。（樹～）

同 下面（椅子～趴着一隻小狗）

反 上面（河～有座橋）

姑且
gūqiě

暫時。（～饒了你這一次）

同 權且（～不論孰是孰非）
暫且（～不提）

姑息
gūxī

無原則地寬容。（～遷就）

同 縱容（～包庇）

反 約束（受到～ | 自我～）

姑息養奸
gū xī yǎng jiān

姑息：無原則地寬容；養奸：助長壞人壞事。無原則地寬容，只會助長壞人作惡。（對黑惡勢力～，將會後患無窮）

同 養虎為患（如果我們現在不乘勝追擊，將會～，後悔莫及）

拉攏 lālǒng

為對自己有利，用手段使別人靠攏到自己這方面來。（～關係）

同 籠絡（用小恩小惠～人）

反 排斥（～異己）
排擠（受到～）

委託 wěituō

把事交給別人去代辦。（受別人的～）

同 拜託（特地～他去處理這件事情）
託付（鄭重～｜～終身）

委婉 wěiwǎn

不直接地，曲折地表達。（～的語氣）

同 含蓄（～地表達了自己的想法）
婉轉（他説得很～）

反 生硬（説話～｜態度～）
直率（性格～｜～豪爽）

委靡不振 wěi mǐ bù zhèn

意志消沉，精神不振。（這幾天，他因睡眠不足而顯得～）

同 無精打采（比賽失利後，隊員們個個～）

反 精神抖擻（～地投入新的工作）

表白 biǎobái

對人解釋、説明自己的意思。（再三～）

同 表達（～感情｜善於～）
表明（～決心｜～立場）

表面 biǎomiàn

事物跟外界接觸的部分。（不能被～現象所蒙蔽）

同 外表（～美麗）
外觀（～漂亮｜華麗的～）

反 內部（～消息）
實質（～問題）

表現 biǎoxiàn

表示出來。（充分～自己的才能）

同 體現（～風格）
顯現（～出來）

反 隱藏（～秘密）
隱瞞（～真情）

表揚 biǎoyáng

對好人好事公開讚美。（受到～，他還有點不好意思）

同 表彰（～先進）
誇獎（奶奶～他懂事）
讚揚（熱情～）

反 批評（～缺點｜嚴厲～）
指責（～對方｜公開～）

表裏不一
biǎo lǐ bù yī

表面和心裏不一樣，即言行、思想不一樣。（這個人～，口是心非）

同 **言不由衷**（他礙於對方的情面，說了些～的話）
言行不一（他是個～的人）

反 **表裏如一**（這個人說話做事～，可以信任）

表露
biǎolù

表現在外。（他從不～自己的心思）

同 **流露**（～感情｜真情～）
吐露（～消息｜拒絕～）

反 **隱蔽**（～的手法｜活動～）
隱瞞（～真相｜～心聲）

長久
chángjiǔ

時間很長。（～打算）

同 **長遠**（～發展｜～利益）
悠久（～文化｜歷史～）

反 **短促**（呼吸～）
短暫（人生～｜～的時間）

長年
chángnián

一年到頭。（～在外奔波）

同 **常年**（～積雪）
終年（～臥病在牀）

長年累月
cháng nián lěi yuè

形容經歷很多年月，很長時間。（～的艱辛勞作，使他積勞成疾）

同 **成年累月**（礦工們～在井下作業，非常辛苦）
天長日久（小缺點不改正，～就會變成壞習慣）

反 **一朝一夕**（思想觀念不是～就能改變的）

長途
chángtú

路程遙遠。（～電話）

同 **遠程**（～航行｜～射擊）

反 **短程**（～運輸｜～導彈）
短途（～旅行）

長進
zhǎngjìn

在學問或品行等方面有進步。（大有～）

同 **進步**（～很快｜取得～）

反 **退步**（成績～｜不能～）

長遠
chángyuǎn

指未來的時間很長。（凡事應從～考慮）

同 **久遠**（年代～）
深遠（～的影響）

反 **當前**（～局勢）
眼前（～利益）

長輩 zhǎngbèi

輩分高的人。(尊敬～)

同 老輩(他們家～都是瓦匠)

反 晚輩(愛護～|鼓勵～)
小輩(你是～，不要頂嘴)

長篇大論 cháng piān dà lùn

滔滔不絕的言論或篇幅冗長的文章。(～不一定是好文章)

同 連篇累牘(明星一點小事，媒體都要～地刊載)

反 言簡意賅(文章～，立意深刻)

拔尖 bájiān

出眾，超出一般人。(他的語文成績在班裏一直是～的)

同 出眾(才華～|～的能力)
優秀(成績～|～品質)

反 落後(不甘～|成績～)

拔除 báchú

拔掉，除去。(～雜草)

同 拔掉(～據點|連根～)
清除(～污垢|立即～)

反 嵌入(～寶石|～牆壁)

拋棄 pāoqì

扔掉，丟棄不要。(～成見)

同 摒棄(～舊觀念)
丟掉(～垃圾)
丟棄(～廢物)
遺棄(～嬰兒)

反 保留(這些建築還～着當年的面貌)
拾回(～自信)

坦率 tǎnshuài

直率。(為人～)

同 直率(說話～|～的性格)

坦然自若 tǎn rán zì ruò

心裏平靜，自然，從容如常。(他覺得自己問心無愧，所以～)

同 泰然自若(面對上司的盤問，他～)

反 驚慌失措(遇到危險情況，不要～)
忐忑不安(～地等待體檢的結果)

坦蕩 tǎndàng

形容胸襟開闊。(心胸～)

同 寬廣(～的胸懷)
磊落(光明～)

反 狹隘(～偏激)

拐彎抹角 guǎi wān mò jiǎo
比喻說話、作文不直截了當。（有話直說，不要～）
同 **旁敲側擊**（你不要～了，我是不會告訴你的）
轉彎抹角（他說話總是～）
反 **開門見山**（文章～擺出論點）
直截了當（～地提出要求）

拖延 tuōyán
把時間延長，不迅速辦理。（～工期）
同 **推延**（～時間 | ～起飛）
延遲（～發射 | 向後～）

拖累 tuōlěi
使受牽累。（～大家）
同 **連累**（～別人 | 免受～）
牽累（家人受～）

抵達 dǐdá
到達。（～目的地）
同 **到達**（～上海 | 平安～）
反 **出發**（準時～ | 準備～）
離開（～家鄉）

抵擋 dǐdǎng
擋住壓力，抵抗。（～不住誘惑）
同 **抵禦**（～病毒侵入）
招架（～不住 | 難以～）
反 **屈服**（不向惡勢力～）
投降（舉手～）

抵賴 dǐlài
用謊言和狡辯否認所犯過失或罪行。（罪行是～不了的）
同 **否認**（～事實）
反 **承認**（～錯誤 | 勇於～）

抵禦 dǐyù
抵擋，抵抗。（～嚴寒）
同 **抵擋**（～美食的誘惑）
抵抗（頑強～）
反 **屈服**（不向病魔～）
投降（妥協～）

抵觸 dǐchù
跟另一方有矛盾。（～情緒）
同 **對立**（立場～）
矛盾（自相～）
反 **吻合**（意見～）
一致（方向～ | 看法～）

拘束
jūshù

過分約束自己，顯得不自然。（他有點～）

同 拘謹（第一次表演，有點～）
偈促（感到～不安）

反 放鬆（聽聽音樂，～一下）
自在（退休後的生活輕鬆～）

拘謹
jūjǐn

不放鬆，謹小慎微。（第一次見面，難免有些～）

同 拘束（到一個新的地方，他有點～）

反 大方（舉止自然～）
得體（這人説話～，不卑不亢）

抱怨
bàoyuàn

心中不滿，數落別人不對，埋怨。（不要老是～別人，而要反省自己）

同 埋怨（～別人｜互相～）
責怪（～孩子｜～對方）

反 諒解（互相～｜表示～）

抱歉
bàoqiàn

心中不安，覺得對不起別人。（很～，讓您久等了）

同 愧疚（滿懷～之情｜內心～）
歉疚（～的心情｜感到～）

幸運
xìngyùn

運氣好。（他真～，買到了奧運會開幕式的門票）

同 走運（他真～，買彩票居然中了大獎）

反 不幸（他在地震中～遇難）
倒楣（真～，我的自行車被小偷偷走了）

幸福
xìngfú

（生活、境遇）稱心如意。（～生活）

同 快樂（～時光｜節日～）
愉快（～的旅行｜心情～）

反 悲慘（～的命運｜～人生）
痛苦（～不堪｜～遭遇）

招待
zhāodài

對賓客表示歡迎並給予應有的待遇。（設宴～）

同 接待（～來賓｜熱情～）
款待（～客人｜殷勤～）

招惹是非
zhāo rě shì fēi

惹出麻煩、生出事端。（出門在外一定要謹言慎行，免得～）

同 **惹是生非**（我並不想～，是他先動手的）

反 **安分守己**（做人要～）
循規蹈矩（他是一個～的人）

招聘
zhāopìn

用公告等方式聘請。（公開～）

同 **聘請**（～專家｜高薪～）
聘用（～專業人士｜重金～）

反 **應聘**（準備～｜積極～）

披荊斬棘
pī jīng zhǎn jí

比喻掃除前進中的困難和障礙。（一路上～，風餐露宿）

同 **乘風破浪**（願你今後在事業上～，取得更大的成功）

反 **畏首畏尾**（做事要堅決果斷，不要～）

披露
pīlù

發表；公佈。（尚未～）

同 **表露**（～心跡）
公佈（張榜～）

反 **保密**（～事項）

拚命
pīnmìng

把生命豁出去；盡全力。（跟匪徒～｜～幹活）

同 **拚死**（～保衛家園）
竭力（盡心～）

其貌不揚
qí mào bù yáng

形容人的外貌平常或難看。現在有時也用以形容器物外表不好看。（別看他～，可特別有才華）

同 **相貌平平**（這部影片的女主角～，但演技不錯）

反 **傾城傾國**（中國古代四大美女均有～、閉月羞花的容貌）
相貌堂堂（他是一位～的男子）
一表人才（他長得～）

取消
qǔxiāo

使原有的資格、規定、權利等失去效力。（～資格）

同 **撤銷**（～控告）
廢除（～不平等條約）
取締（～非法組織）

反 **保留**（～行醫資格）

取得 qǔdé

得到。（～優異的成績）

同 得到（～好處｜～支持）
獲得（～勝利｜～榮譽）

反 喪失（～鬥志｜～信心）
失去（～聯繫｜～勇氣）

取締 qǔdì

明令取消或禁止。（堅決～）

同 撤銷（～訂單）
取消（～約會）

反 保留（～參賽資格）

杳無音信 yǎo wú yīn xìn

音信：消息，回信。沒有一點消息。（幾年來，他一直～）

同 音訊全無（他離家出走好幾年了，～）

東山再起 dōng shān zài qǐ

比喻失勢之後，重新恢復地位。（我們一定會～）

同 重振旗鼓（希望他～）

反 一蹶不振（他在失敗後～）

東倒西歪 dōng dǎo xī wāi

形容身體、樹木等歪倒的樣子。（大家累得～的）

同 橫七豎八（幾個人喝醉了，～地躺在地上）
歪歪斜斜（一夜大風過後，路兩邊的小樹都被颳得～的）

反 整整齊齊（桌椅擺放得～的）

東張西望 dōng zhāng xī wàng

東瞧瞧，西看看。形容等待和盼望某人來到。（他在大街上～）

同 左顧右盼（考試時不能～）

反 目不轉睛（她～地注視前方）

奇妙 qímiào

稀奇、巧妙（多用來形容人感興趣的新奇事物）。（～的想法）

同 奇異（～的風光）
巧妙（～的構思｜佈局～）
神奇（～的大自然）

反 平淡（～歲月｜～無奇）
一般（條件～）

奇怪 qíguài

跟平常的不一樣。（～的問題）

同 古怪（刁鑽～｜稀奇～）
怪異（神色～｜荒誕～）

反 平常（～人）
正常（～交往｜～狀態）

奇特 qítè

跟尋常的不一樣，奇怪而特別。（形狀～）

同 **獨特**（～的思維｜風格～）
奇異（～現象）

反 **普通**（～員工）
尋常（～百姓｜非比～）

具備 jùbèi

具有；齊備。（～投資價值）

同 **具有**（～民族特色）

反 **缺乏**（～營養）

具體 jùtǐ

細節方面很明確。（～講一下事情經過）

同 **詳細**（老師把那道題～地講了一遍）

反 **概括**（把情況～地介紹一下）

果斷 guǒduàn

有決斷；不猶豫。（～採取措施）

同 **果敢**（作風～潑辣）

反 **遲疑**（～不決｜～的神情）
躊躇（～不前）
猶豫（～再三）

昌盛 chāngshèng

興旺，興盛。（國家繁榮～）

同 **興盛**（事業～）
興旺（人丁～）

反 **衰敗**（草木～）
衰落（家道～）

門可羅雀 mén kě luó què

門庭冷落，幾乎沒有賓客。（昔日座無虛席的電影院現在～）

同 **門庭冷落**（由於金融危機，一些商店～）

反 **門庭若市**（那家餐廳的菜餚風味獨特，經常是～）

門庭若市 mén tíng ruò shì

門口和庭院裏熱鬧得像市場一樣。形容交際往來的人很多。（放學後學校門口到處是學生和家長，真可謂～）

同 **賓客如雲**（婚禮那天～）
車馬盈門（這家酒樓生意火爆，每天～）

反 **門可羅雀**（這家店都開了半年了，可還是～）
門庭冷落（從前這裏可謂熱鬧非凡，現在卻～）

明白
míngbai

1. 內容、意思等使人容易了解。（講得很～）

同 明瞭（簡單～）
清楚（條理～）

2. 知道，懂得。（～道理）

同 懂得（他～您的心意）
明瞭（對情況不太～）

明亮
míngliàng

光線充足。（～的陽光）

同 亮堂（這間屋子真～）

反 暗淡（色彩～）
昏暗（～的燈光）

明朗
mínglǎng

光線充足。（～的天空）

同 明亮（～的燈光）

反 昏暗（天色～）
陰暗（～的角落）

明晰
míngxī

清楚，不模糊。（思路～）

同 明確（觀點～）
清楚（層次～）
清晰（條理～）

反 含糊（～不清）
模糊（概念～）

明確
míngquè

清楚明白而確定不移。（目標～）

同 明白（講得很～）
明晰（思路～）
確定（～的答覆）

反 含糊（～不清｜～其辭）
模糊（字跡～｜認識～）

明顯
míngxiǎn

清楚地顯露出來，容易讓人看出或感覺到。（標誌～）

同 分明（層次～｜四季～）
顯著（～的進步）

反 細微（～的變化｜～的差別）

昂首
ángshǒu

仰着頭。（～挺胸）

同 抬頭（～看｜～遠望）

反 低頭（～苦思｜～默哀）
俯首（～帖耳｜～沉思）

昂揚 ángyáng
（情緒）高漲。（鬥志～）
同 高昂（歌聲～）
反 低落（士氣～｜情緒～）
消沉（悲觀～｜意志～）

昂貴 ángguì
價格非常高，多指具體物品的價格很貴。（～的珠寶）
同 貴重（～物品｜～首飾）
珍貴（彌足～｜～的紀念品）
反 低廉（價格～｜～的費用）
便宜（～貨｜價格～）

典雅 diǎnyǎ
優美不粗俗。（高貴～）
同 高雅（～的節目｜格調～）
優雅（舉止～｜～脱俗）
反 粗俗（～不堪｜言語～）

典範 diǎnfàn
可以作為學習、仿效標準的人或事物。（見義勇為的～）
同 榜樣（～的力量）
楷模（樹立～｜堪稱～）

典禮 diǎnlǐ
鄭重舉行的儀式。（畢業～）
同 盛典（開幕～）
儀式（訂婚～）

固定 gùdìng
不變動或不移動的。（～資產）
同 穩定（就業率～增長）
穩固（位置～）
反 浮動（經濟指標上下～）
流動（～人口）

固若金湯 gù ruò jīn tāng
防守非常堅固，不易攻破。（～的防線仍舊被攻破了）
同 壁壘森嚴（軍事重地，～）
銅牆鐵壁（海陸空立體防守，簡直就是～）
反 不堪一擊（球隊裝備陳舊，～）

固執 gùzhí
堅持己見，不肯改變。（～己見）
同 倔強（性情～）
頑固（～不化）

固執己見
gù zhí jǐ jiàn

固：頑固；執：堅持。頑固地堅持自己的意見，不肯改變。（你還是聽從大家的勸告吧，不要再～了）

同 剛愎自用（他是一個～的人）

反 從善如流（～，察納雅言）

和平
hépíng

指沒有戰爭的狀態。（熱愛～）

同 太平（～盛世｜天下～）

反 戰爭（～年代｜爆發～）

和好
héhǎo

恢復和睦的感情。（～如初）

同 和解（分歧雙方都希望～）
講和（兩家在酒店擺酒～）

反 反目（兄弟倆因誤會～）
決裂（關係～）

和氣
héqi

態度溫和。（說話～）

同 和善（～的老人）
隨和（性格～）

反 粗暴（～無理｜態度～）

和善
héshàn

溫和而善良。（態度～）

同 和藹（慈祥～的老人）
友善（那裏的人們非常～）

反 粗暴（～無理｜脾氣～）
兇惡（～的歹徒）

和睦
hémù

相處得好；不爭吵。（～相處）

同 和美（家庭～）
友好（親切～的氣氛）

反 不和（兩家～｜兄弟～）

和顏悅色
hé yán yuè sè

顏：面容；悅：愉快；色：臉色。臉色和藹喜悅。形容和善可親。（他說話時總是～的）

同 和藹可親（他讓人感到特別～）
平易近人（他身居高位，但～）

和藹
hé'ǎi

態度溫和，容易接近。（親切～）

同 和氣（說話～）
和善（～的老人）

反 粗暴（～干涉｜態度～）
嚴厲（～指責｜～批評）

依依不捨
yī yī bù shě

依依：依戀的樣子；捨：放棄。形容捨不得離開。（分別時刻來臨了，我們～地告別了親人）

同 **戀戀不捨**（～地把朋友送上了火車）
依依惜別（親友們設宴為他餞行，～）

依附
yīfù

依賴，從屬。（～權貴）

同 **依靠**（我們要～自己的努力）
依賴（我怎麼能夠～你呢）

反 **擺脱**（巧妙～了特務的跟蹤）
脱離（～了生命危險）

依從
yīcóng

順從。（這件事我萬難～）

同 **順從**（我不得不盡量～她的意願）

反 **違背**（制定政策不能～民情和規律）

依賴
yīlài

依靠別的人或事物而不能自立或自給。（～父母）

同 **依附**（凌霄花～在橡樹上）
依靠（完全～自己的力量）

反 **獨立**（～自主 | 爭取～）

依舊
yījiù

與原來的一樣；仍舊。（風光～）

同 **仍舊**（他～住在那老房子裏）
仍然（歹徒～逍遙法外）
依然（事情～沒有解決）

依戀
yīliàn

捨不得離開。（～之情）

同 **眷戀**（我對母校懷有～之情）
留戀（她對過去的奢華生活毫不～）
迷戀（他～網絡遊戲）

卑劣 bēiliè
卑鄙惡劣。(他的行為極其～)
同 卑鄙(～小人｜靈魂～) 低劣(～的表演｜手段～)
反 崇高(～的境界｜品德～) 高尚(～的人｜純潔～)

卑微 bēiwēi
地位低下。(出身～)
同 卑下(身份～)
反 高貴(地位～) 顯赫(～一時)

卑鄙 bēibǐ
語言、行為惡劣,不道德。(～無恥)
同 卑劣(～行徑｜手法～)
反 崇高(～理想) 高尚(～情操｜品德～)

金碧輝煌 jīn bì huī huáng
形容建築物等異常華麗,光彩奪目。(～的大廳)
同 富麗堂皇(～的宮殿)

剎那 chànà
極短的時間。(離開鐵軌的～,火車駛過來了)
同 霎時(～天昏地暗) 瞬間(～發生了變化)
反 長久(～打算｜～不變) 永久(～保存｜～的紀念)

肥沃 féiwò
土地含有適合植物生長的養分、水分。(土地～)
同 肥美(兩岸土地～) 膏腴(～之地)
反 貧瘠(山地土壤～)

肥壯 féizhuàng
(生物體)肥大而健壯。(牛羊～)
同 粗壯(～有力)
反 瘦弱(身體～)

放心 fàngxīn
心情安定,沒有憂慮和牽掛。(請您～)
同 安心(～養病) 寬心(說幾句～話)
反 擔心(不必～｜～安全)

放任 fàngrèn
聽其自然,不加干涉。(～自流)
同 放縱(教育孩子,絕不能～) 聽任(完全～他胡作非為)
反 限制(～自由) 約束(為自我～)

放棄 fàngqì
丟掉原有的權利、主張、意見等。(～主張)
同 丟棄(～廢物)
捨棄(～一切 | ～利益)
反 堅持(～不懈 | ～到底)
爭取(努力～)

放肆 fàngsì
言語、行為輕率任意，毫無顧忌。(言語～)
同 放縱(不敢稍有～ | 驕奢～)
反 拘謹(～的樣子)
拘束(毫不～)

放縱 fàngzòng
縱容，不加約束。(～壞人)
同 放任(不能對孩子～不管)
縱容(～犯罪 | 包庇～)
反 管教(～孩子)
約束(用紀律來～學生)

放鬆 fàngsōng
由緊變鬆。(～警惕)
同 鬆懈(管理～)
反 加緊(～準備 | ～工作)
抓緊(～時間)

刻不容緩 kè bù róng huǎn
一分一秒也不容許拖延，指形勢緊迫、十萬火急。(形勢危急，～)
同 迫在眉睫(抗洪救災～)
十萬火急(在這～的時刻，汽車終於啟動了)
反 從長計議(這件事要～，千萬不可急躁)

刻板 kèbǎn
比喻呆板，沒有變化。(生硬～)
同 呆板(表情～)
古板(為人～)
死板(形式～)
反 靈活(～處理)

刻骨銘心 kè gǔ míng xīn
形容感受深刻，牢記於心，永遠不忘記。(～的愛情)
同 鏤骨銘心(那段愛情給他留下了～的記憶)
反 過眼雲煙(往事如～，漸漸忘卻)

刻畫 kèhuà
用文字描寫或用其他藝術手段表現(人物的形象和性格)。(～入微)
同 描畫(～美麗的家鄉)
描繪(～美好的藍圖)
描寫(～細膩生動)

刻畫入微 kè huà rù wēi

描寫得極為生動、細緻、深刻。（人物形象～）

同 入木三分（這部作品～地揭露了偽君子的醜惡嘴臉，令人拍案叫絕）

刻意 kèyì

用盡心意。（她出門前，～打扮了一番）

同 特意（～來看你）
着意（～看了這篇報道）

反 隨意（～行事）

刻薄 kèbó

（待人、說話）冷酷無情。（尖酸～）

同 尖刻（說話～）
苛刻（條件～）

反 厚道（老實～）
寬厚（～的長者）

注重 zhùzhòng

重視。（～教育）

同 看重（～外貌｜～能力）
重視（～產品品質｜高度～）

反 忽視（～困難｜～管理）
輕視（～對手｜過分～）

注意 zhùyì

把精神放在某一方面。（嚴密～）

同 留神（多加～｜稍不～）
留心（～觀察｜處處～）
留意（～腳下｜請多～）

反 忽略（～不計｜全部～）
忽視（～安全｜不容～）

怪異 guàiyì

奇異，奇特。（行為～）

同 奇特（構思～｜形狀～）
奇異（～的風光｜～的現象）

反 平常（～人家）

怪罪 guàizuì

責備或埋怨。（不要總～別人）

同 埋怨（你們不要再～小文了）
責備（相互～）
責怪（～別人）

空中樓閣
kōng zhōng lóu gé
比喻幻想或脱離實際的理論、計劃等。（在目前的條件下，這樣的方案沒有可操作性，只是～）

同 **海市蜃樓**（遠遠望去，那座島嶼漂亮極了，可實際上卻是～的幻象）
鏡花水月（與其抱着～的空想，不如腳踏實地為理想奮鬥）
虛無縹緲（幻想是～的）

空有其名
kōng yǒu qí míng
只有名聲而沒有相應的實績。（他～，並沒有真才實學）

同 **名不副實**（嚴禁播出～的藥品廣告）

反 **名不虛傳**（九寨溝風景怡人，果然～）
名副其實（榴槤是～的果王）

空前絕後
kōng qián jué hòu
從前沒有過，今後也不會再有。形容非常難得、獨一無二。（五四運動在中國歷史上是～的）

同 **亙古未有**（這是～的壯舉）
絕無僅有（這樣的瓷器在中國～，在世界上也很少見）

反 **比比皆是**（這條街上，金店～）
屢見不鮮（環境的破壞令沙塵天氣～）
司空見慣（對於這種現象，他早已～了）

空洞
kōngdòng
沒有內容或內容不切實。（～無物）

同 **空泛**（這篇演講稿流於～）

反 **充實**（內容～）
具體（～工作）

空閒
kòngxián
不忙；也指空着的時間。（她一～就看書）

同 **清閒**（父母沒有一刻～）
閒暇（飯後～）

反 **繁忙**（農場裏一派～景象）
忙碌（為生活而奔波～）

空想
kōngxiǎng

憑空設想；也指不切實際的想法。（要實幹，不要～｜這已經不是～）

同 **幻想**（～不勞而獲｜科學～）
夢想（～成為科學家｜實現～）

反 **實際**（～情況｜從～出發）
現實（殘酷～｜逃避～）

空曠
kōngkuàng

地方廣闊，沒有樹木、建築物。（～的廣場）

同 **廣闊**（～的原野）

反 **侷促**（～的房間）
狹小（地方～）
狹窄（河面～）

孤注一擲
gū zhù yī zhì

注：賭注；孤注：全部錢做一次賭注；擲：擲色（shǎi）子。把所有的錢一次押上去決一輸贏。比喻傾盡全力冒險行事以求僥倖成功。（他決定～，再賭一次）

同 **背水一戰**（此次～，只能勝，不能敗，否則後果不堪設想）
破釜沉舟（～，決一死戰）

孤陋寡聞
gū lòu guǎ wén

學識淺陋，見聞不廣。（你竟然沒有聽說過這本書，實在是～）

同 **坐井觀天**（要學習外國的先進管理方法，不能～）

反 **見多識廣**（他走南闖北，～）

孤掌難鳴
gū zhǎng nán míng

一個巴掌拍不響。比喻力量孤單，難以成事。（憑藉一己之力，終是～）

同 **孤立無援**（陷入～的境地）

反 **眾志成城**（～，戰勝洪水）

九畫

南轅北轍 nán yuán běi zhé
想往南去，卻向北行。比喻行動與目的相反。（這些規定與實際情況簡直是～）
同 **背道而馳**（這樣的建築計劃與環保理念～）

威風 wēifēng
有令人敬畏的氣勢或氣派。（～凜凜）
同 **威武**（他穿上警察制服，好～啊）

威脅 wēixié
用威力逼迫恫嚇使人屈服。（用死～他）
同 **威逼**（～他人 | ～利誘）
脅迫（搶劫犯～他交出錢財）
要脅（用武力～鄰國）

威嚴 wēiyán
有威力而又嚴肅的樣子。（～的法官）
同 **莊嚴**（～肅穆）
反 **溫和**（態度～ | ～有禮）

歪曲 wāiqū
故意改變（事實或內容）。（～事實）
同 **篡改**（～歷史）
扭曲（人性已經～了）
曲解（你～了我的意思）
反 **糾正**（師傅～了我的錯誤）

歪歪斜斜 wāi wāi xié xié
形容不正或不直的樣子。（字寫得～）
同 **東倒西歪**（颱風把樹木颳得～）
歪歪扭扭（樹長得～）
反 **端端正正**（小朋友～地坐着聽老師講故事）

背面 bèimiàn
物體上跟正面相反的一面。（相片的～有一行字）
同 **反面**（紙張的～）
反 **正面**（硬幣的～）

背信棄義 bèi xìn qì yì
違背允諾，不守道義。（堅守承諾，決不～）
同 言而無信（～的人沒有朋友）
反 言而有信（～，朋友無窮）
一諾千金（君子～，決不反悔）

背後 bèihòu
不當面。（～議論）
同 背地（～埋怨｜～說壞話）
反 當面（～斥責｜～遞交）

背道而馳 bèi dào ér chí
朝着相反的方向走，比喻方向、目標完全相反。（他的行為與我們的宗旨～，是我們不能接受的）
同 南轅北轍（這樣做是～，只會越走越遠）

虐待 nüèdài
兇狠地對待。（～老人）
同 摧殘（遭受無情的～）
折磨（百般～）
反 善待（～自然｜～小動物）
優待（～員工家屬）

省心 shěngxīn
少操心，不費心。（工作～）
反 操心（他很懂事，從不讓父母～）
費心（請您多～）

省吃儉用 shěng chī jiǎn yòng
生活勤儉樸素。（老人家一輩子～，才為兒子蓋了這幢房子）
同 節衣縮食（他把～省下來的錢捐給了災區）
克勤克儉（父母一生～）
勤儉節約（～是一種美德）
反 大肆揮霍（儘管生活水平提高了，也不能～）
鋪張浪費（～可恥）
窮奢極慾（他過着～的生活）

省事 shěngshì
簡便，不費事。（非常～）
同 省便（只圖～）
反 費事（這樣做很～）
麻煩（不嫌～）

幽靜
yōujìng

幽雅而寂靜。（夜色分外～）

同 **寂靜**（鳥的叫聲打破了山林的～）
靜謐（～的夜晚｜～的氛圍）
寧靜（～的港灣）
清靜（下午車很少，路面很～）

反 **嘈雜**（人聲～）
吵鬧（大聲～）
熱鬧（～的場面）
喧鬧（～的人群）

幽默
yōumò

有趣或可笑而意味深長的。（風趣～）

同 **風趣**（他説話很～）
滑稽（～可笑｜表演～）
詼諧（～有趣｜言語～）

反 **乏味**（枯燥～｜生活～）

拜訪
bàifǎng

敬辭，訪問。（登門～）

同 **拜見**（～國王｜前往～）
訪問（友好～）
探訪（～朋友｜～病人）

反 **告辭**（～離去｜先行～）

看法
kànfǎ

對事物的見解。（交換～）

同 **見解**（～獨到）
想法（表達～）
意見（交換～）

看重
kànzhòng

重視；認為重要。（～友誼）

同 **器重**（受到領導～）
重視（～人才）

反 **看輕**（～自己）
輕視（～對手）

看風使舵
kàn fēng shǐ duò

比喻跟着情勢改變方向。（他靠～、阿諛奉承，才爬到今天的位置）

同 **見機行事**（你不要擔心，～就是了）
左右逢源（她做事～，八面玲瓏）

看穿
kànchuān

看透。（騙子的手段總會被人們～）

同 看透（我～了他的心思）
識破（～假象｜～偽裝）

反 蒙蔽（～雙眼）
迷惑（被花言巧語所～）

看透
kàntòu

透徹地了解，完全看破。（～世事）

同 看穿（～了對方的心思）
看破（～紅塵）
識破（～假象｜～騙局）

看望
kànwàng

到長輩或親友處問候起居情況。（～傷患）

同 探視（～病人）
探望（～朋友）

垂涎三尺
chuí xián sān chǐ

口水流下來三尺。原形容嘴饞想吃，現多比喻碰見別人的好東西想得到。（他的最新款智能手機讓同學們～）

同 垂涎欲滴（看着美味的食物，他一副～的樣子）

垂頭喪氣
chuí tóu sàng qì

形容失望的神情。（老闆～地走了出來）

同 灰心喪氣（失敗了也不要～）
沒精打采（他身體不舒服，一整天都～的）

反 意氣風發（年輕人～）

俏麗
qiàolì

俊俏美麗。（面龐～）

同 俊俏（～的容貌）
美麗（～的風景）

反 醜陋（相貌～不堪）
難看（外形～）

俗不可耐
sú bù kě nài

俗氣得不可忍耐。（說話～）

同 庸俗不堪（某些電視節目～）

反 超凡脱俗（他具有～的氣質）

俗氣
súqi

粗俗，庸俗。（非常～）

同 粗俗（～的笑話｜言語～）
庸俗（～不堪｜內容～）

反 不俗（談吐～）
高雅（氣質～｜格調～）
脱俗（超凡～｜清新～）

信口雌黃
xìn kǒu cí huáng

雌黃：即雞冠石，黃赤色礦物，用作顏料。古人用黃紙寫字，寫錯了，用雌黃塗抹後改寫。比喻不顧事實，隨口亂說。（你不要～）

同 **胡說八道**（不要聽他～）**信口開河**（說話之前要前思後想，不能～）

反 **言之鑿鑿**（他～，讓人不能不相信）

信手拈來
xìn shǒu niān lái

信手：隨手；拈：用手指捏取東西。隨手拿來。多指寫文章時能自由純熟地選用詞語或應用典故，用不着怎麼思考。（雖是～，卻非常貼切）

同 **唾手可得**（成功絕非～，需要付出艱辛的勞動和辛勤的汗水）**易如反掌**（把這件事做好，對於他來說～）

信任
xìnrèn

相信而敢於託付。（贏得～）

同 **相信**（～直覺 | 完全～）**信賴**（值得～的朋友）

反 **懷疑**（無須～ | 令人～）

信守
xìnshǒu

真正遵守。（～承諾）

同 **恪守**（～職業道德）**遵守**（～紀律 | 自覺～）

反 **背棄**（～信仰 | ～諾言）**違背**（～意願 | ～合同）

後來居上
hòu lái jū shàng

後來的超過先前的。用以稱讚後起之秀超過前輩。（他預賽成績一般，但經過奮力拼搏，～，取得了冠軍）

同 **青出於藍**（老師們都希望自己的學生～，超過自己）

反 **望塵莫及**（他這麼優異的成績，其他學生～）

後果
hòuguǒ

最後的結果，多用於壞的方面。（～不堪設想）

同 **結果**（比賽～）**結局**（～圓滿 | 故事的～）

反 **起因**（追查事故的～）**原因**（～不明 | 查明～）

後悔
hòuhuǐ

事後懊悔。（～莫及）

同 懊悔（內心～不已）
悔恨（～交加 | ～的淚水）

反 無悔（無怨～）

後退
hòutuì

向後退；退回。（決不～）

同 倒退（～幾步）
退步（反省功課～的原因）

反 前進（～力量）

狡詐
jiǎozhà

狡猾奸詐。（兇殘～）

同 奸詐（為人～）
狡猾（～競爭對手）

反 憨厚（為人～）
忠厚（～老實 | 秉性～）

狡猾
jiǎohuá

詭計多端，不可信任。（～的狐狸）

同 狡詐（為人～）

反 老實（～本分）
忠厚（～的長者）

急中生智
jí zhōng shēng zhì

智：智謀。事態緊急的時候，猛然想出辦法。（阿明忘了帶鑰匙，～用一張卡片把門給打開了）

同 情急智生（司馬光～，砸破水缸，把小夥伴救了出來）

反 束手無策（這件事情太棘手了，我簡直～）

急忙
jímáng

心裏着急，行動加快。（聽說媽媽病了，他～趕回家）

同 匆忙（腳步～）
趕忙（～回答）
連忙（～起身）

急於求成
jí yú qiú chéng

急：急切。急於要取得成功。（做事不要浮躁，不要～）

同 揠苗助長（填鴨式的教學方法，無異於～）

急躁
jízào

容易激動。（～的脾氣）

同 浮躁（心態～）
焦躁（～不安）

反 耐心（～解答學生的問題）

派遣
pàiqiǎn

命人到某處做某項工作。（～出國）

同 **差遣**（聽候～）
委派（～職務）
指派（～任務）

反 **召回**（～不合格產品）

恍惚
huǎnghū

不真切，不清楚。（～聽見）

同 **依稀**（～記得小時候的情景）
隱約（～聽到孩子的哭聲）

反 **清楚**（～記得他的樣子）

恍然大悟
huǎng rán dà wù

恍然：猛然清醒的樣子；悟：心裏明白。形容一下子明白過來。（他在旁邊一提醒，我～）

同 **豁然開朗**（經他一說，我頓時感到～）
茅塞頓開（老師的點撥讓他～）
如夢初醒（騙子離開二十分鐘後，老人才～，但為時已晚）

反 **一頭霧水**（看了他的文章，我是～）

恬不知恥
tián bù zhī chǐ

做了壞事滿不在乎，一點也不感到羞恥。（這幾個傢伙真是～）

同 **厚顏無恥**（別人已經抓到了他偷東西，可他仍在～地辯解）

反 **無地自容**（老師的批評真讓我～）
羞愧萬分（看到父母勞累的身影，我卻沉迷於網絡遊戲，真是～）

恬靜
tiánjìng

安靜。（～的微笑）

同 **安靜**（～的教室）
寧靜（～的夜晚）

反 **喧鬧**（～的城市）

恰巧
qiàqiǎo

湊巧。（～碰到）

同 **剛巧**（我～路過，順便來拜訪您）
正巧（蘋果～掉在我的腳邊）

反 **不巧**（真～，他出去了）

恰如其分 qià rú qí fèn

辦事或說話正合分寸。（公司對他的工作給予了～的評價）

同 **恰到好處**（今天他蒸的米飯，不軟不硬，～）

反 **過猶不及**（俗話說：～，要嚴格要求，但不能體罰孩子）

恰當 qiàdàng

合適；妥當。（～的比喻）

同 **合適**（價格～｜大小～）
適當（～的場合｜～人選）
妥當（收拾～｜安排～）
妥帖（用詞十分～）

反 **不當**（措辭～｜使用～）

客人 kèrén

被邀請受招待的人。（來自遠方的～）

同 **賓客**（～盈門）
嘉賓（～滿座）
來賓（接待～）

反 **主人**（好客的～）

客觀 kèguān

在意識之外，不依賴主觀意識而存在的；也指按照實際去考察，不加個人偏見的。（～現實｜～的態度）

反 **主觀**（發揮～能動性｜考慮問題不要只從～願望出發）

建立 jiànlì

開始成立。（他白手起家，終於～自己的商業王國）

同 **成立**（～廣告公司）
創立（～理論｜～學說）

反 **推翻**（～過時的制度）

建造 jiànzào

建築，修建。（～校舍）

同 **修建**（～公共設施）

反 **拆除**（～違章建築）

眉目 méimu

事情的頭緒。（事情有了～）

同 **條理**（～清晰）
頭緒（理出～）

眉開眼笑 méi kāi yǎn xiào

形容高興愉快的樣子。（見到從遠方歸來的兒子，老爺爺～）

同 **喜形於色**（他聽到這個好消息，不禁～）
笑顏逐開（生日會上，朋友們個個～）

反 **愁眉不展**（孩子的病越來越重，媽媽～）
愁眉苦臉（他～地說明天要考試）

怒不可遏 nù bù kě è

憤怒之情無法制止。（他～地衝了出去）

同 **怒髮衝冠**（他聽到這事，頓時～）
怒火中燒（聽說有人背後說他壞話，他不由～）

反 **喜不自勝**（成為冠軍，他～）

怒目而視 nù mù ér shì

憤怒地瞪着眼睛看。（他對匪徒～）

同 **怒不可遏**（受害者～，衝向罪犯）

怒氣沖天 nù qì chōng tiān

憤怒之氣沖上了天。形容非常憤怒。（他～地責怪別人）

同 **勃然大怒**（他一看到這種情況，～）
大發雷霆（他在員工面前～）
怒不可遏（他一副～的樣子）

怒髮衝冠 nù fà chōng guān

頭髮直豎，把帽子都頂起來了。形容非常憤怒。（面對對手的誣陷，他～）

同 **大發雷霆**（看到這種情形，他～）
怒不可遏（～的樣子）
怒氣沖天（聽到對方的回答，他立刻～）

陌生 mòshēng

生疏，不熟悉。（遇到～人）

同 **生疏**（人地～ | 關係～）

反 **熟悉**（我剛到香港，對這裏還不～）

俊俏
jùnqiào

俊秀。（小姑娘長得很～）

同 俊秀（～清逸）
俏麗（～的面龐）

反 醜陋（外表～）

俊美
jùnměi

俊秀。（～的外表）

同 俊俏（～的鼻子）
俊秀（～的面龐）
英俊（～少年）

反 醜陋（相貌～）

指日可待
zhǐ rì kě dài

指日：可以指出日期，為期不遠；待：期待。為期不遠，不久就可以實現。（成功已經～了）

同 計日程功（只要我們共同奮鬥，這個目標的實現就會～，指日可待）

反 遙不可及（這並不是～的事情）
遙遙無期（理想不付諸實踐，距離實現永遠～）

指責
zhǐzé

指出錯誤，加以批評、責備。（無理～）

同 批評（～教育 | 自我～）
責備（～對方 | 相互～）

反 稱讚（極力～ | 交口～）
讚許（得到～ | 大加～）

指教
zhǐjiào

指點教導。（請您多多～）

同 賜教（請不吝～）

反 請教（～內行 | ～專家）
求教（虛心～）
討教（向別人～經驗）

指鹿為馬
zhǐ lù wéi mǎ

指着鹿，説是馬。比喻故意顛倒黑白，混淆是非。（你為甚麼要～，混淆是非）

同 顛倒黑白（他故意～）
混淆是非（你這番～的言論，是欺騙不了我們的）

反 黑白分明（作為主管，應該～）

指望
zhǐwang

一心期待，盼望。（～不上）

同 盼望（～畢業 | 急切～）
企盼（～統一 | 殷切～）

指導 zhǐdǎo

指示教導，指點引導。(～工作)

同 輔導(～學生｜積極～)
指點(～迷津｜～一二)

反 誤導(～觀眾｜～普通人)

冒失 màoshi

魯莽。(請原諒我的～)

同 魯莽(～行事｜舉止～)
莽撞(我很懊悔自己的～)

反 穩重(～敦厚｜為人～)

冒犯 màofàn

衝撞，得罪。(無意中～了他)

同 衝撞(他行為冒失，～了裁判)
頂撞(～父母｜無理～)

重大 zhòngdà

大而且重要。(責任～)

同 巨大(變化～｜成就～)

反 輕微(～震盪｜作用～)

重要 zhòngyào

具有重大意義、作用和影響的。(～作用)

同 緊要(～關頭｜～問題)
主要(～任務｜～領導)

反 次要(～地位｜～作用)

重逢 chóngféng

再次相見。(久別～)

同 團聚(全家～)
相逢(萍水～)

反 分離(～的場面｜忍痛～)
離別(～時依依不捨)

重視 zhòngshì

認為人的德才優良或事物的作用重要而認真對待；看重。(～人才)

同 看重(～金錢｜～能力)

反 忽視(～安全｜不能～)
輕視(～知識｜～對手)

重整旗鼓 chóng zhěng qí gǔ

失敗之後重新集合力量再幹。(只要有信心，我們就能～，再次取得輝煌的成績)

同 東山再起(破產後，他努力打拼，終於～)
捲土重來(經濟危機～)

反 一蹶不振(會考失利後，他就～)

哀求
āiqiú

苦苦地央求。(～的眼光)

同 乞求(～原諒)
央求(再三～)

哀悼
āidào

悲痛地追悼死者。

同 悼念(～亡友)
追悼(～大會)

反 賀喜(向新人～)

哀愁
āichóu

憂愁。

同 憂愁(～煩悶 | 內心～)

反 歡樂(～的笑聲)
喜悅(～的心情)

哀傷
āishāng

憂愁悲傷。

同 悲傷(～過度 | 萬分～)
憂傷(～的情緒 | 暗自～)

反 快樂(～的心情 | 新年～)
喜悅(成功的～)

美不勝收
měi bù shèng shōu

形容好的東西很多,看不過來。(這裏的景色真是～)

同 琳琅滿目(商店裏物品～)
目不暇接(博物館裏陳列的展品令人～)

美中不足
měi zhōng bù zú

雖然很好,但還有缺點。(這件衣服很漂亮,～的是價錢太高了)

同 白璧微瑕(這個小毛病只是～)

反 盡善盡美(希望自己能夠做到～)
十全十美(世界上沒有～的人)

美名
měimíng

美好的名譽或名稱。(～天下揚)

同 美稱(榴槤素有"果王"的～)
美譽(蘇州素有"東方威尼斯"的～)

反 臭名(～昭著)
惡名(～昭彰)

美好 měihǎo

（生活、前途、願望等抽象事物）好。（～的願望）

同 美妙（～的歌聲）
反 醜惡（～面目｜～行徑）

美妙 měimiào

美好，奇妙。（～的琴聲）

同 美好（我們的生活多麼～）
優美（～動聽的歌聲）

美意 měiyì

好心意。（一番～）

同 好意（好心～）
善意（～的批評）

美滿 měimǎn

美好圓滿。（～的家庭）

同 美好（～的未來）
圓滿（結局～）

美麗 měilì

看了使人產生快感的，好看。（～的白天鵝）

同 好看（～的衣服）
漂亮（～的女孩）
反 醜陋（相貌極為～）
難看（模樣真～）

降低 jiàngdī

下降。（血壓～）

同 下降（氣温～）
反 升高（水位～）

降落 jiàngluò

下降；下落。（飛機～）

同 着陸（平穩～）
反 起飛（航班按時～）

耐人尋味 nài rén xún wèi

意味深長，值得人們仔細體味。（文章的結尾～）

同 發人深省（這篇文章，有現實意義，～）
意味深長（他的一番話～）

耐心 nàixīn

心裏不急躁，不厭煩。（～地教導學生）

反 急躁（性情～）

便利 biànlì

容易做到。（～條件）

同 便捷（手續～ | 操作～）
方便（交通～ | 提供～）

反 麻煩（手續～ | 比較～）

便宜 piányi

價格低。（價格～）

同 低廉（成本～ | 收費～）

反 昂貴（～的代價 | 價格～）

保存 bǎocún

使事物、性質、狀態、意義、作風等繼續存在，不受損失或不發生變化。（～文件）

同 保留（～古蹟 | ～習慣）
保全（～性命 | ～名譽）

反 丟棄（～雜物 | ～垃圾）

保持 bǎochí

使事物繼續存在下去。（繼續～勤儉的作風）

同 持續（～乾旱 | ～上升）
維持（～秩序 | ～生命）

反 改變（～方向 | 徹底～）
中斷（信號～ | 聯繫～）

保重 bǎozhòng

注意身體健康。（～身體）

同 珍重（～身體 | 一路～）

保留 bǎoliú

保存不變。（暫時～）

同 保存（～書信 | ～實力）

反 放棄（～希望 | 自動～）
取消（～資格 | ～比賽）

保衛 bǎowèi

保護使不受侵犯。（～家園）

同 保護（～公民的合法權益）
捍衛（～主權）

反 侵犯（～領土）
侵略（～者）

保證 bǎozhèng

擔保做到。（～完成任務）

同 承諾（商家～）
擔保（～不出事 | 出面～）

保護 bǎohù

盡力照顧，使不受損害。（～消費者合法權益）

同 保衛（～領土）
維護（～和平 | ～合法權益）

反 破壞（～公共設施）
損壞（～公物）

突兀 tūwù

高聳。（主峰～）

同 **高聳**（～入雲 | ～的楊樹）
反 **低矮**（～的草屋 | ～破舊）

突出 tūchū

1. 鼓出來。（～的岩石）

反 **凹陷**（眼窩～ | 地面～）

2. 超出一般；出眾。（～的成就）

同 **出色**（表演～ | 幹得很～）
反 **一般**（成績～ | 非同～）

突如其來 tū rú qí lái

突如：突然。出乎意料地突然發生。（對於這種～的變化，我們始料不及）

同 **出乎意料**（那位世界冠軍在小組賽就被淘汰了，真是～）
反 **不出所料**（如果～，父親明天回來）

突飛猛進 tū fēi měng jìn

突、猛：形容急速。形容進步和發展特別迅速。（採用科學的管理方法後，公司有了～的發展）

同 **日新月異**（科技發展～）
一日千里（城市的建設與發展，真是～）
反 **一落千丈**（他的聲譽～）

突破 tūpò

集中兵力向一點進攻或反攻，打開缺口。（～封鎖）

同 **衝破**（～阻礙 | ～防線）
打破（～紀錄 | ～平衡）

突然 tūrán

在短促的時間裏發生，而且出乎意外。（～發生）

同 **忽然**（～出現 | ～消失）
猛然（～抬頭 | ～睜眼）
反 **漸漸**（～遠去 | 天氣～變冷）
逐漸（～上升 | ～變暖）

飛行 fēixíng

飛機、火箭等在空中航行。（低空～）

同 **航行**（船在大海上～）
反 **降落**（飛機～在跑道上）

飛快
fēikuài

非常迅速。（～地奔跑）

同 飛速（～前進｜～旋轉）
迅速（～轉移｜行動～）

反 緩慢（～行駛｜進展～）

飛速
fēisù

非常迅速。（～前進）

同 飛快（～地衝向終點）
迅速（動作～）

反 緩慢（～地移動｜進展～）

飛揚跋扈
fēi yáng bá hù

飛揚：放縱；跋扈：蠻橫。形容驕橫放肆，目中無人。（昔日～，今成階下囚）

同 盛氣凌人（你即便是我的上司，也不要那麼～）
專橫跋扈（做人不不能～）

反 平易近人（他是一位～的老人）

飛黃騰達
fēi huáng téng dá

飛黃：傳說中神馬名；騰達：上升，引申為發跡，宦途得意。形容駿馬奔騰飛馳。比喻驟然得志，官職升得很快。（他相信自己總會有～的那一天）

同 平步青雲（靠行賄買官，他～）

反 窮困潦倒（他一生～）

飛馳
fēichí

車馬很快地跑。（～而過）

同 奔馳（汽車在高原上～）
疾馳（列車～而過）

珍重
zhēnzhòng

珍視和保重。（前途多～）

同 保重（～身體）

珍惜
zhēnxī

珍重愛惜。（～生命）

同 愛惜（～時間｜～人才）
珍愛（他特別～這幅畫，從不輕易拿出來）
珍視（～今天的美好生活）

反 浪費（鋪張～｜～時間）
糟蹋（～資源｜～糧食）

珍貴
zhēnguì

可貴的，價值大的。（～的資料）

同 寶貴（～財富｜～時間）
貴重（～物品｜十分～）
名貴（～藥材｜～字畫）

反 低廉（價格～｜費用～）

珍稀
zhēnxī

珍貴而稀有。(大熊貓是中國的～動物)

同 罕見(實屬～|人跡～)
稀有(～金屬|～品種)

反 常見(～病|～錯誤)
平常(～日子|～人家)

珍藏
zhēncáng

認為有價值而妥善地收藏。(永久～)

同 保存(～文件|妥善～)
收藏(～古董|精心～)

反 丟棄(～雜物|～垃圾)
拋棄(～兒女|～名利)

珍寶
zhēnbǎo

珍珠、寶石等,泛指有價值的東西。(稀世～)

同 瑰寶(國之～|民族～)
珍品(藝術～|古代～)

反 草芥(他視名利如～)
垃圾(～食品)

毒辣
dúlà

(心腸或手段)狠毒殘酷。(陰險～)

同 惡毒(～攻擊|言語～)
狠毒(～的心腸|用心～)

反 善良(～溫順|性格～)

持久
chíjiǔ

時間保持長久。(藥效～)

同 長久(～之計|～的計劃)
永久(～和平|～的紀念)

反 短暫(～停留|人生～)

持之以恆
chí zhī yǐ héng

有恆心地堅持下去。(學習應當～)

同 堅持不懈(～地努力)
鍥而不捨(做科學研究要有～的精神)

反 半途而廢(改革不能～)
虎頭蛇尾(做事不能～)

持續
chíxù

延續不斷。(～乾旱)

同 延續(～生命)

反 停頓(工程暫時～下來)
中斷(信號突然～)

苦思冥想
kǔ sī míng xiǎng

深沉地思索。(他～,還是沒找到答案)

同 絞盡腦汁(他～,終於想出了對付對手的好辦法)

苦惱
kǔnǎo

痛苦煩惱。（不必為小事～）

同 煩惱（自尋～）

反 高興（～的樣子）
快樂（～時光）
愉快（心情～）

苦悶
kǔmèn

苦惱煩悶。（內心～）

同 煩悶（心情～）
苦惱（令人～的事情）

苦澀
kǔsè

1. 又苦又澀的味道。（～的海水）

反 甘甜（～的乳汁 | ～的山泉）

2. 內心痛苦難受。（心中充滿～）

同 酸楚（他的創業歷程充滿艱辛與～）
辛酸（～的往事）

反 甜美（～的歌聲）

苦難
kǔnàn

痛苦和災難。（～的經歷）

同 不幸（遭遇～）
磨難（幼年時，他飽受～）
災難（～降臨）

反 幸福（生活～）
幸運（～中獎）

苛刻
kēkè

（條件等）過高；（要求等）過於嚴厲，刻薄。（條件～）

同 刻薄（對人～）
嚴厲（～的態度）

反 寬容（～大度）
寬鬆（～的氣氛）

若即若離
ruò jí ruò lí

好像接近又好像不接近。形容關係不密切。（他和女朋友的關係～，既不和好，也不分手）

同 不即不離（採取～的態度）

反 親密無間（他們是～的好朋友）
形影相隨（他倆～）

若無其事 ruò wú qí shì

好像沒有那麼回事似的。形容不動聲色或漠不關心。(他做了壞事還～，真是無藥可救)

同 **毫不在乎**(他對別人的非議～，依舊我行我素)
滿不在乎(老師批評他，可他～)

若隱若現 ruò yǐn ruò xiàn

形容隱隱約約，模糊不清。(他發現前面山坳裏燈光閃爍，～，立即朝那兒跑去)

同 **時隱時現**(遠處的燈塔～)
隱隱約約(～的歌聲)

反 **一覽無餘**(從山頂遠眺，美景～)

茂盛 màoshèng

(植物)生長得多而茁壯。(～的青草)

同 **繁茂**(枝葉～)
豐茂(水草～)
茂密(～的森林)
旺盛(樹苗長勢～)

反 **凋零**(百花～)
枯萎(小草～)

英明 yīngmíng

卓越而明智。(決策～)

同 **高明**(他的醫術很～)
睿智(他是一位～的老人)

反 **昏聵**(～糊塗 | 年老～)
昏庸(～無能)

英俊 yīngjùn

容貌俊秀又有精神。(～瀟灑)

同 **俊美**(一位年輕～的男子)
俊秀(面容～ | ～清逸)

反 **醜陋**(容貌～)
難看(款式～)

英勇 yīngyǒng

勇敢出眾。(～的行為)

同 **勇敢**(堅強～ | 作戰～)

反 **膽怯**(感到～ | 心中～)
怯懦(～怕事 | 生性～)

苟且偷生 gǒu qiě tōu shēng

得過且過。(他敗光所有家產，變成一個～的可憐蟲)

同 **得過且過**(我討厭你這種～的生活態度)
苟且偷安(做人要光明正大，不能～)

茅塞頓開 máo sè dùn kāi

原來心裏好像有茅草堵塞着，現在忽然被打開了。形容忽然理解、領會。（聽了老師的講解，他～）

同 **恍然大悟**（經過冥思苦想，他終於～）
豁然開朗（他的一番話終於使我心裏～）

反 **大惑不解**（對此感到～）

挑肥揀瘦 tiāo féi jiǎn shòu

挑、揀：選擇；肥：肥肉；瘦：瘦肉。比喻挑挑揀揀，選擇對自己有利的。（大學生找工作不能～）

同 **拈輕怕重**（對待工作不能～）
挑三揀四（她這個人最喜歡～）

挑剔 tiāoti

求責備，故意在細節上找毛病。（無可～）

同 **苛刻**（條件～ | 過分～）

反 **隨和**（待人～ | 脾氣～）

挑選 tiāoxuǎn

從若干人或事物中找出適合要求的。（～運動員）

同 **選取**（～資料 | 精心～）
選擇（～專業 | 面臨～）

反 **淘汰**（～選手 | ～制）

拼湊 pīncòu

把零碎的合在一起。（～起來）

同 **拼合**（～到一起）

反 **拆開**（～座鐘）
拆散（把機器～）

拼搏 pīnbó

拼力搏鬥，爭奪或爭取。（～精神）

同 **奮鬥**（艱苦～）

反 **懈怠**（思想～）

挖空心思 wā kōng xīn sī

比喻想盡一切辦法。（她～想說服爸爸資助她出國旅行）

同 **費盡心機**（為了得到那個職位，他～）
絞盡腦汁（他～，也想不出解決問題的辦法來）

挖掘 wājué

發掘。(～隧道)

同 發掘(～寶藏｜考古～) 開採(～油田｜機器～) 開掘(～地下寶藏｜深入～)

反 埋藏(海底～着大量石油)

按時 ànshí

如期。(～完成任務)

同 按期(～交貨｜～舉行) 準時(～出席｜～出發)

反 延期(～付款｜～舉行)

按期 ànqī

依照規定的期限。(～歸還貸款)

同 按時(～到達｜～上班) 如期(～完成｜～而至)

反 過期(～作廢｜食品～) 逾期(～五天｜～未歸)

按照 ànzhào

根據，依照。(～政策辦理)

同 依照(～法律｜～他説的做) 遵照(～執行｜～指示)

故交 gùjiāo

老朋友。(懷念～)

同 故人(拜訪～) 舊友(追憶～)

反 新知(故交～)

故步自封 gù bù zì fēng

故：過時的，舊；故步：老步子；封：限制；自封：自我封閉。比喻守着老一套，不求進步。(你們這樣～，怎麼能夠有大的發展)

同 墨守成規(～，難以取得重大突破) 因循守舊(他～，不思進取)

故鄉 gùxiāng

出生或長期居住過的地方；家鄉；老家。(遙望～)

同 故土(～難離) 故園(情繫～) 家鄉(～面貌)

反 他鄉(客死～) 異鄉(漂泊～)

故意
gùyì

有意識地那樣做。（～刁難）

同 有意（～報復｜～破壞）

反 無意（～冒犯｜～深究）

胡言亂語
hú yán luàn yǔ

沒有根據，不符合實際地瞎說，或說胡話。（滿口～）

同 胡說八道（你這簡直是～）
無中生有（對於她的指責大多數都是憑空捏造、～）

反 有憑有據（我這樣說是～的）

胡編亂造
hú biān luàn zào

沒有根據地胡亂編造。（故事情節～）

同 信口雌黃（你不要～）
信口開河（大會上發言怎麼能夠～）

反 有憑有據（說話要～）

胡攪蠻纏
hú jiǎo mán chán

不講道理，胡亂糾纏。（～的角色）

同 蠻不講理（做事不能～）
無理取鬧（對於～的人，不能一味遷就）

反 通情達理（她～，善解人意）
知書達理（他有一位～的妻子）

枯萎
kūwěi

乾枯萎縮。（花～了）

同 乾枯（～的古井）

反 繁茂（林木～｜枝葉～）
茂盛（～的草木｜高大～）

枯竭
kūjié

（江、河、井等的水）完全枯乾；（腦力、精力等）斷絕。（～的水井）

同 乾涸（河道～｜～的土地）
乾枯（～的樹葉｜湖水～）

反 充沛（精力～）
充裕（時間～）
充足（～的營養）

枯燥
kūzào

單調，沒有趣味。（內容比較～）

同 單調（～的日子）
乏味（枯燥～）

反 生動（形象～）
有趣（～的遊戲）

枯燥無味 kū zào wú wèi

單調，沒有趣味。（一篇～的文章）

同 **平淡無奇**（這幅畫的內容和技法都～）
索然無味（這個故事～）

反 **妙趣橫生**（再平凡的事情在他的筆下也會～）

查問 cháwèn

調查詢問或審查追問。（他受到警員的～）

同 **查詢**（仔細～ | 電話～）
盤問（～來歷）
詢問（～情況 | ～病情）

相同 xiāngtóng

彼此一致，沒有區別。（內容～）

同 **同樣**（～聰明 | ～漂亮）
一樣（尺寸～ | ～的結果）
一致（意見～ | 完全～）

反 **不同**（～方法 | 年齡～）
相反（～方向 | 截然～）

相形見絀 xiāng xíng jiàn chù

形：對照；絀：不夠，不足。和同類的事物相比較，顯出不足。（他的水平，與對手一比，未免～）

同 **黯然失色**（所有的同類作品跟它比起來，都～）
相形失色（同別人的作品一比，我的畫就～了）

相信 xiāngxìn

認為正確或確實而不懷疑。（～科學）

同 **信賴**（值得～ | 可以～）
信任（特別～ | 取得～）

反 **懷疑**（～他人 | ～的目光）

相當 xiāngdāng

（數量、價值、條件、情形等）兩方面差不多，配得上或能夠相抵。（能力～）

同 **相仿**（年齡～ | 大小～）
相似（～之處 | 極其～）

反 **懸殊**（貧富～ | 地位～）

厚此薄彼 hòu cǐ bó bǐ

重視或優待一方，輕視或怠慢另一方。比喻對兩方面的待遇不同。（希望你們不要～）

反 **一視同仁**（作為老師，他對所有的學生都～）

厚待
hòudài

厚道地待人。（～老人）

同 善待（～小動物）
優待（購書半價～）

反 虧待（注意營養，別～自己）
虐待（～兒童）

厚道
hòudao

待人誠懇，能寬容，不刻薄。（老實～）

同 寬厚（為人～）
忠厚（～本分）

反 刻薄（尖酸～）

厚顏無恥
hòu yán wú chǐ

顏：臉面。指人臉皮厚，不知羞恥。（他總是騙我，真相揭穿後，他還要狡辯，真是～）

同 不知羞恥（你這麼做真是～）
寡廉鮮恥（他真是～，為了錢，可以出賣一切）
恬不知恥（他居然說出這種～的話來）

面不改色
miàn bù gǎi sè

形容臨危不懼，從容鎮靜。（面對威脅，他～）

同 不動聲色（他～地聽着）
泰然自若（面對歹徒，他依然～）
鎮定自若（～的神情）

反 大驚失色（他聽到這個消息，～）
驚慌失措（他一遇到突發情況就～）

面目一新
miàn mù yī xīn

比喻完全改變，呈現新貌。（裝修後的商場～）

同 煥然一新（經過十年的綠化，城市面貌～）

面目全非
miàn mù quán fēi

事物的樣子改變得很厲害（多含貶義）。（文章經他修改後，已～）

同 改頭換面（原封不動或～地抄襲是可恥的）
迥然不同（與以前相比，現在的情況已經～了）

反 依然如故（不管別人對你怎麼看，我對你的感情～）

面黃肌瘦 miàn huáng jī shòu
形容飢餓或有病的樣子。（他～的樣子，真讓人心疼）
同 **面有菜色**（他～，看來營養不良）
反 **紅光滿面**（老人～，精神矍鑠）
容光煥發（你看他～的樣子，肯定有喜事）

畏首畏尾 wèi shǒu wèi wěi
前也怕，後也怕。比喻做事膽小，顧慮很多。（他做事從不～）
同 **瞻前顧後**（有些事情看準了就馬上去做，不要總是～）
反 **無所畏懼**（面對困難，～）

畏懼 wèijù
害怕。（無所～）
同 **害怕**（小女孩～黑暗）
懼怕（他絲毫不～困難）

思考 sīkǎo
進行比較深刻周到的思維活動。（獨立～問題）
同 **考慮**（～再三 | ～周詳）
思忖（～一下 | 暗暗～）
思索（苦苦～ | 不假～）

思忖 sīcǔn
思考，考慮。（多加～）
同 **考慮**（～清楚 | 優先～）
思考（～問題 | 獨立～）
思量（心中～ | 細細～）

思念 sīniàn
想念。（日夜～親人）
同 **掛念**（～父母 | 十分～）
想念（～親人 | 非常～）
反 **忘懷**（難以～ | 不能～）
忘卻（～過去 | 無法～）

侵佔 qīnzhàn
非法佔有別人的財產。（野蠻～）
同 **霸佔**（～他人財產）
強佔（不得～公物）
侵吞（非法～民間捐款）

侵害 qīnhài
侵入並損害。（樹木遭到松毛蟲的～）
同 **損害**（～公眾利益）
反 **保護**（～環境）

迫不及待
pò bù jí dài

急迫得不能再等待。（他～地想知道昨晚足球比賽的結果）

同 急不可待（他～地打開媽媽送給他的生日禮物）

反 慢條斯理（她說話一向～，不緊不慢）

迫不得已
pò bù dé yǐ

迫於無奈，不得不那樣做。（他～才出此下策）

同 萬不得已（他這樣做，實在是～）

反 心甘情願（～去偏遠的地方工作）

迫切
pòqiè

需要到難以等待的程度；十分急切。（我們～需要管理人才）

同 急迫（～的心情）
急切（～尋找 | ～盼望）

迫在眉睫
pò zài méi jié

比喻事情臨近眼前，十分緊迫。（地震過後，救助災民的工作～）

同 刻不容緩（培養學生安全意識～）
燃眉之急（我們要想辦法解決資金短缺的～）
十萬火急（在這～的時刻，警察趕來了）

迫近
pòjìn

臨近，逼近。（會考時間～）

同 逼近（洪水～居民區）
接近（～終點）
臨近（嚴冬～）

反 遠離（～危險）

負疚
fùjiù

內心因對不起人而覺得慚愧。（心裏～）

同 慚愧（～不已）
愧疚（～的神情）
內疚（感到～）
歉疚（～心理）

反 無愧（問心～）

負責
fùzé

工作盡到應盡的責任。（工作～）

同 盡責（盡職～）

反 敷衍（～了事）

負擔
fùdān

承當責任。（費用由個人～）

同 承擔（勇於～責任）

勉強
miǎnqiǎng

讓別人做不情願做的事。（你不想去，我也不～）

同 **強迫**（誰也不能～別人接受他的意見）

勉勵
miǎnlì

勸人努力，鼓勵。（互相～）

同 **鼓勵**（～他大膽提問）
激勵（～士氣）

反 **嘲諷**（～譏笑）
打擊（精神～）
諷刺（～挖苦）

風平浪靜
fēng píng làng jìng

指沒有風浪。（大海～）

反 **波濤洶湧**（無邊無際的大海，有時風平浪靜，有時～）
驚濤駭浪（輪船在～中前行）

風行
fēngxíng

普遍流行；盛行。（～世界）

同 **流行**（～歌曲 | 廣泛～）
盛行（～一時 | ～於世）

風雨同舟
fēng yǔ tóng zhōu

比喻共同渡過難關。（我們要～，抗禦山洪）

同 **和衷共濟**（希望大家～）
同舟共濟（他們～，取得了最後的勝利）

反 **過河拆橋**（對待合作夥伴，要講誠信，不能～）

風和日麗
fēng hé rì lì

和風習習，陽光燦爛。形容晴朗暖和的天氣。（～的好天氣）

反 **風雨交加**（～的夜晚）

風采
fēngcǎi

人的儀表舉止；神采。（～依舊）

同 **風度**（～翩翩 | 紳士～）
風韻（～猶存）
風姿（再現昔日～）

風俗
fēngsú

社會上長期形成的風尚、禮節、習慣等的總和。（～習慣）

同 **民俗**（～文化）
習俗（傳統～）

風景 fēngjǐng

供人們觀賞的山水、建築。(～如畫)

同 風光(～秀麗|自然～)
景色(～怡人|～優美)
景致(美好～|～幽雅)

風趣 fēngqù

幽默,有趣味。(講話～)

同 詼諧(～幽默|輕鬆～)
幽默(語言～|風趣～)

反 乏味(生活～|無聊～)
枯燥(～無味|言語～)

風靡一時 fēng mǐ yī shí

風靡:草木隨風倒下,引申為很風行。形容事物在一個時期裏極其盛行,像風吹倒草木一樣。(這首歌曾經～)

同 風行一時(幾十年前曾經～的款式,現在又重新流行回來了)
盛極一時(那位歌星曾經～)

訂立 dìnglì

雙方或幾方經過協商後用書面形式(把條約、合同等)肯定下來。(～條約)

同 締結(～盟約)
簽訂(～合同)

反 解除(～合約|協議～)

施行 shīxíng

法令、規章等公佈後生效。(該法規從下月開始～)

同 實施(～細則|付諸～)
實行(～新的考核制度)
執行(堅決～命令)

反 廢除(～不合理規定)
廢止(～合同)

施展 shīzhǎn

發揮(能力等)。(～本領)

同 發揮(～威力|～才能)
展現(～才華|充分～)

施捨 shīshě

把財物送給貧苦的人或出家人。(～財物)

同 施予(～錢財|大方～)

反 乞求(～施捨|～原諒)
乞討(挨門挨戶～)

前功盡棄 qián gōng jìn qì

以前的成績全部廢棄。(你要堅持下去，不能放棄，否則就會～)

同 **半途而廢**（不管做甚麼事，都不能～）
功敗垂成（雖然我們一直領先，但在終場前三分鐘，對方的一個進球讓我們～）
功虧一簣（～，實在令人惋惜）

反 **大功告成**（～，大家充滿勝利的喜悦）

前因 qiányīn

指事情發生的原因。（～後果）

同 **原因**（客觀～）
緣由（弄清～）

反 **後果**（～自負）
結果（必然～）

前途 qiántú

原指前面的路程，比喻將來的光景。（～無量）

同 **前程**（～似錦）
未來（憧憬～）

前期 qiánqī

一段時期中的前面階段。（19世紀～）

同 **早期**（～教育）

反 **後期**（上世紀80年代～）
末期（清朝～）
晚期（癌症～ | 19世紀～）

前景 qiánjǐng

將要出現的景象。（美好～）

同 **藍圖**（描繪心中的宏偉～）
前程（錦繡～）
遠景（～目標 | ～規劃）

反 **現實**（看清～）
現狀（安於～）

前程萬里 qián chéng wàn lǐ

形容前途遠大。（這個年輕人聰明而且勤奮，～，不可限量）

同 **鵬程萬里**（祝學習進步，～）
前程似錦（祝你～，事業輝煌）
前程遠大（大家都説他～）

反 **窮途末路**（罪犯已到了～）
走投無路（他～，最終自殺）

前進 qiánjìn

向前行動或發展。（繼續～）

同 前行（奮勇～ | 攜手～）

反 倒退（嚇得～了幾步）
後退（～一步）

首肯 shǒukěn

點頭承認，認可。（表示～）

同 肯定（～成績 | 得到～）
認可（得到大家的～）

反 否定（～意見 | 全盤～）
否決（～議案 | 一票～）

首屈一指 shǒu qū yī zhǐ

彎下手指頭計數時，首先彎下的是大拇指。表示居於首位。（班長的學習成績在我們班是～的）

同 獨佔鰲頭（他成績優異，在數千名考生中～）
數一數二（在班上，每次考試成績他都～）

首要 shǒuyào

擺在第一位的；最重要的。（～工作）

同 主要（～任務 | ～原因）

反 次要（～問題 | ～矛盾）

首創 shǒuchuàng

最先創造；創始。（國內～）

同 創始（～人）
開創（～新紀元）

反 仿照（請～例句，造一個新的句子）

首鼠兩端 shǒu shǔ liǎng duān

動搖不定，遲遲下不了決心。（在這一問題上，你不能～）

同 徘徊觀望（做了決定就要馬上行動，不要再～了）
猶豫不決（該下決心了，～是會耽誤事的）

反 雷厲風行（他工作一向～）
毅然決然（老先生～將文物捐獻給了國家）

首腦 shǒunǎo

領袖人物。（各國～）

同 領袖（精神～）
首領（起義軍～）

洪亮 hóngliàng

（聲音）大；響亮。（嗓門～）

同 嘹亮（歌聲～ | ～的號聲）
響亮（清脆～）

反 低沉（說話～）
沙啞（嗓音～）

洩氣 xièqì
洩勁。（他這麼一說，怎能不讓人～）
反 鼓勁（～加油）
鼓氣（為自己～）

洩露 xièlòu
不應讓人知道的事情讓人知道了。（～天機）
同 走漏（～風聲）
反 保守（請幫我～這個秘密）
隱瞞（對他～了真相）

洞若觀火 dòng ruò guān huǒ
洞：透徹。形容觀察事物非常清楚，好像看火一樣。（對於當前動盪的時局，他～，了然於心）
同 明察秋毫（法官要剛正不阿，～）

洞察 dòngchá
觀察得很清楚。（～一切）
同 明察（～秋毫）

活力 huólì
旺盛的生命力。（充滿～）
同 生機（～盎然）
生氣（～勃勃）
朝氣（～蓬勃）

活潑 huópō
生動自然；不呆板。（～可愛）
同 活躍（氣氛～）
生動（描寫～）
反 呆板（動作～｜表情～）
死板（辦事～）
嚴肅（態度～）

活躍 huóyuè
行為活潑而積極，氣氛熱烈而蓬勃。（氣氛顯得很～）
同 活潑（天真～｜性格～）
反 沉悶（氣氛～）

洋洋自得 yáng yáng zì dé
形容得意的樣子。（他總是一副～的樣子）
同 得意忘形（受到表揚，就～）
洋洋得意（她～地走進來）
反 唉聲歎氣（她在那裏不斷地～）
垂頭喪氣（～的犯罪分子被押走了）

津津樂道 jīn jīn lè dào
形容很有興趣地做個不停或對有興趣的事說個沒完。（她的傳奇經歷一直是人們～的話題）
同 樂此不疲（他傾心於收藏，～）
反 興味索然（這篇文章內容空洞，語言貧乏，讀起來～）

恆久 héngjiǔ
永久；持久。（～不變）
同 長久（～堅持）
持久（曠日～｜～和平）
永久（～居住｜～保存）
反 短暫（～的人生｜～的相聚）

神奇 shénqí
非常奇妙。（～的效果）
同 奇妙（構思～｜～的變化）
奇異（～的海洋世界）
神秘（～感｜～的微笑）

神往 shénwǎng
心裏嚮往。（令人心馳～的地方）
同 嚮往（充滿～｜無限～）

神采奕奕 shén cǎi yì yì
形容精神旺盛，容光煥發。（他～地健步走來）
同 精神抖擻（運動員～地步入賽場）
容光煥發（他～地走進會場）
反 沒精打采（怎麼整天～的）
委靡不振（公司破產後，他一直～）

神氣活現 shén qì huó xiàn
形容人自以為了不起的樣子。（他坐在主席台上～，架子十足）
同 趾高氣揚（他一點也不謙虛，取得一點小成績就～）
反 垂頭喪氣（你不能稍遇挫折就～）

神情 shénqíng
人臉上所顯露的內心活動。（～嚴肅）
同 表情（～自然｜憤怒的～）
神色（驚恐的～｜～慌張）
神態（～悠閒｜～從容）

神聖 shénshèng
極其崇高而莊嚴的，不可褻瀆的。（莊嚴～）
同 聖潔（～的心靈）
莊嚴（～宣誓｜神情～）

神態 shéntài
神情態度。（～自然）
同 神情（～莊重｜～恍惚）
神色（～自若｜～慌張）

勇往直前 yǒng wǎng zhí qián
勇敢地一直向前進。（～的大無畏精神）
同 奮勇向前（隊員們個個～）
一往無前（要發揚～的精神）
反 畏首畏尾（～，前怕狼後怕虎）

勇敢 yǒnggǎn
有膽量，不怕危險和困難。（～堅強）
同 英勇（～頑強｜～無畏）
勇猛（～前行｜作戰～）
反 膽怯（他看到會場裏那麼多的人，不由得～了）
怯懦（～怕事｜生性～）

怠慢 dàimàn
冷淡。（不要～了貴客）
同 冷淡（～的態度）
慢待（～客人）
輕慢（～失禮）
反 厚待（～老人）
優待（～員工）

柔和 róuhé
軟和。（手感～）
同 輕柔（～的風｜～的聲音）
軟和（～的枕頭｜羊毛～）
反 強烈（～地震｜感情～）

柔弱 róuruò
軟弱。（生性～）
同 纖弱（～的女子）
反 健壯（～的身軀｜體格～）

柔軟 róuruǎn
軟和；不堅硬。（絲綢質地～）
同 柔和（～的線條｜手感～）
軟和（～的牀墊｜～的麵包）
反 堅硬（～的岩石｜外殼～）

柔順 róushùn
温柔和順。（温和～）
同 和順（性情～｜待人～）
温順（～聽話｜態度～）
反 倔強（一臉～｜脾氣～）

十畫

素來
sùlái

從來，向來。（～佩服）

同 從來（～如此）
向來（～不和）
一向（我～這樣認為）
一直（他～住在那裏）
總是（他～遲到）

素淨
sùjing

顏色樸素，不鮮艷，不刺目。（～清雅）

同 素雅（～大方）

反 明艷（～亮麗）
濃艷（色彩～）
艷麗（～的服飾）

素淡
sùdàn

淡雅不艷麗。（顏色～）

同 淡雅（那塊綢子的花色很～）
素淨（他身着～的灰色衣服）

反 艷麗（那件衣服色彩～）

素雅
sùyǎ

素淨雅致。（佈置～）

同 淡雅（～大方 | 樸素～）
素淨（清雅～ | 衣着～）

反 艷麗（～奪目 | ～芬芳）

素養
sùyǎng

平時的修養。（文化～）

同 素質（自身～ | ～教育）
修養（藝術～ | 道德～）

挺立
tǐnglì

直立。（幾棵松樹～在山坡上）

同 矗立（雕像～在廣場）
聳立（遠處～着萬丈高山）
屹立（一座白塔～在山巔）

反 倒下（大樓轟然～）

真才實學 zhēn cái shí xué
真正的才能和學識。（沒有～，無法立足社會）
反 **不學無術**（～，遊手好閒）
濫竽充數（別再不懂裝懂，～了）

真切 zhēnqiè
清楚確實；一點不模糊。（聽得～）
同 **真實**（～可信｜～感人）
反 **朦朧**（煙霧～｜淚眼～）
模糊（～不清｜字跡～）

真心實意 zhēn xīn shí yì
真實誠懇的心意，表示沒有絲毫的虛偽。（我是～為你好）
同 **實心實意**（我～前來感謝你）
真心誠意（我～想取得你的諒解）
反 **虛情假意**（不要被他的～所蒙騙）

真相大白 zhēn xiàng dà bái
大白：徹底弄清楚。真實情況完全弄明白了。（證人一到，一切就～了）
同 **水落石出**（真相很快就會～）
反 **真偽莫辨**（這些仿製品與文物混在一起，確實～）

真理 zhēnlǐ
真實的道理。（堅持～）
同 **真諦**（揭示～｜生命～）
至理（～名言）
反 **謬論**（反駁～｜～誤人）

真誠 zhēnchéng
真實誠懇，不虛假。（態度～）
同 **誠懇**（態度～｜待人～）
真摯（情意～｜～的謝意）
反 **虛偽**（～奸詐｜～的本質）

真實 zhēnshí
跟客觀事實相符。（～報導）
反 **虛假**（～消息｜～情報）

真摯 zhēnzhì
真誠懇切。（～的友誼）
同 **誠摯**（～的祝福｜～友好）
真誠（待人～｜感情～）
真切（～感人｜～的情感）
反 **虛偽**（～狡詐｜為人～）

致謝
zhìxiè

向人表示感謝。（再次～）

同 拜謝（登門～）
答謝（～新老客戶）
感謝（～救命恩人）

反 報復（～行為 | 存心～）

虔誠
qiánchéng

恭敬而有誠意（多指宗教信仰）。（～的信徒）

同 真誠（～待人 | 態度～）

峻峭
jùnqiào

形容山高而陡。（山勢～）

同 陡峭（～的懸崖）
險峻（山勢～）

反 平緩（這裏的山丘變得～了）
平坦（這一段路面很～）

剛正不阿
gāng zhèng bù ē

剛：剛直；不阿：不逢迎。剛直方正而不逢迎附和。（～的檢察官）

同 剛直不阿（他做事～，從不講情面）

反 阿諛奉承（他向來最討厭～的人）
曲意逢迎（不管他職位多高，我決不～）

剛強
gāngqiáng

堅強，不怕困難或不屈服於惡勢力。（～不屈）

同 剛毅（～的目光）
堅強（意志～）

反 懦弱（為人～怕事）
軟弱（～的性格）

剛毅
gāngyì

剛強堅毅。（～的神色）

同 剛強（沒有想到她那麼～）
堅毅（她的眼神非常～）

反 懦弱（他是一個非常～的人）
軟弱（性格～）

缺一不可
quē yī bù kě

兩種因素或多種因素中，缺少哪一種也不行。（天時、地利、人和，～）

同 必不可少（每天看報，成為他～的生活內容）
不可或缺（～的條件）

缺少 quēshǎo

缺乏（多指人或物數量不夠）。（～資金）

同 **欠缺**（能力～）
缺乏（～證據）

缺乏 quēfá

沒有或不夠。（～信心）

同 **短缺**（資源～）
缺少（～主見｜～勇氣）

缺點 quēdiǎn

欠缺或不完善的地方。（改正～）

同 **不足**（改進～）
短處（專挑別人的～）
毛病（挑出～）
缺陷（存在～）

反 **長處**（各有～｜學習～）
優點（～突出｜具有～）

乘人之危 chéng rén zhī wēi

趁着人家危急的時候去損害人家。（這種做法是～）

同 **趁火打劫**（別人有難，怎能～呢）
落井下石（別人落魄時，切勿～）

乘機 chéngjī

利用機會，多指不良行為。（～牟利）

同 **趁機**（～拋售股票）
借機（～斂財）

倒退 dàotuì

退回（後面的地方、過去的年代）。（嚇得他～了幾步）

同 **後退**（遇到困難決不～）
退步（學習～）

反 **前進**（～方向｜奮勇～）

倒閉 dǎobì

企業或商店因虧本而停業。（公司～）

同 **關張**（工廠～）
破產（企業～｜宣佈～）

反 **開張**（～大吉｜隆重～）

倒塌 dǎotā

（建築物）倒下來。（牆壁～）

同 **崩塌**（堤岸～｜山體～）
坍塌（～事故｜煤窰～）

修正 xiūzhèng

修改使之正確。（未作～）

同 改正（～錯誤）
更改（～時間｜～名稱）
更正（作必要的～）
修改（～計劃｜～合同）

修建 xiūjiàn

施工。（～校舍）

同 建造（～一座新的房子）
修築（～水利工程）

反 拆除（～破損建築）
拆毀（～爆破裝置）

修理 xiūlǐ

經過加工，使原來損壞的物品等恢復原狀。（～汽車）

同 修補（～輪胎｜～鞋子）
修葺（～一新｜對舊房子進行～）
修繕（及時～｜加以～）

反 損壞（人為～｜～嚴重）

修復 xiūfù

整修使完好。（～文物）

同 修理（～自行車）
修繕（那座古寺正在～中）

反 毀壞（～樹木）
損壞（～公物｜人為～）

修養 xiūyǎng

理論、知識、藝術、思想等方面的一定水平。也指養成的正確的待人處事的態度。（藝術～｜他很有～，從不和別人吵架）

同 素養（文化～｜理論～）
涵養（他～很好）
教養（有～｜缺乏～）

倘若 tǎngruò

表示假設。（你～不信，就去看看）

同 假若（～你不來，後果自負）
如果（～週日不下雨，我們就去爬山）
要是（～你去超市，幫我捎一瓶水）

倜儻 tìtǎng

瀟灑，不拘束。（風流～）

同 灑脱（豪邁～｜～自然）
瀟灑（風度～｜～自如）

反 呆板（表情～｜～的動作）
拘謹（～的樣子｜顯得～）

俯瞰 fǔkàn

從高處往下看。（～全城）

同 **俯視**（～群山）
鳥瞰（～故宮）

反 **仰望**（～星空）

徒手 túshǒu

空手（不拿器械）。（～擒賊）

同 **赤手**（～空拳）
空手（～奪白刃）

反 **持械**（～搶劫）

徒有虛名 tú yǒu xū míng

空有很高的名聲，實際卻沒有相應的水平。（那位名醫的醫術並不怎麼高明，～罷了）

同 **名不副實**（該產品的品質與其名牌稱號根本～）
有名無實（他這個官也是～）

反 **名不虛傳**（聽說他的手藝很好，果然是～）

徒然 túrán

白白地；不起作用。（～耗費精力）

同 **枉然**（產品研發沒有配套設備，技術人員再有本事也～）

反 **有益**（開卷～）

徒勞無功 tú láo wú gōng

白白付出勞動而沒有成效。（如果不按規律辦事，結果會事半功倍，～）

同 **勞而無功**（～的事我們不要幹了）
徒勞而返（這一趟，又是～）
徒勞無益（這樣做是～的）

反 **卓有成效**（～的改進意見）

拿手 náshǒu

（對某種技術）擅長。（～菜）

同 **精通**（～電腦｜～英語）
擅長（～彈琴｜～烹飪）

逃之夭夭 táo zhī yāo yāo

本來用“桃之夭夭”形容桃花茂盛艷麗。後借“桃”諧逃音，用“逃之夭夭”表示逃跑，是詼諧的說法。（他見闖了大禍，趕忙～）

同 **溜之大吉**（見勢不妙，他立即～）

逃跑
táopǎo

為躲避不利於自己的環境或事物而偷偷離開。（罪犯試圖～）

同 逃竄（四處～｜狼狽～）
逃逸（無證駕車，肇事～）
逃走（翻牆～｜悄悄～）

逃避
táobì

躲開不願或不敢接觸的事物。（～責任）

同 躲避（～攻擊）

反 面對（～困難）
正視（～現實）

狹小
xiáxiǎo

窄小。（空間～）

同 狹窄（河道～｜～的走廊）

反 寬敞（～明亮）
寬闊（水面～）

狹窄
xiázhǎi

1. 寬度小。（～的小胡同）

同 狹隘（～的山道）
狹小（～的房間）

反 開闊（水面～）
寬敞（～的大廳｜～舒適）

2.（心胸、見識等）不寬廣。（心胸～）

同 狹隘（～的個人主義）

反 開闊（視野～｜思路～）
寬廣（胸懷～｜眼界～）

狹隘
xiá'ài

1. 寬度小。（～的生活圈子）

同 狹小（空間～）
狹窄（～的小路）

反 廣闊（～的田野）
寬廣（～的海洋）

2.（心胸、見識等）不寬廣。（～保守）

同 狹小（氣量～）
狹窄（心胸～）

反 豁達（～大度）
寬廣（胸懷～）

留心
liúxīn

注意。（時刻～）

同 當心（～路滑）
留神（過馬路時要～）
留意（～他的舉動）

反 疏忽（一時～｜～大意）

留神
liúshén

注意，小心（多指防備危險或錯誤）。（～刀子劃破手）

同 留心（～觀察｜～細節）
留意（～他的病情）
注意（～聽講｜集中～力）

留意
liúyì

注意。（～他的去向）

同 **當心**（～前面的大坑）
留神（爺爺一不～，摔倒了）
留心（多加～）
注意（～觀察周圍的情況）

反 **忽略**（～了他的存在）

留戀
liúliàn

不忍捨棄或離開。（～過去）

同 **眷戀**（～故土｜～親人）
依戀（孩子～着母親）

效仿
xiàofǎng

模仿，仿效。（～古人）

同 **模仿**（～別人｜善於～）
模擬（～試題｜～實戰）

反 **創造**（～價值｜積極～）
獨創（～精神｜潛心～）

效果
xiàoguǒ

由某種力量、做法或因素產生的結果。（神奇的～）

同 **成效**（～顯著｜初見～）
結果（比賽～｜最終～）

旁若無人
páng ruò wú rén

好像旁邊沒有人。形容態度自然或高傲。（他坐在桌旁自己喝着酒，一副～的樣子）

同 **目中無人**（他自恃博學，～，傲慢自大）
自高自大（有了點成績就～起來了）

旁敲側擊
páng qiāo cè jī

比喻説話或寫文章不直接從正面説明，而從側面曲折表達。（他～，想打聽一些消息）

同 **拐彎抹角**（有甚麼話就直説，不要～）
轉彎抹角（他説話喜歡～）

反 **單刀直入**（主持人～，直奔主題）
開門見山（他性格直爽，説話～、直來直去）

旁徵博引
páng zhēng bó yǐn

廣泛地引用材料作為依據。（演講會上，他～，引得眾人一片掌聲）

同 **引經據典**（王教授平時閒談也愛～）

旁觀 pángguān
置身局外，從旁觀察。（冷眼～）
同 圍觀（路人街頭～）
反 參與（～競爭｜重在～）

消失 xiāoshī
（事物）逐漸減少以至沒有。（笑容～）
同 消逝（時間～）
消亡（國家～）
反 出現（～裂痕）
存在（～缺點）

消沉 xiāochén
情緒低落。（意志～）
同 低落（情緒～｜士氣～）
沮喪（神情～｜感到～）
反 激昂（群情～｜慷慨～）

消耗 xiāohào
因使用或受損失而漸漸減少。（～體力）
同 耗費（～時間｜～精力）
反 積聚（～力量｜～勢力）
積累（～經驗｜～財富）

消除 xiāochú
除去（不利的事物），使不存在。（～隱患）
同 除去（～雜草｜～油污）
清除（～垃圾）
反 保留（～火種｜～意見）
存在（～弊端｜～漏洞）

消極 xiāojí
否定的，反面的，阻止發展的。（～情緒）
同 悲觀（～失望）
反 積極（～進取）
樂觀（～向上）

消滅 xiāomiè
消失，除掉。（～敵人）
同 剷除（～異己）
殲滅（一舉～來犯之敵）
反 保存（～文物）
保留（～意見）

流行 liúxíng
傳播很廣，盛行。（～歌曲）
同 風行（～世界）
盛行（～一時）
反 過時（款式～）

流言 liúyán
沒有根據的話。（～飛語）
同 謠傳（～不可信）
謠言（～四起｜散佈～）

流芳百世
liú fāng bǎi shì

好名譽永遠流傳於後世。（他的功績～）

同 **名垂青史**（中國歷史上有許多文人墨客～）
永垂不朽（為自由而獻身的先烈～）

反 **遺臭萬年**（賣國賊～）

流動
liúdòng

（液體或氣體）移動。（河水緩緩地～）

同 **流淌**（任激動的淚水盡情～）

反 **固定**（～位置｜地點不～）

流傳
liúchuán

（事蹟、作品等）傳下來或傳播開。（千古～）

同 **傳播**（～知識｜廣泛～）
傳開（消息迅速～）

反 **失傳**（這門手藝已經～）

流離失所
liú lí shī suǒ

到處流浪，無處安身。（這場戰爭令無數人～）

同 **背井離鄉**（數百萬人因戰爭而～）
顛沛流離（他一生～）
居無定所（他四處漂泊，～）

流露
liúlù

（意思、感情等）不自覺地表現出來。（～感情）

同 **吐露**（～真情｜～心聲）

反 **掩飾**（～內心的悲痛）

浪費
làngfèi

對人力、財物、時間等使用不當或沒有節制。（～大家寶貴時間）

同 **揮霍**（～無度｜大肆～）
糟蹋（不要～糧食）

反 **節儉**（養成～的好習慣）
節省（～時間｜～開支）
節約（提倡～，反對浪費）

悄無聲息
qiǎo wú shēng xī

一點聲音也沒有。（春雨～地滋潤着萬物）

同 **鴉雀無聲**（教室裏～）

反 **人聲鼎沸**（集市上～）

悔恨
huǐhèn

懊悔。（～不已）

同 懊悔（想起這件事，他很～）
後悔（我～以前沒努力學習）

悔過自新
huǐ guò zì xīn

悔：悔改；過：錯誤；自新：使自己重新做人。悔恨以前的過失，決心重新做人。（他決定～，找一份工作好好生活）

同 改過自新（他承認了錯誤，並表示一定會～的）

反 執迷不悟（如繼續～，後果不堪設想）

害怕
hàipà

遇到困難、危險等而心中不安或發慌。（山洞中陰森森的，叫人心裏～）

同 懼怕（～死亡）
畏懼（～困難）

反 無畏（英勇～｜堅強～）

害羞
hàixiū

因膽怯、怕生或做錯了事怕人嗤笑而心中不安；難為情。（聽到別人的讚揚，她～地低下了頭）

同 害臊（在新同學面前，她感到有點～）
羞澀（～的微笑）

反 大方（爽快～｜舉止～）

容忍
róngrěn

寬容忍耐。（事事～）

同 忍耐（要學會～｜～力）
忍受（～苦難）

反 生氣（惹人～）

容易
róngyì

做起來不費事的。（～解決）

同 簡單（方法～｜操作～）

反 費事（自己做飯～）
困難（這件事做起來很～）
麻煩（這個問題很～）

容許
róngxǔ

許可。（不～違規）

同 許可（未經～）
允許（～進入）
准許（～經營）

反 不許（～入內）
禁止（～通行）
嚴禁（～亂倒垃圾）

朗讀
lǎngdú

清晰響亮地把文章唸出來。（大聲～）

同 朗誦（～詩歌｜即席～）
誦讀（～名篇｜～古詩）

反 默讀（～課文）

冤家路窄
yuān jiā lù zhǎi

仇敵相逢在窄路上。指仇人或不願意見面的人偏偏相遇。（真是～，我和他竟然坐在了同一輛車裏）

同 狹路相逢（～勇者勝）

書面
shūmiàn

用文字表達的。（～材料）

反 口頭（～表達｜～彙報）

退步
tuìbù

落後，向後退。（學習成績有所～）

同 倒退（經濟～幾十年）
落後（學習上不甘～）

反 進步（學習～｜取得～）

退卻
tuìquè

因畏懼困難而後退。（中途～）

同 退縮（從不～）
畏縮（～不前）

反 進取（積極～）

退縮
tuìsuō

向後退或縮；畏縮。（中途～）

同 退卻（困難面前決不～）

反 進取（不斷～｜積極～）

退讓
tuìràng

讓步。（原則問題，不能～）

同 讓步（拒絕～｜作出～）
妥協（～投降｜困難面前不～）

弱小
ruòxiǎo

又弱又小。（～民族）

反 強大（力量～）
強盛（國力～）

弱不禁風
ruò bù jīn fēng

形容身體虛弱，連風吹都禁不住。（這孩子從小身體就差，長大還是～）

同 弱不勝衣（林黛玉～）

反 身強力壯（～的青年人）
體魄健壯（運動員～）

弱點
ruòdiǎn

不健全的地方；力量薄弱的地方。（攻擊～）

同 短處（指出～）
劣勢（轉變～）
缺點（克服～）

反 長處（學習別人的～）
優點（發揚～）
優勢（發揮～）

能力
nénglì

能勝任某項任務的主觀條件。（～很強）

同 本領（～超群）
本事（學～）
才能（藝術～）
能耐（有～

能手
néngshǒu

對某項工作或技術特別熟悉的人。（教學～）

同 高手（～如林｜書畫～）
能人（～輩出｜科技～）

能言善辯
néng yán shàn biàn

很會説話，善於辯論。形容口才好。（戰國時期的説客個個～）

同 能説會道（遇上這麼個～的人，不由你不信）

反 笨嘴拙腮（在眾人面前，他顯得～，根本表達不清自己的想法）
笨口拙舌（他説起話來～的）

能幹
nénggàn

有才能，會辦事。（精明～）

同 幹練（他處事～）
精幹（那位女經理很～）

反 無能（腐敗～）

能説會道
néng shuō huì dào

善於用言辭表達。形容口才好。（做生意要～）

同 伶牙俐齒（她是個～的姑娘）
能言善辯（晏子～）

反 笨口拙舌（～，話也説不明白）
笨嘴拙腮（你幫了我一個大忙，我～，也不知怎麼感謝你才好）

恐慌
kǒnghuāng

因擔憂、害怕而驚慌不安。（情緒～）

同 慌張（神色～）
惶恐（～不安）
驚慌（～失措）

反 冷靜（頭腦～）
鎮定（～自若）
鎮靜（保持～）

恐嚇 kǒnghè

以要脅的話或手段威脅人；嚇唬。（～信）

同 **恫嚇**（危言～ | 威逼～）
威嚇（不怕武力～）
嚇唬（他用刀子～我）

剔除 tīchú

把不合適的去掉。（～糟粕）

同 **清除**（～垃圾 | 徹底～）
刪除（～宣傳冊中與本產品無關的內容）

反 **保留**（～精華 | ～意見）

氣急敗壞 qì jí bài huài

形容極為惱怒。（騙術被人識破，他～地走了）

同 **惱羞成怒**（她～，破口大罵起來）

氣度 qìdù

人的氣魄和表現出來的度量。（～不凡）

同 **度量**（～大）
氣量（他～太小，遇事斤斤計較）
氣魄（英雄～）

氣派 qìpài

指人的態度作風或某些事物所表現的氣勢。（皇家～）

同 **氣勢**（～磅礴 | ～逼人）

氣量 qìliàng

能容納不同意見的度量。（為人處事，～要大，不能斤斤計較）

同 **度量**（～大）
氣度（～不凡 | ～優雅）

氣勢洶洶 qì shì xiōng xiōng

形容盛怒時很兇的樣子。（他表面上～，其實色厲內荏，力不從心）

同 **來勢洶洶**（對方～）

氣概 qìgài

在對待重大問題上表現的風度、舉動或氣勢（專指正直、豪邁的）。（英雄～）

同 **氣魄**（他辦事缺少～）

氣魄
qìpò

做事的魄力，氣勢。(缺少～)

同 魄力(他做事很有～)
氣概(英雄～)
氣勢(～雄偉)

氣憤
qìfèn

生氣，憤恨。(令人～)

同 憤慨(～之情溢於言表)
憤怒(引起人們的極大～)
生氣(他無緣無故就～了)

反 高興(他～極了)

個別
gèbié

極少數；少有的。(～同學上課遲到)

同 少數(～服從多數)

反 普遍(～心理｜～原理)

個性
gèxìng

一個人特有的氣質、性格等。(～鮮明)

同 特性(要善於區分不同事物的～)

反 共性(～問題｜找出～)

倔強
juéjiàng

性情剛強不屈。(～的脾氣)

同 固執(～己見)

反 溫順(～的性格)

衰亡
shuāiwáng

衰落以至滅亡。(逐漸～)

同 滅亡(自取～｜走向～)
消亡(事物都會走向～)

反 興起(悄然～｜～熱潮)

衰弱
shuāiruò

(身體)虛弱，不強壯。(神經～)

同 羸弱(身體～)
虛弱(體質～)

反 強健(～的體魄)
強壯(身材高大～)

衰敗
shuāibài

衰落。(從～走向振興)

同 衰落(漸趨～｜～的帝國)

反 興盛(國家～｜～時期)
興旺(～發達｜生意～)

衰落
shuāiluò

(事物)由興盛轉向沒落。(家道日漸～)

同 沒落(～貴族｜走向～)
衰敗(一片～的景象)

反 強盛(日益～｜國家～)
興盛(～時期｜事業～)
興旺(～的景象｜人丁～)

陡峭
dǒuqiào

(山勢等) 坡度很大，直上直下的。(～的山路)

同 陡峻(山崖～)
險峻(～的山勢｜懸崖～)

反 平緩(水流～｜～的斜坡)

泰然
tàirán

形容心情平靜。(～處之)

同 安然(～無事｜～無恙)
坦然(～面對｜神情～)

反 煩躁(～易怒｜心中～)
焦躁(～不安｜感到～)

泰然自若
tài rán zì ruò

形容碰上意外、嚴重或緊急的情況，能沉着鎮靜，不慌不忙。(不管情況多麼危急，他都～)

同 處變不驚(此人～，真有大將風度)

反 驚慌失措(事發突然，她看上去有些～)

栩栩如生
xǔ xǔ rú shēng

栩栩：活潑生動的樣子。指藝術形象非常逼真，如同活的一樣。(那些雕像～)

同 呼之欲出(那幅畫太逼真了，裏面的人物～)
活靈活現(畫中的小蝦～)
惟妙惟肖(這幅畫把兒童活潑有趣的特點描摹得～)
躍然紙上(在畫家的筆下，花鳥魚蟲～)

恩重如山
ēn zhòng rú shān

恩情深厚，像山一樣深重。(您對我～，我永遠銘記在心)

同 恩深義重(父母對我們的養育之恩，可謂～)

反 仇深似海(昔日情同手足，今天卻～)

恩情
ēnqíng

深厚的情誼。(我這一生也難以報答老師的～)

同 恩德(難忘您的～)

反 仇恨(強烈的不滿最終發展成為～)

恩將仇報
ēn jiāng chóu bào

拿仇恨回報所受的恩惠。指忘恩負義。(沒有想到你竟然～)

同 忘恩負義(你這個～的傢伙)
以怨報德(我們不能～)

反 以德報怨(藺相如～，感動了廉頗)

恩惠
ēnhuì

給予的或得到的好處。（得到～）

同 恩德（受人相助，要牢記～）
恩澤（施人～，不圖回報）

反 仇怨（這兩家人的～已經有幾十年）

迴避
huíbì

躲開。（～矛盾）

同 避開（～上下班高峰）
躲避（他好像有意～我）

反 面對（～現實｜勇敢～）

特別
tèbié

格外。（～高興）

同 非常（～漂亮｜～照顧）
分外（～幽靜｜～妖嬈）
格外（～不同｜～高興）
十分（～滿足｜～傷心）

特長
tècháng

特別擅長的技能或特有的工作經驗。（發揮～）

同 長處（每個人都有自己的～）
專長（學有～｜發揮～）

特殊
tèshū

不同於同類的事物或平常的情況的。（～材料）

同 獨特（風味～｜～的身份）
特別（～的感受｜款式～）

反 普通（～民眾｜～勞動者）
尋常（～人家｜非比～）
一般（～情況｜表現～）

特徵
tèzhēng

區別於別的人或事物的特點或標誌。（外貌～）

同 特點（毫無～｜最大～）
特色（各具～｜～小吃）
特性（產品～｜遺傳～）

特點
tèdiǎn

人或事物所具有的獨特的地方。（突出的～）

同 特色（地方～｜～鮮明）
特性（各具～｜遺傳～）
特徵（～明顯｜外貌～）

秘密
mìmì

有所隱蔽，不讓人知道的。（～情報）

同 機密（～文件）
絕密（～檔案）
隱秘（行蹤～）

反 公開（～活動｜～發表）

息事寧人
xī shì níng rén

息：平息；寧：使安定。原指不生事，不騷擾百姓，後指調解糾紛，使事情平息下來，使人們平安相處。（老趙以忍讓為本，凡事都採取～的態度）

反 搬弄是非（她最喜歡～了）
煽風點火（他竟然在一旁～）
推波助瀾（媒體在此次事件中起了～的作用）

息息相關
xī xī xiāng guān

息：呼吸時進出的氣。呼吸也相互關聯。形容彼此的關係非常密切。（個人的未來與祖國的命運～）

同 唇亡齒寒（所謂～，如果母公司倒閉了，子公司也會岌岌可危）
休戚相關（～，同舟共濟）

反 毫不相關（他的回答與問題～）

追本溯源
zhuī běn sù yuán

追究根底。一般指追問一件事的緣由。（～，查明真相）

同 刨根問底（凡事他都喜歡～）

反 淺嘗輒止（研究學問絕不能～）
走馬觀花（他們只是～地看了一圈，然後就回去了）

追逐
zhuīzhú

力求達到。（～名利）

同 追求（～真理｜～功名）

反 放棄（～比賽｜～休假）

追悼
zhuīdào

悼念死者。（～大會）

同 哀悼（向死難者家屬表示深切的～）
悲悼（深切～）
悼念（～亡友）

追趕 zhuīgǎn
趕上在前面的人或事物。（在後面緊緊～）
同 追逐（～獵物｜～嬉戲）
反 逃跑（趁機～｜倉皇～）

追憶 zhuīyì
回想以往的人或事。（～往事）
同 回首（～當年｜不堪～）
回憶（～母親｜～過去）
反 展望（～未來｜前景～）

倉促 cāngcù
匆忙。（～上場）
同 匆忙（腳步～｜～趕路）
反 從容（～不迫｜神態～）

狼吞虎嚥 láng tūn hǔ yàn
形容吃東西又猛又急。（他吃甚麼東西都～的）
反 細嚼慢嚥（～有助於消化、吸收）

狼狽 lángbèi
形容困苦或受窘的樣子。（～不堪）
同 窘迫（生活～｜處境～）
難堪（感到～｜令人～）

高大 gāodà
又高又大。（個頭～）
同 魁梧（～健壯｜～的身材）
反 矮小（～的房子）

高見 gāojiàn
敬辭，高明的見解。（不知您對此有何～）
同 高論（願聞～）
反 淺見（～寡聞）
拙見（個人～）

高枕無憂 gāo zhěn wú yōu
墊高枕頭睡覺，無憂無慮。比喻思想麻痹，喪失警惕。（雖然現在公司已經轉危為安，但我們絕不可以～，掉以輕心）
反 居安思危（我們要～，不忘過去的艱難歲月）
寢食不安（會考前，許多考生都～）

高尚 gāoshàng
道德水平高。（～的情操）
同 崇高（～的敬意｜～偉大）
高貴（～的品質｜精神～）
反 卑鄙（～小人｜～無恥）
低俗（～讀物｜格調～）

高朋滿座
gāo péng mǎn zuò

高：高貴。高貴的朋友坐滿了席位。形容賓客很多。（今天哥哥結婚，家裏～）

同 賓客盈門（新店開張～，非常熱鬧）
反 門庭冷落（那家商場的服裝質差價高，因此～）

高級
gāojí

達到一 定高度的；超過一般的。（～賓館）

同 高檔（～傢具 | ～商品）
高等（～動物 | ～學府）
反 初級（～中學）
低級（～生物）

高雅
gāoyǎ

高尚，不粗俗。（格調～）

同 典雅（～大方 | 高貴～）
雅致（房間佈置得十分～）
優雅（～美麗 | 舉止～）
反 粗俗（動作～）
低俗（～資訊 | ～內容）

高貴
gāoguì

達到高度道德水平的；也指階級地位特殊，生活優越的。（～品質 | 出身～）

同 高尚（～情操 | 品德～）
尊貴（～的來賓 | 身份～）
反 低賤（地位～ | 卑微～）

高傲
gāo'ào

自以為了不起，看不起人；極其驕傲。（～自大）

同 傲慢（～無禮 | 態度～）
孤傲（清高～ | 性情～）
反 謙虛（～使人進步）
謙遜（～誠懇）

高談闊論
gāo tán kuò lùn

多指不着邊際地大發議論。（整個晚上，都只聽他一個人～）

同 誇誇其談（他只會～，沒有甚麼實際本領）
反 不苟言笑（新來的老教授～，非常嚴肅）

高潮
gāocháo

比喻事物高度發展的階段。（～迭起）

同 高峰（～時段 | 上下班～）
反 低潮（事業～）
低谷（生命的～）

高興
gāoxìng

愉快而興奮。（～萬分）

同 開心（～時刻 | 玩得～）
快樂（～的生活 | 節日～）
愉快（～舒暢 | 心情～）
反 難過（心裏～）
傷心（～流淚）

高瞻遠矚
gāo zhān yuǎn zhǔ
瞻：視，望；矚：注視。站得高，看得遠。比喻眼光遠大。（他～地分析了目前的經濟形勢，並指出了今後的發展方向）
反 **鼠目寸光**（這樣只顧眼前利益的行為完全是～）

逆耳
nì'ěr
聽起來使人感到不舒服。（忠言～）
同 **刺耳**（他的話很～）
反 **順耳**（話聽起來～）

逆來順受
nì lái shùn shòu
指對外界來的壓迫、困難或無禮的待遇，採取順從、忍受的態度。（她為人懦弱，對於丈夫的打罵從來都是～，不作反抗）
同 **忍氣吞聲**（老闆訓斥他，他只好～）
委曲求全（在夾縫中生存，只能～）

逆境
nìjìng
不順利的境遇。（戰勝～）
同 **困境**（走出～）
反 **順境**（處於～）

逆轉
nìzhuǎn
局勢向相反或壞的方面變化。（局勢～）
同 **惡化**（情況～）
反 **好轉**（形勢～ | 病情～）

展現
zhǎnxiàn
展示。（～在我們的面前）
同 **呈現**（大地到處～出一派生機勃勃的景象）
展露（～才華）
展示（作品～了人物的內心世界）

展望
zhǎnwàng
往將來看。（前景～）
同 **憧憬**（～美好的明天）
反 **回顧**（～發展歷程）

展緩
zhǎnhuǎn
推遲，放寬（限期）。（～行期）
同 **推遲**（～上演 | ～幾天）
延長（～時間 | ～假期）
反 **提前**（～完成 | 時間～）
提早（～準備 | ～結束）

埋伏 máifú

隱藏，不暴露。（地下設有～）

同 潛伏（他早早～在草叢裏）
隱藏（～真實姓名）

反 暴露（～身份 | ～無遺）

埋頭苦幹 mái tóu kǔ gàn

形容工作勤奮努力。（我們需要～的員工）

同 兢兢業業（工作上他一直～）
任勞任怨（他從底層做起，～，終於坐上經理之位）

反 得過且過（學習知識不能敷衍了事，～，做一天和尚撞一天鐘）
遊手好閒（他每天無所事事，～）

埋藏 máicáng

藏在土中。（那一帶地下～着豐富的礦產）

同 蘊藏（新發現的油井～着豐富的石油）

反 發掘（～寶藏 | ～文物）
開採（～油田）
挖掘（～深井）

哭泣 kūqì

輕聲哭。（低聲～）

同 抽泣（她傷心地～着）
啼哭（嬰兒在大聲～）

反 歡笑（他給人們帶來～）
微笑（～面對人生）

哭笑不得 kū xiào bù dé

比喻處境尷尬，不知道怎麼辦才好。（他做的事讓人～）

同 啼笑皆非（他們的婚禮簡直是一場鬧劇，真讓人～）

差別 chābié

不同。（我倆的年齡～不大）

同 差異（存在明顯的～）
區別（我看不出這兩種產品的～）

差錯 chācuò

錯誤。（作業應盡量少出～）

同 錯誤（犯～ | 改正～）
偏差（一點～ | 存在～）

送行 sòngxíng
到遠行人啟程的地方，和他告別。（車站～）
同 **送別**（～親人｜～的場面）
反 **迎接**（～客人｜到機場～）

料理 liàolǐ
辦理，處理。（～後事）
同 **辦理**（～業務）
處理（～問題）

料想 liàoxiǎng
猜測（未來的事），預料。（～不到）
同 **預料**（結果難以～）

迷途知返 mí tú zhī fǎn
迷失了道路而知道返回。比喻犯了錯誤能夠改正。（希望你能夠～）
同 **改邪歸正**（從此～，重新做人）
知錯就改（～才是好孩子）
反 **執迷不悟**（你怎麼還是～）

迷惑 míhuò
辨不清是非，摸不着頭腦。（～不解）
同 **困惑**（使人～）
疑惑（感到～）
反 **清醒**（神智～）

迷糊 míhu
（神志或眼睛）模糊不清。（孩子還沒睡醒，有點～）
同 **糊塗**（他喝了很多酒，腦子現在有點～）
反 **清醒**（早晨起來，頭腦特別～）

烘托 hōngtuō
陪襯，使明顯突出。（～氣氛）
同 **襯托**（互相～｜～渲染）
陪襯（紅花需要綠葉～）

浮光掠影 fú guāng lüè yǐng
比喻印象不深刻，好像水面上的光和掠過的影子一樣，一晃就消逝。（你這樣～地瀏覽，不可能留下深刻的印象）
同 **淺嘗輒止**（研究學問決不能～）
走馬觀花（在倫敦停留的時間只有三天，～，實在説不出甚麼印象）
反 **刨根問底**（他遇事總愛～）

浮現 fúxiàn

過去經歷的事情再次在腦子裏顯現。（～在腦海）

同 **呈現**（不～在面前）
顯現（充～出來）

反 **消失**（一抹雲霞～在天邊）
消逝（願美好的記憶永不～）

浮淺 fúqiǎn

淺薄。（對事物的認識很～）

同 **膚淺**（認識～）

反 **深刻**（～的思想）

浮誇 fúkuā

虛誇，不切實。（語言～）

同 **虛誇**（商品廣告過於～會誤導消費者）

反 **切實**（～可行的辦法）

浮躁 fúzào

輕浮急躁。（～不安）

同 **急躁**（性情～）

反 **沉穩**（辦事～）
踏實（～穩重）

旅遊 lǚyóu

旅行遊覽。（～公司）

同 **觀光**（～遊覽）
旅行（長途～ | 環球～）
遊覽（～長城）

捕捉 bǔzhuō

捉，抓。（禁止～野生動物）

同 **逮捕**（～案犯 | 下令～）
捉拿（～兇手 | ～歸案）

捕獲 bǔhuò

捉到，逮住。（獵人～了一頭野豬）

同 **逮捕**（～罪犯 | 批准～）
擒獲（～逃犯）
抓獲（當場～）

反 **釋放**（當庭～）

馬上 mǎshàng

立刻。（飛機～就要起飛了）

同 **立即**（～行動）
立刻（～報警）

馬到成功
mǎ dào chéng gōng

戰馬一到就取勝。形容人一到就馬上取得成果。（祝你旗開得勝，～）

同 旗開得勝（在首局比賽中，我方隊員～，成功晉級）

馬虎
mǎhu

草率，敷衍，大意，不細心。（做事～）

同 粗心（工作～）
大意（疏忽～）

反 認真（～學習）
細心（～觀察）
仔細（～檢查）

馬馬虎虎
mǎ mǎ hū hū

做事隨便，不仔細。（～，草率了事，是一種不負責任的態度）

反 認認真真（～做事，老老實實做人）
一絲不苟（他做甚麼事都～）

起用
qǐyòng

任命人擔任某項職務。（重新～）

同 任用（～賢能 | ～幹部）

反 埋沒（～人才）

起因
qǐyīn

（事件）發生的原因。（事情～）

同 原因（説明～）

反 結果（等待～）

起伏
qǐfú

情緒等一起一落。（～跌宕）

同 波動（引起～）

反 平靜（內心～）
穩定（情緒～）

起伏跌宕
qǐ fú diē dàng

一起一伏，連綿不斷。（電視劇的劇情～，很吸引人）

同 波瀾起伏（這部長篇小説情節～，構思巧妙）

反 平鋪直敍（～的文章，難以吸引人）

起色
qǐsè

好轉的樣子。（大有～）

同 好轉（病情略有～）
轉機（事情有了～）

起程 qǐchéng
上路，行程開始。（明早～）
同 出發（準備～）
動身（～赴宴）
起身（～去昆明）
反 到達（～終點｜按時～）

起疑 qǐyí
產生懷疑。（對方～）
同 犯疑（心中～）
生疑（無端～）
反 信任（～朋友）

草率 cǎoshuài
工作粗枝大葉，敷衍了事。（這麼大的事，怎能如此～處理）
同 草草（～了事｜～收兵）
輕率（～得出結論）
反 認真（～工作｜學習～）
慎重（說話～）

荒唐 huāngtáng
（思想、言行）錯誤到使人感覺奇怪的程度。（～可笑）
同 荒誕（～怪異｜～不經）
荒謬（言行～｜～的見解）
反 合理（～因素｜要求～）

荒涼 huāngliáng
人煙稀少，冷冷清清。（～的戈壁）
同 荒蕪（～的土地｜田園～）
反 繁華（～都市）

荒無人煙 huāng wú rén yān
人煙：指住戶、居民，因有炊煙的地方就有人居住。形容地方偏僻荒涼，見不到人家。（～的小島）
同 人跡罕至（～的原始森林）

荒誕 huāngdàn
不真實，不合情理。（～不經）
同 怪誕（離奇～）
荒謬（言行～）
荒唐（～的想法）
反 真實（～可信｜材料～）

荒謬 huāngmiù
極端錯誤，非常不合情理。（～絕倫）
同 荒誕（～的情節）
荒唐（～的理由）
反 合理（～的措施｜合情～）

茫然
mángrán

失意的樣子。（～不知）

同 悵然（心中～）
惘然（～若失）

茫然不解
máng rán bù jiě

甚麼也不理解，不領悟。（他露出～的神色）

同 大惑不解（結果為甚麼會是這樣，他～）
迷惑不解（這個問題，他一直～）

反 豁然開朗（聽他一說，我～）
茅塞頓開（老師的一席話，使我～）

茫然失措
máng rán shī cuò

不知該怎麼做。（這麼短時間發生了如此多的事情，讓她～）

同 不知所措（兇猛的老虎向他撲過來，把他嚇得～）
手足無措（情況突然發生了變化，一時間他～）

反 泰然處之（不管遇到甚麼事情，他都能～）

捍衛
hànwèi

保衛。（～領土完整）

同 保衛（～家鄉）

反 侵犯（～邊境）
侵略（～別國）

捏造
niēzào

假造事實。（不要～罪名）

同 編造（～謊言｜憑空～）
假造（～證件）
偽造（～現場）

貢獻
gòngxiàn

拿出物資力量、經驗等獻給國家或公眾。（～力量）

同 奉獻（～愛心）

反 索取（～錢財）

挽留
wǎnliú

把將要離去的人留下來。（再三～）

反 趕走（～病魔）
驅逐（被我方～出境）

挽救
wǎnjiù

從危險中救回來。（～生命）

同 營救（～行動｜積極～）
拯救（～瀕危動物｜全力～）

耽誤 dānwu

因拖延或錯過時機而誤事。（～學習）

同 耽擱（他的病被～了） 延誤（～時日）

反 準時（工作～完成） 提前（日期～）

恥辱 chǐrǔ

聲譽受到的損害；可恥的事情。（莫大的～）

同 羞辱（蒙受～｜屢遭～）

反 榮譽（為學校贏得～）

恥笑 chǐxiào

鄙視和嘲笑。（他們～我膽小）

同 嘲笑（～他人） 譏笑（～的口吻）

反 讚賞（～的目光）

配合 pèihé

各方面分工合作來完成共同的任務。（積極～）

同 合作（通力～） 協作（團結～）

反 拆台（自己人互相～）

破釜沉舟 pò fǔ chén zhōu

比喻下決心，不顧一切幹到底。（他們抱着～的決心）

同 背水一戰（從大局出發，我們必須～）

反 猶豫不決（儘管人們勸他儘早作出決定，但他還是～）

破產 pòchǎn

喪失全部財產。比喻失敗。（瀕臨～）

同 倒閉（公司～） 關張（那家飯店早就～了）

破裂 pòliè

雙方的感情因某些原因而分裂。（家庭～）

同 決裂（關係徹底～）

反 和好（兄弟倆～如初） 和解（兩人終於～了）

破落 pòluò

家境敗落。（～不堪）

同 敗落（家道～） 衰落（國力日漸～）

反 興旺（到處呈現一片～景象）

破綻 pòzhàn

衣物的裂口。比喻說話做事時露出的漏洞。（露出～）

同 漏洞（～百出｜堵塞～） 紕漏（出～）

破綻百出 pò zhàn bǎi chū

衣服上的裂縫非常多。比喻說話、做事漏洞很多。（他的話前後矛盾，～）

同 漏洞百出（他的解釋～，實在不能讓人信服）

反 滴水不漏（辯論中，他的發言～，無懈可擊）
天衣無縫（整個計劃～）

破舊 pòjiù

不完整而陳舊的。（～的衣服）

同 陳舊（～傢具 | 觀念～）

反 嶄新（～的衣服）

破壞 pòhuài

使事物、建築、設施等受到損害或損壞。（～公共設施）

同 毀壞（～樹木）
損害（～個人形象）
損壞（牆壁被～）

反 保護（～小動物）
建設（～家園）
修復（～文物）

破鏡重圓 pò jìng chóng yuán

比喻夫妻失散或決裂後重又團圓。（如今他們倆已～，和好如初）

同 重歸於好（經過調解，他們兩家～）
言歸於好（誤會消除了，他們～）

時代 shídài

歷史上的某個時期或個人生命中的某個時期。（～氣息 | 少年～）

同 年代（～久遠 | 和平～）
時期（歷史～ | 青年～）

時光 shíguāng

光陰。（～飛逝）

同 光陰（一寸～一寸金）
歲月（～如梭 | 蹉跎～）

時尚 shíshàng

時髦的。（打扮～）

同 時髦（～髮型）

反 傳統（～服飾）
過時（款式～）

時常 shícháng

經常。（～下雨）

同 常常（電腦～出問題）
經常（他上課～遲到）
通常（他～六點回家）

反 偶爾（～出錯）

時期 shíqī

某一段時間。（抗日戰爭～）

同 **年代**（上世紀 80 ～）
時代（新石器～）

時節 shíjié

節令，季節。（清明～雨紛紛）

同 **季節**（寒冷的～）
節令（～不等人）
時令（～已到初秋）

時髦 shímáo

入時。（趕～）

同 **入時**（打扮～ | 穿戴～）
時尚（～新品 | ～潮流）

反 **過時**（衣服式樣已經～了）
落伍（產品的設計～了）

閃爍其詞 shǎn shuò qí cí

比喻説話吞吞吐吐，不肯透露真相或迴避要害問題。（有甚麼話就説清楚，不要～）

同 **含糊其辭**（這是事情的關鍵，希望你不要～）
吞吞吐吐（這人説話～，一點不爽快）
支支吾吾（他很難為情，説話也～的）

反 **直言不諱**（他～地指出了問題的癥結所在）

閃耀 shǎnyào

閃爍，光彩耀眼。（～着金光）

同 **閃亮**（那匹馬全身油光～）
閃爍（天空上繁星～）

骨幹 gǔgàn

比喻在總體中起主要作用的人。（教學～）

同 **中堅**（～力量）
主力（～隊員）

笑容 xiàoróng

含笑的神情。（～滿面）

同 **笑臉**（～相迎）
笑顏（～常開）

反 **愁容**（～滿面）

笑容可掬
xiào róng kě jū

掬：雙手捧取。形容笑容滿面。（老爺爺～）

同 **眉開眼笑**（聽到自己得獎的消息，他不禁～）
喜笑顏開（節日的街頭到處是～的人們）
喜形於色（他終於奪取了冠軍，怎能不～）

反 **愁眉苦臉**（公司經營不善，經理～）

笑裏藏刀
xiào lǐ cáng dāo

形容對人外表和氣，內心卻陰險毒辣。（他～，表面客客氣氣的，其實不知道背後會做甚麼）

同 **暗藏禍心**（他～，你千萬要提防）
佛口蛇心（那個人～，你要小心）
口蜜腹劍（他是個～的小人）

笑逐顏開
xiào zhú yán kāi

滿臉笑容。形容高興的樣子。（聽到兒子考上大學的消息，爸爸～）

同 **笑容滿面**（她～地走了過來迎接客人）
興高采烈（他～地向大家報告了一個好消息）

反 **愁眉苦臉**（比賽失利後，他整天～的）
愁容滿面（因為沒有錢付手術費，她～地坐在兒子的病房外）

鬼斧神工
guǐ fǔ shén gōng

像是鬼神製作出來的。形容藝術技巧高超，不是人力所能達到的。（這些根雕作品～，巧妙絕倫）

同 **巧奪天工**（這座雕樑畫棟的建築真是精美絕倫、～）

鬼鬼祟祟
guǐ guǐ suì suì

行動偷偷摸摸，不光明正大。（他～地溜了進來）

同 **偷偷摸摸**（竊賊～地進了屋）

反 **光明正大**（他做事向來～，從不以公謀私）

脈絡 màiluò
比喻條理或頭緒。（文章～分明）
同 條理（他說話缺乏～）
頭緒（對於新的推廣方案，他仍然毫無～）

討好 tǎohǎo
迎合別人，得到其歡心和稱讚。（～賣乖）
同 諂媚（滿臉～相）
逢迎（阿諛～）
奉承（～上司）
趨附（～權貴）
反 得罪（～不起）

討教 tǎojiào
請求指教。（當面～）
同 請教（向您～）
求教（虛心～）
反 賜教（不吝～）
指教（多多～）

討厭 tǎoyàn
厭惡，不喜歡。（～說謊）
同 厭惡（～之情溢於言表）
憎惡（我～這種自私的行為）
反 喜愛（十分～體育運動）
喜歡（他～打籃球）

疾言厲色 jí yán lì sè
言語急切，神色嚴厲。（他性格溫和，很少見他～）
同 聲色俱厲（他見父親～，頓時害怕起來）
反 和顏悅色（他說話時總是～）

疼愛 téng'ài
關心喜愛。（母親最～小女兒）
同 憐愛（惹人～）
反 痛恨（極端～）

疲倦 píjuàn
疲乏；困倦。（他不知～地工作着）
同 困倦（～乏力）
疲乏（～無力）
疲勞（消除～）

疲憊 píbèi
非常疲乏。（身心～）
同 疲乏（～的神色）
疲倦（～不堪）
疲勞（～過度）

疲憊不堪 pí bèi bù kān

非常疲乏。（經過一場馬拉松比賽，運動員們已經～了）

同 **精疲力竭**（爬到山頂，同學們已經～）
有氣無力（他病得很重，說話都已經～了）

反 **精神抖擻**（～地投入新的戰鬥）

浩大 hàodà

氣勢或規模宏大。（工程～）

同 **宏大**（規模～）
盛大（～的宴會）

浩劫 hàojié

大的災難。（空前的～）

同 **劫難**（一場～ | 慘遭～）
災難（～降臨）

浩然之氣 hào rán zhī qì

浩：盛大的樣子；氣：指精神。指浩大剛正的精神。（～，與世長存）

同 **凜然正氣**（他身上有一股令人敬畏的～）

反 **歪風邪氣**（堅決抵制貪污腐敗的～）

浩蕩 hàodàng

水勢大。（湖水～）

同 **浩瀚**（～的大海）
浩渺（煙波～）

袒護 tǎnhù

對不正確的思想行為無原則地支持或保護。（家長對孩子不要過分偏愛與～）

同 **包庇**（～罪犯 | 縱容～）
庇護（～壞人 | 尋求～）

反 **檢舉**（～信）
揭發（～問題）

被動 bèidòng

待外力推動而行動。（～學習）

反 **主動**（～接受 | 變被動為～）

純真 chúnzhēn

感情真摯。（～的兒童）

同 **純潔**（～善良 | ～的心靈）
純正（他的動機～）

反 **虛假**（～的情意 | ～資訊）
虛偽（～狡詐 | 為人～）

純淨 chúnjìng

不含雜質，單純潔淨。（空氣～）

同 乾淨（整潔～）
潔淨（～的衣服｜～的廚房）

反 渾濁（～的空氣）

純粹 chúncuì

不摻雜別的成分。（他來圖書館，～是為消磨時間）

同 純正（～的口味｜品種～）

反 駁雜（內容～｜顏色～）
混雜（魚龍～）

純熟 chúnshú

工夫深，非常熟練。（技術～）

同 熟練（～操作｜～運用）
嫻熟（～的技巧）

反 生疏（多日不做，有點～了）

純潔 chúnjié

純粹潔白，沒有污點，沒有私心。（心地～）

同 純淨（～透明）
清白（一身～｜身家～）

反 骯髒（～的交易｜靈魂～）
污濁（～的河水）

凌辱 língrǔ

欺侮，侮辱。（受盡～）

同 欺凌（～弱小）
侮辱（人格～）

凌亂 língluàn

不整齊，沒有秩序。（～不堪）

同 散亂（物品～堆放｜頭髮～）
雜亂（～無章｜擺放～）

反 整齊（～有序｜乾淨～）

十一畫

規定 guīdìng

對某一事物做出關於方式、方法或數量、品質的決定。（～產品的標準）

同 規範（～人們的行為）
規則（比賽～）

規矩 guīju

（行為）端正老實。（他做人向來很～）

同 本分（老實～）
老實（忠厚～）

規範 guīfàn

約定俗成或明文規定的標準。（道德～）

同 標準（行業～）
準則（行為～）

帶動 dàidòng

引導着前進。（先進～後進）

同 帶領（老師～學生去參觀博物館）

反 跟隨（孩子緊緊～着父親）
追隨（～潮流）

帶領 dàilǐng

在前面帶頭，使後面的人跟隨着。（～學生去郊遊）

同 率領（～代表團｜親自～）

反 跟隨（～中國代表團出訪歐美）

乾枯 gānkū

草木由於衰老或缺乏營養、水分等而失去生機。（樹葉～）

同 枯乾（～的水井｜～的樹枝）
枯萎（～凋零｜小草～）

反 茂盛（青草～｜枝葉～）

乾淨 gānjìng

沒有塵土、雜質等。（～衛生）

同 潔淨（房間～）
清潔（～工具）

反 骯髒（～下水管道）

乾燥
gānzào

沒有水分或水分很少。（氣候～）

反 潮濕（環境～｜空氣～）
濕潤（氣候～｜雙眼～）

奢侈
shēchǐ

花費大量錢財，過分享受。（生活～）

同 浮華（～的生活｜裝飾～）
豪華（～轎車｜～的房間）
奢華（生活～｜追求～）

反 儉樸（作風～｜生活～）
節約（～原料｜勤儉～）

爽快
shuǎngkuai

痛快，說話直接。（他是一個～人）

同 痛快（～地答應了他的要求）
直爽（說話～｜性子～）

反 拖拉（工作～｜～的習慣）
拖遝（繁冗～｜做事～）

爽朗
shuǎnglǎng

開朗；直爽。（～的笑聲）

同 開朗（～活潑｜心情～）
爽快（～人｜為人～）
直爽（性格～｜說話～）

盛行
shèngxíng

廣泛流行。（～一時）

同 風行（～世界｜～全國）
流行（～音樂｜廣泛～）

反 過時（一件～的舊衣服）
落伍（他的穿戴已經～）

盛名
shèngmíng

很大的名聲。（享有～）

同 大名（～鼎鼎｜久仰～）
威名（～遠播｜～日盛）

反 無名（～小卒｜～英雄）

盛氣凌人
shèng qì líng rén

傲慢的氣勢逼人。（他為人謙和，從不～）

同 傲慢無禮（～的人不容易交到朋友）
目中無人（自高自大～）
旁若無人（他自己在那裏自斟自飲，一副～的樣子）

反 平易近人（他是一位～的老人）
虛懷若谷（那位專家～）

盛開
shèngkāi

開得茂盛。（百花～）

同 怒放（梅花在寒風中～）
綻放（百花競相～）

反 凋零（花園裏的玫瑰相繼～）
凋落（紛紛～）
凋謝（百花～）
零落（草木～）

崩潰
bēngkuì

事物完全毀壞，徹底失敗。（經濟～）

同 垮台（政府～）
瓦解（土崩～）

甜言蜜語
tián yán mì yǔ

比喻為了討好別人或騙人而説的動聽的話。（不要被他的～所蒙騙）

同 花言巧語（不要聽信他的～）

反 肺腑之言（這都是我的～，希望你好好想想）
由衷之言（這是代表們的～）

甜美
tiánměi

1. 甜。（味道～）

同 香甜（～可口｜特別～）

反 苦澀（～的海水）

2. 愉快，舒服。（音色～）

同 甜蜜（笑得～｜～的生活）

反 苦澀（心中充滿～）

甜蜜
tiánmì

形容生活幸福、愉快。（～的日子）

同 甜美（～的回憶｜～的生活）

反 苦澀（充滿～｜滿腹～）
痛苦（～不堪｜表情～）

透明
tòumíng

能透過光線的。（水是無色～的液體）

同 透亮（泉水清澈～）

反 渾濁（河水～不堪）

透徹
tòuchè

（了解情況、分析事理）詳盡而深入。（分析～）

同 精闢（～的論述｜見解～）
深刻（～的思想｜論述～）
深入（～挖掘｜～全面）

反 膚淺（認識～｜見解極其～）

透露 tòulù
洩露或顯露（消息、意思等）。（～風聲）
同 披露（～內幕｜全面～）
洩露（～機密｜～試題）
反 保密（～工作｜加強～）

動人 dòngrén
感動人。（非常～）
同 感人（～的場面｜事蹟～）
反 乏味（～的節目｜枯燥～）
平淡（～無奇｜生活～）

動力 dònglì
比喻推動工作、事業等前進和發展的力量。（前進的～）
反 阻力（來自各方面的～）

動工 dònggōng
開始施工。（大樓～）
同 開工（～儀式｜正式～）
施工（～階段｜緊張～）
反 竣工（～典禮｜如期～）
完工（～在即｜限期～）

動身 dòngshēn
啟程，出發。（一早～）
同 出發（～時間｜同時～）
起程（今天～）
反 到達（～南京｜準時～）
抵達（～機場｜平安～）

動搖 dòngyáo
不穩固。（決心～）
同 波動（情緒～）
搖擺（左右～｜～不定）
反 堅定（立場～）

動亂 dòngluàn
（社會）騷動變亂。（平息～）
同 叛亂（鎮壓～）
騷亂（發生～）
反 安定（～團結｜保持～）
和平（世界～）

動盪 dòngdàng
（局勢、情況）不穩定、不平靜。（～不安）
同 動亂（他的不當言論引起了一場～）
反 安定（～的生活）
穩定（～的局面）

動聽 dòngtīng
聽起來使人感動或感覺有意思。（～的鳥鳴）
同 好聽（這首歌很～）
中聽（這話～）
反 刺耳（～的聲音）
難聽（～的噪音）

敏捷 mǐnjié

動作迅速而靈敏。（動作～）

同 靈活（體態輕盈～）

反 笨拙（～的身軀）

敏感 mǐngǎn

對外界事物反應很快。（～的嗅覺）

同 靈敏（動作～）
敏鋭（～的目光）

反 遲鈍（腦子～｜味覺～）

敏鋭 mǐnruì

（感覺）靈敏，（眼光）尖鋭。（目光～）

同 靈敏（反應～｜嗅覺～）

反 遲鈍（頭腦～｜感覺～）

偷空 tōukòng

忙碌中抽出時間（做別的事）。（前兩天他～去了趟醫院）

同 抽空（～回家看看）
偷閒（忙裏～）

偷偷摸摸 tōu tōu mō mō

形容瞞着人做事，不讓人知道。（你不要～的）

同 鬼鬼祟祟（他～的，不知要幹甚麼）
賊頭賊腦（一副～的樣子）

反 光明正大（他做事向來～）
堂堂正正（～地做人）

偷懶 tōulǎn

貪圖安逸、省事，逃避應做的事。（從不～）

同 偷閒（忙裏～｜～外出）

反 勤快（非常～｜工作～）

偷竊 tōuqiè

盜竊。（多次～）

同 盜竊（～犯｜入室～）
偷盜（～財物｜～行為）

停止 tíngzhǐ

不再進行。（～呼吸）

同 停頓（生產處於～狀態）
停息（永不～｜漸漸～）
停滯（～不前｜～狀態）
終止（～合約｜中途～）

反 繼續（～整頓｜～前進）

停留 tíngliú

暫時不繼續前進。（稍事～）

同 逗留（在小村子～了幾天）

反 前進（並肩～）
前行（奮力～）

停頓 tíngdùn
中止或暫停。（生產因故～下來）
同 **暫停**（比賽～ | ～營業）
中止（～合約 | 突然～）

停滯 tíngzhì
因為受到阻礙，不能順利地運動或發展。（產品開發基本處於～狀態）
同 **停止**（～侵權行為） 反 **發展**（經濟加速～）

偏心 piānxīn
偏向一方面，不公正。（對待學生不能～）
反 **公平**（～合理 | ～交易）
公正（～執法 | 立場～）

偏見 piānjiàn
偏於一方面的見解；成見。（消除～）
同 **成見**（～難免 | 持有～）

偏重 piānzhòng
着重一方面。（各科要均衡發展，不能只～英語）
同 **側重**（～理科） 反 **並重**（文理～）

偏差 piānchā
工作上產生的過分或不及的差錯。（出現～）
同 **差錯**（重大～）
誤差（減小～）

偏袒 piāntǎn
袒護雙方中的一方。（講話要公正，～任何一方都是不對的）
同 **偏護**（孩子做錯事，父母不能一味～）

偏愛 piān'ài
特別喜愛其中的某些或某個部分。（有所～）
同 **喜愛**（～音樂）
鍾愛（～有加）

偏遠 piānyuǎn
偏僻而遙遠。（～山區）
同 **偏僻**（～小鎮 | ～的地方） 反 **繁華**（～的景象 | ～地段）

偏僻 piānpì
離城市或中心區遠，交通不便。（地處～山區）
同 **偏遠**（～山區 | 地方～） 反 **繁華**（～熱鬧 | ～地段）

偉大 wěidà

超出尋常，令人景仰欽佩。（～人物）

反 渺小（生命是如此～）
平凡（～的工作）

得力 délì

能力強。（～幹將）

同 幹練（機智～ | 處事～）
能幹（精明～ | 聰明～）

反 無能（軟弱～ | ～之輩）

得寸進尺 dé cùn jìn chǐ

比喻貪得無厭。（這人不識抬舉，～）

同 得隴望蜀（做人不可～，要知足常樂）

反 知足常樂（他是個～的人）

得不償失 dé bù cháng shī

得到的抵不上損失的。（這麼做真是～）

同 勞而無功（～的事我們不要幹了）

得心應手 dé xīn yìng shǒu

心裏領會到的，手裏就能做出來。形容做得熟練而且順利。（他技術熟練，工作起來～）

同 駕輕就熟（起初她覺得很難，但現在已經～了）
輕車熟路（股票這一行他是～）
遊刃有餘（經驗豐富，工作起來就能～）

反 力不從心（運動員們由於天氣炎熱而～，沒有發揮出正常水平）

得到 dédào

事物變為自己所有；獲得。（～提高）

同 獲得（～幸福 | ～榮譽）
取得（～勝利 | ～成功）

得勝 déshèng

取得勝利。（～凱旋）

同 獲勝（僥倖～ | ～選手）
取勝（最終～ | ～之道）

反 失敗（～的教訓 | 屢遭～）
失利（～的原因 | 首戰～）

得當 dédàng

（說話或做事）恰當，合適。（詳略～）

同 合適（～的辦法 | 大小～）
恰當（～地處理 | 比喻～）

反 不妥（做法～ | 措辭～）
失當（方法～ | 處置～）

得罪
dézuì

言語或行動使人不高興或使人記恨。(～上司)

同 冒犯(～神靈)

反 討好(～的笑容)
投合(～顧客的口味)
迎合(～觀眾)

得意
déyì

稱心如意(多指驕傲自滿)。(～洋洋)

同 驕傲(～自滿)
滿意(他對考試成績感到～)

反 失意(仕途～)

得意忘形
dé yì wàng xíng

形容淺薄的人稍稍得志，就高興得控制不住自己。(不要～，小心樂極生悲)

同 得意洋洋(他～的，不知又要耍甚麼新花樣)
忘乎所以(考了好成績，他就高興得～了)

反 垂頭喪氣(稍遇挫折就～)

得體
détǐ

(言語、行動等)得當；恰當；恰如其分。(應對～)

同 得當(處理～ | 舉止～)

反 不當(使用～ | 用詞～)
失當(行為～ | 處理～)

猛烈
měngliè

氣勢大，力量大。(風勢～)

同 激烈(～的爭吵)
劇烈(～運動)

猛然
měngrán

忽然，驟然。(～剎住車)

同 忽然(天氣～熱了起來)
突然(電話～響起來，嚇了我一跳)
驟然(聽到這個消息，他的臉色～變了)

反 漸漸(火車～駛遠了)
逐漸(我～明白了這個道理)

商討
shāngtǎo

交換意見。(～對策)

同 商談(～合作事宜)
商議(大家一起～一下)

商議 shāngyì

為了對某些問題取得一致的意見而進行討論。（研究～）

同 商量（～解決辦法）
商談（～一下合作方案）
商討（開會～事情）
協商（雙方～解決）

望而卻步 wàng ér què bù

卻步：不敢前進，向後退。形容事物可怕或討厭，使人一看就往後退縮。（昂貴的價格，讓很多想購房的普通消費者～）

同 望而生畏（此人滿臉橫肉，令人～）
反 勇往直前（不怕困難，～）

望風而逃 wàng fēng ér táo

遠遠望見對方的氣勢很盛，就嚇得逃跑了。（大軍所到之處，敵人～）

同 逃之夭夭（罪犯已經～）
望風披靡（敵人～，全線崩潰）
反 臨危不懼（面對歹徒，～）

望梅止渴 wàng méi zhǐ kě

原意是梅子酸，人想吃梅子就會流口水，因而止渴。後比喻願望無法實現，用空想安慰自己。（晚上大家躺在宿舍牀上津津有味地談着各種好吃的，實在是～，聊以自慰）

同 畫餅充飢（這種做法猶如～，解決不了問題）
自欺欺人（這種説法，不但～，而且會貽笑大方）

望塵莫及 wàng chén mò jí

莫：不；及：趕上。望見前面騎馬的人揚起的塵土而不能趕上。比喻遠遠落在後面。（他表現優異，大家都～）

同 不可企及（國畫大師齊白石的造詣，後人～）
反 後來居上（他在比分落後的情況下，奮起直追，竟然～）

悼念 dàoniàn

懷念死者，表示哀痛。（沉痛～）

同 哀悼（～亡友 | 深切～）
緬懷（～先祖）

寂寞 jìmò

孤單冷清。（～的心情）

同 孤單（～的身影）
孤獨（～的老人）

寂靜
jìjìng

沒有聲音，很靜。（鄉村的夜晚格外～）

同 **安靜**（病房裏非常～）
寧靜（村莊依舊～）
幽靜（那個公園很～）

反 **嘈雜**（～的街市）

密切
mìqiè

關係近。（關係～）

同 **緊密**（聯繫～）
親密(～的戰友｜～無間)

反 **疏遠**（他與同學的關係漸漸～了）

密集
mìjí

數量很多地聚集在一處。（人口～）

同 **集中**（力量～）
聚集（大家～在一起）

反 **分散**（～注意力）
稀疏（頭髮～）

視而不見
shì ér bù jiàn

睜着眼卻沒看見。指不注意，不重視。也指看見了當沒看見。(對眼前的一切～)

同 **視若無睹**（對小偷的盜竊行為，他～）

視察
shìchá

上級到下級機構檢查工作。（領導～）

同 **察看**（～地形｜仔細～）
督察（～工作進展）
巡視（～檢查｜外出～）

張口結舌
zhāng kǒu jié shé

舌：舌頭不能轉動。張着嘴說不出話來。形容理屈詞窮，或因緊張害怕而發愣。（他被問得～，一句話也說不出來）

同 **啞口無言**（他被駁得～）

張冠李戴
zhāng guān lǐ dài

把姓張的帽子戴到姓李的頭上。比喻認錯了對象，弄錯了事實。（新來的經理常常～，把下屬的名字叫錯）

同 **李代桃僵**（～，他代弟弟受過）

張開
zhāngkāi

使合攏的東西分開或使緊縮的東西放開。（～雙翼）

同 **伸開**（～雙臂）
展開（～畫卷）
睜開（～雙眼）

反 **合攏**（～書本）
收攏（把網～）

張惶
zhānghuáng

驚慌的樣子。（～失措）

同 慌張（心裏～）
驚慌（～不安｜～萬分）

反 鎮定（保持～｜神色～）
鎮靜（～自若｜十分～）

張惶失措
zhāng huáng shī cuò

慌慌張張，不知怎麼辦才好。（面對圍上來的路人，歹徒～）

同 驚慌失措（遇到危險情況，應該沉着冷靜，不要～）

強大
qiángdà

堅強雄厚。（民眾的力量日益～）

同 強盛（國家日益～）
雄厚（實力～｜～的資本）

反 弱小（～的民族）

強壯
qiángzhuàng

身體健康有力。（身體～）

同 健壯（寶寶越來越～）
強健（～的體魄）
壯實（身體～）

反 孱弱（～多病）
柔弱（～的女孩）
虛弱（病後身體～）

強迫
qiǎngpò

施加壓力讓別人服從。（誰也不能～別人接受他的意見）

同 逼迫（受到～）

反 自願（自覺～）

強烈
qiángliè

極強的，力量很大的。（～譴責）

同 激烈（言論～）
劇烈（～運動｜疼痛～）
猛烈（火勢～）

反 微弱（～的燭光｜聲音～）

強悍
qiánghàn

勇猛無所顧忌。（他打敗了～的對手）

同 彪悍（駿馬～強壯）
兇悍（那個女人非常～）

反 文弱（他是一個～書生）

強盛
qiángshèng

強大而昌盛（多指國家）。（國家～）

同 昌盛（繁榮～）
強大（對手貌似～）

反 弱小（～的民族）
衰敗（～的景象｜日漸～）
衰弱（身體～）

強健
qiángjiàn

（身體）強壯。（體魄～）

同 健壯（～有力）
強壯（～的體魄）
壯實（身體～）

反 羸弱（～的難民）
文弱（～書生）
虛弱（身體～）

強詞奪理
qiǎng cí duó lǐ

本來沒有理，硬說成有理。（你明明錯了，怎麼還～呢）

同 蠻橫無理（售貨員～，顧客非常氣憤）

反 據理力爭（在是非問題上，應該～，不能輕易讓步）

強橫
qiánghèng

蠻橫而不講道理。（～兇暴）

同 蠻橫（～專斷 | 態度～）
無理（～取鬧 | 蠻橫～）
野蠻（侵略者～屠殺平民）

反 和氣（他對鄰居很～）

將信將疑
jiāng xìn jiāng yí

有些相信，又有些懷疑。（大家對他的話～）

同 半信半疑（他對這個傳聞～）

反 堅信不疑（他對老師的話～）
深信不疑（～不代表毫無原則地盲從）

參加
cānjiā

加入某種組織或某種活動。（～活動）

同 參與（～談判）
加入（～社團）

反 退出（中途～）

參差
cēncī

大小、長短等不一致。（～不齊）

同 錯落（高低～ | ～分佈）

反 整齊（～的隊伍 | 擺放～）

參差錯落
cēn cī cuò luò

形容長短不齊，高低不一。（這裏的建築～，但層次清楚）

同 錯落有致（頤和園的亭台樓閣～）
犬牙交錯（兩國的邊界～）

反 整齊劃一（着裝～）

參與 cānyù

參加事務的計劃、討論、處理。（～談判）

同 參加（～會議｜～選舉）

陰險 yīnxiǎn

表面和善，內心險惡。（～小人）

同 惡毒（～攻擊｜心腸～）
險惡（居心～｜～的陰謀）

反 厚道（老實～｜為人～）
忠厚（～老實｜～本分）

陪同 péitóng

陪伴着一同（進行某一活動）。（～前往）

同 陪伴（～朋友）
隨同（～考察）

陪伴 péibàn

隨同做伴。（～左右）

同 陪同（～前往）
隨同（～父母環遊世界各地）

陪襯 péichèn

附加其他事物使主要事物更突出。（紅花需要綠葉～）

同 襯托（～渲染）
映襯（互相～）

莊重 zhuāngzhòng

（言語、舉止）不隨便，不輕浮。（～的神色）

同 莊嚴（態度～｜～宣誓）

反 輕浮（～的舉動｜為人～）
輕佻（舉止～｜～的神態）

推心置腹 tuī xīn zhì fù

比喻以真心待人。（你們倆應該～地談一談）

同 肝膽相照（～，榮辱與共）
開誠佈公（～地交談）

反 虛情假意（你不用再～了，有話直說）

推波助瀾 tuī bō zhù lán

瀾：大波浪。比喻從旁鼓動、助長事物的聲勢和發展，擴大影響。（媒體在這次事件中起了～的作用）

同 煽風點火（他已經生氣了，可她還在～）

反 息事寧人（老趙以忍讓為本，凡事都採取～的態度）

推卻
tuīquè

拒絕，推辭。（再三～）

同 拒絕（～簽字｜斷然～）
推辭（婉言～｜無法～）

反 接受（～教育｜虛心～）

推崇
tuīchóng

十分推重、崇敬。（～備至）

同 推重（十分～｜受到～）
尊崇（備受全社會～）

反 貶低（～他人｜自我～）

推動
tuīdòng

使事物前進；使工作展開。（～社會的發展）

同 促進（～團結｜～作用）
推進（～工作｜～進程）

反 阻礙（～交通｜～前進）
阻撓（～和解｜暗中～）

推脫
tuītuō

推卸。（一再～）

同 推卸（不可～的責任）

反 承擔（勇於～｜～義務）

推陳出新
tuī chén chū xīn

去掉舊事物的糟粕，取其精華，並使之向新的方向發展。（只有產品不斷～，企業才有活力）

同 除舊佈新（春節要到了，家家～）
革故鼎新（～是社會發展的必然）
破舊立新（改革就是要～）

反 墨守成規（在工作中要敢於創新，不要～）
因循守舊（～，故步自封）

推進
tuījìn

推動工作，使發展前進。（～改革）

同 促進（～統一｜有力～）
推動（～工作｜～作用）

反 阻撓（～調查｜克服重重～）

推測
tuīcè

根據已經知道的事情來想像不知道的事情。（無從～）

同 猜測（不要亂～）
揣測（～對方心理）
推斷（～文物的年代）
推想（這只是我的主觀～）

推想
tuīxiǎng

推測。（主觀～）

同 猜想（我～他已經回家了）
推測（按常理～）

反 斷定（可以初步～）

推敲 tuīqiāo
比喻斟酌字句，反覆琢磨。（反覆～）
同 斟酌（～詞句）
琢磨（文字需要～）

推廣 tuīguǎng
擴大事物使用或實行的範圍。（大力～普通話）
同 普及（～環保新技術）
推行（積極～新方案）

推遲 tuīchí
把預定的時間向後延。（～起飛）
同 推延（～時間｜故意～）
延遲（～發射｜向後～）
反 提前（～準備｜～進入）
提早（～出發｜～完成）

推薦 tuījiàn
把好的人或事物向人或組織介紹，希望任用或接受。（～優秀文學作品）
同 保薦（～人）
舉薦（～人才）
引薦（幫助～一下）
反 自薦（毛遂～）

推翻 tuīfān
用武力打垮舊的政權，使局面徹底改變。（～專制統治）
同 顛覆（～傳統）
推倒（～重來）
反 建立（～制度）

推辭 tuīcí
表示拒絕（任命、邀請、饋贈等）。（再三～）
同 拒絕（～邀請｜～和解）
推卻（～責任｜～不過）
反 接受（～批評｜～禮物）

推讓 tuīràng
由於謙虛、客氣而不肯接受（利益、職位等）。（～了好久）
同 禮讓（謙恭～｜相互～）
謙讓（不必～｜一再～）
反 接受（～建議｜完全～）
爭奪（～制高點｜殘酷～）

唯一 wéiyī
只有一個；獨一無二。（～的出路）
同 單一（產品種類～）
反 眾多（～旅客｜人口～）

唯利是圖 wéi lì shì tú
不顧一切，只貪求財利。（她是一個～的人）
同 利令智昏（他～，收受了賄賂，結果晚節不保）
利慾熏心（～的昏官）
反 大公無私（他～，堅持數十年義務為社區服務）

唯唯諾諾 wéi wéi nuò nuò

形容一味順從別人的意思。（你不要總是那麼～）

同 百依百順（家人對他提出的要求總是～）
畢恭畢敬（他～地站在那裏）

反 桀驁不馴（～的性格）

淒涼 qīliáng

1. 寂寞冷落。（滿目～）

同 荒涼（～的戈壁）

反 繁華（～都市）
熱鬧（場面～｜十分～）

2. 悲苦。（身世～）

同 淒慘（～的哭聲）

淒慘 qīcǎn

淒涼悲慘。（～的處境）

同 悲慘（～的命運）
淒涼（身世～）

反 快樂（～的童年）
幸福（～生活）

深入 shēnrù

深刻。（～研究）

同 深刻（印象～｜～內涵）
透徹（分析～｜理解～）

反 膚淺（這種想法是～的）

深入淺出 shēn rù qiǎn chū

指文章或言論的內容很深刻，措辭卻淺顯易懂。（老師總是能～地解答同學們的疑問）

同 淺顯易懂（文章寫得～）

反 故弄玄虛（有些人喜歡～）

深刻 shēnkè

達到事情或問題的本質的。（～的思想）

同 深入（討論比較～）
透徹（分析～）

反 膚淺（～的認識）

深厚 shēnhòu

（基礎）堅實；（感情）濃厚。（～的藝術功底｜～的友誼）

同 堅實（～的基礎）
深摯（～感人）

反 薄弱（生產中的～環節）
淡薄（人情～）

深信 shēnxìn

非常相信。（～不疑）

同 堅信（我一直～他是對的）

反 懷疑（無須～）

深奧 shēn'ào

(道理、含義) 高深不易了解。(～的理論)

同 高深 (～的學問)
深邃 (～的哲理)

反 粗淺 (～的道理)
淺顯 (內容～)

排山倒海 pái shān dǎo hǎi

形容聲勢巨大,不可阻擋。(颱風以～之勢呼嘯而來)

同 翻江倒海 (我吃了不乾淨的東西,五臟六腑就如～一般)

排斥 páichì

使別的人或事物離開自己這方面。(～異己)

同 排擠 (在公司他受到～)

反 拉攏 (～客戶)
籠絡 (～人心)

排列 páiliè

順次擺放。(～成行)

同 擺放 (把書籍～整齊)
陳列 (～古玩)

排除 páichú

除掉,消除。(～故障)

同 掃除 (～障礙)
消除 (～隱患)

反 保留 (～意見)

排解 páijiě

調解;排遣。(～矛盾 | 煩悶)

同 調解 (～家庭糾紛)
排遣 (思鄉之情難以～)

反 鬱結 (煩悶～在心頭)

排擠 páijǐ

利用勢力或手段使不利於自己的人失去地位或利益。(遭受～)

同 排斥 (～異己)

反 拉攏 (～選民)

野蠻 yěmán

蠻橫,不講道理,沒有禮貌。(～的舉動)

同 粗野 (～無禮 | 行為～)
刁蠻 (～任性)
蠻橫 (態度～)

反 禮貌 (～用語 | 講～)

患難之交 huàn nàn zhī jiāo

交:交情,朋友。在一起經歷過艱難困苦的朋友。(阿傑是我的～)

同 生死之交 (在動盪中,他們結成～)
刎頸之交 (他們是患難與共的～)

反 狐朋狗友 (他有一群～)
酒肉朋友 (～不算真朋友)

患難與共
huàn nàn yǔ gòng

共同承擔危險和困難。指彼此關係密切，利害一致。（他們是同窗，也是～的兄弟）

同 **風雨同舟**（我們要～，共渡難關）
生死與共（～的親密夥伴）
同甘共苦（幾十年來，這對夫妻～，共同奮鬥）

眾口一詞
zhòng kǒu yī cí

形容許多人說同樣的話。（人們～，譴責行兇者的殘暴）

同 **異口同聲**（～地響亮回答）

反 **眾說紛紜**（對於那件國寶的去向，人們～）

眾目睽睽
zhòng mù kuí kuí

睽睽：睜大眼睛注視的樣子。許多人睜着眼睛看着。指在廣大群眾注視之下。（他竟然在～之下對一位老人大打出手）

同 **有目共睹**（改革開放的成績～）
眾目昭彰（～，你絕難得逞）

反 **掩人耳目**（一家黑網吧為～偽裝成小超市）

眾多
zhòngduō

許多。（人口～）

同 **繁多**（名目～ | 花樣～）

反 **稀少**（人口～ | 漸漸～）

眾所周知
zhòng suǒ zhōu zhī

大家都知道。（～，法國的首都是巴黎）

同 **盡人皆知**（這件事已經～）
路人皆知（司馬昭之心，～）
無人不曉（這件事情已經傳開了，幾乎～）

反 **不為人知**（這是一個～的秘密）

眾叛親離
zhòng pàn qīn lí

叛：背叛；離：離開。眾人反對，親人背離。形容完全孤立。（如果你執意那樣做，一定會～）

反 **和衷共濟**（～，共同發展）
同舟共濟（～，共渡難關）
團結一致（我們應當～，共禦外辱）

眾望所歸 zhòng wàng suǒ guī

大家的期望都歸於一人。形容此人此事極受尊敬、敬仰。（他當選會長，是～的事情）

同 **不負眾望**（他～，出色地完成了任務）
人心所向（他的當選是～，大勢所趨）

眾說紛紜 zhòng shuō fēn yún

紛紜：多而雜亂。人多嘴雜，議論紛紛。人們各有各的說法，皆不相同。（對於他的死因，～）

同 **言人人殊**（～，我也是很難下定決心）

反 **異口同聲**（～地回答）
眾口一詞（大家～，都推選小華擔任班長）

崇拜 chóngbài

尊敬欽佩。（他是我～的偶像）

同 **推崇**（他的小說備受評論家～）
尊崇（他是一位受人～的作家）

反 **藐視**（心理上要～對手）
蔑視（～對方的挑釁）

崇高 chónggāo

最高的，最高尚的。（～的敬意）

同 **高尚**（～的精神｜品德～）

反 **卑鄙**（～無恥｜～的行徑）

偶然 ǒurán

1. 事理上不一定要發生而發生的。（～因素）

反 **必然**（～趨勢｜～規律）

2. 有時候。（～想起以前的事情）

同 **偶爾**（～給他寫封信）

偶爾 ǒu'ěr

間或，有時候。（她住在學校，～回家）

同 **偶然**（～能聽到幾聲蛙鳴）
有時（機器～發生故障）

反 **常常**（我～想起以前的事）
經常（他～出差）
時常（我們～見面）

健步如飛 jiàn bù rú fēi

走路有力而迅速。（他雖然已經年近古稀，但走起路來仍然～）

同 **大步流星**（他～地走上講台）

反 **步履維艱**（公司陷入財務困境，日常運作～）

健壯 jiànzhuàng

強健。（～的體魄）

同 **強健**（武術運動員個個～無比）
強壯（小寶寶越來越～）

反 **虛弱**（病後身體～）

貪小失大 tān xiǎo shī dà

因為貪圖小便宜而失掉大的利益。比喻只謀求眼前的好處而不顧長遠的利益。（你這樣～，划不來）

同 **得不償失**（這樣做真是～）
因小失大（你要三思而行，千萬不要～）

貪生怕死 tān shēng pà sǐ

為了活命而畏縮不前。（警務人員不能～）

反 **捨生忘死**（消防隊員～搶救被困居民）
視死如歸（～，大義凜然）

貪婪 tānlán

貪得無厭，不知滿足。（～的目光）

同 **貪心**（這人太～）

反 **滿足**（永不～）
知足（～常樂）

貪得無厭 tān dé wú yàn

厭：滿足。貪心，永遠沒有滿足的時候。（～，最終會自食其果）

同 **得寸進尺**（她越來越～）

反 **知足常樂**（她是個～的人）

貪戀 tānliàn

特別留戀。（～美景）

同 **留戀**（～人世｜毫不～）
迷戀（～網絡遊戲｜如此～）

貧乏 pínfá

貧窮。（精神～）

同 **匱乏**（物資～｜原料～）

反 **豐富**（物產～｜～多彩）

貧困 pínkùn
生活困難，貧窮。（生活～）
同 貧苦（～百姓） 貧窮（～的國家）
反 富裕（～階層） 富足（生活～）

貧苦 pínkǔ
貧困窮苦；生活資料不足。（～的農民）
同 貧困（～家庭） 窮苦（一生～）
反 富裕（生活～） 富足（物質～）

貧寒 pínhán
窮苦。（家境～）
同 貧苦（～無依｜～百姓） 貧困（～家庭｜～地區） 貧窮（～落後｜消除～）
反 富有（～的家庭） 富裕（～的生活）

貧賤 pínjiàn
貧窮而社會地位低下。（～之交）
同 卑賤（出身～） 低賤（地位～）
反 富貴（榮華～） 高貴（出身～）

貧瘠 pínjí
（土地）薄，不肥沃。（土地～）
同 瘠薄（～的土地） 瘦瘠（～的荒原）
反 肥沃（～的土壤） 富饒（～美麗的海島）

率先 shuàixiān
帶頭，首先。（～到達）
同 帶頭（～鼓掌） 領先（～地位） 首先（～解決）

率真 shuàizhēn
直爽而誠懇。（為人～）
同 誠懇（待人～｜～地請求） 直率（説話～｜秉性～）
反 世故（非常～｜圓滑～） 虛偽（～狡詐｜態度～）

率領 shuàilǐng
帶領（隊伍或集體）。（～代表團出訪）
同 帶領（～大家參觀） 領導（～銷售部門）
反 跟隨（緊緊～着爸爸）

牽涉
qiānshè
一件事情關聯到其他的事情或人。（此案～眾多明星）
同 **牽扯**（請你集中談你自己的問題，不要～別人）
牽連（清朝的文字獄一般會～很多人）
涉及（這個問題～很多方面）

牽掛
qiānguà
掛念。（～親人）
同 **惦記**（～孩子）
惦念（～遠方的親人）
掛念（我身體很好，請不必～）
反 **忘記**（～過去）

牽累
qiānlěi
拖累。（受家務～）
同 **連累**（～他人｜免受～）
拖累（～大家｜～家人）

牽腸掛肚
qiān cháng guà dù
形容非常掛念，很不放心。（兒子去外地讀書，母親～）
反 **了無牽掛**（外公～地閉上了眼）
無牽無掛（他獨自一人，～）

眷念
juànniàn
想念。（～故土）
同 **眷戀**（～之情）
思念（～家鄉）
想念（～親人）

眷戀
juànliàn
（對自己喜愛的人或地方）深切地留戀。（無限地～）
同 **留戀**（～故園）
依戀（孩子～着母親）
反 **厭倦**（～人世｜令人～）

淡忘
dànwàng
冷淡下去以至於忘記。（漸漸～）
同 **忘記**（～關門｜不能～）
遺忘（被徹底～）
反 **牢記**（～教誨｜～在心）
銘記（時刻～）

淡然 dànrán

不經心；無所謂。（～一笑）

同 淡泊（～名利）

反 在意（～別人的態度）

淡漠 dànmò

沒有熱情，冷淡。（感情～）

同 淡薄（人情～｜興趣～）
冷淡（～的表情｜態度～）

反 熱情（～好客）
熱心（～幫助）

淡薄 dànbó

感情、興趣等不濃厚。（她對音樂的興趣逐漸～了）

同 淡漠（～的表情｜社會責任感～）

反 深厚（～的感情｜～的友誼）
濃厚（他對足球有～的興趣）

惦記 diànjì

牽掛，懷念。（～遠方的親人）

同 掛念（～父母）
牽掛（家裏一切都好，不用～）

反 放心（～不下｜大家～）
忘懷（美好的時光難以～）

陶醉 táozuì

很滿意地沉醉在某種境界或思想活動中。（自我～）

同 沉浸（～在美好的回憶之中）
沉醉（如泣如訴的曲調令人～）

莽撞 mǎngzhuàng

魯莽冒失。（～從事）

同 魯莽（性情～）
冒失（說話～）

反 謹慎（謙虛～）
慎重（～考慮）

教育 jiàoyù

教導啟發。（說服～）

同 教導（母親～我做個對社會有用的人）
教誨（諄諄～）

教唆 jiàosuō

慫恿指使別人做壞事。（～犯）

同 唆使（青少年容易受人～）
指使（～他人做壞事）

教導 jiàodǎo
教育指導。（聽從老師的～）
同 **教誨**（牢記長輩的～）
教育（～學生努力學習）

執行 zhíxíng
實施；實行（政策、法律、計劃等）。（～任務）
同 **施行**（定點～ | 立即～）
實行（認真～ | ～方案）
反 **違抗**（～命令）

執迷不悟 zhí mí bù wù
對事物分辨不清，堅持錯誤而不覺悟。（到現在了你怎麼還是～）
同 **不思悔改**（擺在你面前的有兩條路，你不要～）
頑固不化（～的犯罪分子）
反 **翻然悔悟**（在父母的勸説下，他～，決定去警署自首）
迷途知返（～，為時不晚）

探索 tànsuǒ
追求。（努力～）
同 **摸索**（在實踐中～經驗）
探究（深入～事物的根源）
探求（～自然界的奧秘）

探問 tànwèn
試探着詢問（消息、情況、目的等）。（～究竟）
同 **探聽**（～消息）
探詢（～病情）
詢問（～原因）

探望 tànwàng
看望（多指遠道）。（順便～了幾個老朋友）
同 **看望**（～退休員工）
探訪（～孤兒院）

探聽 tàntīng
探問（多指方式比較隱秘、措辭比較委婉的）。（～虛實）
同 **打聽**（～下落）
探問（～究竟 | ～消息）

探囊取物 tàn náng qǔ wù
囊：口袋。伸手到口袋裏拿東西。比喻能夠輕而易舉地辦成某件事情。（三國時的張飛，勇猛過人，千軍萬馬中取上將首級如～）
同 **唾手可得**（成功絕非～，需要付出艱辛的勞動和辛勤的汗水）
易如反掌（對他來説，解決這個小故障～）
反 **大海撈針**（這裏人山人海，找一個人簡直如～）

救援 jiùyuán

幫助別人脱離苦難或危險。（～物資）

同 救助（～弱小）
援救（～遇險民眾）

救濟 jiùjì

用金錢或物資幫助災區或生活困難的人。（～災民）

同 接濟（～窮人｜～朋友）
賑濟（～地震災民）

救護 jiùhù

援助傷病人員使得到適時的醫療，泛指援助有生命危險的人。（～車）

同 救治（～傷患）
搶救（～瀕危動物）

連忙 liánmáng

趕快，急忙。（一位老人上車，我～把座位讓給他）

同 趕忙（見有人落水，他～下水營救）
急忙（上課鈴響了，我～奔回教室）

連接 liánjiē

（事物）互相銜接。（鐵路把這兩座城市～在一起）

同 銜接（上下文～自然）

反 斷開（網絡連接已經～，所以現在不能發電子郵件）

連累 liánlěi

因事牽連別人，使別人也受到損害。（他犯了法，還～了家人）

同 牽連（這個案子～了很多人）

連綿不斷 lián mián bù duàn

接連不斷。（群山～）

同 綿綿不斷（～的秋雨）

反 斷斷續續（屋子裏傳來～的哭聲）
時斷時續（呼救聲～）

連續 liánxù

一個接一個。（～加班）

同 持續（～高溫）
接連（災難～不斷）
陸續（觀眾～入場）

反 間斷（按時吃藥，不要～）
中斷（通訊～）

堅決 jiānjué

確定不移，不猶豫。（態度～）

同 果斷（處事～）
堅定（～的信念）

反 遲疑（～不決）
躊躇（～不前）
猶豫（～再三）

堅固 jiāngù

結合緊密，不易破壞。（～的城牆）

同 結實（這把椅子很～）
牢固（友誼～）
穩固（地位～）

堅定 jiāndìng

不動搖。（立場～）

同 堅決（態度～）
堅毅（～果敢）

反 動搖（信心～）
猶豫（～不決）

堅持不懈 jiān chí bù xiè

堅持到底而毫不鬆懈。（～地努力）

同 持之以恆（鍛煉身體應當～）
鍥而不捨（做事情要有一股～的精神）

反 半途而廢（做事不能～）

堅信 jiānxìn

堅決相信。（～不疑）

同 確信（我～能打敗對手）
深信（對於這一點，他～不疑

反 猜疑（不要胡亂～別人）
懷疑（他的話叫人～）

堅強 jiānqiáng

頑強，不可動搖或摧毀。（意志～）

同 剛強（沒有想到她那麼～）
堅毅（～的神態）

反 懦弱（性格～）
軟弱（膽小～）

堅實 jiānshí

堅硬結實。（～的基礎）

同 堅固（～耐用）
扎實（基本功～）

反 薄弱（力量～）

異口同聲 yì kǒu tóng shēng

不同的嘴說出相同的話。指大家說得都一樣。（大家～地答應了）

同 眾口一詞（大家～，都認為你是最合適的人選）

反 眾說紛紜（關於宇宙的成因，～）

異乎尋常
yì hū xún cháng

異：不同；尋常：平常。跟平常的情況很不一樣。（那裏的風景～的美麗）

同 與眾不同（她的確有些～）

反 平淡無奇（這幅畫的內容和技法都～）
司空見慣（他對極光已經是～了）

異常
yìcháng

1. 不同於尋常。（反應～）

同 特殊（～情況｜非常～）

反 平常（～百姓）
尋常（～人家｜不同～）

2. 非常，特別。（～危險）

同 非常（～重要）
格外（～漂亮）
十分（～可愛）

異鄉
yìxiāng

家鄉以外的地方。（獨在～為異客）

同 他鄉（～遇故知）
外鄉（他是一個～人）

反 本地（～特產）
家鄉（思念～）

異想天開
yì xiǎng tiān kāi

異：奇異；天開：比喻憑空的、根本沒有的事情。指想法很不切實際，非常奇怪。（弟弟～地想飛上太陽看看）

同 浮想聯翩（那裏的石頭，形狀各異，令人～）
胡思亂想（不要～了，他會平安歸來的）
想入非非（課堂上不要～）

猜測
cāicè

推測，憑想像估計。（妄加～）

同 猜想（我～他可能出國了）
推測（～後果）

反 確認（～消息｜重新～）
確信（～無疑）

猜疑
cāiyí

無中生有地起疑心，對人對事不放心。（不要總是～別人）

同 猜忌（相互～）
懷疑（他的動機令人～）

反 堅信（我一直～他是對的）
信賴（互相～）
信任（值得～）

庸人自擾
yōng rén zì rǎo

自擾：自找麻煩。指本來沒事，自己找麻煩。（根本沒有甚麼事，你不要～）

同 杞人憂天（這裏發生地震的可能性微乎其微，你不要～了）

庸俗
yōngsú

平庸鄙俗。（低級～）

同 鄙俗（他說了一個～的笑話）
粗俗（～不堪｜言語～）
低俗（～資訊｜內容～）

反 高雅（～清秀｜言談～）

羞愧
xiūkuì

感到羞恥和慚愧。（～難當）

同 慚愧（深感～｜內心～）

羞澀
xiūsè

難為情，態度不自然。（忸怩～）

同 害臊（～得紅了臉｜不知～）
害羞（～的小姑娘｜十分～）
羞怯（她是個比較～的女孩）

反 大方（自然～｜舉止～）

添油加醋
tiān yóu jiā cù

敍述事情或轉述別人的話時，添上原來沒有的內容。（她說話向來喜歡～）

同 添枝加葉（他～地描述了一番）

反 實事求是（堅持～、一切從實際出發的原則）

添置
tiānzhì

在原有的以外再購置。（～傢具）

同 購置（～辦公用品）
增添（～設備｜大量～）

反 減少（～數量｜～損失）

淺見
qiǎnjiàn

膚淺的看法。（～寡聞）

同 短見（～行為）

反 高見（有何～）
高論（發表～）
卓見（真知～）

淺陋 qiǎnlòu

見識貧乏。（才學～）

同 淺薄（～的見識）

反 廣博（～的知識）
淵博（學識～）

淺薄 qiǎnbó

缺乏學識或修養。（知識～）

同 膚淺（～的認識）
淺陋（～的見解）

反 廣博（學識～）
深刻（思想～）
淵博（知識～）

情不自禁 qíng bù zì jīn

控制不了自己的感情。（他心裏高興，～地唱起歌來）

同 不由自主（喜訊傳來，大家～地手舞足蹈起來）

情同手足 qíng tóng shǒu zú

交情很深，如同兄弟。（他們從小一起長大，～）

同 親如手足（我和他～）

反 勢不兩立（兩大派別～）

情形 qíngxíng

事物呈現出來的樣子。（生活～）

同 情況（了解～變化）
狀況（改善經濟～）

情投意合 qíng tóu yì hé

雙方思想感情融洽，意見一致。（他們～，相親相愛）

同 意氣相投（兩人～，越談越投緣）
志同道合（他們是～的親密夥伴）

反 水火不容（兩人的矛盾，竟到了～的程度）

情況 qíngkuàng

情形。（～特殊）

同 情形（展覽會運作～）
形勢（～危急）
狀況（健康～ | 經濟～）

情急智生 qíng jí zhì shēng

在心裏十分着急的情況下突然想出了聰明的辦法。（要不是她～，先穩住歹徒，後果不堪設想）

同 急中生智（他～，想出了解決問題的辦法）

情理 qínglǐ

人的常情和事情的一般道理。（在～之中）

同 **道理**（要講～）
事理（明白～）

情景 qíngjǐng

（具體場合的）情形，景象。（激動人心的～）

同 **情境**（電影中的～引人入勝）
情形（詳細～）

情緒 qíngxù

人從事某種活動時產生的心理狀態。（～高漲）

同 **心情**（激動的～｜愉快的～）
心緒（～不寧｜～煩亂）

情趣 qíngqù

情調和趣味。（別有一番～）

同 **情調**（異國～）
趣味（～無窮）

情願 qíngyuàn

心裏願意。（心甘～）

同 **甘願**（我錯了，～受罰）
樂意（我～幫忙）
願意（～捐款行善）

陳列 chénliè

把物品擺出來供人看。（～新產品）

同 **擺設**（～盆景｜～完畢）
陳設（房間裏～着一些精美的瓷器）

陳舊 chénjiù

舊的，過時的。（式樣～）

同 **陳腐**（觀念～）
古老（～村落）
過時（～的觀念）

反 **新穎**（設計～）
嶄新（～的車子）

理所當然 lǐ suǒ dāng rán

從道理上說應當這樣。（子女贍養父母是～的事情）

同 **天經地義**（欠債還錢～）

反 **毫無道理**（許多擔憂並非～）
豈有此理（明明是他撞倒了我，可他還那麼理直氣壯，真是～）

理想
lǐxiǎng

對未來事物的想像和希望。(人生~)

同 抱負 (政治~)
志向 (遠大的~)

反 現實 (~生活)

理睬
lǐcǎi

搭理 (一般用於否定)。(不予~)

同 答理 (他不~我,我也沒辦法)
理會 (他站在那好久,也沒人~他)

理解
lǐjiě

懂;了解。(人與人之間應該多一些寬容與~)

同 懂得 (這個道理他一定~)
了解 (大致~一下情況)
領會 (~文章精髓)
領悟 (~文章內涵)

反 不解 (~其中的意思)

捨己為人
shě jǐ wèi rén

為了他人而犧牲自己的利益。(~是值得我們學習的高尚品格)

反 自私自利 (~的人不會交到真正的朋友)

捨生忘死
shě shēng wàng sǐ

形容為了正義的事業不顧生命危險。(歹徒被警員~的氣概所震懾,倉皇逃離)

同 奮不顧身 (~搶救落水兒童)

反 貪生怕死 (~的膽小鬼)

捨棄
shěqì

丟開,拋棄,不要。(~個人利益)

同 丟棄 (~垃圾 | 隨手~)
放棄 (~休息 | 決不~)
拋棄 (~妻兒 | 被人~)

反 保持 (~原貌 | ~一貫風格)
保存 (妥善~ | ~完好)

採用
cǎiyòng

認為合適而加以利用。(~先進技術)

同 採取 (~措施 | ~新技術)
選用 (~人才 | ~設備)

採取 cǎiqǔ

選擇實施（某種方針、政策、措施等）。（～緊急措施）

同 **採納**（～意見）
採用（～進口面料）

採納 cǎinà

接受（意見、建議、要求等）。（學校～了大家的建議）

同 **採取**（～行動）
採用（～先進技術）
接受（～對方的批評）

反 **拒絕**（他婉言～了我的請求）

處理 chǔlǐ

安排事物，解決問題。（～事故）

同 **辦理**（～案件｜及時～）
料理（～後事｜妥善～）

反 **擱置**（～一旁｜長期～）

處境 chǔjìng

所處的境地（多指不利的情況下）。（～危險）

同 **境況**（病人～欠佳）
境遇（～淒慘｜艱難～）

處罰 chǔfá

使犯錯誤或犯罪的人受到政治或經濟上的損失而有所警戒。（嚴厲～）

同 **懲處**（～罪犯）
懲罰（～措施）

反 **表揚**（～優秀學生）
獎賞（～有功人員）

堂堂正正 tángtáng zhèngzhèng

形容光明正大。（認認真真做事，～做人）

同 **光明正大**（他一向～，我相信他不會做這種損人不利己的事）

反 **鬼鬼祟祟**（陌生人在小區裏～地轉來轉去）
偷偷摸摸（你～地想幹甚麼）

敗北 bàiběi

打敗仗。（中國足球隊～，令國人痛心）

同 **失敗**（～的敵人｜慘遭～）
失利（球場～｜暫時～）

反 **獲勝**（～選手｜偶然～）
勝利（～在望｜～歸來）

敗落 bàiluò

由盛而衰，破落，衰落。（家道～）

同 **沒落**（～貴族）
衰落（國力～）

反 **興盛**（國家～）
興旺（～發達｜事業～）

敗壞 bàihuài

損害，破壞。（～聲譽）

同 損害（～形象）
損壞（～公物）

反 保護（環境～｜～視力）
維護（～合法權益｜精心～）

敗露 bàilù

（壞事或陰謀）被人發現。（陰謀～後，他惱羞成怒）

同 暴露（～缺點）
洩露（～風聲｜～天機）

反 掩蓋（～事實｜設法～）
隱藏（～實情｜～着危險）

途徑 tújìng

路徑，多用於比喻。指方法、手段等。（傳播～）

同 方法（學習～｜各種～）
路徑（相對～｜成功的～）

淘氣 táoqì

調皮。（這孩子很聰明，就是有些～）

同 調皮（～搗蛋）
頑皮（～的孩子）

淳樸 chúnpǔ

誠實樸素。（～的語言）

同 樸素（～的生活）
質樸（～忠厚的性格｜感情～）

反 華麗（～的外表｜辭藻～）
華美（語言～｜服飾～）

陸續 lùxù

表示先後相連，時斷時續。（人們～來到劇院）

同 先後（～順序）
相繼（他的父母～離開人世）

掠奪 lüèduó

搶劫，奪取。（瘋狂～）

同 劫掠（～錢財）
搶奪（～勝利果實）

反 奉獻（無私～）
贈送（～物品）

接待 jiēdài

招待。（～來賓）

同 款待（～客人｜殷勤～）
招待（記者～會）

接納 jiēnà
容納而不拒絕。(～新會員)
同 接收(～電子郵件)
接受(～意見)
反 拒絕(～邀請 | 婉言～)

接踵而至 jiē zhǒng ér zhì
形容人多，接連不斷。(一場場災難～)
同 紛至沓來(公園裏櫻花盛開，遊客們～)

接觸 jiēchù
人與人發生交往。(初次～)
同 交往(～頻繁 | 自由～)
聯繫(保持～)
往來(友好～ | 貿易～)

清白 qīngbái
純潔，沒有污點。(～女子)
同 純潔(～善良 | ～無瑕)
反 骯髒(靈魂～ | ～的交易)

清秀 qīngxiù
美麗而不俗氣。(模樣～)
同 俊秀(～的面龐)
清麗(氣質～)
反 醜陋(外表～)
難看(樣子～)

清脆 qīngcuì
(聲音)悦耳。(～的歌聲)
同 悦耳(～動聽)
反 沙啞(～的聲音)
嘶啞(説話～)

清除 qīngchú
掃除乾淨；全部去掉。(～積弊)
同 剷除(～異己)
根除(～腐敗)
去除(～污跡)
掃除(～積雪)
反 保存(妥善～原件)
保留(～古蹟)

清貧 qīngpín
貧窮。(家道～)
同 清苦(生活～)
貧困(～地區)
貧窮(～落後)
反 富裕(家庭～)
優裕(條件～)

清涼 qīngliáng

涼而使人感覺爽快。（～的泉水）

同 涼爽（天氣～宜人）
清爽（雨後空氣～舒適）

反 炎熱（夏天天氣～）
燥熱（久不下雨，天氣愈發～）

清晰 qīngxī

清楚。（發音～）

同 清楚（字跡～｜圖像～）

反 朦朧（暮色～｜煙霧～）
模糊（～不清）

清閒 qīngxián

清靜閒暇。（～自在）

同 悠閒（～的日子｜～地散步）

反 繁忙（工作～）
忙碌（～的生活）

清楚 qīngchu

不糊塗。（頭腦～）

同 明白（意思清楚～）
明瞭（觀點～）
清晰（思路～）

反 糊塗（辦事～）

清廉 qīnglián

清白廉潔。（為官～）

同 廉潔（公正～）

反 腐敗（貪污～）
腐化（～墮落）

清澈 qīngchè

清而透明。（湖水～）

同 澄澈（～的眼眸）
明澈（～如鏡）

反 混濁（～的污水）
污濁（空氣～）

清靜 qīngjìng

安靜；不嘈雜。（那條街道很～）

同 安靜（～的教室）
幽靜（～的夜晚）

反 熱鬧（～場所｜～異常）
喧鬧（～的人群）

清醒 qīngxǐng

（頭腦）清楚，明白。（保持～）

同 明白（～事理｜清楚～）
清楚（頭腦～）

反 糊塗（一時～｜做事～）

混淆 hùnxiáo

把本質上有區別的人或事物同等看待。（～視聽）

同 混同（名牌和假冒產品不可～）

反 區別（～不同包裝）
區分（～好壞）

混亂 hùnluàn
沒有條理、秩序。（秩序～）
同 **紛亂**（事情～如麻）
凌亂（頭髮～）
雜亂（～無章｜擺放～）

混濁 hùnzhuó
含有雜質。（空氣～）
同 **污濁**（～的小水塘）
反 **清澈**（～的湖水）

混雜 hùnzá
表示不同的東西互相混亂地摻合在一起。（魚龍～）
同 **摻雜**（別把不同的種子～在一起）
混合（把水和酒精～在一起）

責任 zérèn
職責。（～重大）
同 **義務**（應盡的～｜履行～）
職責（～範圍｜神聖的～）

責怪 zéguài
責備，埋怨。（～他太馬虎）
同 **埋怨**（～別人｜互相～）
責備（無端～｜～孩子）
指責（無權～｜當面～）
反 **稱讚**（交口～｜連聲～）

責問 zéwèn
用責備的口氣問。（厲聲～）
同 **詰問**（再三～）
質問（一連串的～）

責無旁貸 zé wú páng dài
貸：推卸。自己應負的責任，不能推卸給他人。（增強學生的環保意識，教師～）
同 **義不容辭**（這是我們每位公民～的責任）
在所不辭(赴湯蹈火，～)
反 **推三阻四**（對分配給你的任務，為甚麼要～呢）

責備 zébèi
批評指責。（受到～）
同 **數落**（～他一頓）
責怪（～自己｜暗自～）
指責（～對方｜無端～）
反 **稱讚**（點頭～｜受到～）

責罰 zéfá

處罰。（逃避～）

同 懲處（～貪污）
懲罰（嚴厲～）
處罰（～措施）

反 犒賞（～三軍）
獎勵（～優秀員工）
獎賞（～有功人員）

現在 xiànzài

説話時的時刻，也指近期的一段時間。（我～就去看你）

同 當今（～社會）
目前（～的工作）

反 將來（～的打算）
未來（展望～）

現象 xiànxiàng

事物在發展變化中表現的外部的形式。（自然～）

同 表象（透過～看本質）

反 本質（～屬性｜事物～）

現實 xiànshí

客觀存在的事物。（脱離～）

同 實際（～工作）

反 幻想（科學～）
空想（理想不付諸實踐就是～）

掉以輕心 diào yǐ qīng xīn

表示對某種問題漫不經心，不當一回事。（這件事絕不能～）

同 漫不經心（不知道為甚麼，他今天看起來有點～）

反 小心翼翼（她～地服侍老人）

掉換 diàohuàn

雙方互換。（～座位）

同 變換（及時～話題）
更換（～零件｜～名稱）

莫名其妙 mò míng qí miào

沒有人能説明它的奧妙（道理），表示事情很奇怪，使人不明白。（他這樣做，我感到～）

同 茫然不解（他露出～的神色）

培育 péiyù

1. 培養幼小的生物，使它發育成長。（人工～）

同 培養（在濕潤的土壤中～）
培植（無土～）

2. 教育，培養。（～新一代）

同 教育（～學生）
培養（～孩子的耐心）
培植（～中小企業）

反 摧殘（精神上受到～）

培養 péiyǎng

1. 以適宜的條件使繁殖。（～細菌）

同 培育（人工～）
培植（蔬菜無土～）

2. 按照一定的目的長期地訓練和教育使成長。（～運動員）

同 培育（～人才）
培植（～親信）

掃除 sǎochú

1. 清除骯髒的東西。（大～）

同 打掃（～衛生）
清除（～垃圾）
清掃（～積雪｜～房間）

2. 除掉妨礙發展的事物。（～障礙）

同 排除（～故障）

反 保留（～意見）
存留（～繳費憑證）

掃視 sǎoshì

目光迅速地向四周看。（～四周）

同 環視（匆匆～了一下四周）

反 凝視（深情～）
注視（眼睛～着前方）

掃興 sǎoxìng

正當高興時遇到不愉快的事情而興致低落。（令人～）

同 敗興（～而歸）
失望（～情緒）

反 盡興（玩得～）
痛快（冰鎮啤酒喝得真～）

基礎 jīchǔ

事物發展的起點。（文化～）

同 根底（扎實的英語～）
根基（深厚的傳統文化～）

梗阻 gěngzǔ

通道被堵不通。（道路～）

同 堵塞（交通～｜網路～）
阻塞（下水管道～）

反 暢通（～無阻｜一路～）
通暢（資訊～｜語句～）

梗概 gěnggài

大略的內容。（故事～）

同 大概（這件事我只知道～）
大意（文章～）

反 細節（～描寫｜注重～）
詳情（說明～｜詢問～）

軟弱
ruǎnruò

不堅強。（～無能）

同 脆弱（感情～）
懦弱（性格～）
柔弱（身體～）

反 剛強（性格～不屈）
堅強（意志～）

常年
chángnián

長期。（那裏～百花盛開）

同 永久（～和平｜～的紀念）
終年（～積雪）

反 短暫（～停留｜～的時間）
暫時（～領先｜～離開）

常見
chángjiàn

經常可以見到。（這是～病）

同 多見（這樣的事確實不～）
習見（這種現象為人們所～）

反 罕見（～現象）
少見（這種天氣很～）

常常
chángcháng

事情的發生不止一次，而且時間相隔不久。（這種現象～發生）

同 經常（～往來深港兩地｜～遲到）
時常（～發生）

反 偶爾（～為之）
有時（～出現｜～檢查）

眺望
tiàowàng

從高處往遠處看。（站在山頂～大海）

同 瞭望（～遠方｜～台）
遠眺（登高～｜憑欄～）

閉幕
bìmù

（會議、展覽會等）結束。（大會順利～）

同 落幕（完美～）

反 開幕（奧運會～）

笨拙
bènzhuō

不聰明，不靈巧。（～的方法）

同 愚笨（～的辦法｜頭腦～）

反 機靈（～的頭腦｜～勁兒）
靈巧（心思～｜聰明～）

笨重
bènzhòng

龐大沉重，不靈巧。（這把椅子很～）

同 沉重（～的打擊｜腳步～）
粗笨（～的傢具｜手腳～）

反 輕便（～實用｜靈活～）
輕巧（～美觀｜身子～）

脱口而出
tuō kǒu ér chū

不經考慮，隨口説出。（他不假思索，～）

反 **守口如瓶**（對這件事情，他一直～）
一言不發（他坐在那裏～）

脱胎換骨
tuō tāi huàn gǔ

比喻通過教育，思想得到徹底改造。（經過老師的教導，他已經～）

同 **洗心革面**（決心～，重新做人）

反 **頑固不化**（他～，拒不聽從勸告）
執迷不悟（你怎麼還是～）

脱穎而出
tuō yǐng ér chū

穎：尖子。錐尖透過布袋顯露出來。比喻本領全部顯露出來。（在這次大賽中許多優秀人才～）

同 **嶄露頭角**（比賽中，他～，獲得冠軍）

脱離
tuōlí

離開（某種環境或情況）。（～組織）

同 **擺脱**（～糾纏 | 設法～）

反 **接觸**（初次～ | 密切～）
聯繫（～方式 | 取得～）

許久
xǔjiǔ

很長時間。（過了～）

同 **好久**（～不見）
很久（～以前）
久久（心情～不能平靜）
良久（兩人對視～）

許可
xǔkě

同意，不反對。（未經～）

同 **允許**（在公共場所不～吸煙）
准許（媽媽～他每天看一個小時電視）

反 **禁止**（～捕殺鯨魚）

許多
xǔduō

數量大。（～衣物）

同 **好多**（～意見 | ～問題）
很多（來了～人）
眾多（人口～ | ～賓客）

反 **少許**（～鹽 | 只要～）

設立
shèlì

成立組織、機構等。（～分公司）

同 成立（～協會｜～研究所）
建立（～政權｜～制度）
設置（機構～｜～路障）

反 撤銷（～職務）
解散（～組織）

設計
shèjì

根據一定的要求，預先制定方法、圖樣等。（～圖紙）

同 籌劃（～未來｜認真～）
規劃（全面～｜～方案）

設想
shèxiǎng

想像。（大膽～）

同 猜想（～一下｜不難～）
假想（～敵｜～場景）
想像（難以～｜超乎～）

設置
shèzhì

安放；安裝。（～障礙）

同 安裝（～門窗｜～電話）

反 拆除（～危險設施）
拆卸（～零件｜～機器）

訪問
fǎngwèn

有目的地去探望人並跟他談話。（參觀～）

同 拜訪（～老師｜登門～）
探訪（～親友）

麻木
mámù

身體某部分感覺發麻或喪失感覺。（～的雙腳）

同 發麻（手腳～）
麻痹（雙腿～）

麻利
máli

敏捷。（動作～）

同 利落（他說話做事一向乾脆～）
利索（運動員的動作乾淨～）

反 笨拙（他～地爬上馬背）

麻痹大意
má bì dà yì

指粗心、疏忽，對事物不敏感，失去警惕性。（切不可～）

同 粗心大意（做數學題時，如果～，就會把結果算錯）
掉以輕心（他做事一絲不苟，從不敢～）

反 小心謹慎（你做事要～，不要出任何差錯）
小心翼翼（她～地過獨木橋）

麻煩 máfan

煩瑣費事。（這事太～了）

同 **費事**（做飯～，出去吃吧）

反 **方便**（交通～｜～快捷）

粗心 cūxīn

疏忽，不細心。（幹甚麼事都不能～）

同 **馬虎**（～草率｜工作～）**疏忽**（～大意）

反 **細心**（～觀察）**細緻**（～入微）**仔細**（～檢查）

粗心大意 cū xīn dà yì

做事不細心，不謹慎，馬馬虎虎。（這件事事關重大，萬萬不能～）

同 **粗枝大葉**（～容易出差錯）**毛手毛腳**（做事～）

反 **一絲不苟**（他做甚麼事都～）

粗劣 cūliè

品質不好的。（飯食～）

同 **低劣**（品質～｜手段～）

反 **精良**（～的工藝｜裝備～）**精細**（這件工藝品做工～）

粗略 cūlüè

粗粗地，大略，不精確。（～一看）

同 **大略**（時間差不多了，你～說說吧）

反 **精確**（～計算｜～地測量）

粗淺 cūqiǎn

淺顯，不深奧。（～的道理）

同 **淺顯**（～易懂｜道理～）

反 **深奧**（～的知識）

粗暴 cūbào

魯莽，暴躁。（態度～）

同 **暴躁**（脾氣～｜性子～）**粗魯**（舉止～）

反 **温和**（～的性情｜～有禮）

粗魯 cūlǔ

性格或行為等粗暴魯莽。（態度～）

同 **魯莽**（說話～｜～衝動）

反 **斯文**（舉止～）**文雅**（清秀～）

粗糙 cūcāo

1. 不光滑。（皮膚～）

反 **光滑**（～的大理石桌面）

2. 不細緻。（做工～）

同 **粗劣**（商品包裝～）

反 **精緻**（～的陳設｜圖案～）**細緻**（～入微）

啟動 qǐdòng
1. (儀器、儀錶、電氣設備等) 開始工作。(～電腦)
同 發動 (天氣太冷，柴油機不容易～)
開動 (～機器 | ～汽車)
2. 比喻活動、規定等開始實行。(～應急方案)
反 停止 (～戰爭 | 討論～)
中止 (合同～ | ～談話)

啟發 qǐfā
闡明事理，引起對方聯想而有所領悟。(受到～)
同 開導 (耐心～學生)
啟迪 (～我們的智慧)

通告 tōnggào
普遍通知的文告。(一張～)
同 佈告 (～欄 | 張貼～)
告示 (安民～ | ～板)
公告 (發佈～ | 政府～)

通俗 tōngsú
淺顯易懂，適合或體現大多數人的水平。(～歌曲)
同 淺顯 (語言～ | ～易懂)
反 晦澀 (～難懂 | 艱深～)
深奧 (～的道理 | ～莫測)

通常 tōngcháng
一般，平常。(～六點起牀)
同 平常 (～很少逛街)
一般 (～五點回家)

通情達理 tōng qíng dá lǐ
指說話、做事很講道理。(母親是一個～的人)
同 善解人意 (～，顧全大局)
知書達理 (～，深明大義)
反 蠻橫無理 (飯館的服務員～，令顧客非常氣憤)

通暢 tōngchàng
運行無阻。(道路～)
同 暢通 (～無阻 | 一路～)
流暢 (線條～ | 行文～)
順暢 (自然～ | ～流利)
通順 (語句～)

通盤 tōngpán
兼顧到各部分的，全盤，全面。(～考慮)
同 全面 (～開花 | 概括～)
全盤 (～否定 | ～打算)

通曉
tōngxiǎo

透徹地了解。(～天文地理)

同 精通(～四國語言 | ～電腦)

細水長流
xì shuǐ cháng liú

比喻節約使用財物，使長期持續下去。(居家過日子要有計劃，～，不要大手大腳)

同 精打細算(她過日子特別會～)

反 大手大腳(花錢不要～)

細心
xìxīn

用心細密。(做事～)

同 精心(～安排)
仔細(～檢查)

反 粗心(～大意)
馬虎(學習～)

細枝末節
xì zhī mò jié

比喻事情或問題的細小而無關緊要的部分。(做事情，要分清主次，不要把全部精力都放在～上)

同 無關緊要(我們談的都是些～的事情)
無足輕重(他是一個～的小人物)

細弱
xìruò

細小軟弱。(發出一種非常～的聲音)

同 纖弱(～的身材)

反 粗壯(身材～ | ～結實)

細微
xìwēi

細小，微小。(～的變化)

同 微小(兩者相比有些～的差別)
細小(～的沙礫 | ～皺紋)

反 巨大(～的聲音 | 損失～)
顯著(經過一段時間的努力，他的成績有了～的提高)

細膩
xìnì

精細光滑。(～光滑)

反 粗糙(皮膚～ | ～的表面)

細緻
xìzhì

1. 心細，周密。(他想得很～)

同 仔細(～觀察 | ～區分)

反 粗略(～估計)

2. 精緻細密。(～精美)

同 精細(這件工藝品做工～)

反 粗糙(皮膚～)

十二畫

替代
tìdài

代替。(找人～)

同 代替(臨時～)
取代(用機器～人工)
替換(準備幾件～的衣服)

雅致
yǎzhi

(服飾、器物等)美觀而不落俗套。(房間佈置得很～)

同 別致(新穎～|精巧～)
精緻(做工～|～的刺繡)

反 粗俗(語言～|～的笑話)
俗氣(穿戴～|佈置～)

雅觀
yǎguān

裝束、舉動文雅。(她坐的姿勢很不～)

同 斯文(～掃地|假裝～)
文雅(談吐～|～清秀)

反 粗俗(～不堪|舉止～)
粗野(語言～|動作～)

黑白分明
hēi bái fēn míng

比喻是非界限很清楚。(他做事一向是～的)

同 涇渭分明(這兩者的界限～)
是非分明(你一定要～)

反 顛倒黑白(法官要秉公斷案,不能～)
混淆是非(你怎麼能夠～)

黑暗
hēi'àn

沒有光。(山洞中一片～)

同 昏暗(～的屋子|光線～)
漆黑(～的夜晚)

反 明亮(～的教室|～的陽光)

黑燈瞎火
hēi dēng xiā huǒ

形容黑暗沒有燈光。(這裏～的,你不要亂闖)

反 燈火輝煌(街道上～)
燈火通明(除夕之夜,家家戶戶～)

無足輕重
wú zú qīng zhòng

形容無關緊要或不起作用。(他在劇中扮演了一個～的小角色)

同 微不足道(個人的力量～)

反 舉足輕重(在這件事情中,他起着～的作用)

無的放矢
wú dì fàng shǐ

沒有靶子亂放箭。比喻説話做事沒有明確目標或不結合實際。(廣告不能～)

反 有的放矢（批評要～）

無限
wúxiàn

沒有限度，沒有窮盡。（～遐想）

同 無盡（～的思念｜～的思考）
無窮（～無盡｜變化～）

反 有限（能力～｜～的時間）

無須
wúxū

不用；不必（表示勸告或者制止）。（～過目）

同 不必（～擔心｜～加班）

反 務必（明天～完成）

無精打采
wú jīng dǎ cǎi

形容精神委靡，不振作。（他看上去～的）

同 委靡不振（會考落榜後，他一直～）

反 精神抖擻（～地投入新的工作）
意氣風發（～的年輕人）

無懈可擊
wú xiè kě jī

沒有可以被人攻擊或挑剔的漏洞。（他的設計～）

同 天衣無縫（這件事他自以為做得～，但最終還被公司發現了）

反 漏洞百出（罪犯的供詞～，不能自圓其説）
破綻百出（他的話前後矛盾，～）

無濟於事
wú jì yú shì

對事情沒有幫助。比喻不能解決問題。(現在再説甚麼都～了)

同 杯水車薪（因為災民太多，目前聯合國運送的糧食只是～，無濟於事）

猶如
yóurú

好像，如同。（燈光輝煌，～白晝）

同 彷彿（老師的話語～春風一樣拂過我的心田）
好像（小白兔的眼睛～兩顆紅寶石）
如同（他待我們～親人）
宛若（廣場上燈火輝煌，～白晝）

猶豫 yóuyù

遲疑不決，拿不定主意。（你不要～了，趕快行動吧）

同 **遲疑**（～不決｜有些～）**躊躇**（～不前）

反 **果斷**（～下令｜～出擊）

猶豫不決 yóu yù bù jué

猶豫：遲疑。拿不定主意，不能作出決定。（馬上行動吧，不要再～了）

同 **遲疑不決**（都這個時候了，你怎麼還是～）**舉棋不定**（～，錯失良機）**優柔寡斷**（～，怎麼能夠成就大事）

反 **當機立斷**（～，強行突破）

渾厚 húnhòu

（聲音）低沉有力。（嗓音～）

同 **雄渾**（～的男中音）

反 **清脆**（～嘹亮的歌聲）

渾濁 húnzhuó

混濁。（～的江水）

同 **污濁**（～的廢水）

反 **清澈**（～的湖水｜～的目光）

愉快 yúkuài

快樂。（～的心情）

同 **高興**（～得手舞足蹈）**開心**（～時刻｜非常～）**快樂**（節日～｜～的童年）

反 **難過**（令人～｜心裏～）**傷心**（～落淚｜非常～）

惱人 nǎorén

讓人煩惱。（天天下雨，真～）

同 **煩人**（我發覺她很～）

反 **喜人**（～的成績）

惱怒 nǎonù

生氣，發怒。（聽到別人的風言風語，他十分～）

同 **惱恨**（心裏～不已）**惱火**（讓人～的消息）

惱羞成怒 nǎo xiū chéng nù

因為氣惱而發怒。（聽了大家的批評，他～）

同 **氣急敗壞**（騙術被揭穿後，他～地走了）

寒冬 hándōng

寒冷的冬天。（遭遇～）

同 隆冬（～時節｜時值～）
嚴冬（～季節｜難熬的～）

反 酷暑（～難耐）
盛夏（炎熱的～）

寒冷 hánlěng

氣温很低。（～的季節）

同 冰冷（手腳～｜～的湖水）

反 酷熱（天氣～）
温暖（～如春｜～的懷抱）
炎熱（氣候～）

富強 fùqiáng

出產豐富，力量強大。（繁榮～）

同 強盛（國家日益～）

反 貧弱（～的群體）

富貴 fùguì

有錢又有地位。（榮華～）

同 豪富（～之家）

反 貧賤（出身～）

富饒 fùráo

物產豐富；財源充足。（美麗～的國度）

同 豐饒（～的土地｜物產～）
富庶（～之邦）

反 貧瘠（～荒涼｜土地～）
貧困（～學生｜～山區）

款待 kuǎndài

十分優厚地接待。（盛情～）

同 接待（熱情～）
招待（～客人）

反 怠慢（～貴客）
慢待（～客人）

裁減 cáijiǎn

削減機構、人員、裝備等。（這次人事改革的重點是～人員）

同 減少（～損失｜數量～）
削減（大幅度～經費）

反 擴充（～軍備）
增加（～費用）

短見 duǎnjiàn

短淺的見解。（這是急功近利的～）

同 淺見（～寡聞）
拙見（一點～，請多指教）

反 高見（請問有何～？）
遠見（～卓識）

短促 duǎncù

（時間）非常短。（生命～）

同 短暫（～停留｜時間～）
急促（～的敲門聲）

反 漫長（～的歲月）

短缺
duǎnquē
物資缺乏，不足。（資金～）
同 缺乏（～經驗｜～信心）
反 充足（～的睡眠｜水分～）
足夠（有～的時間完成這項工作）

短淺
duǎnqiǎn
看法狹窄而不深入。（目光～）
同 膚淺（～的認識｜理解～）
反 深遠（～影響｜意義～）

短暫
duǎnzàn
表示時間、過程很短。（～休息）
反 長久（～以來）
永久（～的幸福｜～和平）

就任
jiùrèn
任職。（～總經理）
同 到任（新校長～）
上任（走馬～）
反 離任（辦理～手續）

就業
jiùyè
得到職業；參加工作。（～壓力）
同 從業（～人員）
反 失業（～保險）

就職
jiùzhí
正式到任。（～演説）
同 到職（新任經理已經～）
反 辭職（被迫～）
離職（～退休）

善良
shànliáng
心地純潔，沒有惡意。（心地～）
同 和善（説話～）
仁慈（寬厚～）
友善（態度～）
反 狠毒（～的心腸）
兇惡（面目～）

善始善終
shàn shǐ shàn zhōng
事情從開始到結束都做得很好。（做事要～，不要半途而廢）
同 有始有終（他做事～）
反 半途而廢（～豈不可惜）
虎頭蛇尾（學外語不能～，要堅持到底）

善意
shànyì
善良的心意，好意。（出於～）
同 好意（～相助｜一番～）
反 惡意（～誹謗｜～中傷）

減少 jiǎnshǎo
減去一部分。（事故數量～）
同 削減（～軍費｜～開支）
反 增加（～收入）
增添（～設備）
增長（～見識）

減輕 jiǎnqīng
減少重量或程度。（～壓力）
同 減弱（風力～｜強度～）
反 加劇（疼痛～｜矛盾～）
加重（病情～）

疏忽 shūhu
粗心大意；忽略。（一時～）
同 粗心（學習～）
反 謹慎（～從事｜小心～）
慎重（～考慮｜態度～）

疏遠 shūyuǎn
關係、感情上有距離；不親近。（關係～）
反 緊密（～結合｜聯繫～）
親密（～夥伴｜異常～）

疏導 shūdǎo
泛指引導使暢通。（善於～思想問題）
同 疏通（～管道｜～河道）
反 堵塞（～漏洞｜管道～）
阻塞（～通道｜交通～）

發人深省 fā rén shēn xǐng
發：啟發；省：醒悟。啟發人深刻思考，有所醒悟。（他的話～，讓人深思）
同 耐人尋味（這個故事的結局～）
引人深思（這是一篇質樸無華、～的好文章）

發生 fāshēng
原來沒有的事出現了。（～變化）
同 產生（～疑惑｜～矛盾）
出現（～故障）

發佈 fābù
宣佈。（新聞～會）
同 頒佈（～法規）
公佈（～名單｜～成績）
宣佈（～獨立）

發表 fābiǎo
向社會或集體表達意見。(～聲明)
同 發佈(～消息|～公告)
登載(～文章)
刊登(～廣告)

發放 fāfàng
把錢或物資發給一批人。(～救災物資)
同 分發(～材料|～試卷)
反 回收(廢品～)

發洩 fāxiè
盡量發出。(～不滿)
同 宣洩(～情緒)
反 忍耐(暫時～|學會～)

發怒 fānù
因憤怒而表現出粗暴的聲色舉動。(獅子～了)
同 惱火(非常～)
生氣(令人～)
反 息怒(請您～)
消氣(他還沒～)

發展 fāzhǎn
事情由小到大，由簡單到複雜，由低級到高級的變化。(～變化)
同 進展(～緩慢)
拓展(～業務|～範圍)
反 倒退(沒有人能讓時光～)
停滯(～不前)

發現 fāxiàn
經過研究、探索等，看到或找到前人沒有看到的事物或規律。(科學～)
同 發明(愛迪生～電燈)
察覺(不易～)
發覺(～氣氛凝重)

發掘 fājué
把埋藏的東西挖出來。後用來比喻發現未被注意到的東西。(～人才)
同 開掘(～地下寶藏)
挖掘(～坑道|～增產潛力)
反 埋藏(地下～着豐富的礦產)
埋沒(～才華)

發問 fāwèn
提出問題。(突然～)
同 提問(大膽～|老師～)
反 回答(～正確|大聲～)

發揚 fāyáng

發展和提倡優良作風、傳統等。（～民主）

同 **發揮**（～威力｜～專長）
弘揚（～正氣）

反 **壓制**（～人才）

發達 fādá

事物已有充分發展，很興盛。（交通～）

同 **興盛**（國家～）
興旺（事業～｜人丁～）

反 **落後**（經濟～）

發覺 fājué

開始知道了隱藏的或沒注意的事物。（～不妙）

同 **發現**（～問題）
覺察（沒有～到情況的變化）

隆冬 lóngdōng

冬天最冷的一段時間。（數九～）

同 **寒冬**（～臘月）
嚴冬（～季節）

反 **酷暑**（～難耐｜炎夏～）
盛夏（～時節｜時值～）

隆重 lóngzhòng

盛大莊重。（～的婚禮）

同 **盛大**（～的晚會｜規模～）

揮汗如雨 huī hàn rú yǔ

揮：灑，潑。形容天熱出汗多。（田野裏，農民伯伯～地勞作着）

同 **汗如雨下**（在烈日下工作的人們～）

揮金如土 huī jīn rú tǔ

揮：散。把錢財當成泥土一樣揮霍。形容極端揮霍浪費。（那些紈絝子弟～）

同 **揮霍無度**（由於他～，現在已經家徒四壁了）
一擲千金（他為了討好女朋友而～）

反 **節衣縮食**（戰亂年代，人們～，艱苦度日）
省吃儉用（老人一輩子～，才蓋了這幢房子）

揮舞 huīwǔ

舉起手臂搖擺。（～雙臂）

同 **揮動**（～拳頭｜～雙手）
舞動（～彩旗）

揮霍 huīhuò

任意花錢。(～無度)

同 浪費(鋪張～)

反 節約(～糧食)

惡劣 èliè

很壞。(品質～)

同 卑劣(～行徑 | 手段～)

反 良好(情況～ | 機器運轉～)

惡毒 èdú

陰險狠毒。(用心～)

同 歹毒(居心～ | ～如蛇蠍)
毒辣(陰險～ | 手段～)
狠毒(心腸～ | 出手～)

反 仁慈(～的老人)
善良(勤勞～ | 心地～)

殘忍 cánrěn

狠毒。(歹徒～地殺害了人質)

同 狠毒(心腸～)
兇殘(外表～,內心脆弱)

反 仁慈(對敵人不能～)

殘缺 cánquē

缺損,整體中缺少一部分。(這裏的壁畫～不全)

同 破損(～貨幣 | 文物～)

反 完好(～如初 | 保存～)
完整(～無缺)

殘暴 cánbào

殘忍兇惡。(生性～)

同 殘忍(～的手段)
兇殘(～的匪徒)

反 仁慈(～的心 | 寬厚～)

虛心 xūxīn

不自以為是,能夠接受別人的意見。(～請教)

同 謙虛(～謹慎 | 特別～)
謙遜(～誠懇 | 為人～)

反 驕傲(～自滿 | 感到～)
自滿(不能～ | 驕傲～)

虛弱 xūruò

身體不結實。(病後身體～)

同 孱弱(體質～)
衰弱(神經～)

反 健壯(只有擁有～的身體,才能更好地工作)
結實(他的身體一直很～)

虛情假意 xū qíng jiǎ yì

虛:假。裝着對人熱情,不是真心實意。(你不要～的,有話直說)

同 假心假意(你～的,想幹甚麼)

反 真情實感(文章要表達～,不要無病呻吟)
真心實意(她對你是～的)

虛張聲勢 xū zhāng shēng shì

並無實力而故意大造聲勢來嚇唬人。（你沒有必要在那裏～）

同 **裝腔作勢**（他總喜歡～）

反 **不動聲色**（儘管上司已經在質疑他，可他還是～）

虛擬 xūnǐ

不符合或不一定符合事實的。（～空間）

同 **模擬**（～試題｜～實戰）

反 **真實**（要講～情況）

虛懷若谷 xū huái ruò gǔ

虛：謙虛；谷：山谷。胸懷像山谷一樣深廣。形容十分謙虛，能容納別人的意見。（越是有學問的人，越是～）

同 **不恥下問**（他雖然知識淵博，但～）
謙虛謹慎（你們一定要～）

反 **目空一切**（他有點～）
自命不凡（他～，不能正確看待自己）

喧賓奪主 xuān bīn duó zhǔ

喧：聲音大。客人的聲音壓倒了主人的聲音。比喻外來的或次要的事物佔據了原有的或主要的事物的位置。（附樓的設計有些～）

同 **反客為主**（終於～，取得了主動）

喧鬧 xuānnào

喧嘩熱鬧。（～的人群）

同 **嘈雜**（市場～極了）
吵鬧（請不要大聲～）

反 **安靜**（教室裏很～）
寂靜（打破山林的～）
寧靜（～的港灣）
清靜（下班了，寫字樓漸漸～下來）

復仇 fùchóu

報仇。（～計劃）

同 **報仇**（～雪恨）

反 **報恩**（誠心～｜設法～）
感恩（～戴德）

復興 fùxīng

衰落後再興盛起來。（文藝～）

同 **復蘇**（草木～｜萬物～）

反 **衰敗**（～的景象）
衰落（家道～）

創立 chuànglì

初次建立。（～學說）

同 **創建**（～社團）
建立（～軍事基地）

反 **推翻**（～政權｜徹底～）

創造 chuàngzào

想出新辦法，創建新理論，作出新的成績。（～新紀錄）

同 創新（勇於實踐，大膽～）
發明（～創造｜科學～）

反 仿造（～的古董｜照樣～）
模仿（～動物的叫聲）

創新 chuàngxīn

拋開舊的，創造新的。（～精神）

同 創造（～未來｜～奇跡）
革新（～技術）

反 倒退（這是一種～）
守舊（～思想｜因循～）

描述 miáoshù

形象地敍述，描寫敍述。（～事情的經過）

同 表述（～的內容）
刻畫（～人物形象）
描寫（～細緻｜景物～）

描寫 miáoxiě

用語言文字等把事物的形象表現出來。（～得非常生動）

同 刻畫（人物性格～得非常成功）
描述（把當天的情景繪聲繪色地～了一遍）

描繪 miáohuì

描畫。（那幅畫～了春天的花園）

同 刻畫（《西遊記》把孫悟空～得活靈活現）
描寫（～景物｜人物～）

揭開 jiēkāi

把蓋在上面的東西取掉使顯露。（～鍋蓋）

同 打開（～禮品包裝）
掀開（～被子）

反 覆蓋（白雪～校園）

揭發 jiēfā

揭露。（～罪行）

同 告發（向司法機關～）
檢舉（揭發～）

反 包庇（～壞人）
隱瞞（～罪行）

揭露 jiēlù

使隱蔽的事物顯露。（～陰謀）

同 戳穿（假話被當場～）
揭穿（～騙人的把戲）

反 包庇（～壞人）
隱瞞（～真相）

喪失
sàngshī

失去。（～信心）

同 失掉（～了有利時機）
失去（～機會｜～信任）

反 得到（～消息｜設法～）
獲得（～新生｜～知識）
獲取（～情報｜～利潤）
取得（～進展｜～成功）

喪氣
sàngqì

因事情不順利而情緒低落。（垂頭～）

同 灰心（～失望）
沮喪（神情～）
洩氣（孩子們，別～）

反 振奮（令人～）
振作（精神～）

喋喋不休
dié dié bù xiū

說話沒完沒了。（她～地說個沒完）

同 嘮嘮叨叨（她老是～地訴說她坎坷的經歷）

反 默不作聲（～地坐在後面）
三緘其口（他～，就是不表態）

貴重
guìzhòng

價值高；值得重視。（～儀器）

同 昂貴（～的價格｜～的珠寶）
名貴（～字畫｜～藥材）
珍貴（～的禮物）

反 低廉（～的費用）
便宜（價錢～）

喝彩
hècǎi

大聲叫好。（高聲～）

同 叫好（紛紛～｜大聲～）

反 起鬨（故意～）

單純
dānchún

簡單純潔；不複雜。（思想～）

同 簡單（～易懂｜問題～）

反 複雜（情況～｜圖案～）

單調
dāndiào

簡單地重複而沒有變化。（旋律～）

同 單一（顏色～｜品種～）
枯燥（～乏味｜內容～）

反 豐富（生活～｜色彩～）

單獨
dāndú

不跟別的人合在一起，獨自。（～行動）

同 獨自（～徘徊｜～享用）
隻身（～前往｜～一人）

反 共同（～富裕｜～努力）
合夥（兩個人～做生意）

單薄
dānbó
（身體）瘦弱。（身體～）
同 瘦弱（～的身影）
反 健壯（體格～）
強健（～的體魄）

舒心
shūxīn
心情舒展，適意。（～的日子）
同 開心（～時刻）
舒暢（身心～）
愉悅（心情～）
反 苦悶（感到～）
鬱悶（～煩躁）

舒服
shūfu
身體或者精神上感到輕鬆愉快。（今天身體不～）
同 舒適（～愉快 | 生活～）
舒坦（日子很～）
反 難受（心裏～）

舒展
shūzhǎn
不蜷縮。（～眉頭）
同 伸展（～開來 | 難以～）
反 蜷縮（身體～成一團）

舒暢
shūchàng
舒服痛快。（心情～無比）
同 暢快（心情～ | ～淋漓）
舒心（～的微笑 | ～的日子）
反 鬱悶（消除～ | ～煩躁）

貿然
màorán
輕率地，不加考慮地。（～決定）
同 輕率（～地下結論）
反 慎重（～考慮）

費力
fèilì
耗費力量。（讀這篇文章很～）
同 費勁（別白～了）
吃力（老人家走路很～）
反 省力（網購年貨省時又～）

費心
fèixīn
耗費心思。（讓您～了）
同 操心（為孩子～）
費神（頗為～）
反 省心（孩子大了，我也～了）

費解
fèijiě
不好懂。（這首詩實在令人～）
同 難解（～之謎）
反 淺顯（文字～易懂）

提心吊膽
tí xīn diào dǎn

形容十分擔心或害怕。（她～地走過那座獨木橋）

同 **擔驚受怕**（東躲西藏、～的逃亡生涯並不好受）
心驚膽戰（看到如此血淋淋的場面，怎能不～）

提防
dīfáng

小心防備。（～競爭對手搞陰謀）

同 **防備**（～工作人員洩漏商業機密）
防範（～嚴密 | 有效～）

提供
tígōng

供給（意見、資料、條件等）。（～援助）

同 **供給**（保障～ | 大量～）
反 **索取**（～簡章 | 免費～）

提前
tíqián

（把預定的時間）往前移。（～動身）

同 **提早**（～出發 | ～準備）
反 **推遲**（～進行 | ～起飛）
延後（時間～ | 假期～）

提倡
tíchàng

宣傳事物的優點，鼓勵大家使用或實行。（～勤儉節約）

同 **宣導**（～誠實守信）
反 **反對**（極力～ | ～浪費）
禁止（～踐踏草坪 | ～逆行）

提高
tígāo

使位置、水平、品質、數量等方面比原來高。（～品質）

同 **抬高**（～身份）
反 **降低**（～要求）
下壓（～價格 | 逐漸～）

提問
tíwèn

提出問題來讓學生回答。（老師～）

同 **發問**（不停～ | 突然～）
反 **回答**（～問題 | ～準確）
解答（～疑難 | 耐心～）

提醒
tíxǐng

提出來使注意。（～學生注意交通安全）

同 **暗示**（他～我走開）
提示（～對方 | 特別～）

揚長而去
yáng cháng ér qù

揚長：大模大樣的樣子。大模大樣地逕自走了。（他說完便～，留下我一個人目瞪口呆地站在那裏）

同 拂袖而去（他十分生氣，～）

揚眉吐氣
yáng méi tǔ qì

揚起眉頭，吐出怨氣。形容擺脫了長期壓抑心情後高興痛快的樣子。（他捱過了窮困潦倒的日子，現在終於可以～了）

反 忍氣吞聲（對於老闆的訓斥，他只能～）

報仇
bàochóu

採取行動來打擊仇敵。（君子～，十年不晚）

同 復仇（～心理）

反 報恩（受人恩惠，要懂得～）

報答
bàodá

用實際行動來表示感謝。（～老師）

同 報效（～國家）
回報（～社會）

報酬
bàochou

由於使用別人的勞動、物件等而付給別人錢或實物。（勞動～）

同 酬金（～豐厚）
酬勞（應得的～）

散佈
sànbù

分散到各處。（～傳單）

同 傳播（～知識｜蚊蟲～疾病）
分佈（～合理｜～廣泛）

反 集中（人口～｜高度～）
聚集（～人馬｜大量～）
收集（～資料）

散開
sànkāi

由聚集而分離。（四下～）

同 分散（意見～）

反 集合（～出發）
聚攏（～起來）

散發
sànfā

發出，分發。（～宣傳單）

同 分發（～文件）
散佈（～流言）

反 集中（～精力）
收集（～證據）
收攏（～漁網）

朝秦暮楚
zhāo qín mù chǔ

秦、楚：戰國時的兩大強國。戰國時一些小國和謀士周旋於秦楚之間，時而依秦，時而依楚。後來以朝秦暮楚比喻反覆無常。（你既然已經有了女朋友，就不要再～，喜歡別的女孩了）

同 **朝三暮四**（他這個人～）

朝氣
zhāoqì

振奮向上的氣概。（富有～）

同 **活力**（～四射｜充滿～）
生機（～勃勃｜～盎然）

反 **暮氣**（～沉沉）

朝氣蓬勃
zhāo qì péng bó

形容充滿活力的樣子。（你們青年人～，好像早晨初升的太陽，充滿活力）

同 **生機勃勃**（萬物～）

反 **老氣橫秋**（年紀輕輕的，卻總是一副～的樣子）
暮氣沉沉（他年齡不大，卻顯得～）
死氣沉沉（課堂氣氛～的）

集中
jízhōng

把分散的人或事物聚集起來。（～力量）

同 **集合**（～各方面的意見）
聚集（～能量）

反 **解散**（～團隊）

集合
jíhé

把許多分散的人聚合在一起。（全體～）

同 **會合**（兩路人馬在目的地～）

反 **分散**（中國餐館～在世界各地）
解散（樂隊組合宣佈～）

集體
jítǐ

由許多人合起來的具有一定的組織和紀律的整體。（班～）

同 **群體**（弱勢～｜特殊～）
團體（學術～｜社會～）

反 **個人**（～愛好）
個體（～與整體）

勝利
shènglì

在鬥爭或競賽中打敗對方。（～閉幕）

同 **成功**（～發射｜試驗～）
戰勝（～對手｜～敵人）

反 **敗北**（我隊以一分之差～）
失敗（徹底～）
失利（選舉～）

温文爾雅
wēn wén ěr yǎ

態度温和，舉止文雅。（舉止～）

同 斯斯文文（他長得～的）
文質彬彬（他是一個～的年輕人）

反 粗聲粗氣（他一直那樣～）

温和
wēnhé

（性情、態度、言語等）不嚴厲、不粗暴，使人感到親切。（～的目光）

同 平和（心態～）
柔和（語調～）

反 暴躁（脾氣～）
粗暴（～干涉）
嚴厲（～批評）

温柔
wēnróu

温和柔順。（～可人）

同 柔順（性情～）
温和（待人～有禮）
温順（像小羊一般～）

反 暴躁（性格～）
火暴（～的脾氣）

温順
wēnshùn

温柔順從。（～體貼）

同 和順（～的性情 | ～的目光）
温柔（～敦厚 | ～可愛）

反 暴躁（脾氣～ | ～的性格）
粗暴（簡單～ | ～干涉）

温暖
wēnnuǎn

氣温適宜。（～如春）

同 暖和（春天的天氣比較～）

反 寒冷（北京冬天天氣十分～）

渴望
kěwàng

迫切地希望。（～自由）

同 巴望（～有好成績）
盼望（殷切～）
期望（不辜負父母的～）
希望（～成為數學家）

華麗
huálì

美麗而光彩。（～的辭藻）

同 富麗（～堂皇）
華貴（雍容～ | 裝飾～）

反 樸素（～大方 | 生活～）

喜不自勝
xǐ bù zì shèng

勝：能承受。喜歡得控制不了自己。形容非常高興。（他接到大學錄取通知書時，～）

同 **大喜過望**（聽到這個好消息，他不禁～）
喜出望外（他趕到醫院，見到剛出世的兒子，不禁～）

反 **痛不欲生**（得知妻子遇難，他～）

喜出望外
xǐ chū wàng wài

望：希望，意料。由於遇到沒有想到的好事而非常高興。（得知兒子得了冠軍，他～）

同 **大喜過望**（通過面試並被錄用，使我～）
歡天喜地（～過佳節）
喜不自勝（老師表揚了他，他～）
喜笑顏開（眾人聽了，無不～）
欣喜若狂（當他聽到女兒考上大學的好消息時，簡直～）

喜形於色
xǐ xíng yú sè

形：表現；色：臉色。內心的喜悅表現在臉上。形容抑制不住內心的喜悅。（他聽到這個好消息時，不禁～）

同 **眉飛色舞**（小張～地講述着那件離奇的事情）
喜上眉梢（聽到兒子升職的消息，老人～）

反 **悶悶不樂**（我勸了他半天，他還是～）
憂心忡忡（持續的停電令居民們～）

喜氣洋洋
xǐ qì yáng yáng

洋洋：得意的樣子。充滿了歡喜的神色或氣氛。（春節快到了，家家戶戶張燈結綵，人們個個～）

反 **愁眉苦臉**（就要開學了，他還沒有收到錄取通知，整天～）

喜笑顏開
xǐ xiào yán kāi

顏：臉色；開：舒展。形容心裏高興，滿面笑容。（到處是～的人們）

同 **笑顏逐開**（聽到這消息，他～）

反 **愁眉苦臉**（看你～的樣子，怎麼了）

喜悅
xǐyuè

愉快，高興。（內心充滿～）

同 歡喜（滿心～地走了）
欣喜（～萬分）
愉快（～的旅行）

反 哀愁（淡淡的～）
悲傷（～不已｜～的心情）
憂愁（～滿面｜～煩悶）
憂傷（感到～）

喜愛
xǐ'ài

對人或事物有好感。（～小動物）

同 愛好（～下棋）
酷愛（～書法）
喜歡（～旅遊）

反 討厭（～説謊）
厭惡（～説謊）

喜聞樂見
xǐ wén lè jiàn

喜歡聽，樂意看。指很受歡迎。（魔術表演是大家～的藝術形式）

同 膾炙人口（這是一首～的歌曲）

喜歡
xǐhuan

對人或事物有好感。（～踢足球）

同 喜愛（～閱讀）
喜好（他～下棋）

反 討厭（令人～的習慣）
厭惡（大家都～説謊的人）

搜索
sōusuǒ

仔細尋找。（～新聞）

同 查找（～資料｜到處～）
搜尋（～證據｜仔細～）
尋找（多方～｜～親人）

斯文
sīwen

文雅。（説話～）

同 文明（～禮貌｜～經商）
文雅（～清秀｜舉止～）

反 粗魯（～的傢伙｜舉止～）
粗野（動作～｜～無理）

貼切
tiēqiè

（措辭）恰當；確切。（用詞～）

同 恰當（分析～｜回答～）
妥帖（比喻～｜十分～）

反 牽強（～附會｜～穿鑿）

貼心
tiēxīn

最親近；最知己。（～話）

同 知心（～朋友）

貶低 biǎndī

降低評價。（不能借～別人來抬高自己）

同 貶損（～形象）
詆譭（～別人）

反 褒揚（～先進）

貶值 biǎnzhí

貨幣的購買力下降。（通貨膨脹引起貨幣～）

反 升值（～潛力｜有～空間）
增值（貨幣～）

貶義 biǎnyì

字句裏面有貶低或不好的意思。（含有～）

反 褒義（～詞）

悲哀 bēi'āi

傷心，難過。（一想起這些事情，她就～不已）

同 哀傷（～的目光）
悲傷（～的回憶）
憂傷（～落淚）

反 快樂（～時光｜節日～）
喜悦（～的心情｜無比～）

悲痛 bēitòng

傷心。（化～為力量）

同 哀痛（無限～）
悲哀（神情～）

反 高興（心裏～）
歡樂（～的笑聲）

悲傷 bēishāng

傷心難過。（他因～過度而昏了過去）

同 哀傷（～不已｜過度～）
悲哀（～的眼神｜神情～）

反 歡樂（～的人群｜～景象）
快樂（～的歌聲）
喜悦（成功的～）

悲慘 bēicǎn

處境或遭遇極其痛苦，令人傷心。（她的命運非常～）

同 悲苦（～的身世｜內心～）
淒慘（景象～｜～的故事）

反 幸福（～生活｜美滿～）

悲觀 bēiguān

精神頹喪，對事物的發展缺乏信心。（～的個性）

同 失落（～的心情）
失望（～的神色）

反 樂觀（～的精神｜～向上）

稍微 shāowēi

表示數量不多或程度不深。（～放點鹽）

同 略微（～懂一點法語）
稍許（心裏～舒服了一些）

稍縱即逝 shāo zòng jí shì

稍稍一放鬆就消失了。形容很容易過去。（機會～）

同 轉瞬即逝（時光如白駒過隙，～）

稀少 xīshǎo

不多見。（夜深了，路上行人～）

同 罕見（～的天文奇觀）

反 繁多（種類～｜花樣～）
眾多（人口～｜～賓客）

稀有 xīyǒu

少見的。（～品種）

同 罕見（～的奇觀）
少見（這種現象並不～）

反 常見（～蔬菜）

稀奇 xīqí

少而奇特，不平常。（～古怪）

同 稀罕（熊貓是一種～動物）
稀有（～金屬｜～品種）

反 常見（～故障｜～錯誤）
平常（～之事｜相當～）

稀稀拉拉 xī xī lā lā

稀疏的樣子。（會場裏只有～幾個人）

同 零零散散（紙片～地扔了一地）
稀稀落落（掌聲～）

反 密密麻麻（那張紙上～寫着好些字）

稀疏 xīshū

在空間或時間上的間隔大。（頭髮～）

同 疏落（沿途只有～的村莊）

反 密集（炮火～）
稠密（該地區人口～）

稀裏糊塗 xī li hú tú

頭腦糊塗，不清楚。（阿 Q ～就被送上了斷頭台）

同 糊裏糊塗（老人年紀大了，辦事～的）

反 耳聰目明（他雖然上了年紀可仍舊～）

稀薄 xībó
密度小。（空氣～）
同 稀少（人口～ | 日漸～）
反 稠密（樹葉～ | 分佈～）

進步 jìnbù
人或事物向前發展，比原來好。（虛心使人～）
同 長進（大有～）
反 退步（他的～讓老師很失望）

竣工 jùngōng
工程完成。（～典禮）
同 落成（大廈～）
完工（工程將在春節前～）
反 動工（～儀式 | 破土～）

勞而無功 láo ér wú gōng
辛苦勞作卻沒有功勞。（不按規律辦事，會～）
同 徒勞無功（媽媽給他請過不少家教，幫他補習功課，但都～）

勞苦 láokǔ
辛苦。（不辭～）
同 辛苦（工作很～）
辛勞（日夜～）

勞累 láolèi
由於過度的勞動而感到疲乏。（旅途～）
同 勞苦（～功高 | 不辭～）
疲勞（大家工作了一天，都很～）

勞動 láodòng
人類創造物質或精神財富的活動。（體力～）
同 勞作（田間～ | 辛勤～）
反 歇息（在樹下～）
休息（需要～）

勞碌 láolù
事情多而且辛苦。（一生～）
同 忙碌（為生活而奔波～）
反 清閒（她從早忙到晚，沒有一刻～）
悠閒（休假的日子很～）

渺小 miǎoxiǎo

微小。(個人是～的)

同 微小(～的偏差|～的裂紋)

反 偉大(～祖國)

補充 bǔchōng

原來不足或有損失時，增加一部分。(老師～了幾個詞)

同 增補(～人員)
增添(～設備)

反 縮減(～開支|大量～)

補償 bǔcháng

抵消(損失、消耗)，補足(缺欠、差額)。(加倍～)

同 彌補(～過失|設法～)
賠償(照價～|～損失)

著名 zhùmíng

有名，出名。(～作家)

同 出名(桂林因風景優美而～)
聞名(舉世～)
有名(他是那一帶～的醫生)
知名(～人士)

反 無名(～小卒|～英雄)

超凡脫俗 chāo fán tuō sú

超出、脫離塵世間的一切庸俗之事。形容人清高。(他具有～的氣質)

同 超然物外(他～，與世無爭)

反 俗不可耐(有的電視節目真是～)
庸俗不堪(整個演出～)

超越 chāoyuè

超出；越過。(～自我)

同 逾越(世界上沒有不能～的障礙)

期待 qīdài

期望；等待。(～的目光)

同 等待(耐心～機會)
期望(殷切～團圓)

期望 qīwàng

對未來的事物或人的前途有所希望和等待。(不辜負父母對我的～)

同 渴望(～自由)
期待(～重逢|充滿～)
希望(衷心～你事業成功)

欺負
qīfu

用蠻橫無理的手段侵犯、壓迫或侮辱。（～弱小）

同 欺凌（飽受～）
欺辱（受盡～）
欺侮（被人～）

反 愛護（～花草樹木）
保護（～公民合法權益）

欺凌
qīlíng

欺負；凌辱。（受盡～）

同 欺負（～小同學）
欺侮（不能～殘疾人）

欺詐
qīzhà

用狡猾奸詐的手段騙人。（～手段）

同 欺騙（～消費者）
詐騙（～行為）

欺壓
qīyā

欺負壓迫。（～弱勢群體）

同 壓迫（沒有～的社會）

反 保護（～眼睛）

欺騙
qīpiàn

用虛假的言語或行動來掩蓋事實真相，使人上當。（～世人）

同 坑騙（～錢財）
蒙蔽（被偏見～雙眼）
欺詐（商業～行為）

開心
kāixīn

心情快樂舒暢。（玩得真～）

同 高興（～極了）
快樂（～的童年 | 新年～）
愉快（～的心情）

反 難過（心裏～）
傷心（～流淚）

開拓
kāituò

開闢；擴展。（～處女地）

同 開闢（～邊疆）
拓展（～新的領域）

開門見山
kāi mén jiàn shān

比喻說話寫文章直截了當。（文章～，在開頭就提出了自己的觀點）

同 直截了當（他說話～，不喜歡拐彎抹角）

反 拐彎抹角（他說話～，我也不明白他是甚麼意思）

開明 kāimíng

思想開通，不頑固保守。（～人士）

同 **開通**（那個老人很～）
反 **保守**（思想～）
守舊（因循～）

開放 kāifàng

（花）展開。（競相～）

同 **盛開**（～的玫瑰）
綻放（百花～）
反 **凋謝**（～枯萎）

開始 kāishǐ

從某一點起步進行；也指開始的階段（新學期～了）

同 **開頭**（我們的學習剛～）
反 **結束**（會議～）
終止（工作被迫～）

開朗 kāilǎng

（思想、性格、心胸等）樂觀、暢快。（性格～）

同 **樂觀**（～的生活態度）
爽朗（～的笑聲）
反 **孤僻**（～的性格）
憂鬱（～的眼神）

開張 kāizhāng

商店等設立後開始營業。（～大吉）

同 **開業**（～典禮｜新店～）
反 **倒閉**（破產～｜公司～）
關閉（～虧損的企業）

開創 kāichuàng

開始建立。（～新天地）

同 **創辦**（～實業｜～雜誌）
創立（達爾文～了進化論）
反 **終結**（事情以失敗～）

開誠佈公 kāi chéng bù gōng

誠意待人，坦白無私。（～地向大家講明白）

同 **開誠相見**（雙方～，就邊界問題交換了意見）
推誠相見（朋友之間只有～，才能肝膽相照）
反 **爾虞我詐**（人與人之間應該真誠相待，何必～）
鉤心鬥角（雙方為了各自的利益，～）

開端 kāiduān

（事情的）起頭，開始。（良好的～是成功的一半）

同 **開頭**（文章的～很吸引人）
反 **結局**（故事～｜圓滿～）

開頭 kāitóu

事情、行動、現象等最初發生；也指開始的時刻或階段。（雨季剛～｜故事的～很吸引人）

同 開始（比賽～）
起始（～階段）

反 結尾（文章的～）
末尾（她在信的～署上自己的名字）

開辦 kāibàn

建立（公司、學校等）。（～工廠）

同 成立（～一家公司）
創辦（～一所學校）

反 關閉（那家工廠～了）

開導 kāidǎo

用道理啟發勸導。（耐心～）

同 啟發（～學生獨立思考）
勸導（耐心～）

反 蒙蔽（不被虛假廣告所～）

開闊 kāikuò

（面積或空間範圍）寬廣。（湖面～）

同 廣闊（～的原野）
寬闊（～的馬路）

反 狹小（～的房間）
狹窄（～的通道）

開闢 kāipì

開拓擴展。（～邊疆）

同 開創（～新局面）
開拓（勇於～｜～市場）

間斷 jiànduàn

不連續，中間隔斷。（他每天堅持跑步，從未～過）

同 中斷（關係～｜信號～）
中止（談判～）

反 持續（～高溫）
連續（～工作八小時）

答謝 dáxiè

受了別人的好處或招待表示謝意。（～新老客戶）

同 拜謝（登門～）
感謝（～信）
致謝（再次～）

反 報復（～行為｜存心～）

答覆 dáfù

對問題或要求給以回答。（老師已經作出了明確的～）

同 回答（～問題）
回覆（～信件）

反 詢問（～情況｜詳細～）

順次 shùncì

挨着次序。（～排開）

同 挨次（～檢查｜～看病）
挨個（～通知｜～輔導）
依次（～上前｜～入座）

順便 shùnbiàn

趁方便（做另一件事）。（～問一下）

同 捎帶（你出去時，～把垃圾扔了）
順手（出去時～把門關上）

反 特地（她～來看望你）
特意（～提醒他別忘帶身份證）
專程（～前往｜～拜訪）

順從 shùncóng

依照別人的意思，不違背，不反抗。（～對方）

同 服從（～領導｜～安排）
依從（～他的意見）

反 抵制（堅決～）
反抗（～壓迫）
抗拒（無法～）
違背（～規律｜～情理）

順順當當 shùn shùn dāng dāng

事情進展順利。（希望你這次能～把事情辦成）

同 一帆風順（祝大家畢業後工作～）

反 一波三折（事態的發展真是～）

順當 shùndang

順利。（事情辦得～）

同 順利（～進行｜工作～）

反 受挫（改革～｜進攻～）
受阻（前進～｜發展～）

順暢 shùnchàng

順利流暢。（呼吸～）

同 暢通（管道～）
流暢（線條～｜語言～）

反 晦澀（語句～難懂）

傑出 jiéchū

才能、成就出眾。（～的科學家）

同 非凡（～的功績｜成就～）
優秀（～學生｜～人才）
卓越（～的貢獻｜才識～）

反 平凡（～的一生）
普通（～民眾）

傑作 jiézuò

超過一般水平的好作品。（藝術～）

同 佳作（欣賞～）

反 拙作（～曾被翻譯成英文發表）

欽佩 qīnpèi

敬重佩服。（由衷地～他的毅力）

同 **敬佩**（我～他的奉獻精神）
佩服（他的勇氣令人～）

評判 píngpàn

判定勝負或優劣。（～好壞）

同 **判定**（～是非）
評定（～等級）

評價 píngjià

評定價值高低。（高度～）

同 **評估**（～損失）
評論（～是非）

評論 pínglùn

批評或議論。（撰寫～文章）

同 **評價**（～作品）
議論（發表～）

評選 píngxuǎn

評比推選。（～優秀學生）

同 **推選**（～民意代表）
選拔（～運動員）

註銷 zhùxiāo

取消登記過的事項。（～戶口）

同 **撤銷**（～職務）
取消（～資格）

反 **登記**（～住宿）
註冊（～商標）

痛不欲生 tòng bù yù shēng

悲痛得不想活下去。形容悲痛到極點。（失去親人，她～）

同 **悲痛欲絕**（初聞噩耗，～）
痛哭流涕（聽到祖父去世的消息，她～）

反 **欣喜若狂**（女兒得了冠軍，她～）

痛斥 tòngchì

深切地斥責。（～賣國賊）

同 **駁斥**（～論點｜加以～）
斥責（嚴厲～｜大聲～）

痛快 tòngkuài

舒暢；高興；盡興。（～淋漓｜暑假玩得真～）

同 **高興**（非常～｜～得手舞足蹈）
開心（～時刻｜非常～）
舒暢（令人～｜心情～）
盡興（玩得～｜～而歸）

反 **掃興**（感到～｜真是～）

痛苦 tòngkǔ

身體或精神感到非常難受。（忍受～）

同 **痛楚**（內心～｜～萬分）

反 **歡樂**（～的笑聲｜充滿～）
快樂（新年～｜～的童年）
幸福（～快樂｜～安康）
愉快（旅行～｜身心～）

痛恨 tònghèn

深切地憎恨。（～貪腐的行為）

同 **憎恨**（強烈～｜令人～）

反 **熱愛**（～生活｜～祖國）
喜愛（～足球｜～書法）

痛哭流涕 tòng kū liú tì

涕：眼淚。形容傷心到極點。（真不忍心看他那～的樣子）

同 **聲淚俱下**（她～地訴說着自己的不幸遭遇）
痛不欲生（海嘯中，親人全部遇難，他～）

反 **喜出望外**（得知母親的病情好轉，他～）
喜笑顏開（聽說兒子獲獎了，她～）

悶悶不樂 mèn mèn bù lè

因有不如意的事而心裏不快活。（我勸了他半天，他還是～）

同 **怏怏不樂**（捱了爸爸的批評後，他躲在屋裏～）
鬱鬱寡歡（失業後，他整日～）

反 **喜不自勝**（老師表揚了他，他～）

悶熱 mēnrè

天氣很熱，氣壓低，濕度大，使人感到呼吸不暢快。（～的天氣）

同 **燥熱**（天氣變得異常～）

反 **涼快**（秋天到了，天氣越來越～）
涼爽（氣候～宜人）

悶聲不響 mēn shēng bù xiǎng

不出聲，不説話。（每天放學回家後，小明都有説有笑的，可今天不知怎麼了，～的）

同 **默不作聲**（同學們都提出自己的想法，只有他～）
一聲不吭（你問他甚麼，他都～）

反 **誇誇其談**（他喜歡～）
滔滔不絕（他講起漫畫來就～）

登峰造極 dēng fēng zào jí

比喻學問、技能等達到極高的境地。（他的人物畫在當時可謂到了～的地步）

同 **歎為觀止**（大自然的鬼斧神工令人～）

反 **平淡無奇**（這幅畫的內容和技法都～）

登記 dēngjì

把有關事項寫在特備的表冊上以備查考。（～結婚）

同 **註冊**（公司已經～了）

反 **註銷**（～賬戶｜已經～）

登場 dēngchǎng

上場，出場。（閃亮～）

同 **登台**（～演出｜演員～）
上場（運動員～）

反 **退場**（演出完畢～）

登程 dēngchéng

上路，起程。（他們明天～）

同 **出發**（準時～）
起程（拂曉～）

反 **到達**（平安～）
抵達（～目的地）

結合 jiéhé

互相發生密切聯繫。（勞逸～）

同 **組合**（自由～）

反 **分離**（從海水中～出鹽）

結束 jiéshù

發展或進行到最後階段，不再繼續。（戰爭～）

同 **停止**（比賽～）
完結（官司尚未～）
終止（合作～）

反 **開始**（～動工）

結果 jiéguǒ

在一定階段，事物發展所達到的最後狀態。（比賽～）

同 **結局**（～圓滿｜故事的～）

反 **起因**（事情的～很複雜）
原因（查明～｜主要～）

絕處逢生
jué chù féng shēng

在毫無出路的情況下又有了新的生路。(他落難遇上好人，～)

同 **起死回生**(傳説中有一種仙草，可以～)
死裏逃生(他在地震中～)

反 **走投無路**(我如果不是～了，也不會來求你)

絕望
juéwàng

希望斷絕；毫無希望。(處於～之中)

同 **無望**(～地等待 | 取勝～)

反 **有望**(年底～搬進新居)

絕情
juéqíng

冷酷而無情義。(別太～了)

同 **無情**(～無意)

反 **多情**(温柔～)
深情(飽含～)

絕無僅有
jué wú jǐn yǒu

只此一個，別無他有。(這座橋在中國～)

同 **獨一無二**(這樣的瓷器在世界上是～的)

反 **比比皆是**(現代社會，馳騁於政壇的成功女性～)

十三畫

馳名中外
chí míng zhōng wài

中國和外國都知道。形容名聲傳播得很遠。(這是本地特產，~)

同 舉世聞名（~的萬里長城）
眾所周知（由於~的原因，他離開了我們的公司）

反 默默無聞（幾十年來，他一直~地工作着）

馳騁
chíchěng

騎馬奔馳。（~疆場）

同 奔馳（汽車在高速公路上~）

勤勉
qínmiǎn

勤奮。（~學習）

同 勤奮（~學習）
勤勞（~的民族）

反 懶惰（~思想）
懈怠（精神~）

勤勞
qínláo

努力勞動，不怕辛苦。（~勇敢）

同 勤快（做事~）
辛勤（~工作）

反 懶惰（~成性）
懈怠（對工作她不敢有絲毫~）

勤勤懇懇
qín qín kěn kěn

勤勞而踏實。（他在平凡的崗位上~地工作了幾十年）

同 兢兢業業（工作上他一直~）

反 懶懶散散（工作人員表現得~）

勤儉
qínjiǎn

勤勞而儉樸。（~節約）

同 節儉（生活~）

反 浪費（~能源）
鋪張（~浪費）

勤奮
qínfèn

努力地工作或學習。（~好學）

同 刻苦（~訓練）
努力（~學習）
勤勉（~好學）

反 懶惰（不要養成~的習慣）
懈怠（學習~）

敬佩
jìngpèi

敬重佩服。(由衷～)

同 **佩服**(我～他的勇氣)
欽佩(他的毅力令人～)

敬重
jìngzhòng

恭敬尊重。(受人～)

同 **敬佩**(由衷地～)
尊敬(～老師)
尊重(～長輩的意見)

幹練
gànliàn

又有才能又有經驗。(機智～)

同 **精幹**(這個經理非常～)
老練(處事～|～穩重)

感人肺腑
gǎn rén fèi fǔ

指使人內心深受感動。(他的發言～)

同 **動人心弦**(～的旋律與輕柔優美的舞姿完美地融合在一起)
感人至深(英雄的事蹟～)

反 **無動於衷**(不論她怎麼懇求,父母還是～)

感恩戴德
gǎn ēn dài dé

戴:尊奉,推崇。感激別人的恩惠和好處。(這是他們的職責,你無須對他們～)

同 **感恩圖報**(～本是人之常情)

反 **恩將仇報**(你怎麼能夠～)
忘恩負義(他是一個～的傢伙)

感動
gǎndòng

思想感情受外界事物的影響而激動,引起同情或羨慕。(～得流下了淚水)

同 **激動**(這是一個～人心的時刻)
打動(那首歌～了無數聽眾)
感染(他的熱情也～了大家)

感想
gǎnxiǎng

跟外界事物接觸而引起的想法。(同學們爭先恐後地發表自己的～)

同 **感觸**(深有～)
感受(～頗深)

感歎 gǎntàn
有所感觸而歎息。（～不已）
同 **感慨**（～萬分｜無限～）
慨歎（～人生｜發出～）

感激 gǎnjī
因對方的好意和幫助而對其產生好感。（～不盡）
同 **感謝**（～捐款人｜萬分～）
反 **怨恨**（不要～批評你的人）

感謝 gǎnxiè
感激或用言語行動表示感激。（～大家的關心）
同 **感激**（由衷地～那位好心人）
謝謝（～你的提醒）
反 **仇恨**（刻骨的～）
怨恨（事已至此，你也不要～我）

感觸 gǎnchù
跟外界事物接觸而引起的思想情緒。（深有～）
同 **感受**（請你談談參加這次實踐活動的～）
感想（看了這篇文章，你有甚麼～）

匯合 huìhé
聚集；會合。（兩江～）
同 **匯聚**（把大家的意見～起來）
集合（～隊伍）
反 **分流**（人車～｜資金～）

匯集 huìjí
聚集。（～材料）
同 **集合**（學生在學校東門～）
聚集（人們～在一起）
反 **分散**（猶太人～在世界各地）

歲月 suìyuè
年月。（漫長的～）
同 **光陰**（～似箭｜虛度～）
年華（青春～｜虛度～）
時光（～流逝｜童年～）

當初 dāngchū
泛指從前或特指過去發生某件事情的時候。（早知今日，何必～）
同 **當時**（～我不在現場）
起初（～，問題並不嚴重）
反 **後來**（事情～的發展，與當初的設想背道而馳）

當即 dāngjí

立即，馬上就。（～表態）

同 即刻（～起程 | ～回復）
立即（～處理 | ～執行）

反 事後（～他向我道歉）

當面 dāngmiàn

在面前；面對面（做某件事）。（～指出）

同 當眾（～解釋 | ～開獎）

反 背地（～搞鬼 | ～嘀咕）
背後（～議論 | ～指摘）

當前 dāngqián

目前，現階段。（～的任務）

同 目前（～局勢 | ～的情況）
現在（從～開始）

反 將來（～的生活 | ～的計劃）
未來（憧憬着美好的～）

當時 dāngshí

指過去發生某件事情的時候。（～他說過這些話）

同 其時（～我也在場）

反 事後（～我就把那件事情忘了）

傲慢 àomàn

輕視別人，沒有禮貌。（態度～，盛氣凌人）

同 高傲（～自大 | 態度～）
驕傲（～自滿 | ～使人落後）

反 謙虛（～謹慎 | 為人～）
謙遜（態度～ | ～有禮）
虛心（～求教 | ～接受）

傷心 shāngxīn

由於遭受不幸或不如意的事而心裏痛苦。（～落淚）

同 悲傷（～過度 | 極度～）
難過（令人～ | 心裏～）
痛苦（感到～ | ～萬分）

反 高興（暗自～ | 非常～）
歡喜（～異常 | 滿心～）
開心（玩兒得很～ | ～時刻）

傷害 shānghài

使身體組織或思想感情受到損害。（受到～）

同 損害（長期操勞～了他的健康）

微小 wēixiǎo

十分小。（～的進步）

同 細微（～的變化 | ～差別）
細小（～的水流 | ～的沙塵）

反 巨大（損失～ | ～的聲音）
龐大（～臃腫 | ～的機構）

微不足道 wēi bù zú dào

微小到不值得一提。（這點小事情～）

同 **不足掛齒**（別客氣，這點小事～）
微乎其微（戰勝對手的可能性～）
無足輕重（在辦公室，他是一個～的小人物）

反 **舉足輕重**（他的作用～）

微風 wēifēng

輕微的風。（～拂面）

同 **和風**（～細雨 | ～麗日）
輕風（～徐來，水波蕩漾）

反 **大風**（雷雨～天氣 | 颳～）
狂風（～大作 | ～暴雨）

微微 wēiwēi

程度很淺。（～一笑）

同 **略微**（弟弟～比我高一點）
稍微（心裏～舒服了一些）

反 **深深**（致以～的敬意）

愛不釋手 ài bù shì shǒu

喜愛得不肯放手。（他拿着那本書，～）

同 **愛不忍釋**（好不容易撿到的貝殼，他捧在手中，～）

反 **不屑一顧**（他對名利～）

愛好 àihào

喜愛。（～旅遊）

同 **喜愛**（～戶外運動）
喜好（～畫畫）
喜歡（～游泳）

反 **討厭**（令人～）
厭惡（～說謊）
憎惡（～壞人）

愛財如命 ài cái rú mìng

把錢財看得像生命一樣重。形容愛錢，小氣。（葛朗台～）

同 **愛錢如命**（他是個～的人）

反 **揮金如土**（他沒有多少錢，卻過着～的生活，所以才會負債纍纍）

愛惜 àixī

因重視、珍惜而不糟蹋。（～人才）

同 **愛護**（～生命 | ～公共設施）
珍惜（～勞動成果 | ～幸福生活）

反 **浪費**（～時間 | 鋪張～）
糟蹋（～糧食）

愛慕 àimù

由於喜歡或敬重而願意接近。

同 傾慕（～之情）
仰慕（～大名｜～已久）

愛戴 àidài

敬愛並且擁護。（李教授深受學生～）

同 擁戴（衷心～｜受到～）
反 唾棄（受人～｜遭到～）

愛護 àihù

愛惜並保護。（～公物）

同 愛惜（～糧食｜～時間）
保護（～動物｜生態～）
關愛（～兒童｜～生命）
反 摧殘（～花朵｜受到～）
破壞（～環境｜～團結）
損壞（～公物｜～嚴重）

煞白 shàbái

由於恐懼、憤怒或某些疾病等原因，面色白，沒有血色。（他被嚇得臉色～）

同 慘白（臉色～）
蒼白（～的皮膚）
反 紅潤（～的小臉蛋兒）

煞費苦心 shà fèi kǔ xīn

費盡了心思。（媽媽為了化解父子之間的矛盾，真是～）

同 費盡心機（為了得到這個職位他～，最終卻竹籃打水一場空）

廉潔 liánjié

不損公肥私，不貪污。（～的品格）

同 廉明（～公正）
清廉（～正直）
反 腐敗（嚴懲～）
腐化（生活～）

道別 dàobié

辭行。（向親朋好友～）

同 辭別（他～父母便啟程了）
告別（～儀式｜臨行～）
反 相聚（再次～｜～一堂）

道賀 dàohè

指對別人的喜慶事表示祝賀。（上門～）

同 道喜（人們前來～）
賀喜（給您～）
反 弔唁（～逝者）

道歉 dàoqiàn

表示歉意，特指認錯。（～認錯）

同 致歉（特此～）
反 問罪（興師～）

道謝 dàoxiè

用言語表示感謝。（登門～）

同 **感謝**（我真不知道怎麼～你才好）
致謝（鞠躬～）

反 **埋怨**（互相～）
責備（～的口吻）

道聽途説 dào tīng tú shuō

從道路上聽到，在道路上傳説。泛指傳聞的，沒有根據的話。（不要相信～的消息）

同 **捕風捉影**（如果沒有證據，就是～）
信口開河（他只是～，你千萬別當真）

反 **耳聞目睹**（在那裏我～了一些非常有趣的事情）

塑造 sùzào

用文字描寫人物形象。（～人物形象）

同 **創造**（～典型 | ～奇蹟）

慈祥 cíxiáng

老年人的態度、神色和藹安詳。（～的長者）

同 **和藹**（～可親 | 態度～）
仁慈（心腸～ | 寬厚～）

反 **兇惡**（～的面孔 ）
兇狠（～毒辣）

慈善 císhàn

對人關懷，富有同情心。（～機構）

同 **和善**（説話～）
仁慈（寬厚～）

反 **歹毒**（用心～）
兇殘（～的匪徒）

慈愛 cí'ài

年長者對年幼者慈祥關愛。（～的母親）

同 **仁愛**（她既善良又～ | ～之心）

反 **嚴厲**（～批評 | 態度～）

溺愛 nì'ài

過分寵愛。（～孩子）

同 **寵愛**（～小動物）

慌忙 huāngmáng

急忙；不從容。（～站起來）

同 **急忙**（～衝出教室）

反 **從容**（～不迫）

慌張 huāngzhāng

心裏不沉着；動作忙亂。（神情～）

同 **慌亂**（心情～ | ～的腳步）
驚慌（～失措 | 神色～）

反 **沉着**（～應對 | ～冷靜）
鎮靜（面對突發狀況，他依然保持～）

慌亂 huāngluàn
慌張而混亂。（～不安）
同 慌張（神色～）
驚慌（～失措）
反 鎮定（～自若）
鎮靜（沉着～）

慌慌張張 huāng huāng zhāng zhāng
形容特別慌亂，不沉着，不穩當。（她～地跑了進來）
同 慌裏慌張（遇事不要那麼～的）
反 不慌不忙（我都急死了，他卻還是～的）

肅靜 sùjìng
嚴肅寂靜。（保持～）
同 安靜（～的環境｜異常～）
反 喧鬧（～的人群｜～的城市）

違反 wéifǎn
不符合（法則、規程等）。（～規定）
同 違背（～約定）
違犯（～紀律）
反 遵守（～法律）

違心 wéixīn
不是出於本心；跟本意相反。（～話）
反 甘心（～做無名英雄）
情願（認賭服輸，我～接受獲勝一方的處罰）

違抗 wéikàng
違反和抗拒。（～命令）
同 抵抗（頑強～）
反抗（極力～）
抗拒（無法～）
反 服從（～上司的安排）
聽從（～勸告）

違背 wéibèi
違反，不遵守。（～諾言）
同 違反（～協議）
違犯（～法規）
反 遵守（～法律）
遵循（～規律）

隔岸觀火 gé àn guān huǒ
隔着河看人家着火。比喻對別人的危難不去援助，在一旁看熱鬧。（朋友有難，你們怎麼能夠～，無動於衷）
同 冷眼旁觀（老人被車撞倒，路人卻～）
袖手旁觀（當別人需要幫助時，我不能在一旁～）

隔絕
géjué

隔斷。（音信～）

同 **斷絕**（～關係｜～來往）
隔斷（甚麼也不能～我們的友誼）

反 **聯繫**（～密切｜保持～）

搬動
bāndòng

把東西從一處運到別處。（不要～這塊石碑）

同 **挪動**（～身體）
移動（～雙腳）

搬遷
bānqiān

改換住所。（那家工廠已經～了）

同 **搬家**（忙着～）
喬遷（～之喜｜擇日～）

反 **定居**（回國～｜永久～）

勢不兩立
shì bù liǎng lì

敵對的事物不能同時存在。（兩人因誤會分道揚鑣，～）

同 **不共戴天**（～的仇敵）
水火不容（兩人矛盾異常突出，～）

反 **和睦相處**（鄰里之間～）
和平共處（地球是人類與其他生物～的家園）

勢必
shìbì

根據形勢推測必然會怎樣。（～如此）

同 **必將**（～勝利｜～成功）
必然（～如此｜～結果）

反 **未必**（～屬實｜～盡然）

照看
zhàokàn

照管。（～嬰兒）

同 **看管**（～倉庫｜～小孩）
照料（～老人｜細心～）
照顧（～病人｜破例～）

照料
zhàoliào

照管。（他把父母～得很好）

同 **照顧**（～家人｜特殊～）
照管（～寵物｜～孩子）

照常
zhàocháng

和平常一樣。（～營業）

同 **依舊**（她的身材～那麼苗條）
照舊（節假日營業時間～）

照舊 zhàojiù
跟原來一樣。（一切～）
同 依舊（風光～｜～年輕）
照常（～營業｜～上課）

照顧 zhàogù
特別注意，加以優待。（特殊～）
同 照看（～小孩｜細心～）
照料（～老人｜精心～）

過分 guòfèn
超過一定的程度或限度。（～強調）
同 過度（～放縱｜～緊張）
反 適當（～鍛煉｜～活動）

過世 guòshì
離開人世。（祖父剛剛～）
同 去世（突然～）
逝世（不幸～）

過失 guòshī
因疏忽而犯的錯誤。（彌補～）
同 錯誤（～的決定｜～的方向）
過錯（彌補～｜承認～）
失誤（～難免｜～連連）
反 功勞（～不小｜汗馬～）

過度 guòdù
超過適當的限度。（～勞累）
同 過分（～執着｜説話～）
反 適度（難易～｜～限制）
適中（價格～｜大小～）

過時 guòshí
過了規定的時間。（～不候）
同 過期（～商品｜已經～）
反 流行（～音樂）
入時（打扮～）

過問 guòwèn
參與其事；參加意見。（親自～）
同 干涉（～內政）
干預（～此事）

過程 guòchéng
事情進行或事物的發展所經過的程式。（事件～）
同 進程（和平～）
歷程（心路～）

過猶不及
guò yóu bù jí

過：過分；猶：像；不及：達不到。事情做得過頭，就跟做得不夠一樣，都是不合適的。（俗話說："～"，要嚴格要求，但不能體罰，棍棒起不到教育孩子的作用）

反 **恰到好處**（火候掌握得～）
恰如其分（大家對他的工作給予了～的評價）

過錯
guòcuò

過失；不正確的事物、行為等。（這不是你的～）

同 **差錯**（匆忙中出了～）
錯誤（犯～ | 改正～）
過失（原諒別人的～）

塗改
túgǎi

抹去原來的字，重新寫。（反覆～）

同 **刪改**（～文章 | 進行～）
修改（～章程 | ～計劃）

鼓勵
gǔlì

激發；勉勵。（孩子的每一次進步，父母都應給予～和表揚）

同 **激勵**（精神～）
勉勵（～學生努力學習）

反 **打擊**（～積極性）

搖晃
yáohuàng

搖擺。（桌子在～）

同 **晃動**（風鈴～ | 樹影～）
晃悠（樹枝在風中來回～）
搖擺（鞦韆前後～）
搖動（左右～）

搖搖欲墜
yáo yáo yù zhuì

搖搖：搖動的樣子；墜：落下。形容十分危險，很快就要掉下來，或不穩固，很快就要垮台。（貪污腐敗使得這屆政府～）

同 **岌岌可危**（幾天的暴雨，河堤～）
危如累卵（堤壩～，時刻有被沖垮的可能）

反 **堅如磐石**（他的意志～）
穩如泰山（不管發生甚麼樣的事，他都～）

搖旗吶喊
yáo qí nà hǎn

原指古代作戰時搖着旗子，大聲喊殺助威。現比喻給別人助長聲勢。（啦啦隊在旁～）

同 擂鼓助威（主帥親自～）
吶喊助威（比賽中，觀眾為隊員們～）

鼎沸
dǐngfèi

形容喧鬧、混亂，像水在鍋裏沸騰的樣子。（街市上人聲～）

同 沸騰（熱血～）
澎湃（洶湧～｜心潮～）

反 平靜（心情～）

鼎盛
dǐngshèng

正處於興盛強壯。（國力～）

同 昌盛（國家～｜繁榮～）
興盛（事業～）

反 衰敗（國家～）
衰落（家道～）

鼎鼎大名
dǐng dǐng dà míng

形容名聲很大。（他就是～的護林英雄）

同 赫赫有名（她雖然年紀不大，但已是珠寶界～的人物）
聞名遐邇（景德鎮的瓷器～）

反 默默無聞（～地耕耘在教學第一線）

鼎新
dǐngxīn

去除舊的，開創新的。（～時代）

同 創新（開拓～）
革新（技術～）

反 守舊（觀點～｜因循～）

暖和
nuǎnhuo

（氣候、環境等）不冷也不熱。（屋子裏很～）

同 温和（氣候～）
温暖（～如春）

反 寒冷（天氣～）

愁苦
chóukǔ

憂愁苦惱。（～的面容）

同 悲苦（臉上露出～的神情）

反 歡樂（充滿～｜～的歌聲）
快樂（～得像隻小喜鵲）

愁眉苦臉 chóu méi kǔ liǎn

形容愁苦的神色。（球賽輸了，隊員們一個個～）

同 **愁容滿面**（孩子的醫藥費還沒借到，她～地坐在手術室外）

反 **笑容滿面**（他～地走進來）
笑顏逐開（人們興高采烈，～）

愁眉緊鎖 chóu méi jǐn suǒ

形容憂愁苦惱的樣子。（他～，一副心事重重的樣子）

同 **愁眉不展**（他～，好像有甚麼心事）

反 **眉開眼笑**（老奶奶看到小孫子，立刻～）

愁悶 chóumèn

憂愁煩悶。（心情～）

同 **煩悶**（～的情緒）

反 **舒心**（～的日子｜活得～）

傳神 chuánshén

形容非常像。（人物～）

同 **逼真**（造型～｜生動～）
生動（細膩～｜～的描寫）

反 **失真**（音響～｜畫面～）

傳授 chuánshòu

把知識教給別人。（～技藝）

同 **講解**（～新課）
講授（～知識）

反 **接受**（～饋贈）

傳揚 chuányáng

傳播，散播。（～開來）

同 **傳播**（～科學｜～疾病）
散播（～謠言｜廣泛～）

傳統 chuántǒng

守舊。（～觀念）

同 **保守**（思想～）

反 **時髦**（～打扮）
新潮（～服飾）

傳播 chuánbō

廣泛散佈。（～文化知識）

同 **傳佈**（蒼蠅～細菌）
散佈（～謠言）

毀滅 huǐmiè

摧毀消滅。（～地球）

同 **摧毀**（木馬病毒～電腦操作系統）
消滅（把害蟲～光）

毀壞
huǐhuài

損壞；破壞。(～文物)

同 破壞(～環境)
損壞(～公物)

反 保護(～大自然)
修復(～破損文物)

遊刃有餘
yóu rèn yǒu yú

刀刃運轉於骨節空隙中，還有迴旋的餘地。比喻工作熟練，有實際經驗，解決問題毫不費事。(他是高級技工，幹這活兒是～)

同 應付自如(對本職工作，他已經～)

遊手好閒
yóu shǒu hào xián

指人遊蕩懶散，不願參加勞動。(此人不學無術，～)

同 好吃懶做(因為～，他家徒四壁)
好逸惡勞(～的品性，終於使他走上了犯罪道路)
無所事事(他東逛逛，西轉轉，整天～)

反 任勞任怨(他做事勤勤懇懇，～，年年被評為優秀員工)

新秀
xīnxiù

新出現的成績卓著的人才。(體壇～)

同 新人(培養～)
新星(影壇～)

反 老將(乒壇～)
元老(法律界的～)

新陳代謝
xīn chén dài xiè

陳：陳舊的；代：替換；謝：凋謝，衰亡。指生物體不斷用新物質代替舊物質的過程。也指新事物不斷產生發展，代替舊的事物。(～是事物發展的一般規律)

同 破舊立新(要想不斷前進，就要～)
推陳出新(只有產品不斷～，企業才有活力)

反 停滯不前(這幾年，公司的發展～)

新穎
xīnyǐng

新而別致。(式樣～)

同 獨特(風味～ | ～的構思)
新奇(～的小玩意兒 | ～的想法)

反 陳舊(設備～ | 觀念～)

新鮮 xīnxiān
沒有變質的。（～蔬菜）
反 **腐爛**（水果～｜～的屍體）

惹火燒身 rě huǒ shāo shēn
比喻自討苦吃，或自取滅亡。（你還是少說幾句，以免～）
同 **惹是生非**（你老老實實在家待着，不要出去～）
引火焚身（因為擔心～，所以他不願出庭作證）

惹是生非 rě shì shēng fēi
招惹是非，或引起口角。（他常常出去～）
同 **無事生非**（為甚麼你～，跑到公司來大吵大鬧）
反 **安分守己**（他是一個～的人，只想安安靜靜地過日子）

惹眼 rěyǎn
特別引人注目。（分外～）
同 **顯眼**（～的地方）
醒目（格外～）

損人利己 sǔn rén lì jǐ
使別人受到損失而使自己得到好處。（不要幹～的事情）
反 **捨己為人**（～的高尚品格值得我們學習）
先人後己（他處處～）

損失 sǔnshī
沒有價值地消耗或失去。（～慘重）
同 **損耗**（扣除～｜自然～）
反 **收穫**（～極大｜學習～）
收益（～很大｜全年～）

損害 sǔnhài
使事業、利益、健康、名譽等蒙受損失。（～健康）
同 **傷害**（～感情｜造成～）
損壞（～公物｜部分～）
損傷（輕度～｜物理～）
危害（～集體｜沒有～）
反 **愛護**（～一草一木）
愛惜（～人才｜～時間）
保護（～野生動物）

損傷 sǔnshāng
使受傷害。（嚴重～）
同 **傷害**（～感情｜造成～）
損害（～班級利益）
反 **保護**（～大自然｜～視力）

損壞 sǔnhuài

使失去原來的使用效能。（～公物）

同 毀壞（～文物｜全部～）
破壞（～生產｜嚴重～）

反 修復（～工程已經完成）
修繕（～一新｜重新～）

搶手 qiǎngshǒu

（商品）很受歡迎。（～貨）

同 暢銷（商品～各地）
熱銷（～圖書）

反 滯銷（～產品）

搶先 qiǎngxiān

趕在別人之前。（～一步）

同 領先（遙遙～）
率先（～進入決賽）

搶救 qiǎngjiù

在緊急危險的情況下迅速救護。（～傷患）

同 急救（～措施）
挽救（～生命）

搶奪 qiǎngduó

用強力把別人的東西奪過來。（～財物）

同 掠奪（瘋狂～自然資源）
搶劫（～銀行｜～錢財）

反 歸還（～圖書｜按時～）

嗜好 shìhào

特殊的愛好（多指不良的）。（不良～）

同 愛好（我的～很廣泛）
癖好（他對買書有很深的～）
喜好（他最大的～是打籃球）

暗示 ànshì

用含蓄的言語或示意的舉動使人領會。（他～我走開）

反 明示（敬請～｜煙盒上應～“吸煙有害健康”）

暗淡 àndàn

昏暗，不明亮。（前途～）

同 昏暗（～的小屋｜天色～）

反 明亮（燈光～）

暗算 ànsuàn

暗中圖謀傷害或陷害。(～別人)

同 **暗害**(險遭～)
謀害(～忠良)
陷害(～好人)

號召 hàozhào

召喚大家共同去做某一件事。(～大家為災區捐款)

同 **動員**(～年輕人參加義工)
召喚(勝利在～我們)

矮小 ǎixiǎo

又矮又小。(身材～)

反 **高大**(～挺拔)
魁梧(～健壯 | ～的身材)

傾盆大雨 qīng pén dà yǔ

雨下得就像用盆子倒下來似的。形容雨很大。(外面下着～,劃過的閃電不時照亮了漆黑的夜空)

同 **大雨如注**(外邊～)
瓢潑大雨(～從天而降)

反 **細雨霏霏**(花在～的季節綻放)

傾倒 qīngdǎo

倒下。(～下來)

同 **倒塌**(地震中大量房屋～)

反 **矗立**(蒼松～在懸崖上)
聳立(巍然～)

傾訴 qīngsù

完全說出心裏的話。(～衷腸)

同 **傾吐**(～心聲)
訴說(～苦衷 | ～思念)

傾慕 qīngmù

傾心愛慕。(～之情)

同 **愛慕**(～之心 | 表示～)

傾聽 qīngtīng

細心地聽取。(側耳～)

同 **諦聽**(凝神～音樂)
聆聽(～教誨)

反 **傾訴**(～衷腸)
傾吐(～苦衷)

傾囊相助
qīng náng xiāng zhù

比喻援助別人十分慷慨，可以倒出囊中的一切。（對於有困難的人，他總是～）

同 慷慨解囊（老人為希望工程～）
傾其所有（為了給孩子治病，他～）

反 一毛不拔（大家都說他是～的鐵公雞）

義不容辭
yì bù róng cí

在道義上不允許推辭。（這是每一位公民～的責任）

同 責無旁貸（保護地球，我們～）

義憤填膺
yì fèn tián yīng

義憤：對違反正義的事情所產生的憤怒；膺：胸。指內心充滿義憤。（他的行徑，讓所有正直的人～）

同 滿腔義憤（大家～地譴責肇事逃逸的司機）
怒火中燒（不由得～）

反 麻木不仁（你怎麼能這樣～）

滔滔不絕
tāo tāo bù jué

形容話多，連續不斷。（他～地說了一個小時）

同 喋喋不休（她～地說個沒完）
口若懸河（他平時～，到關鍵時刻卻一言不發）

反 三言兩語（他～就把問題解釋清楚了）

慎重
shènzhòng

謹慎認真。（～對待）

同 謹慎（小心～｜～處理）
審慎（～地考慮｜十分～）
鄭重（～聲明｜～其事）

反 草率（馬虎～｜～行事）
輕率（不～表態）

概況
gàikuàng

大概的情況。（發展～）

同 概貌（中國地理～）

反 詳情（了解案件～）

署名
shǔmíng

在書信、文件或文稿上簽上自己的名字。（在信末尾～）

同 簽名（～售書｜報到時要～）

反 匿名（～信｜～舉報）

置之不理
zhì zhī bù lǐ

之：代詞，它；理：理睬。放在一邊，不理不睬。（他對大家的勸告～）

同 **束之高閣**（會考結束了，他將復習資料～）
置若罔聞（他對親人的勸告～）

置身事外
zhì shēn shì wài

身：自身。把自己放在事情之外，毫不關心。（面對受災同胞，我們怎麼可能～）

同 **漠不關心**（你怎能夠如此～）
事不關己（～，高高掛起）
袖手旁觀（朋友有困難，我們怎麼能夠～）

反 **責無旁貸**（關心下一代，我們～）

置若罔聞
zhì ruò wǎng wén

置：放，擺；若：好像。放在一邊，好像沒有聽見似的。指不予理睬。（問題如此嚴重，你們不能～）

同 **充耳不聞**（你怎麼能對父母的話～呢）
熟視無睹（對於這種缺乏社會公德的行為，人們已經～）
置之不理（醫生對病人提出的要求不能～）

置信
zhìxìn

相信。（這真是令人難以～）

同 **相信**（～自己）

反 **猜疑**（互相～）
疑惑（～不解）

滑稽
huájī

有趣而引人發笑的。（動作～）

同 **風趣**（～幽默｜語言～）
詼諧（～有趣｜説話～）
幽默（～的故事｜輕鬆～）

反 **呆板**（表情～）
死板（內容～）
嚴肅（～認真）

愧疚
kuìjiù

慚愧不安。（內心～）

同 **內疚**（～不安）
歉疚（深感～）

萬人空巷
wàn rén kōng xiàng

空巷：街道和里弄中的人全部走空。指家家戶戶的人都從街巷裏出來了。多形容慶祝、歡迎等盛況。（演出那天～）

同 **萬頭攢動**（時間雖然還早，但廣場上已經是～了）

反 **寥寥無幾**（會議室裏的人～）

萬不得已
wàn bù dé yǐ

表示無可奈何，不得不如此。（他是～才來道歉的）

同 **被逼無奈**（他～，只好轉學）
迫不得已（面對眾人質問，他～撒了一個彌天大謊）

反 **心甘情願**（～去最艱苦的地方工作）

萬事亨通
wàn shì hēng tōng

亨通：通達順利。一切事情都很順利。（祝你～，步步高升）

同 **萬事大吉**（過了這最後一關就～了）
萬事如意（祝你新年快樂，～）

萬念俱灰
wàn niàn jù huī

所有的想法和打算都破滅了，甚麼希望都不存在了。（遭受打擊後，他～）

同 **大失所望**（他的表現令人～）
心灰意冷（考試失利也不應該～）

反 **信心百倍**（～地迎接未來）
雄心勃勃（他～，準備大刀闊斧幹一場）

萬眾一心
wàn zhòng yī xīn

千萬個人一條心。形容團結一致。（～，眾志成城，抗擊疫病傳播）

同 **同心同德**（只有上下一心，～，才能鑄就輝煌）
同心協力（我們只有～，才能戰勝困難）
眾志成城（面對洪水，我們～）

反 **離心離德**（私心太重導致球隊～）

萬紫千紅
wàn zǐ qiān hóng

形容百花齊放，顏色艷麗。（這是一個～的季節）

同 **姹紫嫣紅**（春天的花園，一派～）

萬象更新 wàn xiàng gēng xīn
萬象：宇宙間一切景象；更：變更。事物或景象改變了樣子，出現了一番新氣象。（春回大地，～）
同 **煥然一新**（學校經過佈置，～）

萬籟俱寂 wàn lài jù jì
萬籟：自然界萬物發出的各種聲響；寂：靜。形容周圍環境非常安靜，一點聲響都沒有。（入夜後，山中～）
同 **鴉雀無聲**（教室裏～）
反 **人聲鼎沸**（操場上～）

聖潔 shèngjié
神聖而純真潔淨。（心靈～）
同 **純潔**（心地～ | ～善良）
高潔（～的情懷 | 品行～）
神聖（～的使命 | 莊嚴～）

遏制 èzhì
阻止，壓抑。（～不住胸中的怒火）
同 **壓制**（～批評 | ～不住）
抑制（難以～ | ～衰老）
反 **放縱**（教育兒童，不可過於～）

稠密 chóumì
多而密。（人口～）
同 **繁密**（草木～）
濃密（～的秀髮）
反 **稀少**（人煙～）
稀疏（鬍鬚～）

意味深長 yì wèi shēn cháng
含義深刻，耐人尋味。（老人樸素的話語～）
同 **耐人尋味**（文章的結尾～）
意味無窮（他的話語～）

意氣風發 yì qì fēng fā
意氣：意志和氣概；風發：像風吹一樣迅猛。形容精神振奮，氣概豪邁。（運動員們鬥志昂揚，～）
同 **神采飛揚**（病人經過長時間的康復治療，重新精神煥發，～）
反 **垂頭喪氣**（罪犯～地被押走了）
心灰意冷（一連串的打擊令他～）

意料之外 yì liào zhī wài
在預料的範圍之外。（～，卻在情理之中）
同 **出乎意料**（比賽結果真有些～）
反 **意料之中**（罪行敗露是～的事情）

煩惱 fánnǎo
煩悶苦惱。（消除～）
同 煩悶（心裏～） 苦惱（令人～）
反 暢快（～淋漓｜心情～） 愉快（心情～｜生活～）

煩悶 fánmèn
心情不暢快。（～不暢）
同 鬱悶（感到～）
反 舒暢（心情～） 愉快（旅途～）

煩瑣 fánsuǒ
繁雜瑣碎。（～的手續）
同 瑣碎（她總是被那些～的事困擾）
反 簡潔（～的文字｜語言～）

煩躁 fánzào
煩悶急躁。(～不安)
同 急躁（情緒～｜脾氣～） 焦躁（～不安）
反 平靜（～地面對一切）

落井下石 luò jǐng xià shí
比喻乘人危急的時候，加以陷害。（她家已經到了這個地步，別再～了）
同 乘人之危（別人有難，我們不能～）

落成 luòchéng
（建築物）完工。（禮堂～）
同 竣工（～典禮按時舉行） 完工（教學大樓提前～）

落伍 luòwǔ
比喻人或事物跟不上時代。（觀念～）
同 落後（～地區｜工藝～）
反 超前（～消費｜技術～）

落後 luòhòu
共同前進時，落在別人後面；也指停留在比較低的發展水平上。（我比他～近 100 米｜經濟～）
同 落伍（他受傷了，但仍不願～，盡量跟上大家｜產品設計～）
反 領先（比賽中，他一直跑在前面，遙遙～） 先進（～經驗）

落落大方 luò luò dà fang
舉止自然大方，不拘束。（她～，温文爾雅）
反 扭扭捏捏（在客人面前不要～的）

碰巧 pèngqiǎo

湊巧，恰好。（～遇上）

同 湊巧（～趕上｜事情～）
恰巧（～來到｜～碰上）

反 不巧（～得很｜真是～）

碰壁 pèngbì

比喻遇到嚴重阻礙或遭到拒絕，事情辦不成。（處處～）

同 受阻（進攻～）
遇阻（前進～）

反 順利（～通過）

節約 jiéyuē

節省。（～原材料）

同 節儉（生活～）
節省（～能源）

反 揮霍（～無度｜大肆～）
浪費（～糧食）

節儉 jiéjiǎn

用錢等有節制。（日子過得很～）

反 鋪張（～浪費｜大肆～）
奢侈（～品｜生活～）

綁紮 bǎngzā

捆紮，包紮。（他簡單地～了一下傷口，又繼續前進了）

同 捆綁（～結實｜～柴草）
捆紮（～包裹｜～行李）

反 解開（～衣服）
鬆開（～雙手｜～繩子）

經久 jīngjiǔ

經過很長的時間。（他的演講贏得了～不息的掌聲）

同 長久（要有～的計劃）
持久（藥效～｜曠日～）

反 短暫（～停留｜時光～）

經常 jīngcháng

常常，時常。（他～出差）

同 常常（人們～會犯一些小錯誤）
時常（咽炎～伴有咳嗽）

反 偶爾（我們都很忙，只是～見見面）

頑皮 wánpí

愛玩兒愛鬧，不聽勸導。（～可愛）

同 淘氣（他是一個～鬼）
調皮（～搗蛋）

反 規矩（他是個～人）
聽話（～的孩子）

頑固 wángù

思想保守，不願意接受新鮮事物。（～不化）

同 保守（思想～）
固執（～己見）

反 開明（～人士）
開通（她的父母很～，能接受新事物）

頑強
wánqiáng

堅強，強硬。（作風～）

同 **堅強**（～的性格｜～不屈）

反 **脆弱**（感情～｜～的神經）
柔弱（～女子｜外表～）

想入非非
xiǎng rù fēi fēi

原為佛家語，表示虛幻的境界。想到非常玄妙虛幻的地方去了。形容完全脱離現實地胡思亂想。（你不要坐在那裏～了）

同 **癡心妄想**（人們用"癩蛤蟆想吃天鵝肉"，比喻人不切實際，～）
胡思亂想（你不要～了，他會平安歸來的）

想方設法
xiǎng fāng shè fǎ

想出各種方法來做某事。（～尋求出路）

同 **千方百計**（～解決問題）

反 **束手無策**（當地醫生對他的病～）
無計可施（他恨得咬牙切齒，卻又～）

想念
xiǎngniàn

對景仰的人、離別的人或環境不能忘懷，希望見到。（～好友）

同 **掛念**（時刻～親人）
思念（～祖國）

跟隨
gēnsuí

在後面緊接着向同一方向行動。（緊緊～着媽媽）

同 **跟從**（～旅遊指引）
追隨（～導師）

反 **帶領**（他～同學們走出森林）

飽經風霜
bǎo jīng fēng shuāng

形容經受了很多的艱苦磨煉。（老人～的臉上露出了笑容）

同 **歷盡滄桑**（這些建築雖～，但仍風采依舊）

反 **養尊處優**（～，無所事事）

飽滿
bǎomǎn

豐滿。（顆粒～）

同 **豐滿**（內容～）

反 **乾癟**（～的豆莢）

頌揚
sòngyáng

歌頌讚揚。（～功德）

同 **歌頌**（大力～｜盡情～）
讚頌（～祖國｜～園丁）

解除 jiěchú

去掉；消除。（～一切後顧之憂）

同 免除（～關稅｜～學費）
消除（～火災隱患）

反 保留（～古蹟｜長久～）

解救 jiějiù

使脫離危險或困境。（～遇險的遊客）

同 營救（設法～遇險民眾）
援救（緊急～）

解脫 jiětuō

擺脫。（從痛苦中～出來）

同 擺脫（～困境）

解答 jiědá

解釋回答。（請專家～）

同 回答（～問題）

反 發問（不停～｜突然～）
提問（老師鼓勵學生大膽～）

解僱 jiěgù

停止僱傭。（被～）

同 辭退（～工人）

反 僱傭（～新的員工）
聘請（～輔導員）

解說 jiěshuō

口頭上解釋說明。（～員）

同 講解（～有關知識）
解釋（對自然現象作出科學的～）
說明（～原因）

解釋 jiěshì

分析闡明；說明含義、原因、理由等。（詳細～病情）

同 解說（～得一清二楚）
說明（詳細～情況）

試探 shìtàn

嘗試探索。（～深淺）

同 嘗試（不要輕易～）
摸索（處於～階段）
探索（～大自然的奧秘）

試圖
shìtú

打算做某事。（飛機～着陸）

同 打算（～下週去上海）
企圖（～東山再起）

誇大
kuādà

超過了原有的程度。（故意～）

同 浮誇（言語～）
誇張（大肆～）

誇大其詞
kuā dà qí cí

寫作或言談過分誇張，超過真實情況。（有的廣告為了製造轟動效應，往往～）

同 言過其實（他的話不能都信，因為他有時～）

反 恰到好處（這個詞用得～）

誇張
kuāzhāng

誇大，言過其實；也指一種修辭方式。（他説話太～｜～手法）

同 誇大（～事實）
誇飾（～自己）

反 寫實（～派繪畫）

誇誇其談
kuā kuā qí tán

説話或寫文章浮誇，不切實際。（他喜歡～，可沒有甚麼本事）

同 高談闊論（你們兩個～，到底在談些甚麼）
滔滔不絕（他一説起自己的工作來，就～）

誇獎
kuājiǎng

讚頌人或事物的優點。（受到～）

同 稱讚（一致～｜交口～）
誇讚（～他勤奮好學）
讚揚（高度～）

反 批評（～缺點｜嚴厲～）

誇耀
kuāyào

向別人顯示自己有本領、功勞、地位、勢力等。（～自己的學識）

同 賣弄（～小聰明｜～歌喉）
炫耀（～財富）

詼諧
huīxié

説話有趣，引人發笑。（～風趣）

同 風趣（説話～）
滑稽（動作～）
幽默（～的語言）

反 乏味（枯燥～）

誠心誠意 chéng xīn chéng yì

真誠實在的心意。（～地幫助別人）

同 **真心誠意**（他對你是～的）
真心實意（他交了幾個～的朋友）

反 **虛情假意**（有話直說，別在這裏～了）

誠實 chéngshí

言行跟內心思想一致（指好的思想行為），不虛假。（做人要～）

同 **老實**（他是一個～人）
真誠（態度～）

反 **虛假**（～報導｜～資訊）
虛偽（～的微笑）

誠懇 chéngkěn

真誠而懇切。（態度～）

同 **誠摯**（～友好的氣氛）
真誠（待人～）
真摯（～的友誼）

反 **偽善**（裝出一副～的面孔）
虛偽（～狡詐）

詭計 guǐjì

狡詐的計策。（～多端）

同 **奸計**（識破～）
陰謀（～暴露｜～得逞）

詭辯 guǐbiàn

無理狡辯。（不要～）

同 **狡辯**（～抵賴｜百般～）
強辯（無理～）

詳情 xiángqíng

詳細的情況。（探聽～）

反 **概況**（地理～）
梗概（故事～）

詳細 xiángxì

周密細緻。（～計劃）

同 **詳盡**（內容～｜～記載）
翔實（資料～可靠）

反 **簡略**（～說明）

詳盡 xiángjìn

詳細而全面。（記載～）

同 **詳細**（～分析｜～情況）
翔實（準確～）

反 **扼要**（～說明｜簡明～）
簡略（陳述過於～）

十四畫

對比
duìbǐ

（兩種事物）相對比較。（兩種面料～一下）

同 比較（～大小）
對照（～檢查｜前後～）

對立
duìlì

相互矛盾，相互排斥，相互鬥爭。（～雙方）

同 抵觸（～情緒｜互相～）
矛盾（自相～）

反 統一（～行動）
團結（～協作）

對抗
duìkàng

雙方對立，相持不下。（～賽）

同 抵抗（～病毒入侵）
抗衡（無人能與他～）

反 屈服（不向困難～）
退讓（暫時～）

對答
duìdá

回答問題或問話。（～如流）

同 回答（～問題｜正確～）
應答（～自如｜無人～）

反 發問（突然～｜不停～）
提問（向主持人～）

對答如流
duì dá rú liú

對答：回答。回答問話像流水一樣快。形容口才好，反應快。（面試時，他～，贏得了主考官的青睞）

同 應答如流（無論提甚麼問題，她都～）
有問必答（所提問題，他～，從不迴避）

反 吞吞吐吐（他～，欲說還休，似有難言之隱）
無言以對（在鐵的事實面前，他～）

遞交
dìjiāo

當面送交。（～申請書）

同 呈交（～報告）

反 接受（～禮物）

疑心
yíxīn

懷疑。（我～他是間諜）

同 懷疑（～別人｜不要～）

疑惑 yíhuò
心中不明白，不相信。（一臉～）
同 困惑（內心～｜使人～）
迷惑（～的眼神｜～不解）

疑惑不解 yí huò bù jiě
心裏不明白，不理解。（我有些～，她怎麼退步這麼厲害）
同 迷惑不解（這個問題他一直～）

疑雲 yíyún
像烏雲一樣聚積的疑問。（驅散心中的～）
同 疑團（～叢生）

遙望 yáowàng
向距離很遠的地方看。（～星空）
同 眺望（～遠山｜隔江～）
遠望（放眼～｜登高～）

遙遙無期 yáo yáo wú qī
形容沒有期限。（目標的實現仍舊是～）
同 曠日持久（～的官司）
反 為期不遠（我們搬進新居的日子已經～了）
指日可待（勝利已是～）

歉疚 qiànjiù
覺得對不住別人，對自己的過失感到不安。（深感～）
同 慚愧（～的神情）
愧疚（內心～）
內疚（～的心理）

寥若晨星 liáo ruò chén xīng
稀疏得像早晨的星星一樣。形容非常稀少或罕見。（這樣的足球天才～）
同 寥寥可數（路上的行人～）
寥寥無幾（電影院裏的觀眾～）
屈指可數（這條街道上的餐廳～）
反 不勝枚舉（歷史上這樣的悲劇～）
多如牛毛（圖書館裏各類圖書～）

寥寥無幾
liáo liáo wú jǐ

形容非常稀少。(大廳裏的人～)

同 寥寥可數(他成了村裏～的大學生)
寥若晨星(像他這樣的天才～)

反 比比皆是(誇大其詞的廣告～)
不計其數(樹上的果實～)
不勝枚舉(這些年來,他做的善事～)

實心實意
shí xīn shí yì

內心真誠,毫不虛假。(她心地善良,總是～待人)

同 誠心誠意(～地幫助別人)
真心實意(～幫助同學)
真心真意(～為顧客服務)

實行
shíxíng

實際施行。(～新的養老政策)

同 施行(～新法規)
實施(該法規已付諸～)

實施
shíshī

實行。(付諸～)

同 施行(本法於9月1日起開始～)
實行(～經濟改革)
推行(～普通話)

反 廢止(～合同)

實際
shíjì

客觀存在的事物。(客觀～)

同 事實(歪曲～|～確鑿)
現實(理想與～|～世界)

漏洞
lòudòng

(說話、做事、辦法等)不周密的地方;破綻。(～百出)

同 破綻(露出～)
疏漏(～之處)

漏洞百出
lòu dòng bǎi chū

形容理由不充分,處處有漏洞。(他的謊言～)

同 破綻百出(他的話～,十分可疑)

反 滴水不漏(他說話～)
天衣無縫(他自認為做得～,無人能察覺)
無懈可擊(論文說理透闢,～)

慘重
cǎnzhòng

形容損失極其嚴重。（這次車禍損失極其～）

同 **深重**（～的災難｜罪孽～）
嚴重（～的後果｜傷勢～）

反 **輕微**（傷勢～）

盡人皆知
jìn rén jiē zhī

所有的人都知道。形容極為有名。（他的醫術非常高明，在附近這一帶～）

同 **家喻戶曉**（他是我們這個地方～的人物）
眾所周知（～，環境污染已經嚴重損害我們的健康）

盡力
jìnlì

用盡一切力量。（～而為）

同 **竭力**（～說服別人）

盡如人意
jìn rú rén yì

一切都很合乎人的心意。（不求～，但求無愧我心）

同 **稱心如意**（他終於找到一份～的工作）

反 **大失所望**（她今天的表現讓老師～）

盡情
jìnqíng

最大限度地滿足自己的情感，不受拘束。（～玩耍）

同 **盡興**（祝大家唱得開心，玩得～）
縱情（～歌唱）

盡善盡美
jìn shàn jìn měi

完美到極點，沒有絲毫缺點和不足。（希望自己能夠做到～）

同 **十全十美**（世上沒有～的事）

反 **一無是處**（這不要把別人說得～）

夢想
mèngxiǎng

特別渴望實現的想法。（實現～）

同 **幻想**（不切實際的～）
空想（沉溺於～之中）
理想（遠大的～）

反 **現實**（正視～｜逃避～）

緊迫
jǐnpò

不容許遲延。（情勢～）

同 **急迫**（時間非常～）
緊急（險情十分～）

緊急 jǐnjí

必須立即採取行動，不容許拖延。(～關頭)

同 急迫(我了解你的～心情)
緊迫(時間～，馬上行動)

緊密 jǐnmì

十分密切，不可分割。(～聯繫)

同 密切(～注視 | ～關注)

反 鬆散(～的結構 | 紀律～)

暢快 chàngkuài

舒暢快樂。(聽了他的話，頓時覺得～了許多)

同 舒暢(心情～)
痛快(～淋漓)

反 憂鬱(～的眼神)
鬱悶(心情～)

暢所欲言 chàng suǒ yù yán

痛痛快快地說出想要說的話。(討論會上，大家～)

同 各抒己見(大家～，氣氛熱烈)
一吐為快(他把心中的積鬱～)

反 吞吞吐吐(說話不要～)
欲言又止(他～，似乎有顧慮)

暢通 chàngtōng

無阻礙地通行或通過。(～無阻)

同 暢達(交通～)
通暢(語句～ | 呼吸～)

反 堵塞(用路障～路口)
阻塞(～交通)

暢銷 chàngxiāo

銷路廣，賣得快。(～全國)

同 搶手(～貨 | 十分～)
熱銷(這款手機正在～)

反 滯銷(～的商品 | 長期～)

豪放 háofàng

氣魄大而無所拘束。(文風～)

同 奔放(熱情～ | 自由～)
豪邁(灑脫～ | ～的氣概)

反 拘謹(態度～)

豪爽 háoshuǎng

豪放爽直。(性情～)

同 豪放(～不羈 | 生性～)
直爽(說話～ | 性子～)

豪華 háohuá

生活十分鋪張，講究排場。（～奢侈）

同 **奢侈**（～浮華｜～品）
奢華（追求～｜～的外表）

反 **簡陋**（房屋～｜～的佈置）
簡樸（生活～｜衣着～）

豪傑 háojié

才能出眾的人。（英雄～）

同 **俊傑**（識時務者為～）
英雄（～本色｜～人物）

反 **小人**（提防～｜無恥～）

屢見不鮮 lǚ jiàn bù xiān

經常見到而不感到新鮮。（沙塵暴每年都會出現，已經～了）

同 **司空見慣**（他經常遲到，這已經是～的事情了）

境況 jìngkuàng

多指經濟方面的狀況。（家裏～不好）

同 **處境**（改變困難的～）
景況（～不容樂觀）
境遇（～淒慘）

聚精會神 jù jīng huì shén

集中精神。（～地聽講）

同 **全神貫注**（上課時要～）
專心致志（～地學習）

反 **心猿意馬**（他看起來有點～）

嶄新 zhǎnxīn

極新。（～的帽子｜～的面貌）

同 **簇新**（～的西裝）
全新（～的產品｜～面孔）

反 **陳舊**（傢具～｜觀念～）

旗開得勝 qí kāi dé shèng

軍隊的旗子剛一展開就打了勝仗。比喻事情一開始就取得好成績。（聽說你要去參加數學競賽，祝你～）

同 **馬到成功**（我衷心祝願所有的考生～，金榜題名）
一舉奪魁（在這次數學競賽中，他～）

反 **出師不利**（中國隊～，所有選手都未進入決賽）

旗鼓相當 qí gǔ xiāng dāng

比喻雙方力量不相上下。（雙方～，一時很難分出勝負）

同 **勢均力敵**（兩隊～，只能看臨場發揮了）

竭力
jiélì

表示盡最大的力量。（～幫助）

同 極力（～推薦｜～反對）
盡力（～而為｜～幫忙）

竭盡全力
jié jìn quán lì

用盡全部力量。（醫務人員～搶救病人）

同 不遺餘力（他～地促成了此事）
全力以赴（～投入賑災工作）

慚愧
cánkuì

因為自己有缺點、做錯了事或未能盡到責任而感到不安。（為以前的行為感到～）

同 內疚（他因自己做錯事而感到～）
羞愧（～萬分）

反 無愧（問心～）
自豪（感到～）

寧死不屈
nìng sǐ bù qū

寧可死去，也不屈服。（為堅持真理，～）

同 寧為玉碎（～，不為瓦全）
寧折不彎（錚錚鐵骨，～）

反 苟且偷生（隱忍於世，～）
貪生怕死（～的懦夫）

寧靜
níngjìng

1. 沒有聲音。（～的夜晚）

同 安靜（請大家保持～）
寂靜（～的田野）
清靜（寺院裏很～）
幽靜（～的湖邊小徑）

反 嘈雜（人聲～）
吵鬧（請不要大聲～）
喧鬧（～的人群）

2. （心情）平靜。（～以致遠）

同 安靜（她不久就～下來睡着了）
平靜（他的心情很～）
恬靜（～的微笑）

反 煩躁（～不安）
焦躁（～的情緒）

寧願
nìngyuàn

寧可。（～站着死，不願跪着生）

同 寧可（～多跑一趟）
寧肯（～自己受委屈）
情願（～冒險｜心甘～）

趕巧 gǎnqiǎo

湊巧。（上午我去找他，～他不在家）

同 **湊巧**（她暈倒時我～在旁邊）
碰巧（昨天我～在地鐵裏遇到了他）

反 **不巧**（你要找他，真是～，他剛剛出去了）

趕忙 gǎnmáng

趕緊。（他誤會了，我～向他解釋）

同 **急忙**（她發現廚房起火，～拿滅火器滅火）
連忙（小孩摔倒了，我～把她扶起來）

趕快 gǎnkuài

抓住時機，加快速度。（你還是～回家吧）

同 **趕緊**（你～來幫我一把）

趕緊 gǎnjǐn

抓緊時機，毫不拖延。（他快不行了，～送醫院吧）

同 **趕快**（時間不早了，我們～走吧）
趕忙（～站起來）

反 **拖延**（事情緊急，不要～時間）

蒼白 cāngbái

白而略微發青。（鬢髮～）

同 **慘白**（嘴唇～）
灰白（頭髮～）
煞白（臉色～）

反 **紅潤**（～的膚色｜面龐～）

蒼老 cānglǎo

面貌、聲音等顯出老態。（沉重的打擊使他顯得更加～）

同 **衰老**（身體～）

反 **年輕**（～力壯）

蒼涼 cāngliáng

寂寞冷落。（滿目～）

同 **淒涼**（滿目～｜晚景～）

反 **繁華**（～的都市｜～景象）
熱鬧（～的場面）

蒙昧 méngmèi

沒有文化；未開化。（從～走向文明）

同 **野蠻**（～時代）
愚昧（有～無知）

反 **開化**（地球上還有未～的部落）
文明（～古國）

蒙冤
méngyuān

受冤枉。(～入獄)

同 含冤(他父母～而死)

反 昭雪(平反～)

蒙蔽
méngbì

隱瞞真相，使人上當。(～善良的人)

同 蒙騙(～顧客)
欺騙(～消費者)

反 揭發(～問題)
揭露(～罪行)

蒙難
méngnàn

遭到災難。(不幸～)

同 遇難(他們因飛機失事而～)

反 獲救(遇險船員已全部～)
脫險(順利～)

嘈雜
cáozá

聲音雜亂，喧鬧。(人聲～)

同 吵鬧(屋子裏傳出～聲)
喧鬧(～的城市)

反 安靜(保持～)
寂靜(～的山林)
寧靜(享受片刻～)

嘔心瀝血
ǒu xīn lì xuè

形容費盡心思。(老師為了培育英才，～地工作)

同 殫精竭慮(為了提高產品質量，工程師～)
費盡心思(他～，終於策劃了一場精彩的節目)
煞費苦心(他為了孩子的健康，每天～均衡飲食)

反 敷衍了事(工作應該兢兢業業，～的態度是行不通的)
敷衍塞責(他的檢討只是～而已)

構成
gòuchéng

形成；造成。(～犯罪)

同 形成(～風氣)
造成(～損失 | ～傷害)

構築
gòuzhù

修築。(～防禦工事)

同 建築(～摩天大樓)
修築(～鐵路)

反 拆除(全～老舊建築)
拆毀(～城牆)

榜上有名
bǎng shàng yǒu míng

比喻中選或被批准。(孩子～，父母非常高興)

同 金榜題名(～是許多讀書人夢寐以求的事情)

反 榜上無名(錄取名單已經公佈了，他～)
名落孫山(在會考中，他～)

榜樣 bǎngyàng

值得學習或效仿的人或事物。（他是我們學習的好～）

同 **表率**（父母是孩子的～）
楷模（學習的～）
模範（遵紀守法的～）

輔助 fǔzhù

從旁幫助。（多加～）

同 **幫助**（～互相～）
協助（從旁～）

輔導 fǔdǎo

幫助和指導。（～功課）

同 **指導**（監督～）

輕巧 qīngqiǎo

重量小而靈巧。（～靈活）

同 **靈巧**（～的雙手）

反 **笨重**（～的行李）

輕而易舉 qīng ér yì jǔ

形容事情容易做。（這可不是一件～的事）

同 **手到擒來**（這件事對他來說簡直是～，小菜一碟）
易如反掌（他是數學家，解這道數學題，對他來說～）

反 **舉步維艱**（由於金融危機的影響，公司經營～）

輕快 qīngkuài

（動作）不費力。（舞步～）

同 **輕捷**（～的腳步｜～迅速）

反 **沉重**（步履～｜～的負擔）

輕易 qīngyì

1. 簡單容易。（～得到就不知道珍惜）

同 **容易**（～解決）

反 **艱難**（生活～）

2. 隨隨便便。（他從不～指責別人）

同 **隨便**（～說說）
隨意（～擺放圖書）

輕便 qīngbiàn

重量較小，使用方便。（行李～）

同 **靈便**（小巧～）
輕巧（外形～）

反 **笨重**（～的行李｜身體～）

輕盈 qīngyíng

形容女子動作靈活輕快。（體態～）

同 輕巧（～靈便的手機）

反 笨重（～的行李）
笨拙（～的動作）

輕浮 qīngfú

言語舉動隨便，不嚴肅不莊重。（～的口氣）

同 輕薄（態度～）
輕狂（年少～）
輕佻（言語～）

反 穩重（～老成｜處事～）
莊重（～的神情）

輕率 qīngshuài

（說話做事）隨隨便便；沒有經過慎重考慮。（結論～）

同 草率（～決定）

反 謹慎（謙虛～）
慎重（態度～）

輕視 qīngshì

不重視，不認真對待。（～敵人）

同 忽視（～困難）
看輕（～自己的能力）
小視（對手實力不容～）

反 重視（～培養好的學習習慣）

輕描淡寫 qīng miáo dàn xiě

指說話寫文章把重要的事情輕輕帶過。（對於獲得的殊榮，他只～地說了幾句）

同 三言兩語（這個問題不是～就能解決的）
一筆帶過（這個重要的細節他竟然想～）

反 大肆渲染（某報章～明星的緋聞）

輕微 qīngwēi

數量少而程度淺的。（～的擦傷）

同 細微（～的變化｜～的差別）

反 嚴重（～後果｜～的錯誤）

輕蔑 qīngmiè

輕視，不放在眼裏。（目光中充滿～）

同 鄙視（他從不～社會底層民眾）
蔑視（對得勢小人表示～）
輕視（～對手）

輕舉妄動 qīng jǔ wàng dòng

不經慎重考慮，盲目行動。(你要審時度勢，千萬不要～)

反 **謹言慎行**(老人一生～)
三思而行(你第一次獨自出遠門，遇事千萬要～，切不可魯莽行事)

輕薄 qīngbó

言語舉止隨便，不莊重。(～少年)

同 **輕浮**(舉止～)
輕佻(～的言語)

反 **穩重**(～大方)
莊重(態度～)

輕鬆 qīngsōng

不感到有負擔；不緊張。(感覺～)

反 **吃力**(學習很～)
緊張(神情～)

鄙視 bǐshì

輕視，看不起。(他的行為令人～)

同 **藐視**(～法庭)
蔑視(～權貴)
輕視(～對手)

反 **尊重**(互相～)
重視(給予足夠～)

團結 tuánjié

為了集中力量實現共同理想或完成共同任務而聯合或結合。(～一致)

同 **聯合**(～出品)

反 **敵對**(～國家｜～勢力)
對立(～情緒｜～統一)
分裂(～祖國｜～瓦解)

團圓 tuányuán

(夫妻、父子等) 團聚。(夫妻～)

同 **團聚**(骨肉～｜萬家～)
相聚(短暫的～)

反 **離別**(～之情)
離散(親人～)

團聚 tuánjù

多指親人分別後再相聚。(親人～)

同 **重逢**(久別～｜～時刻)
團圓(骨肉～｜全家～)
相聚(短暫的～｜再次～)

反 **分別**(～多年｜～之時)
分離(永不～｜被迫～)
離散(骨肉～｜親人～)

團體 tuántǐ

有共同目的、志趣的人所組成的集體。(社會～)

同 **集體**(～榮譽)
群體(～活動)

反 **個人**(～得失｜～恩怨)

稱心如意 chèn xīn rú yì

符合心願，心滿意足。（希望找到一份～的工作）

同 **心滿意足**（他住上了新房，感到～）

反 **大失所望**（以這樣的比分落敗，令教練～）
事與願違（他本來希望能獲得加薪，但～，反而收到辭退信）

瘦小 shòuxiǎo

形容身材瘦，個子小。（孩子營養不良，長得比較～）

反 **肥大**（身材～）
肥胖（～的身軀）
高大（～挺拔）

瘦弱 shòuruò

肌肉不豐滿，沒有力氣。（身體～）

同 **羸弱**（士卒～不堪）

反 **健壯**（～的小伙子）
強壯（～的體魄）

滿不在乎 mǎn bù zài hu

完全不放在心上。（他故意作出～的樣子）

同 **不以為然**（她對我的建議頗～）
毫不在意（對別人的指責，他～）
若無其事（他做了壞事還～，真是不可救藥）

反 **耿耿於懷**（不要為這點小事～）
心存芥蒂（他行事一向坦蕩，對於這種區區小事，並不會～）

滿足 mǎnzú

感到已經足夠了。（他對這次考試成績很～）

同 **滿意**（顧客～而歸）

反 **不滿**（對服務員的態度～）

滿面春風 mǎn miàn chūn fēng

形容人喜悅舒暢的神情。（他～地走上領獎台）

同 **春風得意**（他剛剛升了職，一副～的樣子）
喜氣洋洋（到處洋溢着～的節日氣氛）
喜形於色（他聽到這個好消息，不禁～）

反 **愁眉不展**（失業半年了，他整天為工作沒有着落而～）
愁眉緊鎖（他～，好像有甚麼心事）
愁眉苦臉（看你～的樣子，怎麼了）

滿載而歸 mǎn zài ér guī
裝滿了東西回來。形容收穫極豐富。(羽毛球隊大獲全勝，~)
反 空手而歸(上屆冠軍在四分之一決賽中就被淘汰了，結果~)
一無所獲(他去釣魚，一天下來~)

滿意 mǎnyì
滿足自己的願望，符合自己的心意。(媽媽臉上露出了~的微笑)
同 稱心(~如意)
滿足(~於現狀)
反 不滿(~情緒)

漂泊 piāobó
沒有固定的生活地點，東奔西走。(~異鄉)
同 流浪(到處~)
漂流(~四海)
飄零(四處~)
反 安居(~樂業)
定居(海外~)

漂亮 piàoliang
好看。(~的女孩)
同 美麗(風景~)
反 醜陋(容貌~)

漂流 piāoliú
在水面上隨水浮動。(~探險)
同 漂盪(小船在水中~)
漂移(~的冰山)
反 停泊(港灣裏~着很多輪船)
停靠(船隻中途~)

漫不經心 màn bù jīng xīn
隨隨便便，不放在心上。(他~地回答問題)
同 心不在焉(~的樣子)
反 鄭重其事(他~地宣佈了辭職決定)
專心致志(~地學習)

漫長 màncháng
(時間、道路等)長得看不見盡頭的。(~而寒冷的冬天)
同 長久(他打算在這兒~住下去)
漫漫(長夜~)
反 短暫(~停留)

滴水不漏 dī shuǐ bù lòu

形容説話嚴密，沒有可挑剔的毛病。（他的回答～）

同 天衣無縫（他自認為做得～，無人能察覺）

反 漏洞百出（他的謊言～）
破綻百出（他的話前後矛盾，～）

複雜 fùzá

多而雜。（～多變）

同 繁雜（手續～｜事務～）
紛繁（世事～）

反 簡單（～的構造｜操作～）

歌頌 gēsòng

用詩歌頌揚，泛指用言語文字等讚美。（～美好生活）

同 謳歌（～英雄）
頌揚（～功績）

反 批判（～錯誤言論）

管束 guǎnshù

加以約束，使不越軌。（嚴加～）

同 管教（～孩子）
約束（自我～）

反 放任（～自己｜過分～）
放縱（不能～侵權行為）

管理 guǎnlǐ

保管和料理；照管並約束。（～公司）

同 管轄（～範圍）
料理（～後事）
治理（～環境）

精心 jīngxīn

特別用心；細心。（～培育）

同 悉心（～呵護｜～照料）

精打細算 jīng dǎ xì suàn

精密地計劃，詳細地計算。指在使用人力物力時計算得很精細。（～過日子）

反 大手大腳（花錢不能～）

精巧 jīngqiǎo

（技術、器物構造）精細巧妙。（～的造型）

同 精妙（～的技藝｜～絕倫）
精緻（～的工藝品）

反 粗糙（做工～）

精明 jīngmíng

精細聰明。（～強幹）

同 幹練（她的短髮造型顯得非常～）

反 糊塗（稀裏～）

精美 jīngměi
精緻美好。(～的瓷器)
同 精巧(構思～｜做工～)
精緻(客廳佈置得很～)

精彩 jīngcǎi
(表演、言論等)優美;出色。(～的雜技表演)
同 出色(～的口才｜表現～)
反 平淡(～無奇｜內容～)

精華 jīnghuá
事物最重要、最好的部分。(取其～)
同 精粹(藝術～)
精髓(文化的～)
反 糟粕(封建～)

精粹 jīngcuì
不含其他成分的、純粹的部分。(思想～)
同 精華(取其～,去其糟粕)
精髓(思想～)
反 糟粕(剔除傳統文化中的～)

精練 jīngliàn
(文章或講話)沒有多餘的詞句。(語言～)
同 簡練(文章～)
凝練(簡潔～)
洗練(簡約～)
反 冗長(～的報告)

精雕細刻 jīng diāo xì kè
精心仔細地雕刻。比喻工作精細,也比喻文字描寫十分細膩。(～的手工藝品)
同 精雕細鏤(這件玉器～,做工考究)
反 粗製濫造(假貨大都～)

精緻 jīngzhì
精巧細緻。(～的工藝品)
同 精美(～的服裝)
精巧(～的構思｜做工～)

精闢 jīngpì
(見解、理論)深刻透徹。(～的見解)
同 透徹(這篇文章分析～)
反 膚淺(認識～)

漠視 mòshì
冷淡地對待,不注意。(不要～生命個體的尊嚴)
同 輕視(～體力勞動)
無視(不可～法律)
反 看重(～金錢)
重視(～人才)

漠然
mòrán

不關心不在意的樣子。(～置之)

同 淡漠(～的表情)
冷淡(態度～)
冷漠(～的目光)

慷慨
kāngkǎi

情緒激昂。(～陳詞)

同 激昂(～的情緒)
激動(～人心|萬分～)

維持
wéichí

保持,使繼續存在下去。(～原狀)

同 保持(～原貌|～警惕)
反 改變(～策略|～方法)

維修
wéixiū

保護和修理。(～設備)

同 檢修(～機器)
修理(～房屋)
修整(～草坪)
反 損壞(零件～)

維護
wéihù

使免於遭受破壞,維持保護。(～社會的穩定)

同 保護(～文物|精心～)
反 毀壞(～植被)
破壞(～公共設施)
損壞(～公物)

綿延
miányán

連續不斷。(～不絕)

同 連綿(～不斷的群山)
蜿蜒(～曲折的山路)

酷愛
kù'ài

非常愛好。(他～音樂創作)

同 熱愛(～和平|～科學)
喜愛(～運動|～音樂)
反 討厭(令人～的傢伙)
痛恨(～暴力)
厭惡(～的神情)

酷熱
kùrè

天氣極熱。(天氣～)

同 熾熱(～的火焰)
炎熱(～的夏天)
反 寒冷(～的北風)
嚴寒(三九～)

誣衊
wūmiè

用不實的話使別人蒙受恥辱。(純屬～)

同 詆譭(肆意～別人)
誹謗(惡意～)
誣陷(遭人～)

語重心長 yǔ zhòng xīn cháng

話深刻有力，情意深長。（他話講得不多，可是～）

同 苦口婆心（雖然我～地勸他，可他仍然一意孤行）
諄諄告誡（時刻不忘恩師的～）

語無倫次 yǔ wú lún cì

倫次：條理。話講得亂七八糟，毫無次序。（他非常緊張，説話～）

同 顛三倒四（他喝醉了，因此説話～的）

反 頭頭是道（他年齡雖小，可説起話來～）
有條有理（他的分析～）

認定 rèndìng

確定地認為。（難以～）

同 確定（～候選人名單）
確認（簽字～）
認準（～目標）

認真 rènzhēn

嚴肅對待，不馬虎。（～對待）

同 細心（～觀察）
仔細（～研究｜～推敲）

反 粗心（～大意｜辦事～）
馬虎（～了事）

認清 rènqīng

看清楚。（～形勢）

同 辨清（～方向）
看清（～道路）

榮幸 róngxìng

光榮而幸運。（深感～）

同 光榮（～使命｜無上～）
幸運（～觀眾）

榮譽 róngyù

光榮的名譽。（最高～）

同 名譽（恢復～｜愛惜～）
聲譽（國際～｜～掃地）

反 恥辱（莫大的～｜洗刷～）
羞恥（不知～）
羞辱（感到～｜遭到～）

骯髒 āngzāng

不乾淨。（～的環境）

同 污穢（～不堪｜～的語言）
污濁（～的空氣｜河水～）

反 乾淨（打掃～｜衣服～）
潔淨（～的房間｜～如洗）

嗚謝 míngxiè

公開表示謝意。(特此～)

同 **道謝**(登門～|連聲～)
感謝(非常～|～信)
致謝(揮手～|當面～)

魁梧 kuíwú

(身體)強壯高大。(身材～)

同 **高大**(～挺拔)
魁偉(～的身材)
偉岸(高大～)

反 **矮小**(個子～)

銘記 míngjì

深深地記在心裏。(～在心)

同 **牢記**(～教誨|時刻～)

反 **忘記**(～仇恨)
遺忘(被徹底～)

領先 lǐngxiān

共同前進時,走在最前面。(處於～地位)

同 **當先**(一馬～)
率先(～完成任務)

反 **落後**(不甘～)

領悟 lǐngwù

理解。(我～了這篇文章的內涵)

同 **理解**(人與人之間要互相～)
領會(～他一番話的深意)

領會 lǐnghuì

領略事物而有所體會。(他沒能～老闆的意圖)

同 **理解**(他的意思不難～)
領悟(深刻～聖賢之道)
體會(我能～他現在的心情)

齊心協力 qí xīn xié lì

眾人一心,共同努力。(面對困難,大家～,終於渡過難關)

同 **同心協力**(隊員們～,最終戰勝了對手)

反 **單槍匹馬**(古代的英雄喜歡～打天下)
各行其是(～,互不干涉)

十五畫

遷移 qiānyí
離開原來的所在地而另換地點。（～住址）
同 **遷徙**（候鳥～ | 長途～）
反 **定居**（回國～）

墨守成規 mò shǒu chéng guī
表示因循守舊，不肯改進。（他不是一個～的人）
同 **因循守舊**（～的老辦法）
反 **破舊立新**（所謂改革，就是～，適應時代發展）
推陳出新（古為今用，～）

僻靜 pìjìng
偏僻安靜。（～的小路）
同 **清靜**（夏日午後的院子很～）
幽靜（神秘～的山谷）
反 **喧鬧**（～的集市）

衝動 chōngdòng
感情激動，難以抑制。（遇事要冷靜，不要～）
同 **激動**（心情～）
興奮（～之情溢於言表）
反 **冷靜**（～思考 | 頭腦～）

衝撞 chōngzhuàng
用強硬的話反駁別人。（～上司）
同 **頂撞**（～上級 | 無理～）
反 **投合**（～顧客的口味）
迎合（～觀眾）

熟悉 shúxi
知道得清楚。（～環境）
同 **了解**（～那裏的情況）
熟知（～文物收藏的知識）
反 **陌生**（一個～的地方）
生疏（人地～）

熟練 shúliàn
工作、動作等熟練而有經驗。（～工人）
同 **純熟**（～的手法）
嫻熟（～的技巧）
反 **生疏**（技藝～）

熟識 shúshi

對某人認識得比較久或對某種事物了解得比較透徹。(～道路)

同 熟知(他的名字為人們～)

反 陌生(那是一座～的城市)

褒義 bāoyì

字句裏面有讚許或好的意思。(含有～)

反 貶義(～詞)

褒獎 bāojiǎng

表揚和獎勵。(他獲得了上司的～)

同 嘉獎(受到～)
獎勵(物質～)

反 懲罰(～學生)
處罰(～肇事者)

廢止 fèizhǐ

取消,不再行使(法令、制度)。(～現行校規)

同 廢除(～舊習俗)
取消(臨時～比賽)

反 保留(～傳統文化)

廢除 fèichú

取消;廢止法令、制度、條約等。(～法令)

同 廢止(這條規定已經～)
取消(～資格|～比賽)

反 保留(～古蹟)

廢棄 fèiqì

拋棄不用。(被～的工廠)

同 丟棄(～垃圾)
拋棄(～雜念)

反 保留(～文物)

廢置 fèizhì

廢棄、擱置。(～不用)

同 棄置(～不顧)

反 利用(～資源|廢物～)

廢寢忘食 fèi qǐn wàng shí

廢:停止。顧不得睡覺,忘記了吃飯。形容專心努力。(大家接受任務以後,就夜以繼日、～地工作着)

同 兢兢業業(工作～)
夜以繼日(～地勞作)

反 飽食終日(～,無所用心)
好吃懶做(～的傢伙)

敵人 dírén

敵對的人。(共同的～)

同 仇敵(不共戴天的～)
仇人(～相見)

反 朋友(好～)
友人(懷念遠方的～)

敵視 díshì

當做敵人看待；仇視。（彼此～）

同 仇視（～的目光｜極端～）
敵對（～情緒｜～狀態）

反 友好（～往來｜團結～）
友善（～的目光｜對人～）

敵意 díyì

仇視的心。（懷有～）

同 仇恨（～滿腔）
惡意（我對你毫無～）

反 好意（你的～我心領了）
善意（他的批評完全是出於～）

敵對 díduì

利害衝突不能相容的；仇視而相對抗的。（處於～狀態）

同 敵視（～的目光）

反 友好（同學們～相處）

適宜 shìyí

合適，合宜。（濃淡～）

同 合適（～的方法｜價格～）
合宜（穿着～｜長短～）

反 不宜（～推廣｜目前～）

適度 shìdù

程度適當。（繁簡～）

同 適當（～的時候｜～人選）

反 過度（～疲勞｜～開發）

適當 shìdàng

適合；恰當。（～的場合）

同 恰當（～的比喻｜用詞～）
適合（氣候～植物生長）
適宜（～生存｜環境～）
妥當（處理～｜安排～）

反 不當（用人～｜用詞～）
失當（指揮～｜舉止～）

鄰近 línjìn

位置接近。（他家～火車站）

同 靠近（他們的房子～飛機場）
附近（他家～有一個小商店）

寬宏大量
kuān hóng dà liàng
形容人度量大。（希望您能～，原諒我這一次）
同 豁達大度（他為人～）
反 斤斤計較（不要～個人利益）

寬厚
kuānhòu
寬容厚道。（為人～）
同 厚道（有失～）
忠厚（～老實）
反 尖刻（説話～）
刻薄（尖酸～）

寬恕
kuānshù
寬容饒恕。（～罪過）
同 饒恕（乞求～）
原諒（得到～）
反 懲罰（～罪犯）
處罰（治安～）

寬敞
kuānchang
寬闊，寬大，地方開闊。（～的大廳）
同 開闊（一片～地）
寬闊（～的馬路）
反 狹小（空間～）
狹窄（山路～）

寬裕
kuānyù
寬綽富裕。（經濟～）
同 富有（家庭～）
富裕（共同～）
反 拮据（手頭～）
貧窮（～的日子）

寬暢
kuānchàng
心情暢快。（胸懷～）
同 暢快（心情～）
舒暢（身心～）
反 沉悶（～的氣氛）
煩悶（心情～）

寬慰
kuānwèi
寬解安慰。（～自己）
同 安慰（自我～）
勸慰（～遇難者家屬）
慰問（親切～）

寬闊
kuānkuò
距離大，範圍廣，面積寬。（～的大路）
同 廣闊（～的田野）
開闊（視野～）
寬敞（～的房間）
寬廣（道路～）
反 狹小（出口～）
狹窄（～的通道）

獎勵 jiǎnglì

給予榮譽或財物來鼓勵。（～優秀學生）

同 **獎賞**（～有功人員）

反 **懲罰**（逃避～ | 嚴加～）

撤銷 chèxiāo

取消，解除。（～職務）

同 **取消**（～制裁）

反 **建立**（～聯盟）
設立（～分公司）

撤職 chèzhí

撤銷職務。（財務經理因受賄被～）

同 **革職**（～為民）
免職（據説他已經被～了）

反 **任命**（他被～為雜誌主編）

增加 zēngjiā

在原有的基礎上加多。（～品種）

同 **增添**（～光彩 | ～樂趣）
增長（～才幹 | ～見識）

反 **減少**（～人數 | 逐漸～）
縮減（～規模 | 按比例～）
下降（銷量～ | 持續～）

增長 zēngzhǎng

增加，提高。（經濟快速～）

同 **提高**（～水平 | ～品質）
增加（體重～ | 人數～）

反 **減少**（～浪費 | ～開支）
降低（～成本 | 價格～）

增值 zēngzhí

商品或資產價值增加。（不斷～）

同 **升值**（～潛力 | 有～空間）

反 **貶值**（貨幣～）

增強 zēngqiáng

加強，增進。（～抵抗力）

同 **加強**（～教育 | ～學習）
增進（～團結 | ～感情）

反 **減弱**（～影響 | ～強度）
削弱（～權力 | 逐步～）

增補 zēngbǔ

加上所缺的或漏掉的（人或內容等）。（～人員）

同 **補充**（～習題 | ～水分）
增加（產量比去年～了一倍）
增添（～設備 | ～歡樂）

反 **削減**（～開支 | ～編制）

遭遇 zāoyù

碰上，遭到（敵人、不幸的或不順利的事情等）。（～不測）

同 遇到（～困難｜～麻煩）
遭到（～處罰｜～白眼）
遭受（～損失｜～打擊）

遭罪 zāozuì

受罪。（真是～）

同 受難（受苦～）
受罪（死要面子活～）

反 享福（在家～）
享樂（貪圖～）

罷工 bàgōng

工人為實現某種要求或表示抗議而停止工作。（為了抗議廠長的暴行，工人集體～）

同 停工（工廠～｜～待料）

反 復工（拒絕～｜工人～）

罷免 bàmiǎn

選民或代表機構撤銷他們所選出的人員的職務。（～職務）

同 罷黜（～官職）
免去（他被～市長職務）

反 任命（他被～為校長）
任用（～賢能）

樂不可支 lè bù kě zhī

快樂到不能支持、承受的地步。形容高興到極點。（女兒的天真話語讓媽媽～）

同 喜不自勝（成為冠軍，他～）

反 痛不欲生（失去親人，她～）

樂意 lèyì

甘心願意。（我～去做這件事）

同 甘願（我錯了，～受罰）
情願（心甘～｜一相～）
願意（～吃苦｜非常～）

反 勉強（～答應｜～笑了笑）

樂趣 lèqù

使人感到快樂的意味。（學習的～是無窮的）

同 情趣（～盎然｜生活～）
趣味（～高雅｜～無窮）

樂觀 lèguān

精神愉快。（～向上）

同 達觀（～的態度｜生性～）
開朗（～的性格｜熱情～）

反 悲觀（～失望｜～的情緒）

撫養
fǔyǎng

撫育並教養。（～子女）

同 撫育（～後代｜精心～）
養育（報答父母的～之恩）

反 遺棄（這名被～的兒童得到慈善機構的收留）

撫慰
fǔwèi

安慰，慰問。（～災民）

同 安撫（～災民）
安慰（～大家）

敷衍
fūyǎn

做事不負責或待人不懇切，只做表面上的應付。（～塞責）

同 搪塞（～責任｜～推諉）
應付（～了事｜消極～）

敷衍了事
fū yǎn liǎo shì

做事不認真，責任心差。（對待工作不能採取～的態度）

同 敷衍塞責（～的態度要不得）

反 兢兢業業（他～的工作態度得到了上司的認可）
一絲不苟（工作要～）

劇烈
jùliè

猛烈。（～疼痛）

同 激烈（～的爭論）
猛烈（風勢～）
強烈（～地震）

嘹亮
liáoliàng

（聲音）清晰響亮。（～的歌聲）

同 洪亮（～的鐘聲）
響亮（清脆～）

反 沙啞（～的聲音）
嘶啞（嗓音～）

憤怒
fènnù

生氣、激動到極點。（～的人群）

同 憤慨（～的情緒）
惱怒（～萬分）
氣憤（～的民眾）

憤慨
fènkǎi

氣憤不平。（他的行為激起大家的～）

同 憤怒（～的目光）
氣憤（感到～）

憤憤不平
fèn fèn bù píng

憤憤：很生氣的樣子。心中不服，感到氣憤。（對這樣的處理結果，老人～）

反 心平氣和（我們應該坐下來～地談一談）

憐憫
liánmǐn

對遭遇不幸的人表示同情。（～之心）

同 可憐（媽媽～那隻小狗）
憐惜（～之情溢於言表）
同情（～下層民眾的疾苦）

憎恨
zēnghèn

厭惡痛恨。（～腐敗）

同 痛恨（～侵略者）
憎惡（令人～｜極端～）

反 熱愛（～祖國｜～事業）

憎惡
zēngwù

憎恨，厭惡。（～落井下石的小人）

同 憎恨（～不公平的社會制度）

反 喜愛（～爬山｜～清淨）

賣弄
màinong

有意顯示、炫耀自己的本領。（～小聰明）

同 炫耀（他很謙虛，從來不～自己）

熱切
rèqiè

熱烈懇切。（～盼望）

同 急切（～地等待｜～尋找）
懇切（～希望｜態度～）
迫切（～要求｜心情～）
殷切（～期望｜～等候）

熱火朝天
rè huǒ cháo tiān

形容場面或氣氛非常熱烈、高漲。（工地上，建築工人們幹得～）

同 如火如荼（民主運動～）

反 冷冷清清（場面～）

熱心
rèxīn

有熱情，有興趣，肯盡力。（為人～）

同 盡心（～竭力）
熱忱（～幫助｜～接待）
熱情（～招待｜～好客）

反 敷衍（～塞責｜表面～）
冷漠（～無情｜態度～）
應付（假意～｜～自如）

熱忱 rèchén

熱情。（滿腔～）

同 熱誠（極大的～）
熱情（待人～）

反 冰冷（～的面孔）
冷淡（態度～）
冷漠（～無情）

熱烈 rèliè

興奮激動。（～鼓掌）

同 熱火（～朝天 | 場面～）

反 冷清（場面～ | 氣氛～）

熱衷 rèzhōng

醉心，沉迷。（～於舞蹈）

反 厭倦（早已～了這種生活）

熱情 rèqíng

熱烈的感情。（～高漲）

同 熱忱（～服務 | 滿腔～）
熱誠（～歡迎 | 待人～）
熱心（～讀者 | 為人～）

反 冷淡（待人～ | 態度～）
冷漠（～的態度 | 神情～）

熱愛 rè'ài

熱烈地愛。（～美麗的香港）

同 喜愛（～唱歌）
鍾愛（～收藏古玩）

反 憎恨（令人～）

熱鬧 rènao

繁盛活躍。（～的廣場）

同 繁華（～的城市 | ～景象）
喧鬧（～的集市 | ～的會場）

反 冷清（生意～ | 氣氛～）
清靜（～的禪院 | 耳根～）

憂心忡忡 yōu xīn chōng chōng

忡忡：憂慮不安的樣子。形容心事重重，非常憂愁。（會考在即，他成績那麼差，不禁～）

同 憂心如焚（父親病情加重，他～）

反 泰然自若（～，處變不驚）
悠然自得（老人～地抽着煙）

憂愁 yōuchóu

擔憂，發愁。指遇到困難或不如意的事情而感到苦悶、發愁。（～的眼神）

同 哀愁（滿腹～）
擔憂（兒行千里母～）
憂慮（他的病情實在令人～）

反 歡樂（～的笑聲 | 充滿～）
喜悅（～的心情 | 無比～）

憂傷 yōushāng

憂愁悲傷。（極度的～摧殘了他的健康）

同 哀傷（～過度｜過分～）
悲傷（感到～｜萬分～）
惆悵（～失意｜內心的～）

反 高興（令人～｜～得手舞足蹈）
快樂（新年～｜～的童年時光）

憂鬱 yōuyù

多指憂愁、氣憤積在心裏，沒有發洩出來，心裏憂愁煩悶。（～的神情）

同 愁悶（前途未卜，他怎能不～）
抑鬱（心情非常～）
憂愁（過度～｜萬分～）

反 開朗（性格～活潑）
爽朗（房間傳出一陣～的笑聲）

黎明 límíng

天快要亮或剛亮的時候。（～的曙光）

同 拂曉（～出發）
破曉（天色剛剛～）

反 傍晚（～突然颳起風來）
黃昏（～時分，百鳥歸巢）

儉樸 jiǎnpǔ

節省樸素。（生活～）

反 奢侈（～的生活）
奢華（～的婚禮）

潔淨 jiéjìng

清潔乾淨。（廚房裏很～）

同 乾淨（～明亮｜～整齊）
清潔（～的街道）

反 骯髒（～的靈魂）
污穢（～的語言）

蓬勃 péngbó

繁榮；旺盛。（朝氣～）

同 繁榮（～景象）
興旺（事業～）

反 衰敗（～的景象）
衰落（家道～）
蕭條（經濟～）

蓬頭垢面 péng tóu gòu miàn

頭髮沒有梳理，臉沒有洗。（他～，像個乞丐）

同 衣冠不整（～者不得進入）
衣衫襤褸（那個乞丐面黃肌瘦，～）

反 西裝革履（這家公司的員工，個個～）
衣冠楚楚（賓客們一個個～）

震天動地 zhèn tiān dòng dì
形容聲響或聲勢浩大。（猶如一聲春雷，～）
同 **驚天動地**（發生了～的大事）
反 **無聲無息**（他～地走了）**悄無聲息**（雪花在深夜～地飄落下來）

震動 zhèndòng
顫動。（強烈～）
同 **顫動**（樹葉在微風中～）**震盪**（大幅～｜股市～）
反 **靜止**（～不動｜完全～）

震撼 zhènhàn
震動；搖撼。（～大地）
同 **搖撼**（～山川｜劇烈～）**震動**（～心靈｜～全國）
反 **平定**（～叛亂｜～邊疆）**平息**（～戰火｜～事態）

震盪 zhèndàng
震動，動盪。（股市～）
同 **動盪**（社會～｜～不安）**震動**（大地～｜劇烈～）
反 **穩定**（民心～｜國家～）**穩固**（基礎～｜統治～）

暴風驟雨 bào fēng zhòu yǔ
來勢劇烈、兇猛的風雨。（那場運動猶如～，迅速開展起來）
同 **急風暴雨**（一陣～似的拳腳把他打暈了過去）**狂風暴雨**（～過後，院子裏滿地狼籍）
反 **和風細雨**（老師的愛如～，滋潤學生的心田）

暴跳如雷 bào tiào rú léi
形容大怒的樣子。（看了兒子的試卷，父親頓時～）
同 **大發雷霆**（看到這種情形，他不禁～）
反 **平心靜氣**（他～地給隊員們講道理）**心平氣和**（我們應該坐下來，～地談一談）

暴躁 bàozào
遇事急躁，不能控制感情。（脾氣～）
同 **煩躁**（～不安｜心情～）**急躁**（性格～）
反 **溫和**（～善良｜態度～）**溫順**（性情～｜～的小兔）

暴露 bàolù
使隱蔽的東西顯露出來。（～目標）
同 **顯露**（～生機｜）**洩漏**（～機密｜～底細）
反 **掩蓋**（謊言～不了事實）**隱藏**（暗中～着危險）

廣博 guǎngbó

範圍大，方面多，多指學識。（學問～）

同 淵博（～的學者｜學識～）

反 淺薄（知識～｜見識～）

廣闊 guǎngkuò

廣大寬闊。（～天地）

同 開闊（一片～地）
遼闊（～的大海｜疆域～）

反 狹小（地方～｜空間～）
狹窄（～的過道｜山路～）

窮困 qióngkùn

生活貧窮，經濟困難。（日子～）

同 貧困（～的生活）
貧窮（～落後）

反 富裕（家境～）

模仿 mófǎng

照某種現成的樣子學着做。（～鳥的叫聲）

同 仿效（競相～）
模擬（～飛行）

反 創新（改革～）
創造（發明～）

模稜兩可 mó léng liǎng kě

含含糊糊，沒有明確的態度或主張。（是去是留，他～）

同 含糊其辭（他～，沒有明確表態）
吞吞吐吐（我們是朋友，有話直說，別～的）

反 斬釘截鐵（他～地表示不可能）

模範 mófàn

值得學習的人或事物。（工作～）

同 榜樣（他以自己的言行為我們樹立了～）
表率（起～作用）
楷模（堪稱～｜學習的～）

模糊 móhu

不分明，不清楚。（視線～）

同 含糊（～不清）

反 清楚（表述～）
清晰（圖像～可見）

標記 biāojì

記號。（防偽～）

同 標誌（交通～｜環保～）
記號（留下～）

標準 biāozhǔn

衡量事物的準則。（實踐是檢驗真理的唯一～）

同 規範（符合～ | 行為～）

蔓延 mànyán

像爬蔓的草一樣不斷向周圍擴張。（戰火～）

同 擴散（煙塵向四周～）
滋蔓（水藻在湖面上～）

反 控制（～環境污染）
收縮（鐵遇冷會～）

蔑視 mièshì

輕視，小看。（～對方的挑釁）

同 藐視（～困難）
輕視（～對手）

反 看重（～能力）
重視（～實踐）

確立 quèlì

穩固地建立或樹立。（～信念）

同 確定（～營銷方案）
樹立（～信心）

反 改變（～路線）
推翻（～結論）

確定 quèdìng

明確而肯定。（口氣不太～）

同 肯定（給你一個～的答覆）
明確（目的～）

反 含糊（他說得很～）

確信 quèxìn

堅定地相信。（我～能打敗對手）

同 堅信（～不疑）
深信（～不疑）

反 懷疑（無須～ | 令人～）

確認 quèrèn

明確承認。（重新～）

同 承認（～錯誤）

反 否決（投票～）
否認（矢口～）

確實 quèshí

1. 真實可靠。（～可靠）

同 確切（～的說法）
確鑿（～的證據）
真實（～情形）

反 虛假（～信息）
虛偽（～的笑容）

2. 的確。（～如此）

同 的確（他～是個天才）
實在（他～是太過分了）

確鑿 quèzáo
非常確實。(～不移)
同 確實(消息～)
反 虛假(內容～)

盤查 pánchá
盤問檢查。(接受～)
同 檢查(～行李 | 安全～)
盤問(他受到警員的～)

盤問 pánwèn
仔細查問。(～可疑的人)
同 查問(～案情)
盤查(～行人)

盤算 pánsuan
心裏算計或籌劃。(暗自～)
同 籌劃(精心～)
打算(～出國)

盤踞 pánjù
非法佔據;霸佔(地方)。(～小島)
同 霸佔(～公共場地)
佔據(～交通要道)

盤繞 pánrào
圍繞在別的東西上面。(緊緊～)
同 纏繞(互相～在一起)
環繞(四周群山～)
圍繞(始終～一個話題)

糊塗 hútu
不明事理;對事物的認識模糊或混亂。(頭腦～)
同 迷糊(她剛睡醒,有點～)
反 清楚(頭腦～)
清醒(～地意識到)

緩和 huǎnhé
緩解。(說話的語氣～下來)
同 緩解(大雨過後,旱情有所～)
反 激化(矛盾～)
加劇(病情～)

緩期 huǎnqī
把預定的時間向後拖。(～執行)
同 延期(～付款 | ～討論)
延時(飛機～起飛)
反 按期(～交貨)
如期(工程～完成)

緩慢 huǎnmàn

不迅速；慢。（進展～）

同 遲緩（腳步～｜反應～）

反 急速（～升溫｜～奔馳）
快速（～閱讀）
迅速（行動～）

締造 dìzào

創立；建立（多指偉大的事業）。（～者）

同 創造（發明～｜～奇跡）
建立（～政權｜～組織）

反 摧毀（～黑社會組織）

締結 dìjié

訂立條約等。（～條約）

同 訂立（～同盟）
簽訂（～協議）

反 廢除（～條約）
撕毀（～合同）

暫時 zànshí

短時間之內。（～離開一段時間）

同 短期（～行為｜～計劃）
臨時（～安排｜～調整）

反 長久（～之計｜～以來）
長遠（～利益｜～規劃）
永久（～和平｜～的紀念）

輪流 lúnliú

依照次序一個接替一個。（～值班）

同 交替（比分～上升）
輪番（～上場比賽）
輪換（～打掃衛生）

膚淺 fūqiǎn

學識淺薄，理解不深。（認識～）

同 淺薄（學識～）

反 深刻（～理解）
透徹（分析～）

賞心悅目 shǎng xīn yuè mù

看到美好的景色而心情愉快。（來到遠離城市的大山之中，她只覺得處處～，彷彿置身世外桃源）

同 心曠神怡（眺望藍色的大海，令人～）

賞賜 shǎngcì

指地位高的人或長輩把財物送給地位低的人或晚輩。（豐厚的～）

同 賜予（～爵位）
獎賞（～有功人員）

賞識 shǎngshí

認識到別人的才能或作品的價值而給以重視或讚揚。(無人～)

同 欣賞(我～你的才華)
讚賞(觀眾對這部電影大為～)

賠本 péiběn

本錢或資金虧損。(生意～)

同 虧本(～經營)
蝕本(～生意)

反 賺錢(～買賣)

賠償 péicháng

因自己的行動使他人或集體受到損失而給予補償。(照價～)

同 補償(～損失)
抵償(～債務)

踏實 tāshi

做事或學習的態度)切實,不浮躁(小明是一個做事～的孩子)

同 穩重(辦事～|言談～)
扎實(基礎～|工作～)

反 浮躁(心態～|作風～)
輕浮(～的舉動|言語～)

踏踏實實 tā tā shí shí

形容做事非常認真負責。(你應該～工作)

同 腳踏實地(做事必須～)

反 好高騖遠(～,不切實際)

請示 qǐngshì

向上級請求指示。(～領導)

同 報告(～上級)
彙報(～情況)
請求(～增援)

反 命令(～部隊立即開赴前線)

請求 qǐngqiú

説明要求,希望得到滿足。(～援助)

同 懇求(～原諒)
乞求(苦苦～)
要求(～發言)

反 命令(服從～)
責令(～拆除|～賠償)

請教 qǐngjiào

請求指教。(～內行)

同 求教(虛心～|登門～)
討教(向前輩～經驗)

反 賜教(請予～|不吝～)
指教(多謝～|多多～)

誕生 dànshēng
出生。（這個醫院每天有很多嬰兒～）
同 出生（他～在北京）
降生（小寶貝的～給全家帶來了歡笑）
反 去世（～的消息｜不幸～）
逝世（～十周年）

調皮 tiáopí
頑皮。（特別～）
同 淘氣（這個孩子既～又可愛）
頑皮（那是一個～的孩子）
反 乖巧（小女孩很～）
聽話（十分～）

調和 tiáohé
排解糾紛，使雙方重歸於好。（不可～）
同 調解（～糾紛｜～矛盾）
反 搬弄（他喜歡～是非）
挑撥（～離間｜～鄰里關係）

調節 tiáojié
從數量上或程度上調整，使適合要求。（～溫度）
同 調劑（～生活｜～飲食）
調整（～方案｜～方向）

調解 tiáojiě
勸說雙方當事人使消除糾紛。（～家庭糾紛）
同 調和（～矛盾｜從中～）
反 挑撥（～離間｜～是非）

調養 tiáoyǎng
調節飲食起居，必要時服用藥物，使身體恢復健康。（悉心～）
同 保養（～皮膚｜汽車～）
調治（中醫～好她多年的頑疾）

談判 tánpàn
對有待解決的重大相關問題進行會談。（和平～）
同 會談（兩國～的紀要）
商談（～有關賠償事宜）
協商（政治～會議）

談笑風生 tán xiào fēng shēng
有說有笑，興致高。形容談話談得高興，意趣橫生。（雖然兵臨城下，但他依然從容鎮定，～）
同 談笑自若（別人都驚恐萬狀，只有他～）
反 默默無語（聽到這個不幸的消息，大家都～）

談論
tánlùn

用談話的方式表示自己的看法。（～物價）

同 **討論**（研究～｜展開～）
議論（～紛紛｜～時事）

反 **沉默**（～寡言｜～不語）

暮氣沉沉
mù qì chén chén

形容精神不振，沒有朝氣。（要振作精神，別～的）

同 **老氣橫秋**（這個年輕人看上去～）
死氣沉沉（課堂氣氛～）

反 **生機勃勃**（大地到處呈現出一派～的景象）

鋪天蓋地
pū tiān gài dì

形容聲勢大，來勢猛。（媒體關於這件事的報導～）

同 **漫山遍野**（春天來了，～開滿了野花）
排山倒海（以～之勢摧毀跨國犯罪集團）

鋪張
pūzhāng

為了形式上好看而多用人力、物力。（～浪費）

同 **浪費**（～資源）

反 **節儉**（～持家）
節約（～水電）

鋪張浪費
pū zhāng làng fèi

為了形式上好看，對人力、物力用得太多，沒有節制。（生活富裕了，也不能～）

同 **大手大腳**（不能養成～的習慣）
揮霍無度（他生活奢侈，終日～）

反 **節衣縮食**（為了改善居住條件，一家人～）
克勤克儉（～歷來是中華民族傳統美德）
勤儉節約（從小就要養成～的好習慣）

鋒利
fēnglì

（工具、武器等）頭尖刃薄，容易刺入或切入物體。（～的寶劍）

同 **尖利**（～的牙齒）
鋭利（～的爪子）

反 **銹鈍**（這把鉄斧長期不用，變～了）

鋭利
ruìlì

尖而快。（寶劍～）

同 **鋒利**（～的匕首｜～的刺刀）
尖利（～無比｜牙齒～）

諒解 liàngjiě
了解實情後原諒或消除意見。(得到大家的～)
同 **體諒**(我們要～她工作的難處)
原諒(請～,是我不對)

鬧哄哄 nàohōnghōng
形容人聲雜亂。(市場上～的)
同 **亂哄哄**(碼頭上～的)
反 **靜悄悄**(教室裏～的)

鬧翻 nàofān
彼此翻臉,關係變壞。(他倆～了)
同 **翻臉**(～不認人)
反目(～成仇)
反 **和好**(～如初)
和解(達成～)

魯莽 lǔmǎng
輕率;說話做事不經過考慮。(行事～)
同 **粗魯**(性格～)
莽撞(～少年)
冒失(說話～)
反 **穩重**(老成～|做事～)

潤色 rùnsè
修飾文字。(加工～)
同 **潤飾**(詞藻～)
修飾(～主語)

潤澤 rùnzé
滋潤,不乾枯。(～如玉)
同 **濕潤**(眼眶～|氣候～)
滋潤(她的皮膚很～)
反 **乾枯**(～的落葉|樹木～)

十六畫

擔心
dānxīn

放心不下。（我～他不能按時完成任務）

同 擔憂（令人～）
憂慮（他的病情實在令人～）

反 安心（～工作｜～養病）
放心（安排他做主管，大家都很～）

擔任
dānrèn

擔當某種職務或工作。（～校長）

同 擔當（～重任｜敢於～）
擔負（～使命｜～任務）

擔負
dānfù

承擔責任、工作、費用等。（～歷史使命）

同 承擔（～手術費用）
擔當（～重要角色）
擔任（～評委）

反 推辭（～邀請｜再三～）

擔當
dāndāng

接受並負起責任。（～社會責任）

同 擔負（～使命｜～重任）
擔任（～語文老師）

反 推卸（～責任｜不容～）

擔憂
dānyōu

發愁，憂慮。（兒行千里母～）

同 憂慮（為前途～｜～不安）
憂心（～忡忡｜日夜～）

反 安心（～學習）
放心（～不下）

遼闊
liáokuò

寬廣，空曠。（幅員～）

同 廣闊（～的海洋）
廣袤（～無垠）
寬廣（胸懷～）

反 狹小（～的房間｜地方～）
狹窄（～的走廊｜河道～）

舉世聞名
jǔ shì wén míng

全世界都知道。（頤和園是一座～的皇家園林）

同 聞名遐邇（景德鎮的瓷器～）

舉行 jǔxíng
進行（集會、比賽等）。（開業典禮照常～）
同 舉辦（～晚會｜～展覽）

舉動 jǔdòng
動作；行動。（～異常）
同 舉止（言談～｜～大方）
行為（～反常）

憑藉 píngjiè
依靠。（他～自己的實力奪得了冠軍）
同 依據（～法律）
依靠（～政府救濟生活）
倚仗（～權勢）

憑證 píngzhèng
證據。（出入境需提供有效～）
同 憑據（收費～）
證據（犯罪～）

磨損 mósǔn
機器或其他物體由於摩擦和使用而造成損耗。（～厲害）
同 損耗（降低～）
消耗（運動員的體力～很大）
反 完好（保存～）
完整（花瓶～無缺）

磨煉 móliàn
在艱難困苦的環境中鍛煉。（～意志）
同 錘煉（久經～）
鍛煉（～身體）
磨礪（～意志）

凝重 níngzhòng
莊重。（神態～）
同 莊重（～肅穆｜表情～）

凝視 níngshì
聚精會神地看。（～遠方）
同 凝望（～遠山）
注視（～前方）

凝結 níngjié
氣體變為液體或液體變為固體。（水蒸氣遇冷～成水滴）
同 凍結（～成冰塊）
凝固（血液～）
反 溶化（鹽～在水中）
溶解（洗衣粉～在水中）
熔化（金屬～）
融化（河裏的冰～了）

凝練
níngliàn

(文筆) 緊湊簡練。(行文～)

同 簡潔 (語言～)
簡練 (文字～)
精練 (表達～)
洗練 (文筆～)

反 冗長 (～的句子)

懈怠
xièdài

鬆懈懶惰。(不敢有絲毫～)

同 散漫 (思想～ | 自由～)
鬆懈 (工作～ | 管理～)

反 努力 (～工作 | 勤奮～)

遲鈍
chídùn

反應慢，不靈敏。(反應～)

反 聰敏 (～機靈 | 頭腦～)
敏鋭(～的頭腦 | 目光～)

遲疑
chíyí

拿不定主意，猶豫。(～的目光)

同 躊躇 (～不前)
猶豫 (～不決 | 遇事～)

反 果斷 (堅決～ | 處事～)
堅決 (～擁護 | 態度～)

遲緩
chíhuǎn

緩慢。(進展～)

同 緩慢 (行動～ | 語調～)

反 快速 (～閱讀 | ～查詢)
迅速 (發展～ | 反應～)

隨心所欲
suí xīn suǒ yù

自己想要幹甚麼就幹甚麼。(遊戲也有規則，～可不行)

同 肆無忌憚 (光天化日下，匪徒～地搶劫銀行)
為所欲為 (任何一個國家都不可能允許一個人～)

反 身不由己 (我這麼做，也是～)

隨和
suíhé

和氣而不固執己見。(脾氣～)

同 和氣 (～生財 | 一團～)

反 孤傲 (生性～ | ～不群)
固執 (～己見 | 強硬～)

隨便
suíbiàn

怎麼方便就怎麼做，不多考慮。(説話～)

同 隨意 (形式～ | ～組合)

反 拘束 (～的樣子)

隨聲附和 suí shēng fù hè

別人說甚麼，自己跟着說甚麼，沒有主見。（他總是～，一點主見也沒有）

同 **人云亦云**（～，沒有主見）
鸚鵡學舌（～，跟在別人後面說）

險峻 xiǎnjùn

（山勢）高而險。（～的山峰）

同 **險要**（～地形｜山勢～）

反 **平緩**（這裏的山丘變得～了）
平坦（寬闊～的原野）

險詐 xiǎnzhà

奸險狡猾。（他是一個～的投資商）

同 **奸詐**（～小人｜為人～）
狡詐（那個政客非常～）

反 **誠懇**（謙虛～｜待人～）
誠實（～守信｜～可靠）

憨厚 hānhòu

老實厚道。（為人～）

同 **忠厚**（～老實）

反 **狡詐**（虛偽～）
陰險（～的敵人）

擁有 yōngyǒu

具有（大量的土地、人口、財產等）。（～主權）

同 **具有**（～中國特色）

反 **缺少**（～經驗｜～人手）

擁護 yōnghù

對領袖、政策、措施等表示贊成並全力支持。（堅決～）

同 **贊成**（舉雙手～｜極力～）
支持（大力～｜～生產）

反 **反對**（集體～｜堅決～）

樸素 pǔsù

（生活）節儉，不浪費。（衣着～）

同 **簡樸**（生活～）

反 **華麗**（～的廳堂｜居室～）
奢侈（～的生活）

樸實 pǔshí

（質樸誠實。（為人～）

同 **淳樸**（～的語言）
質樸（～的性格｜忠厚～）

燃眉之急
rán méi zhī jí

像火燒眉毛那樣的緊急。比喻非常緊迫的情況。(這筆捐助，解決了學校經費不足的～)

同 當務之急(拿出切實可行的解決方案是～)
火燒眉毛(現在正是～的時候，先把其他的事放在一邊)
迫在眉睫(治理水污染已經是～)

反 不急之務(～，可緩一步)

積累
jīlěi

逐漸聚集。(～經驗)

同 積聚(～人才)
積蓄(～力量)

反 耗費(～人力物力)
消耗(～體力)

積極
jījí

進取的，主動的。(～進取)

同 主動(～幫助別人｜熱情～)

反 被動(～接受)
消極(～怠工｜～應付)

積蓄
jīxù

積存財物。(他每月都～一點錢)

同 積累(～財富｜～知識)
積聚(～大家的智慧)
積攢(把零花錢～起來)

反 耗費(～時間｜～鉅資)
消耗(～體力｜～能量)

興旺
xīngwàng

興盛，旺盛。(～發達)

同 興隆(生意～)
興盛(事業～)

反 衰敗(走向～｜家道～)

興味索然
xìng wèi suǒ rán

興味：興趣、趣味；索然：毫無興致的樣子。一點興趣都沒有。(考試沒有考好，幹甚麼都是～)

同 索然無味(那本書真是～)

反 津津有味(他拿起一本漫畫書，～地看了起來)
興致勃勃(弟弟～地看着比賽)

興致勃勃
xìng zhì bó bó

興致：興趣；勃勃：旺盛的樣子。形容興頭很足。（他們～地談論着）

同 **興高采烈**（她～地跑了進來）

反 **無精打采**（男孩～地走在隊伍後面）
興味索然（頓時感到～）

興高采烈
xìng gāo cǎi liè

興：興致；采：原指神采，後指精神；烈：旺盛。多形容興致高，精神飽滿。（春天到了，孩子們～地去春遊）

同 **興致勃勃**（同學們個個～參加興趣小組）

反 **無精打采**（比賽失利，隊員們個個～）
興味索然（這篇文章內容空洞，語言貧乏，讀起來～）

興盛
xīngshèng

蓬勃發展。（事業～）

同 **昌盛**（繁榮～）
興隆（生意～）
興旺（人丁～）

反 **衰敗**（日益～ | 走向～）
衰落（家道～ | 逐漸～）

興奮
xīngfèn

振奮，激動。（無比～）

同 **激動**（～萬分 | 心情～）
亢奮（～狀態 | 極度～）

反 **平靜**（心情～ | ～下來）

親切
qīnqiè

親密，熱情。（～慰問）

同 **親密**（～的朋友）
親熱（～地互相握手）

反 **冷淡**（待人～）
冷漠（神情～）

親如手足
qīn rú shǒu zú

像兄弟一樣的親密。（彼此之間～）

同 **情同手足**（他們從小一起長大，～）

反 **不共戴天**（～的仇敵）

親近
qīnjìn

親密，關係密切。（媽媽是他最～的人）

同 **親密**（～的合作夥伴）

反 **疏遠**（關係～）

親暱 qīnnì
十分親密。(過分～)
同 親密(關係～)
親熱(～地握手)
反 冷淡(～的態度|待人～)
冷落(他被～在一邊)
疏遠(朋友之間漸漸～了)

親密 qīnmì
感情好,關係密切。(～無間)
同 密切(交往～)
親近(關係～)
反 生疏(人地～)
疏遠(日益～)

親熱 qīnrè
親密而熱情。(～地擁抱)
同 親密(關係～)
熱情(態度～)
反 冷淡(對客人～|表情～)
冷漠(～的神情|～自私)

操心 cāoxīn
費心考慮和料理。(你不必為孩子們～)
同 擔心(～出問題)
費心(～費力)
反 放心(完全～|～去做)
省心(～省力)

操勞 cāoláo
辛辛苦苦,費心料理事務。(母親因～過度而暈倒了)
同 操心(～勞神)
辛勞(日夜～|比較～)

操縱 cāozòng
控制,支配。(受人～)
同 控制(～速度|嚴格～)
支配(合理～時間)

整理 zhěnglǐ
使有條理有秩序。(～房間)
同 清理(～衣櫃|～賬目)
收拾(～行李|～完畢)

整齊 zhěngqí
有秩序,有條理,不淩亂。(擺放～)
同 井然(～有序|秩序～)
齊整(陣容～|穿戴～)
反 凌亂(～不堪|頭髮～)
雜亂(～無章|擺放～)

整潔 zhěngjié
整齊清潔。(乾淨～)
同 清潔(～衛生|～用具)
反 邋遢(房間～)

整整齊齊
zhěng zhěng qí qí

有秩序，有條理。（衣櫃裏，衣服擺放得～）

同 **工工整整**（封面～地寫着他的名字）

反 **亂七八糟**（這幅畫被塗改得～）

整體
zhěngtǐ

指整個集體或整個事物的全部。（～效果）

同 **全局**（～觀念｜考慮～）
總體（～規劃｜～佈局）

反 **部分**（～企業｜～工作）
個體（～差異｜生命～）
局部（～地區）

曇花一現
tán huā yī xiàn

比喻美好的事物或景象出現了一下，很快就消失。（這種盛況，也許只是～）

同 **稍縱即逝**（時機～）

樹立
shùlì

建立。（～典型）

同 **建立**（～聯繫｜～友誼）
確立（～威信｜～領導地位）

反 **破除**（～迷信｜～舊習俗）
推倒（～重來）

橫七豎八
héng qī shù bā

有的橫，有的豎，雜亂無章。形容縱橫雜亂。（碼頭上～地停泊着十幾條小船）

同 **東倒西歪**（大風把樹苗颳得～）

反 **井井有條**（她把工作安排得～）
整整齊齊（書～地擺放着）

橫眉怒目
héng méi nù mù

形容憤怒或強橫的神情。（他像廟裏的金剛那樣～地看着我）

反 **慈眉善目**（她看上去～的）

獨一無二
dú yī wú èr

沒有相同的；沒有可以相比的。（這座建築物在世界上是～的）

同 **絕無僅有**（這樣的瓷器在中國～，在世界上也很罕見）

反 **不足為奇**（這種花草山裏很多，～）
屢見不鮮（這種現象～）

獨木難支
dú mù nán zhī

一根木頭難以支撐將傾的大廈。比喻一個人的力量難以維持全域。（～，大廈將傾）

同 **孤掌難鳴**（～，他不得不接受大家的意見）

反 **眾志成城**（面對地震，我們～）

獨立
dúlì

不受外部力量統治而自主地存在。(～生活)

同 自立(我們必須學會～｜自強～)

反 依附(～權貴｜完全～)
依賴(～心理)

獨佔鰲頭
dú zhàn áo tóu

科舉時代稱中狀元。據説皇宮石階前刻有巨鰲的頭，狀元及第時才可以踏上。後來比喻佔首位或第一名。(今年會考，他～)

同 名列榜首(這次數學測試他～)
名列前茅(他每次考試的成績都～)

反 榜上無名(此次競賽，他～)
名落孫山(即使～，也不要灰心)

獨具匠心
dú jù jiàng xīn

匠心：巧妙的心思。具有獨到的靈巧的心思。指在技巧和藝術方面的創造性。(這篇文章的謀篇佈局～)

同 別開生面(一場～的小學生地理知識競賽正在進行)
獨樹一幟(他的畫～)
匠心獨運(這些作品～，構思巧妙)

反 千篇一律(這裏的建築～)
如出一轍(兩篇文章的觀點～)

獨特
dútè

獨有的，特別的。(～的造型)

同 奇特(～的設計｜構思～)
特別(想法～)

反 普通(樣式～)
一般(～情況｜成績～)

獨裁
dúcái

掌握大權，實行專制統治。(法西斯～)

同 專制(～制度｜君主～)

反 民主(～協商｜發揚～)

獨創
dúchuàng

獨特地創造。(～精神)

同 創造(～奇跡｜發明～)

反 模仿(刻意～)

獨樹一幟
dú shù yī zhì

單獨樹立起一面旗幟。比喻自成一家。(他的設計～)

同 別具一格(文章構思～)

反 老生常談(講了半天，還是～)

獨斷專行 dú duàn zhuān xíng

行事專斷，不考慮別人的意見。形容作風不民主。（他凡事都自以為是，～）

同 **剛愎自用**（這個人太～，根本就聽不進別人的意見）
一意孤行（雖然我苦口婆心地勸説，可他仍然～）

反 **集思廣益**（班長為籌備晚會～）

獨闢蹊徑 dú pì xī jìng

比喻獨創一種新風格或新方法。（他善於動腦筋，想問題常常～）

同 **別出心裁**（～的設計令人耳目一新）
獨具匠心（亭台樓閣、假山池塘的佈局，～）

反 **墨守成規**（在工作上要敢於創新，不能～）

辨別 biànbié

分辨清楚。（要提高學生～是非的能力）

同 **分辨**（～方向）
鑒別（～文物）
識別（～真假）

濃厚 nónghòu

（煙霧、雲層等）很濃；（色彩、氣氛等）重。（～的烏雲｜～的感情）

同 **濃重**（～的霧氣｜～的鄉音）
深厚（～的情誼｜友情～）

反 **稀薄**（空氣～）
淡薄（人情～｜感情～）

濃郁 nóngyù

（指花草的香氣）很濃。（香氣～）

同 **馥郁**（花香～）
濃烈（～的火藥味）

反 **淡雅**（色調～）
清淡（口味～）

濃重 nóngzhòng

（煙霧、氣味、色彩等）很濃很重。（煙味～）

同 **濃厚**（鄉土氣息～）

反 **稀薄**（～的空氣）

濃烈 nóngliè

氣味強，密度大。（火藥味～）

同 **濃重**（～的霧氣｜～的香味）

反 **清淡**（～的飯菜｜口味～）

濃密
nóngmì

（枝葉、煙霧、鬚髮等）稠密。（～的睫毛）

同 稠密（人口～）
茂密（～的樹林）

反 稀少（人煙～）
稀疏（～的頭髮）

激化
jīhuà

矛盾向激烈尖銳的方面發展。（矛盾～）

同 加劇（疼痛～）
加重（病情～ | 負擔～）

反 緩和（雙方的對立關係有所～）

激烈
jīliè

言論等劇烈。（～的爭吵）

同 劇烈（～的疼痛 | ～顛簸）
猛烈（～的暴風雨）
強烈（～反對）

反 平和（心態～ | 語氣～）
溫和（～善良 | 態度～）

激動
jīdòng

感情因受刺激而衝動。（～的淚水）

同 衝動（感情～）
興奮（～的淚水）

反 冷靜（遇事要沉着～）
平靜（他逐漸～下來）

激勵
jīlì

激發鼓勵。（互相～）

同 鼓勵（～他大膽提問）
勉勵（～學生努力學習）

反 挫傷（～自尊心）
打擊（～積極性）

擅自
shànzì

對不在自己職權範圍以內的事情自作主張。（～做主）

同 私自（任何人沒有我的允許不能～離開）

擅長
shàncháng

在某方面有特長。（～書法）

同 善於（～思考 | ～辭令）

戰戰兢兢
zhàn zhàn jīng jīng

戰戰：恐懼的樣子；兢兢：小心謹慎的樣子。形容非常害怕而微微發抖的樣子。也形容小心謹慎的樣子。（～，如履薄冰）

同 誠惶誠恐（在朝廷上，大臣們～）

反 鎮定自若（每次遇到險情，隊長都～，應對自如）

融洽 róngqià
彼此感情好，沒有抵觸。（關係～）
同 **和睦**（恩愛～｜鄰里～）
和諧（～的家庭｜～融洽）

醒目 xǐngmù
形容明顯，容易看清。（～的標題）
同 **明顯**（標誌～｜～的變化）
顯眼（位置～｜擺放～）
反 **模糊**（～不清｜字跡～）

醒悟 xǐngwù
在認識上由模糊變清楚，由錯誤而正確。（翻然～）
同 **覺醒**（思想～｜～之時）
反 **迷惑**（～不解｜令人～）

霎時 shàshí
極短時間。（～雷雨交加）
同 **剎那**（離開鐵軌的～）
瞬間（～便不見了人影）
反 **長久**（這不是～打算）
永久（～保存｜～的紀念）

謀求 móuqiú
設法尋求。（～出路）
同 **謀取**（為他人～不正當利益）
尋求（～發展）

謀略 móulüè
計謀策略。（～過人）
同 **策略**（採取主動出擊的～）
計謀（巧施～）

謀劃 móuhuà
策劃，想辦法。（～重大決策）
同 **策劃**（～節目）
籌劃（～慈善義演）

諷刺 fěngcì
用比喻、誇張等手法對不良的或愚蠢的行為進行揭露、批評或嘲笑。（～挖苦）
同 **嘲諷**（辛辣的～）
譏諷（遭到～｜～他人）
反 **讚美**（～春天）

默默無聞 mò mò wú wén

不出名，不為人知道。（幾十年來，他一直～、任勞任怨地工作着）

同 鮮為人知（這段歷史～）

反 赫赫有名（～的科學家）

錯誤 cuòwù

不正確的事情。（～和挫折）

同 差錯（重大～）
過錯（這不是你的～）
失誤（判斷～ | 嚴重～）

反 正確（～的方法 | 觀點～）

錄用 lùyòng

收錄（人員）；任用。（～為公務員）

同 聘用（重金～）
任用（～賢能）

反 辭退（～工人）
解聘（被公司～）

諾言 nuòyán

承認別人的要求或者希望的話。（違背～）

同 承諾（兑現～ | 許下～）
誓言（不忘～ | 立下～）

諾諾連聲 nuò nuò lián shēng

連聲答應。表示順從或同意。（上司佈置任務，他～）

同 點頭哈腰（他在上司面前～，一副奴才相）
連連稱是（司機違章駕車，被罰時～）

歷來 lìlái

有史以來。（這個問題～有不同的看法）

同 從來（他上學～不遲到）
向來（他～以環保為己任）
一向（他～很穩重）

歷程 lìchéng

經歷的過程。（發展～）

同 過程（～簡單 | 解題～）
進程（和平～ | 歷史～）

頭昏腦漲
tóu hūn nǎo zhàng

頭腦發昏。形容人繁忙或事物毫無頭緒，使人厭煩。（工作了一整天，怎不～）

同 **頭昏眼花**（人上了年紀，難免有時候～）
頭暈目眩（大腦供血不足會導致～）

頭面人物
tóu miàn rén wù

指在社會上有較大名聲或勢力的人。（這可是我們公司的幾位～）

反 **無名小卒**（僅僅是一個～）
無名之輩（～，不值一提）

頭緒
tóuxù

複雜紛亂的事情中的條理。（毫無～）

同 **眉目**（那個案子漸漸有了～）
條理（她做事很有～）

頭頭是道
tóu tóu shì dào

形容說話或做事很有條理。（他是一個資深足球迷，說起世界盃的歷史來～）

同 **井井有條**（各項事務安排得～）

反 **語無倫次**（他一緊張，說話就～）

頻繁
pínfán

（次數）多。（～出現）

同 **屢次**（～三番 | ～失敗）
頻頻（～回頭 | ～點頭）

反 **偶爾**（～見面 | ～碰見）

頹廢
tuífèi

意志消沉，精神委靡。（精神～）

同 **頹唐**（神色～ | ～沮喪）
委靡（～不振 | 精神～）
消沉（意志～ | ～下去）

反 **振奮**（令人～ | 人心～）
振作（～士氣 | ～起來）

十七畫

擱置
gēzhì

停止進行。（～研發計劃）

同 停止（～比賽｜～講話）

反 繼續（～～工作）
啟動（～機器）

繁多
fánduō

種類多。（種類～）

同 眾多（人口～｜～賓客）

反 稀少（日趨～｜人煙～）

繁忙
fánmáng

事情多，不得空。（交通～）

同 忙碌（～不停｜工作～）

反 清閒（～的日子）
悠閒（～愜意｜～的心情）

繁茂
fánmào

繁密茂盛。（枝葉～）

同 茂密（～的森林）
茂盛（青草～）

反 凋零（百花～）
枯萎（～的玫瑰花）

繁重
fánzhòng

工作、任務等又多又重。（～的體力勞動）

同 沉重（～的負擔｜步履～）

反 輕鬆（～時刻｜～上陣）

繁華
fánhuá

興旺熱鬧。（～的景象）

同 繁榮（～昌盛｜經濟～）
興旺（～發達｜事業～）

反 蕭條（～冷寂｜一片～）

繁榮
fánróng

經濟等蓬勃發展。（～昌盛）

同 繁華（～熱鬧｜～景象）
興盛（民族～）

反 蕭條（經濟～）

繁複
fánfù

多而複雜。（手續～）

同 複雜（～的問題｜心情～）

反 簡單（～的動作｜～粗暴）

優秀 yōuxiù

(品行、學問、成績等) 非常好。(品質～)

同 **出色** (～的表演)
優良 (～傳統)
優異 (～的成績)

優待 yōudài

給予好的待遇。(～員工家屬)

同 **厚待** (～老人)
善待 (～小動物)

反 **虧待** (別～自己)
虐待 (～戰俘)

優美 yōuměi

美好。(風景～)

同 **美好** (～時光 | ～的未來)
美麗(～動人 | ～的風景)

反 **醜陋** (～不堪 | 非常～)

優柔寡斷 yōu róu guǎ duàn

優柔:猶豫不決;寡:少。指做事猶豫,缺乏決斷。(不能再～了,必須立刻作出決定)

同 **舉棋不定** (困難當前,不能～)
猶豫不決 (他還是～,不知道該不該去)

反 **當機立斷** (隊長～,命令立刻抓捕搶劫犯)

優雅 yōuyǎ

高尚,不粗俗。(舞姿～)

同 **典雅** (～大方 | 高貴～)
高雅 (～清秀 | 格調～)
雅致(房間佈置得十分～)

反 **粗俗** (～不堪 | 動作～)
俗氣 (～的打扮 | 佈置～)

優點 yōudiǎn

好處,長處。(這種產品有很多～)

同 **長處** (這是他的～)

反 **短處**(揭人～ | 人都有～)
缺點(勇於承認自己的～)

聳立 sǒnglì

高高地直立。(遠處～着萬丈高山)

同 **矗立** (廣場上～着紀念碑)
挺立 (幾棵松樹～在山坡上)
屹立 (～不動 | 巍然～)

反 **倒塌** (房屋～ | 牆壁～)
坍塌 (山體～ | ～事故)

隱約
yǐnyuē

看起來或聽起來不清楚，感覺不明顯，模模糊糊的。（～可見）

同 依稀（～可見 | ～記得）

反 明顯（進步～ | ～提高）
清楚（條理～ | 表述～）

隱蔽
yǐnbì

藉其他的事物來遮蔽。（～在樹林中）

同 隱藏（心裏～着一個秘密）
隱匿（～槍支 | ～不報）

反 暴露（～身份 | ～在外）
顯現（～出來 | 逐步～）

隱瞞
yǐnmán

把真實情況掩蓋起來，不讓人知道。（～真相）

同 掩蓋（謊言～不了事實）

反 公開（向社會～調查結果）
坦白（～罪行）

隱藏
yǐncáng

藏起來不讓人發現。（～罪證）

同 隱蔽（～在樹林裏）
隱匿（～槍支 | ～資產）
遮掩（～傷疤 | 無法～）

反 揭穿（～他的本來面目）

矯正
jiǎozhèng

改正，糾正。（～視力）

同 校正（～發音）
糾正（～錯誤）

矯捷
jiǎojié

矯健而敏捷。（～的身影）

同 矯健（～的雄鷹 | 身手～）
敏捷(～的動作 | 思維～)

矯健
jiǎojiàn

強壯有力。（～的步伐）

同 矯捷（身手像猿猴一樣～）
強健(～的身體 | 體魄～)

反 蹣跚（～學步 | 步履～）

蕭條
xiāotiáo

1. 寂寞冷落，毫無生氣。（滿目～）

同 冷落（門庭～）
蕭索（萬物～）

2. 市場不景氣。（經濟～）

反 繁華（～都市）
繁榮（～昌盛）
興隆（生意～）

虧本
kuīběn

做買賣失掉本錢。（做了～買賣）

同 賠本（～賺吆喝）
折本（～生意）
蝕本（～銷售）

反 贏利（做生意～了）
賺錢（～買賣）

虧待
kuīdài

不公平地對待別人。（別～孩子）

同 慢待（～客人）

反 厚待（～故友）
善待（～動物）

虧損
kuīsǔn

支出超過收入。（工廠～經營）

同 損失（資金～）

反 節餘（小有～）
盈餘（商店～）

燦爛
cànlàn

光彩鮮明耀眼。（陽光～）

同 輝煌（燈火～）
絢爛（～的朝霞）

反 暗淡（光線～）

濫竽充數
làn yú chōng shù

比喻沒有真正的才幹，而混在行家裏充數，或拿不好的東西混入好的裏面充數。有時也用於自謙，表示自己不如別人。（本人才疏學淺，在這裏不過是～）

同 魚目混珠（這家酒樓～，害苦了消費者）

反 貨真價實（～，不買可惜）

聯合
liánhé

聯繫使不分散，結合。（～起來）

同 合作（～愉快）
結合（勞逸～）

聯結 liánjié

結合(在一起)。(絲綢之路把中國與歐洲緊密～在一起)

同 結合(巧妙地～起來)
連接(這座大橋把兩座城市～了起來)

反 割斷(～繩索｜歷史無法～)

聯想 liánxiǎng

由於某人或某物而想起其他相關的人或物；由於某概念而引起其他相關的概念。(產生～)

同 遐想(引起人們無限的～)
想像(展開豐富的～)

聯繫 liánxì

互相接上關係。(理論～實際)

同 關聯(彼此～)
聯絡(我負責～其他同學)

反 脱離(～實際)

懇切 kěnqiè

誠懇而殷切。(～地希望)

同 誠懇(態度～｜待人～)
殷切(父母的～期望)

懇求 kěnqiú

誠懇地請求。(～支援)

同 祈求(～和平)
請求(～援助)
央求(苦苦～)

反 命令(服從～)

濕潤 shīrùn

(空氣等)潮濕而潤澤。(清新～)

同 潮濕(地下室非常～)

反 乾燥(中國北方氣候～)

幫忙 bāngmáng

幫助。(要我～嗎)

同 幫助(互相～｜無私的～)

反 搗亂(舉行重大活動時，要防止有人～)

幫助 bāngzhù

給人以物質、精神或體力上的支援。(我們應～殘疾人)

同 幫忙(甚麼時候要我～，叫我一聲)
援助(緊急～｜請求～)

反 求助(向員警叔叔～)

曙光
shǔguāng

清晨的日光。（迎來～）

同 **晨光**（～熹微）
晨曦（東方～微露）

反 **餘暉**（一抹落日～）

獲得
huòdé

得到令人滿意的成果。（～豐收）

同 **獲取**（從互聯網～資訊）
取得（～成功）

反 **喪失**（～勇氣）
失去（～信心）

獲勝
huòshèng

取得勝利。（順利～）

同 **得勝**（～的一方參加決賽）
取勝（～的關鍵是我們齊心協力）

反 **失敗**（～是成功之母）
失利（這場比賽我們～了）

藉口
jièkǒu

假託的理由。（找～）

同 **理由**（～充足）
託詞（他的～令人懷疑）

壓抑
yāyì

對感情、力量等加以限制，使不能充分發揮和流露。（心情～）

同 **克制**（～激動的情緒）
壓制（～新生力量）
抑制（難以～幸福的淚水）

反 **釋放**（～感情｜～能量）

壓制
yāzhì

用強力限制或制止。（不要～民主）

同 **限制**（～人身自由）
抑制（～通貨膨脹）

反 **鼓勵**（～大膽提問）
支持（媽媽～我參加演講比賽）

壓迫
yāpò

用權力或勢力強制別人服從自己。（反抗～）

同 **欺壓**（～百姓）
壓制（～不同意見）

反 **抵抗**（奮起～）
反抗（～侵略）

壓縮
yāsuō

減少（人員、費用等）。（～課時）

同 **緊縮**（我們必須～開支）
縮減（～成本）
削減（～人員）

反 **擴大**（～影響｜無限～）

瞭望
liàowàng

登高遠望。（～台）

同 眺望（～遠方）
遠眺（極目～）

購買
gòumǎi

買。（～年貨）

同 採購（～設備）
購置（～圖書）

反 出售（～水果）
銷售（產品～）

購置
gòuzhì

購買。（～設備）

同 置辦（～嫁妝）
置備（～傢具）

反 變賣（～房屋 | ～家產）
出售（～產品）

膽小
dǎnxiǎo

沒有膽量。（～怕事）

同 膽怯（見了生人就～）
怯懦（～的性格 | ～無能）

反 膽大（～心細 | ～妄為）

膽怯
dǎnqiè

膽小，畏縮。（你不要～）

同 怯懦（性格～ | ～無能）

反 大膽（～發言 | ～探索）
勇敢（機智～）

膽量
dǎnliàng

不怕危險的精神；勇氣。（缺乏～）

同 膽子（～很大 | 壯着～）
勇氣（～可嘉 | 鼓足～）

膽戰心驚
dǎn zhàn xīn jīng

形容害怕到了極點。（看到這個恐怖的場面，他～）

同 心驚肉跳（我到現在還～）

反 鎮定自若（面對眾人的指責，他～）

艱苦
jiānkǔ

條件差，苦難多。（～奮鬥）

同 艱難（生活～）
艱辛（～的勞動）

反 安逸（～的生活）
舒適（環境～）

艱險
jiānxiǎn

困難和危險。（歷盡～）

同 危險（～時刻）
兇險（形勢～）

反 平安（～無事）

臨近 línjìn

（時間、地區）靠近，接近。（～考試）

同 **接近**（～中午｜～完成）
靠近（～學校｜～大街）

臨時 línshí

暫時的，短期的。（～措施）

同 **短期**（～合同）
暫時（你先～住在我家）

反 **長久**（要有～的計劃）
永久（～的和平）

儲存 chǔcún

物或錢存放起來，以備使用。（～在電腦裏）

同 **儲備**（～物資｜～糧食）
儲蓄（活期～）

反 **動用**（～存款）
取用（～資料）

儲備 chǔbèi

把物資儲存起來，準備必要時應用。（～資金）

同 **儲藏**（把糧食～起來）
儲存（～能源）

反 **取出**（從箱子中～衣服）
支出（每月的生活～）

糟粕 zāopò

酒糟、豆渣之類的東西。比喻粗劣而沒有價值的東西。（剔除～）

反 **精華**（取其～｜藝術～）

糟糕 zāogāo

指事情、情況壞；不好。（成績～）

反 **出色**（～地完成了任務）
優秀（～品質｜～學生）

糟蹋 zāotà

浪費，損壞。（～糧食）

同 **浪費**（杜絕～｜鋪張～）

反 **愛惜**（～公物｜～人才）
珍惜（～時間｜～名譽）

縮小 suōxiǎo

由大變小。（～差距）

反 **放大**（把照片～）
擴大（～影響｜～生產）

縮短 suōduǎn

使原有長度、距離、時間變短。（～距離）

反 **延長**（～時間｜路線～）
延伸（鐵路～｜繼續～）

縮減
suōjiǎn

緊縮減少。（～開支）

同 **裁減**（～人員 | ～機構）
削減（～開支 | ～工序）

反 **擴大**（～投資力度 | ～規模）
增加（～開支 | 逐年～）

講究
jiǎngjiu

精緻。（做工十分～）

同 **考究**（～的設計 | ～的服裝）

講和
jiǎnghé

作戰或爭吵的各方和解。（雙方最終～）

同 **和好**（～如初 | 夫妻～）
和解（～對矛盾雙方都有利）

講授
jiǎngshòu

講解教授。（～科技知識）

同 **講解**（～課文）
教授（～地理 | ～有方）

講解
jiǎngjiě

解釋；解說。（～課文）

同 **解釋**（耐心～）
解説（現場～）

謝世
xièshì

去世。（～多年）

同 **過世**（祖父剛剛～）
去世（傳來他～的消息）

反 **出生**（他～在香港）
出世（等待嬰兒～）

謝絕
xièjué

婉辭拒絕。（～參觀）

同 **拒絕**（～和談 | 斷然～）
推辭（婉言～ | 無法～）
婉拒（她説今晚有事，～了我的邀請）

反 **接收**（～新會員 | 破例～）
接受（～任務 | 拒絕～）

謙虛
qiānxū

虛心，不自滿，肯接受批評。（～謹慎）

同 **謙遜**（～有禮）
虛心（～好學）

反 **驕傲**（～自滿）
自滿（～情緒）

謙虛謹慎 qiān xū jǐn shèn

虛心不自滿，慎重小心。（他是一個～的人）

同 **謹小慎微**（他處處～，難成大事）
反 **狂妄自大**（～，目中無人）

謙讓 qiānràng

謙虛地不肯擔任，不肯接受或不肯佔先。（不必～）

同 **禮讓**（～老人｜相互～）
推讓（～再三｜彼此～）
反 **搶奪**（～產品使用權）
爭奪（～冠軍）

聲望 shēngwàng

為民眾所仰望的名聲。（社會～）

同 **名望**（～很高｜極有～）
聲譽（～卓著｜有損～）
威望（～很高｜國際～）

聲勢浩大 shēng shì hào dà

聲威氣勢非常大。（～的國慶閱兵式）

同 **波瀾壯闊**（學生運動～）
氣勢磅礴（這部交響樂～）

聲譽 shēngyù

聲望名譽。（～卓著）

同 **名譽**（敗壞～｜顧全～）
聲望（社會～｜～很高）

點綴 diǎnzhuì

加以襯托或裝飾，使原有的事物更加美好。（繁星～在深藍的夜空）

同 **裝點**（適當地～一下）
裝飾（～圖案）

避開 bìkāi

躲開，迴避。（他～了她的目光）

同 **躲開**（及時～｜悄悄地～）
迴避（～矛盾｜～問題）
反 **參與**（～行動｜共同～）

鮮明 xiānmíng

明確不模糊。（主題～）

同 **明朗**（態度～｜形勢逐漸～）
明確（～的意見｜目的～）
反 **含糊**（～不清｜說話～）
模糊（認識～｜～的印象）

鮮亮 xiānliang
(顏色)明亮。(顏色～)
同 明亮(～的眼睛)
鮮明(對比～)
反 暗淡(我不喜歡～的顏色)
灰暗(景色一片～)

鮮豔 xiānyàn
鮮明而艷麗。(～的花朵)
同 絢麗(～多彩)
艷麗(～的衣着｜色彩～)
反 淡雅(裝飾～｜顏色～)
素雅(～大方｜衣着～)

應允 yīngyǔn
同意;允許。(點頭～)
同 應許(學校不～這種行為)
允許(不～請假)
反 拒絕(～和談｜嚴詞～)
推辭(無法～｜再三～)

闊別 kuòbié
長時間的分別。(～已久)
同 久別(～重逢)
反 重逢(故友～)
相逢(萍水～｜狹路～)

闊綽 kuòchuò
排場大,生活奢侈。(～的生活)
同 氣派(會場佈置得～十足)
奢侈(反對～浪費)
反 拮据(經濟～)
困苦(～的日子)
窮困(～潦倒)

豁然開朗 huò rán kāi lǎng
豁然:開闊敞亮的樣子;開朗:地方開闊,光線充足、明亮。形容由陰暗狹窄突然變為寬敞明亮。(父母的一番開導使我～)
同 茅塞頓開(經她指點,我～)

豁達大度 huò dá dà dù
豁達:胸襟開闊;大度:氣量大。形容人寬宏開通,能容人。(你對人應該～)
同 寬宏大量(希望你能夠～)
反 斤斤計較(不要～個人的得失)

十八畫

擾亂 rǎoluàn

攪擾，使混亂或不安。（～治安）

同 **攪亂**（～計劃｜～局勢）

反 **平定**（～叛亂｜～天下）
穩定（～經濟｜～秩序）

覆滅 fùmiè

徹底被消滅。（專制王朝難逃～的命運）

同 **覆沒**（全軍～）
滅亡（徹底～）

反 **崛起**（大國～）

雜亂 záluàn

多而亂，沒有秩序和條理。（院子裏～地堆放着一些舊傢具）

同 **紛亂**（局面～｜思緒～）
混亂（秩序～｜思想～）
凌亂（頭髮～｜～不堪）

反 **整齊**（步伐～｜～劃一）

雜亂無章 zá luàn wú zhāng

章：條理。亂七八糟，沒有條理。（那篇作文～，毫無條理）

同 **亂七八糟**（屋子裏～的）

反 **井井有條**（各項事務安排得～）
有條不紊（晚會的各項籌備工作都在～地進行中）

斷定 duàndìng

下結論。（可以～）

同 **判定**（裁判～他推人犯規）
確定（～方案）

斷然 duànrán

堅決，果斷。（～拒絕）

同 **果斷**（～決定｜辦事～）
毅然（～下令｜～決然）

反 **躊躇**（～不前）
猶豫（～不決｜不必～）

斷絕 duànjué

原來有聯繫的失去聯繫，原來連貫的不再連貫。（～外交關係）

同 **中斷**（～談判）
終止（～合同）

反 **恢復**（～通信）

藐視 miǎoshì

輕視，小看。（～困難）

同 蔑視（～的眼神｜不敢～）
輕視（～對手）

反 看重（～外貌｜～金錢）
重視（～產品品質｜高度～）

擺動 bǎidòng

來回搖動；搖擺。（輕微地～）

同 晃動（風鈴～｜樹影～）
搖動（小樹在狂風中～）
搖晃（小船在波濤中～不定）

反 靜止（～狀態｜～不動）

擺脱 bǎituō

脱離，甩掉。（他終於～了家庭的束縛）

同 解脱（～罪孽｜自我～）
掙脱（～枷鎖｜拚命～）

反 陷入（～包圍｜～困境）

擺設 bǎishè

把物品（多指藝術品）按照一定的審美情趣安放。（～完畢）

同 陳列（～物品｜～整齊）
陳設（商店中～着琳琅滿目的商品）

擴大 kuòdà

使（範圍、規模等）比原來大。（～規模）

同 擴充（～勢力）
擴展（～市場）

反 縮小（～差距）

擴充 kuòchōng

擴大，增多。（～勢力）

同 擴大（湖面在不斷～）
擴展（～範圍）
擴張（～領土）

反 裁減（～員工）
精簡（～機構）
縮減（～成本）

擴展 kuòzhǎn

向外伸張、擴大。（～範圍）

同 擴大（～交流）
拓展（～市場）

反 壓縮（～規模）

擴張 kuòzhāng

擴大（勢力、疆土等）。（～領土）

同 擴大（～影響）
擴展（～思路）

反 收縮（～開支｜整體～）

朦朧
ménglóng

（事情）不清楚，模糊。（～的想法）

同 模糊（字跡～）

反 清晰（圖像～）
真切（聽得～）

藍圖
lántú

比喻建設的計劃或規劃。（宏偉～）

同 規劃（城市～）
計劃（實現～ | 長遠～）

癖好
pǐhào

對某種事物的特別愛好。（特殊～）

同 愛好（個人～ | ～廣泛）
嗜好（不良～）

轉化
zhuǎnhuà

轉變；改變。（互相～）

同 改變（生活方式～了）
轉變（思想有所～）
轉換（～思維方式）

轉危為安
zhuǎn wēi wéi ān

由危險轉為平安（多指局勢或病情）。（經過醫生們全力搶救，他終於～）

同 逢凶化吉（唐僧師徒一路上～，最終平安抵達）
化險為夷（機長臨危不亂，應變得當，終於～）

轉換
zhuǎnhuàn

改變，變換。（～角度）

同 變換（～手法 | ～位置）
改換（～名稱 | ～地點）
轉變（～思想 | ～策略）

轉達
zhuǎndá

把一方的話轉告給另一方。（及時～）

同 傳達（逐級～ | ～室）
轉告（相互～）

轉瞬即逝
zhuǎn shùn jí shì

在極短的時間內就消逝了。（機會～）

同 白駒過隙（時間如～）
曇花一現（那些歌星如～，很快被人們淡忘了）

轉彎抹角 zhuǎn wān mò jiǎo

抹角：挨着牆角走。沿着彎彎曲曲的路走。比喻説話繞彎，不直截了當。（有話直説，沒有必要～）

反 開門見山（文章～提出觀點）
直截了當（他～地説明來意）

轉變 zhuǎnbiàn

由一種情況變成另一種情況。（～態度）

同 改變（～方法｜～計劃）
轉化（～為前進的動力）
轉換（～話題｜～角度）

簡明扼要 jiǎn míng è yào

説話或寫作簡單明瞭，抓住要點。（講話、演講都要～）

同 言簡意賅（文章～，讀後印象深刻）

簡要 jiǎnyào

簡單扼要。（～敍述）

同 扼要（簡明～）

反 詳盡（～闡述自己的觀點）
詳細（～説明）

簡陋 jiǎnlòu

（房屋、設備等）簡單粗糙，不完備。（設施～）

同 簡易（搭建～工棚）

反 豪華（～遊輪｜～轎車）

簡單 jiǎndān

容易理解、使用。（結構～）

同 單純（思想～）
單一（品種～）

反 複雜（情況～｜形勢～）

簡潔 jiǎnjié

説話或寫文章簡明扼要，沒有多餘的話。（語言～）

同 簡短（他的評語很～）
簡明（～扼要）

反 煩瑣（～的程式｜家務～）

簡樸 jiǎnpǔ

（生活作風等）簡單樸素。（～的生活）

同 樸素（衣着～）
質樸（為人～）

反 華麗（辭藻～）
奢侈（～的生活）
奢華（～的裝飾）

謹慎 jǐnshèn

對外界事物或自己的言行密切注意，以免發生不利或不幸的事情。（謙虛～）

同 **慎重**（～考慮一下）
小心（過馬路要～）

反 **輕率**（這事不能～決定）

謳歌 ōugē

歌頌。（～壯麗的山河）

同 **歌頌**（～祖國）
頌揚（大加～）
讚頌（～英雄）

反 **咒罵**（無故被人～）
詛咒（～對方 | 惡毒～）

謾罵 mànmà

用輕慢、嘲笑的態度罵。（大聲～對手）

同 **辱罵**（～他人）
責罵（～和處罰不是教育學生的好方法）

反 **稱頌**（他的崇高品質贏得了人們的～）
頌揚（～功績）

鎮定 zhèndìng

遇到緊急情況不慌不亂。（～自若）

同 **從容**（～不迫 | ～大方）
鎮靜（故作～ | 非常～）

反 **慌張**（神色～ | 慌裏～）
驚慌（～失措 | ～不安）

鎮定自若 zhèn dìng zì ruò

不慌不忙，不變常態。（不論遇到多麼危急的情況，他都能～）

同 **從容不迫**（他幹任何事情都～）

反 **慌慌張張**（他～跑來了）
驚慌失措（遇到危險情況，應該沉着冷靜，不要～）

鎮靜 zhènjìng

情緒穩定或平靜。（故作～）

同 **從容**（～不迫）
鎮定（～從容）

反 **慌亂**（～倉促）
驚慌（～失措）

鬆弛 sōngchí

鬆散；不緊張。（肌肉～）

同 **放鬆**（～警惕 | ～心情）
鬆懈（不敢有絲毫～）

反 **緊張**（克服～情緒）

鬆動 sōngdòng

（牙齒等）不緊；活動。（螺絲～）

同 **鬆開**（鞋帶～了）

反 **堅固**（這座橋造得很～）

鬆散 sōngsǎn

(事物結構)不緊密。(內容～)

同 疏鬆(骨質～)

反 緊湊(結構～)

鬆懈 sōngxiè

注意力不集中,做事不抓緊。(思想～)

同 放鬆(～警惕|～要求)
鬆弛(神經～|紀律～)
懈怠(～心理|不敢～)

反 緊張(情緒～|關係～)

豐衣足食 fēng yī zú shí

生活富裕。(經過多年打拼,夫妻倆終於過上了～的生活)

同 衣食無憂(現在人們終於～了)

反 飢寒交迫(小女孩～,昏倒在大街上)

豐沛 fēngpèi

水分充足。(雨量～)

同 充沛(～的精力|雨水～)
充足(～的陽光|資金～)

反 枯竭(～的老井|財源～)

豐富 fēngfù

種類多或數量大。(物產～)

同 豐盛(～的晚餐)

反 單調(生活～的)
匱乏(資料～)
貧乏(知識～)

豐富多彩 fēng fù duō cǎi

形容內容豐富,品種齊全,形式多樣。(晚會上的節目～)

同 多姿多彩(老人們退休後的生活～)

反 枯燥無味(那本小說冗長拖遝,讀起來～)

豐裕 fēngyù

富裕。(生活～)

同 富裕(共同～)

反 貧困(～家庭)
貧窮(～落後)

豐滿 fēngmǎn

胖得勻稱好看。(體態～)

同 豐腴(～圓潤)

反 苗條(～的身材)

豐饒 fēngráo

物資十分充足。(土地～)

同 豐富(資源～)
富饒(物產～)

反 貧瘠(～的土地)

十九畫

邊遠
biānyuǎn

遠離中心地區的。（～山區）

同 偏遠（地處～）

邊緣
biānyuán

沿邊的部分。（死亡～）

同 邊沿（葉片的～ | 森林的～）

反 中心（湖～有個小島）
中央（大廳～有一張桌子）

辭行
cíxíng

遠行前向親友告別。（向親友～）

同 辭別（～故鄉 | 暫時～）
告別（～親人 | 揮手～）

反 會見（～客人）
會面（約好～的時間）

辭別
cíbié

臨行前告別。（～親人）

同 辭行（向親友～）
告別（～家鄉）
告辭（客人匆匆～離去）

反 拜訪（～友人 | 登門～）

辭職
cízhí

請求解除自己的職務。（～請求）

同 離職（～報告）

反 就職（～演説 | 宣誓～）
任職（在外交部～ | ～期間）

離別
líbié

比較長久地跟熟悉的人或地方分開。（～故園）

同 別離（～親人）
分別（～多年）
分離（被迫～）

反 重逢（久別～）
團聚（親人～）
團圓（骨肉～）
相聚（短暫的～）

離奇
líqí

（情節）不平常，出人意料。（情節～）

同 奇異（～的海洋世界）
神奇（～的效果）
稀奇（～古怪的事情）
新奇（～的事物 | ～的想法）

反 平淡（生活～而快樂）

懷念
huáiniàn

思念。（～小時候的夥伴）

同 思念（～親人）
想念（～朋友）

反 忘記（～過去，就意味着背叛）
遺忘（不愉快的經歷被徹底～）

懷疑
huáiyí

不很相信，疑惑。（值得～）

同 猜疑（不要總是～別人）
質疑（大膽提出～）

反 相信（～證據）
信任（取得鄰居的～）

懶散
lǎnsǎn

形容人精神鬆懈，行動散漫。（生活～）

同 懶惰（生性～）
疏懶（～成性）

懶惰
lǎnduò

不愛勞動和工作。（生性～）

同 懶散（生活～）

反 勤奮（～學習｜～努力）
勤快（～人｜手腳～）

藕斷絲連
ǒu duàn sī lián

比喻表面上好像已斷了關係，實際上仍然牽連着。（這些年來，他倆雖然已經分手了，但仍～）

同 難捨難分（畢業典禮上，大家～）

反 恩斷義絕（這對兄弟，因為一點小事，～）
一刀兩斷（我們已經～，互不來往了）

龐大
pángdà

（數量、組織或形體）很大。（體形～）

同 宏大（～的場面｜規模～）
巨大（～打擊｜數量～）

反 渺小（形象～）
微小（～的變化）

穩如泰山
wěn rú tài shān

形容像泰山一樣穩固，不可動搖。常指建築物，有時也指人的精神狀態。（他站在那兒～）

同 安如磐石（雖然洪水滔天，但是大壩～）

穩妥 wěntuǒ
穩當；可靠。（～的方案）
同 **牢靠**（他辦事比較～） **妥當**（收拾～）
反 **不當**（搭配～） **不妥**（這樣做，有些～）

穩固 wěngù
穩定而鞏固。（地位～）
同 **堅固**（～的城牆） **牢固**（～的地基）
反 **動搖**（地位～）

穩定 wěndìng
穩固安定，沒有變動。（經濟～）
同 **安定**（國家～） **安穩**（生活～） **穩固**（地位～）
反 **波動**（情緒～） **動盪**（社會～）

穩重 wěnzhòng
（言談、舉止）沉着而有分寸。（敦厚～）
同 **沉穩**（作風～｜～老練） **穩當**（～可靠｜辦事～）
反 **魯莽**（～行事｜衝動～） **輕浮**（舉止～｜～女子）

穩當 wěndang
穩重妥當。（他向來辦事～）
同 **穩健**（作風～｜辦事～） **穩妥**（～的辦法｜安排～）
反 **冒失**（說話～）

攀談 pāntán
拉扯閒談。（互相～）
同 **交談**（用英語～） **閒談**（飯後～） **敍談**（飲酒～｜徹夜～）
反 **沉默**（眾人陷入～之中）

難受 nánshòu
（心裏）不痛快。（心裏～極了）
同 **難過**（你不要再～了） **傷心**（～欲絕） **痛苦**（內心～）
反 **高興**（～的事） **快樂**（聖誕～） **愉快**（心情～）

難看 nánkàn
醜陋，不好看。（模樣～）
同 **醜陋**（外表～｜容貌～）
反 **好看**（衣服～） **美麗**（～的花朵） **漂亮**（～的外觀）

難處 nánchu

事情複雜，阻礙多。（她不肯幫忙，自有她的～）

同 **艱難**（～險阻｜生活～）
困難（～重重｜克服～）

難堪 nánkān

丟人，不好意思。（令人～）

同 **尷尬**（表情～）
狼狽（～不堪）

難過 nánguò

心裏難受。（～地流下眼淚）

同 **悲傷**（～過度）
難受（心裏～）
傷心（～欲絕）

反 **高興**（見到你很～）
愉快（生活～｜心情～）

難聽 nántīng

聽着不舒服，不悦耳。（唱得很～）

同 **刺耳**（聲音～｜嘈雜～）
聒噪（～的蛙鳴）

反 **動聽**（～的歌喉｜悦耳～）
好聽（聲音～）
中聽（他的話很～）

關心 guānxīn

常放在心上；重視和愛護。（～員工生活）

同 **關愛**（～兒童｜～動物）
關懷（～備至）

關切 guānqiè

關心。（目光中充滿了～）

同 **關注**（這件事引起了社會各界的廣泛～）

關係 guānxì

彼此之間的某種性質的聯繫。（他們兩個人之間沒有任何～）

同 **關聯**（～詞語｜相互～）
聯繫（取得～｜及時～）

關閉 guānbì

1. 把開着的物體閉合。（～大門）

同 **封閉**（～瓶口｜～高速公路）

反 **敞開**（～大門）
打開（～課本｜～窗戶）

2. 工廠、商店等停業。（～工廠）

同 倒閉（公司～）
破產（企業～ | 宣佈～）

反 開張（～大吉 | 正式～）

關鍵
guānjiàn

比喻事物最關緊要的部分；對情況起決定作用的因素。（抓住～）

同 要害（～部位 | 擊中～）

關懷
guānhuái

關心。（～下一代的健康）

同 關愛（缺乏～的孩子）
關心（～他人 | ～教育）

關懷備至
guān huái bèi zhì

關心照顧得十分周到、全面，無微不至。（她對病人～）

同 體貼入微（她對老人真是～）
無微不至（社工給予了我們～的關懷）

反 漠不關心（他對公司的事情～）

騷擾
sāorǎo

使不安寧。（～邊境）

同 打擾（請勿～旅客休息）
攪亂（～計劃）
擾亂（～市場）

識別
shíbié

辨別，辨認。（～真偽）

同 辨別（仔細～真假）
辨認（～筆跡 | ～兇手）
鑒別（精於～文物）

識破
shípò

看穿別人內心的秘密或陰謀詭計。（～陰謀）

同 看穿（一眼～詭計）
看破（～紅塵）
看清（～當今形勢）

贊成
zànchéng

同意。（舉手表示～）

同 同意（～請求 | 表示～）
贊同（完全～ | 一致～）

反 反對（堅決～ | ～貪污）

顛三倒四 diān sān dǎo sì
說話做事錯亂，沒有次序。（他說話～的）
反 井然有序（一切都～）
條理分明（文章～）

顛沛流離 diān pèi liú lí
形容因生活困苦而到處流浪。（～的生活）
同 流離失所（數萬人因洪水而～）
反 安居樂業（社會安定，老百姓才能～）

顛倒 diāndǎo
錯亂。（神魂～）
同 錯亂（次序～ | 精神～）
反 正常（～順序 | ～生產）

顛撲不破 diān pū bù pò
無論怎樣摔打都不破。比喻永遠不會被推翻。（～的真理）
同 牢不可破（球隊的後衛防線～）
反 不攻自破（謊言～）

顛簸 diānbǒ
上下震動。（汽車一路～）
同 震盪（～得很厲害 | 不停地～）
反 平穩（～行駛 | ～下降）
穩當（他走得很慢，卻很～）

類別 lèibié
不同的種類。（按～劃分）
同 類型（～不同 | 各種～）
種類（～單一 | 食物～）

類型 lèixíng
具有共同特徵的事物所形成的種類。（產品～）
同 類別（屬於不同～）
種類（～繁多 | 藥品的～）

二十畫

勸告
quàngào

拿道理勸人，使人改正錯誤或接受意見。（不聽～）

同 **規勸**（多次～對方，他仍不悔改）
勸說（好言～）

勸阻
quànzǔ

勸人不要做某事或進行某種活動。（極力～）

同 **勸止**（加以～｜及時～）
阻攔（～不住｜堅決～）

反 **慫恿**（受到壞人～）

勸導
quàndǎo

規勸開導。（反覆～）

同 **開導**（耐心～學生）
勸說（再三～）

耀武揚威
yào wǔ yáng wēi

炫耀武力，顯示威風。（挑釁者～）

同 **飛揚跋扈**（他倚仗父親的權勢～）
張牙舞爪（影片裏出現了一隻～的怪物）
作威作福（少數貪官騎在人民頭上～）

嚴重
yánzhòng

程度深，影響大。（破壞～）

反 **輕度**（～污染｜～損傷）
輕微（～震盪｜作用～）

嚴格
yángé

在執行制度或掌握標準時認真不放鬆。（～執行）

同 **嚴厲**（～批評｜～打擊）

反 **放鬆**（～警惕｜～要求）
鬆懈（紀律～｜管理～）

嚴峻 yánjùn

嚴重。（形勢～）

同 嚴酷（～的鬥爭）
嚴重（病情～）

嚴陣以待 yán zhèn yǐ dài

做好充分戰鬥準備，等待着敵人。（戰士們已經修築好了工事，～）

同 厲兵秣馬（～，準備戰鬥）
枕戈待旦（戰場上士兵們～，毫不鬆懈）

反 麻痹大意（面對SARS來襲，全體市民不能有絲毫～）

嚴密 yánmì

周到，沒有疏漏。（～地監視）

同 嚴謹（結構～ | 治學～）
縝密（心思～ | ～的計劃）
周密（～部署 | ～安排）

嚴寒 yánhán

（氣候）極冷。（抵抗～）

同 寒冷（這是一個～的冬天）
苦寒（氣候～ | ～之地）

反 酷熱（～難熬的夏天）
炎熱（南方的夏天非常～）

嚴肅 yánsù

（神情、氣氛等）使人感到敬畏的。（神情～）

同 莊嚴（追悼會現場～肅穆）
莊重（表情～ | 氣氛～）

反 活潑（～可愛 | 生動～）
隨便（～走動 | 説話～）

嚴厲 yánlì

嚴肅而厲害。（～打擊）

同 嚴格（～管理 | ～遵守）
嚴肅（～對待 | ～處理）

反 寬大（採取～政策）

寶貴 bǎoguì

極有價值；非常難得。（～經驗）

同 名貴（～藥材 | ～字畫）
珍貴（～文物 | ～的回憶）

贍養
shànyǎng

供給生活所需，特指子女對父母在物質上和生活上進行幫助。(～老人)

同 **奉養**（～年邁的父母）
供養（～雙親）

蘇醒
sūxǐng

昏迷後醒過來。（～過來）

同 **清醒**（病人終於～過來了）

反 **昏迷**（～不醒｜處於～狀態）

警戒
jǐngjiè

軍隊為防備敵人的偵察和突然襲擊而採取保障措施。(高度～)

同 **防備**（～匪徒反撲）
戒備（～森嚴）

警告
jǐnggào

提出告誡，使警惕。（發出～）

同 **告誡**（諄諄～）
勸誡（～世人要行善）

警惕
jǐngtì

對可能發生的危險情況或錯誤傾向保持敏鋭的感覺。（～的目光）

同 **警覺**（提高～性）

反 **麻痹**（～大意）

饒舌
ráoshé

多嘴。（喜歡～）

同 **多嘴**（小孩子不要～）
嘮叨（説話～）
囉唆（囉裏～）

反 **沉默**（保持～）
寡言（～少語）
緘默（～不語）

饒恕
ráoshù

免於責罰。（～仇人）

同 **寬恕**（～他人｜獲得～）
原諒（不能～｜敬請～）

反 **懲處**（～貪污）
懲罰（接受～）
嚴懲（～罪犯）
責罰（受到～）

飄揚
piāoyáng

在空中隨風擺動。（迎風～）

同 飄盪（歌聲～在每個角落）
飄動（柳枝隨風～）
飄舞（銀杏葉在空中～）

飄零
piāolíng

1.（花、葉等）墜落；飄落。（百花～）

同 凋零（草木～）
飄落（～的樹葉）

2. 生活不安定。（四處～）

同 漂泊（～不定）
反 安定（生活～）

飄舞
piāowǔ

隨風飛舞。（雪花漫天～）

同 飛舞（柳絮在空中～）
飄動（柳枝迎風～）
飄揚（旌旗～）

飄盪
piāodàng

在空中隨風擺動或在水面上隨波浮動。（風箏在空中～）

同 飄拂（柳絲在空中～）
飄舞（雪花漫天～）
飄揚（彩旗迎風～）

覺察
juéchá

發覺；看出來。（不易～）

同 察覺（有所～）
發覺（～事態嚴重）
發現（～問題）

二十一畫

襯托
chèntuō

為了使事物的特色突出，把某些事物放在一起來陪襯和對照。(紅花需要綠葉～)

同 **烘托**（～的手法）
陪襯（～作用）

辯駁
biànbó

提出理由或根據來否定對方的意見。(這是不可～的事實)

同 **駁斥**（～對方｜有力地～）
反駁（～意見）

反 **承認**（～事實｜不得不～）

辯護
biànhù

為了保護別人和自己，提出理由、事實來説明某種見解或行為是正確、合理的，或是錯誤的程度不如別人所説的嚴重。(他請了律師為自己～)

同 **辯白**（為自己～）
辯解（錯就是錯，不要～）

反 **批駁**（～觀點）
指責（當面～）

懼怕
jùpà

害怕。(～承擔責任)

同 **害怕**（小女孩～黑暗）
畏懼（～困難｜毫不～）

反 **無畏**（英勇～）

驅除
qūchú

除去。(～恐懼)

同 **趕走**（～入侵者）
祛除（～邪魔｜～疼痛）
消除（～隔閡｜～隱患）

反 **留下**（～美好的回憶）

驅逐
qūzhú

趕走。(把間諜～出境)

同 **驅趕**（把羊～到圈裏）

反 **挽留**（熱情～客人）

護理
hùlǐ

配合醫生治療，觀察、了解病情，並照料病人的飲食起居等。(精心～病人)

同 **看護**（輪流～樹木）
照料（～孩子）

嚮亮
xiǎngliàng

(聲音) 洪大。(鐘聲～)

同 洪亮 (嗓音～)
嘹亮 (歌聲～)

反 嘶啞 (喉嚨～)
微弱 (呼吸～)

嚮應
xiǎngyìng

比喻用言語或行動表示贊同、支援某種號召或倡議。(堅決～)

同 同意 (完全～ | 徵得～)
贊同 (雙手～ | 表示～)

反 反駁 (～對方 | 進行～)
反對 (～意見 | ～派)

譴責
qiǎnzé

(對荒謬的行為或言論) 嚴正申斥。(強烈～)

同 斥責 (當面～)
批評 (要虛心接受～)
指責 (遭受～)

反 稱頌 (人人～)
稱讚 (交口～)
讚頌 (～英雄)

顧此失彼
gù cǐ shī bǐ

顧了這個，丟了那個。形容忙亂或慌張的情景。(既要做好工作，又要照顧好剛出生的寶寶，她常常～)

同 手忙腳亂 (她一着急就～)
左支右絀 (他是～，窮於應付)

反 面面俱到 (由於時間緊迫，我不可能做到～)

顧惜
gùxī

顧全愛惜。(～身體)

同 愛惜 (～糧食 | ～身體)
顧全 (～大局)
珍惜 (～時間 | ～情誼)

反 糟蹋 (～糧食)

顧慮
gùlǜ

恐怕對自己、對人或對事情不利而顧忌憂慮。(～後果)

同 擔心 (～出事)
顧忌 (無所～ | 消除～)

二十二畫

歡天喜地
huān tiān xǐ dì

形容非常歡喜。（～迎新春）

同 **歡欣鼓舞**（球隊主場獲勝，球迷們無不～）

反 **悲痛欲絕**（兒子出了車禍，他～）
愁眉苦臉（成績不理想，她～地回到家）

歡迎
huānyíng

很高興地迎接。（～參觀）

同 **迎接**（～新年）

反 **歡送**（～畢業生）

歡喜
huānxǐ

快樂；高興。（滿心～）

同 **快樂**（～的童年 | 生日～）

反 **悲哀**（～的心情）
沮喪（神情～）

歡聚
huānjù

快樂地團聚。（～一堂）

同 **團聚**（全家～）

反 **分離**（骨肉～）
失散（親人～多年）

歡暢
huānchàng

心裏非常高興、痛快。（活潑～）

同 **暢快**（～淋漓 | 心情～）
舒暢（聽了朋友的勸導，心裏～多了）

歡樂
huānlè

快樂。（十分～）

同 **歡喜**（她手捧鮮花，滿心～）
快樂（生日～ | 新年～）
愉快（生活～ | ～的旅行）

反 **悲傷**（～過度）
憂傷（無限～ | ～落淚）
憂鬱（～的眼神）

囊中羞澀 náng zhōng xiū sè
口袋中沒有錢，讓人難為情。（買東西的時候總是～）
同 **囊空如洗**（這個月開銷太大，沒到月底就～了）
身無分文（這個富翁因為嗜好賭博而變得～）
反 **腰纏萬貫**（他～，卻非常吝嗇）

囊括 nángkuò
把全部包羅在內。（～了所有的冠軍頭銜）
同 **包攬**（中國隊在此次比賽中～了全部金牌）

巔峰 diānfēng
頂峰，一般用於比喻。（事業的～）
同 **高峰**（攀登科學～）
反 **低谷**（事業陷入～）

竊竊私語 qiè qiè sī yǔ
指背地裏小聲説話。（這兩人～，不知在説些甚麼）
同 **交頭接耳**（上課不能～）
反 **大聲喧嘩**（誰在外面～）

權利 quánlì
公民或法人依法行使的權力和享受的利益。（平等的～）
同 **權益**（維護合法～）
反 **義務**（履行公民～）

權衡 quánhéng
秤錘和秤桿。比喻衡量、考慮。（～利弊）
同 **掂量**（～輕重）
衡量（～得失）

灑脱 sǎtuō
自然，不拘束。（～自然）
同 **大方**（～得體 | 舉止～）
瀟灑（風度～ | ～自如）
自然（表情～ | 表演～）
反 **拘謹**（～的樣子 | 過分～）
拘束（顯得～ | 感到～）

聽任 tīngrèn
任事物自己發展變化而不過問，不干涉。（～他人擺佈）
同 **任憑**（～我怎麼勸説，他也不改）
聽憑（這件事完全～你自己去處理）

聽候 tīnghòu

等候（上級的決定）。（～差遣）

同 等待（～時機 | 耐心～）
等候（～消息 | ～通知）

聽從 tīngcóng

依照別人的意思行動。（～勸告）

同 服從（～指揮 | ～安排）

反 反駁（～對方 | 不屑～）
違背（～原則 | ～約定）

聽憑 tīngpíng

讓別人願意怎樣就怎樣。（一切～你安排）

同 任憑（～風吹雨打 | ～事態發展）
聽任（～不管 | 完全～）

籠絡 lǒngluò

用手段拉攏。（～人心）

同 拉攏（～關係）

反 排斥（～異己）
排擠（受人～）

籠統 lǒngtǒng

缺乏具體分析，不明確；含混。（～地説）

同 含混（～不清 | 意思～）

反 具體（內容～）
明確（主題～）

驕傲 jiāo'ào

自以為了不起，看不起別人。（即使取得了一些成績，也不要～）

同 傲慢（～無禮 | 態度～）

反 謙虛（～好學）
謙遜（～有禮）

彎曲 wānqū

不直。（～的小路）

同 曲折（迂迴～ | 道路～）

反 筆直（身子挺得～ | ～的樹幹）

二十三畫

變化 biànhuà
事物在形態上或本質上產生新的狀況。（化學～）
同 改變（～作風｜～看法）
反 固定（～收入｜位置～）
穩定（工作～｜價格～）

變更 biàngēng
改變，變動。（因搬遷而～家庭住址）
同 變動（社會～｜隨意～）
更改（～內容｜～計劃）
反 固定（～的程式｜日期～）

驚奇 jīngqí
覺得很奇怪。（～的目光）
同 驚詫（他的突然出現令我感到～）
驚訝（他～得說不出話來）

驚訝 jīngyà
驚異。（感到非常～）
同 驚詫（他的冷漠令人～）
驚奇（～地發現）

驚慌 jīnghuāng
害怕慌張。（毫不～）
同 慌張（神色～）
驚惶（～不安｜～失措）
反 沉着（～應戰｜～鎮定）
冷靜（～思考｜頭腦～）

驚歎 jīngtàn
驚訝讚歎。（大家～不已）
同 感歎（發出由衷的～）
讚歎（贏得人們的～）

體現 tǐxiàn
某種性質或現象在某一事物身上具體表現出來。（完美～）
同 表現（這首詩～了詩人對故鄉的思念）

體貼 tǐtiē
理解別人的心情和處境，給予關心和照顧。（～備至）
同 體恤（～下屬）

體貼入微
tǐ tiē rù wēi

體貼：細心體諒別人的心情和處境，給予關心和照顧；入微：達到細微的程度。形容對人照顧或關懷非常細心、周到。（他對妻子真是～）

同 **關懷備至**（護士對病人～）
無微不至（老師給了我～的關懷）

反 **漠不關心**（對集體的事情絕對不能～）

體會
tǐhuì

體驗領會。（～音樂的美）

同 **領會**（～意圖）
體驗（～生活 | 親身～）

體諒
tǐliàng

體貼諒解。（～他人）

同 **理解**（深刻～ | ～透徹）
諒解（互相～ | 得到～）

反 **苛求**（～對方 | 過分～）

顯現
xiǎnxiàn

表露在外，使人容易看出來。（臉上～出一絲詫異）

同 **呈現**（～出一派欣欣向榮的景象）
展現（～才華 | 充分～）

反 **隱沒**（古墓～在荒草中）

顯著
xiǎnzhù

非常明顯。（效益～）

同 **明顯**（～的進步 | 作用～）

反 **細微**（～變化 | 差別～）

顯赫
xiǎnhè

地位高而有名聲。（～一時）

同 **顯達**（～之人）

反 **卑微**（出身～）

顯露
xiǎnlù

原來看不見的變成看得見。（～才能）

同 **表露**（～出驚奇的神情）
流露（這是真實情感的～）
顯現（完全～出來）

反 **隱蔽**（～起來）
隱藏（～在岩石中間）

二十四畫

矗立 chùlì

直立，高聳。（雕像～在廣場中央）

同 聳立（群山～）
屹立（山峰巍然～）

反 倒塌（房屋～）
坍塌（堤岸～）

靈巧 língqiǎo

靈活而巧妙。（～的雙手）

同 機靈（～的孩子）
靈活（手腳～）

反 笨拙（動作～）

靈活 línghuó

敏捷；不刻板。（頭腦～）

同 機靈（～的猴子）
靈敏（反應～）
靈巧（心思～）

反 呆板（笑容～）
古板（為人～）
刻板（～的形象）

靈敏 língmǐn

反應快，能對極其微弱的刺激迅速反應。（動作～）

同 機敏（頭腦～）
敏銳（嗅覺～）

反 遲鈍（反應～｜腦子～）

讓步 ràngbù

在爭執中部分地或全部地放棄自己的意見或利益。（作出～）

同 忍讓（～克制）
退讓（處處～）
妥協（永不～）

反 堅持（～就是勝利）

艷麗 yànlì

鮮艷美麗。（色彩～）

同 瑰麗（雄奇～｜～的西湖風景）
絢麗（風景～｜～多彩）

反 淡雅（～樸素｜花色～）
素雅（～大方｜裝飾～）

二十五畫

觀光
guānguāng

參觀外國或外地的景物、建設等。（來這裏～的有不少外國朋友）

同 **參觀**（～遊覽｜～工廠）
遊覽（～名勝古蹟）

觀賞
guānshǎng

觀看欣賞。（～盆景）

同 **欣賞**（～音樂｜～美麗的風景）

觀點
guāndiǎn

對事物或問題的看法。（提出～）

同 **見解**（～獨到｜～深刻）
看法（交換～｜～獨特）

蠻不講理
mán bù jiǎng lǐ

粗野兇惡，不講道理。（你這人真是～）

同 **蠻橫無理**（老闆～，工人們敢怒不敢言）

反 **通情達理**（他是個～的人）

蠻橫
mánhèng

（態度）粗暴而不講理。（態度～）

同 **霸道**（那個人很～）
刁蠻（～任性）

二十六畫

讚不絕口
zàn bù jué kǒu

不住口地稱讚。（一提起王華，人們～）

同 **交口稱讚**（他見義勇為的行為受到大家的～）

讚美
zànměi

稱讚。（～祖國）

同 **稱讚**（交口～ | 點頭～）
讚賞（大加～ | ～的目光）
讚揚（熱情～ | 高度～）